DIE CODIERT WELT

DIE FERNEN HORIZONTE
BUCH 3

A.R. KNIGHT

EINS

JAGDSAISON

Die Metallmaus huschte dahin, neonviolettes Licht spielte über ihren rundlichen Körper. Sie bewegte sich über die kleine schwarze Kachelfläche und wirbelte dabei Sandkörner auf, während ihre winzigen Beine liefen. Mehrere kleine Stiele ragten aus ihrer Stirn, jeder endete in einer flaumigen Spitze. In den frühen Tagen des Gartens wäre ein Bestäuber nicht hier draußen an einem Ort ohne Pflanzen gewesen, auf der Suche nach ...

Mir?

„Schnapp sie dir", flüsterte ich dem Schrottmetallhund an meiner Seite zu.

Alvie hielt sich ruhig und sprang mit dem leisesten Kratzen von der Trittstufe, um auf dem Bestäuber zu landen. Die gezackten Stahlkiefer des Hundes zerlegten das Ziel, dessen Drähte und Schaltkreise funkensprühend zerbarsten, während Alvie den toten Mech hin und her schüttelte.

„Braver Hund", sagte ich und gesellte mich zu Alvie auf der Landefläche, deren leere Rückwand uns verriet, dass wir am Ende angekommen waren.

Zu meiner Linken befand sich eine doppelt versiegelte Tür, die nach draußen führte. Nieten und glänzender Stahl blockierten einen Ausgang zu einer Leiter, die nach unten führte, weg und schließlich zu dem provisorischen Zuhause für die letzten lebenden Menschen auf dem Raumschiff.

Na ja, Zuhause für manche.

Jetzt verschanzten sich Val, Leo und die etwa fünfzig überlebenden Kämpfer weit oben, wo der Garten mehr als nur Sand und Kakteen zu essen bot. Sie hatten den riesigen Brotkorb unseres Schiffes in ihre Festung verwandelt, wo sie planten, das Ende der Reise abzuwarten.

Ein feiger Zug, eine blinde Entscheidung.

Und eine verwirrende dazu. Menschen überraschten mich immer wieder. Der eine war voller Zorn, bereit, allen Gefahren zu trotzen, um zu gewinnen. Andere klammerten sich an ihre Orte, die Angst vor Verlusten fesselte sie an das Scheitern.

Kaydee würde sagen, ich sei dramatisch. Delta würde mir sagen, ich solle weitermachen.

Alvie sah mich einfach nur mit seinen kleinen gelben Augen an.

Die Wüste, die auf uns wartete, war nicht groß. Schwarz-violette Wände teilten kleine Dünen in Abschnitte, jeder gespickt mit Pflanzen, die einst gepflegt worden waren und nun nach dem Willen der Natur wuchsen. Kleine Kakteen und spröde Blumen übersäten die Landschaft, ab und zu unterbrochen von einem weiteren Bestäuber.

Mein Ziel befand sich in der Mitte der Ebene. Alvie und ich bahnten uns langsam unseren Weg, wobei der Hund jeden Bestäuber zermalmte, der es wagte, unseren Pfad zu kreuzen. In meinen Händen hielt ich eine Waffe mit einer abgerundeten Oberseite, einem Lauf, der einen halben Meter vom Abzug herausragte, und einer leuchtend orangen Linie am Schaft. Ich hielt meinen Finger bereit, angespannt: Energie würde hier unten knapp sein, das Gewehr schwer aufzuladen.

Kakteen füllten die Mitte der Ebene, ein biologisches Reservoir. Ihre nadeligen Stämme bildeten einen stacheligen Wald für mehrere umherwandernde Mechs. Größer als die Bestäuber, größer als ich, wirbelte jeder ihrer muschelförmigen Schritte Sand auf, während sie stampften. Ich beobachtete sie von hinter einer Wand, beurteilte ihre Absichten und fand sie zufällig: Die Mechs bewegten sich umher, ohne einander zu beachten, und oft kreuzten sie ihre eigenen Spuren. Ihre Arme, mit klobigen Klauen oder Griffen, an denen Schrapnellmesser oder stumpfe Blöcke geschweißt waren, hingen an ihren Seiten.

Auf Patrouille, höchstwahrscheinlich. Von ihrem Anführer im Stich gelassen.

Ihre Routen kreisten um die Mitte der Ebene, ein schattiges Loch, das von den Dünen blockiert wurde. Wasser verriet mir seinen Standort, ein stetiges, wenn auch kleines Tropfen von den Ebenen darüber. Das leichte Schrumpfen von Ebene zu Ebene sorgte dafür, dass einige Spritzer von der Wüste aufgefangen wurden, verteilt unter ihrem Leben. Die Wassertropfen vermischten sich mit dem Rumpeln des Raumschiffs und dem sich verschiebenden Sand der Mechs zu einer sanften Klanglandschaft.

„Zwei gegen drei", flüsterte ich Alvie zu. „Du gehst nach rechts, ich nach links. Ziel auf die Beine."

Als ich einen Finger senkte, um das Startsignal zu geben, schoss Alvie los. Der Hund umrundete meine beobachtende Wand, seine Metallpfoten nutzten den Sand, um leise zu bleiben. Ich duckte mich und machte mich nach links auf, nutzte einen Kaktuscluster als Deckung, um mich von hinten an einen Mech heranzupirschen. Mit meiner Waffe zurück in ihrem improvisierten Gurt – geliehen von einem Forger, der sie nie wieder brauchen würde – hatte ich beide Hände frei. Wie eine Raubkatze schlich ich mich an den Mech heran.

Dieser hatte einen gedrungenen Zylinder als Körper, der zu einer Kettenbasis führte. Ein Schlauch und zwei greifende Arme, jeder mit zu Spitzen gefeilten Griffen, ragten aus dem Zylinder und gaben Hinweise auf sein früheres Leben. Ich würde das Ding in dieses Leben zurückbringen, wenn ich könnte, ein Wunsch, den ich aufgab, als ich meinen Hinterhalt ausführte.

Von hinten kommend, rannte ich los, griff mit meinen Händen tief und packte die Unterseite des Mechs. Der Zylinder des Geräts drehte sich, brachte eine kleine Kamera und mehrere blinkende Lichter vor mein Gesicht. Ich stemmte mich hoch, Sand flog überall herum, als der mehrere hundert Kilogramm schwere Mech hoch und über ging. Seine Ketten drehten sich in der Luft, die Arme des Mechs schwangen auf mich zu. Mit seinem Bauch nach oben griff ich in den heißen Kern, packte die Drähte, die die Kraft des Mechs zu seinen Rädern und Armen leiteten, und zog.

Ein Quietschen, das kreischende Heulen eines Motors, der seinen Schub verliert, und der Mech starb.

„Tut mir leid", flüsterte ich, bevor Alvies Kampf meine Aufmerksamkeit auf sich zog.

Der Hund hatte nicht meine Kraft, aber Alvie übertraf mich an Beweglichkeit. Der Robohund flitzte um den langsameren, unbeholfeneren Mech herum. Das kastenförmige Ding fuchtelte herum, traf sogar einen glücklichen, streifenden Schlag auf Alvies Rücken, aber mit jedem Schnappen riss Alvie ein weiteres Stück aus der Hülle des

Roboters. Als immer mehr Innereien freigelegt wurden, kehrte Alvie zu seinen früheren Wunden zurück, grub tiefer und kam mit Kühlmittel, Schaltkreisen und Kabeln zurück.

Mein grimmiges Zusehen endete, als sich mein eigenes Opfer zur Seite rollte. Die Ursache kam angestampft, eine größere, dünnere Massagemaschine. Knubbelige Enden bedeckten ihre Gelenke, obwohl etwas Stacheln an jedes einzelne geschweißt hatte. Sie schwang, zuckte und stieß sich auf mich zu, während ich rückwärts ging, meine Füße im Sand rutschten.

Ohne eine Nahkampfwaffe musste ich clever sein, und auf meinen Fersen herumzurutschen, während der Mech mich jagte, würde nicht ausreichen. Optionen blitzten über mein Sichtfeld, meine Programmierung hob mögliche Waffen, Fluchtwege und Lücken in der Routine des angreifenden Mechs hervor. Alles gute Sachen, und alles Dinge, die ich nicht nutzen konnte, als ich einen Fehltritt machte und rückwärts in eine Düne fiel.

Der stachelige Mech kam auf mich zu, ein wortloser, lautloser Gegner, der seine Arme für ein hämmerndes Finale hob.

Nach allem, was ich durchgemacht hatte, würde mich dieses dämliche Ding auf keinen Fall erledigen.

Ich trat mit meinem linken Fuß aus, verschob den Sand unter dem Bein meines Feindes. Gebaut für die Balance auf ebenem Boden, wackelte der Mech. Sein Angriff ging neben meinem Kopf in den Sand und bedeckte mich mit Körnern. Als der Mech zurück in Position schwankte, benutzte ich meinen eigenen rechten Fuß, schob das linke Bein des Mechs weg, bevor die Maschine ihr Gleichgewicht fand.

Das Ding schwang seinen linken Arm weit aus, streifte

dabei meine Stirn, um sich abzufangen, als es nach vorne fiel. Ein ziemlich guter Zug, außer dass er den Mech in eine Liegestützposition brachte, sein verwundbarer Kern einen halben Meter über mir.

Diesmal sagte ich nicht Entschuldigung, als ich nach oben schlug und die Brust des Mechs einschlug. Blau-weiße Funken zischten aus, als ich die Schaltkreise im Inneren zerquetschte. Meine synthetische Haut nahm die Kratzer auf, füllte sich fast so schnell wieder, wie die Wunden kamen. Mit einem Stoß schickte ich den Mech nach links, um sich seinem Bruder im Sand anzuschließen.

Ich spürte einen sanften Stupser an meinem Kopf, blickte auf und sah Alvie dort warten, Drahtstücke baumelten aus seinem zackigen Metallmaul. Eine Siegestrophäe.

„Braver Hund."

TIEFENRAUSCH

Unter uns lagen die blauschwarzen Tiefen der Purity. Das gedämpfte Licht hinter mir reichte nicht weit in das Loch hinunter und ließ die Dunkelheit den Durchgang verschlucken, bis das Neonblau die skelettartigen Stahlstege umriss. Anzeichen von Wasser gab es kaum, nur einen Schatten in der Dämmerung. Neben mir kommentierte Alvie die Aussicht mit einem besorgten Winseln.

„Du bleibst hier oben", sagte ich. „Wenn ich in Schwierigkeiten gerate, läufst du zurück nach oben und holst Hilfe, okay?"

Alvie legte den Kopf schief und sah mich von der Seite an.

„Sei nicht wie Kaydee", erwiderte ich. „Ich komm schon klar."

Der Hund schnaufte zweimal.

„Weißt du was?", ich richtete mich auf und legte die Waffe auf den Boden. Ich hatte vor zu schwimmen, und Leo hatte mir gesagt, dass die Waffe nach einem Bad nicht mehr funktionieren würde. „Ich könnte hier etwas mehr Unterstützung gebrauchen."

Ich muss genug Mitleid erregt haben, denn Alvie gab mir einen leichten Kopfstoß gegen das Schienbein, was dem Hund einer direkten Zuneigungsbekundung am nächsten kam. Diese Metallkrallen und zackigen Kanten machten den Robo-Hund zu einem entschieden schlechten Kuschelpartner.

Mit dem ausgesprochenen Abschied und erteilten Befehlen überprüfte ich noch einmal meinen Sprung, um sicherzugehen, dass ich nicht direkt auf einen Steg springen würde, und dann ging's los. Ein glorreicher Dreierschritt-Anlauf und ein Sprung in die Luft. Menschen in ihren Filmen neigen dazu, in solchen Momenten zu schreien, Kampfrufe oder freudige Jubelschreie auszustoßen.

Kaydee hätte das gewollt, aber ich hielt meinen Mund geschlossen: Jemand könnte zuhören.

Jemand, ganz sicher, beobachtete.

Die Arme schossen hervor, als ich in den schwarzen Spalt zwischen den Ebenen stürzte. Ich erhaschte einen silbrigen Schimmer, der Metallüberzug vermischte sich mit Puritys Licht. Sie packten meine Füße wie in einem Schraubstock, mein Fall änderte sich plötzlich von einem Kopfsprung zu einem Sturz mit dem Gesicht voran, nur dass ich nicht mehr fiel, sondern über Starships wässriger Müllentsorgung baumelte.

Biologische Knochen wären vielleicht gebrochen, aber mein robustes Exoskelett hielt der Kraft stand und gab mir die Chance, mich aufzurichten und zu sehen, was beschlossen hatte, meine Rettungsaktion zu unterbrechen. Durch das schwarze Gitter eines Stegs sah ich den geschmeidigen Rahmen von Alphas neueren Kreationen: Flexi-Mechs, wie ich sie nannte.

Diese Version glich den Menschen Glied für Glied, tauschte zusätzliche Arme gegen eine steifere Konstruktion ein. Diese Flexi-Mechs trieben die zweibeinige Anordnung auf eine unheimliche Spitze. Zehn spitze Finger zierten jede Hand und bildeten fast einen Kreis, während ihre Arme und Beine länger waren als die ihrer lebenden Vorbilder. So konnte mich dieser eine über dem Wasser halten und gleichzeitig außerhalb meiner Reichweite bleiben: Meine eigenen Arme schwangen nutzlos in der Luft.

„Lass mich los", sagte ich zu dem Flexi-Mech, dessen würfelförmiger Kopf, halslos auf einer dünnen Wirbelsäule sitzend, sein rotes Licht auf mich richtete.

„Nein", erwiderte der Flexi-Mech mit der vornehmen Stimme einer Frau. „Ich denke nicht daran."

Ich erstarrte. Noch nie zuvor hatte ein Flexi-Mech mit uns gesprochen, und wir hatten bereits gegen ein paar Dutzend dieser Dinger gekämpft. Sie hatten auch keine Persönlichkeit gehabt, nur direkte Kampf-bis-zum-Tod-Befehle. Dieser hier sprach. Dieser hier bot vielleicht eine Chance zur Verhandlung.

„Du hast eine Persönlichkeit?", fragte ich.

„Ich habe Befehle", antwortete der Flexi-Mech. „Wir sollen dich zerstören."

Ah. So viel zur Diplomatie.

„Wir?", fragte ich und versuchte Zeit zu schinden und einen Plan zu entwickeln.

Neue Lichter trafen mein Gesicht, obwohl ihre Entfernung verhinderte, dass es blendend war. Alle rot und alle im Keller der Purity verteilt. Ich zählte bei einer schnellen Drehung mindestens acht, alles Flexi-Mechs und alle beobachteten mich. Sie standen auf den anderen Stegen und entlang der harten Plattform am Rand der Purity, als wäre ich mitten in einer Musicalnummer reingeplatzt.

„Na dann", sagte ich, und der Flexi-Mech zog mich hoch, hielt mein Gesicht vor sein eigenes.

„Auf Wiedersehen." Der Flexi-Mech holte mit seinem rechten Arm aus, anscheinend bereit, eine herzausreißende Bewegung durchzuführen.

Ich brachte meine Hände zusammen, als der Flexi-Mech zuschlug, und fing das Handgelenk der Maschine wenige Zentimeter vor meiner Brust ab. Die Hand des Flexi-Mechs drehte sich, die zehn Finger sausten wie ein Bohrer herum und gaben eine sehr klare Vorstellung davon, was passiert wäre, wenn sie Kontakt gemacht hätten.

„Sieh uns an", sagte ich. „Ganz schön verzwickt."

„Unregelmäßig", erwiderte der Flexi-Mech.

Als die Maschine ihre Hand zurückzog, kam ich mit, riss mit meinem gefangenen Bein nach unten. Wir bildeten einen unbeholfenen Hebel, der Flexi-Mech und ich, wobei ersterer gegen das Geländer des Stegs krachte, als meine Kraft und mein Gewicht seinen Rückzug umkehrten. Das mahlende Geräusch hallte gut in der Gegend wider, als der arme Bohrarm des Mechs mit seinem Gelenk am Geländer hängenblieb und unter dem Druck zerbrach. Die plötzliche Entlastung brachte unser ganzes Gefüge aus dem Gleichgewicht, und jetzt stieß ich doch einen von Kaydees Schreien aus, als ich mit dem Mech geradewegs in Puritys Gewässer fiel.

Die eisige Kälte sickerte durch meine synthetische Haut, aktivierte meine Thermokontrolle und ließ einen kleinen Messer vor meinen Augen aufleuchten. Der hohe Stromverbrauch bedeutete, dass ich zu einem nutzlosen Koloss werden würde, wenn dieser Messer auf Null lief, und obwohl ich noch reichlich Zeit hatte, bevor das passierte, bedeutete jede Uhr Stress, wenn man es mit Flexi-Mechs zu tun hatte.

Der, der mit mir gefallen war, hielt immer noch meinen Fuß, auch als wir beide sanken. Weitere tauchten ins Meer, Blasen und Platschen kündigten ihren Eintritt in die Arena an. Und was für eine Arena es war: Puritys saphirblaue Beleuchtung warf Strahlen durchs Wasser und hob die Metall-Mechs hervor, die auf mich zuschwammen. Wie ein versunkener Wald breiteten sich um uns herum die langen Arme des Kanzlers aus. Bereits von Puritys gefräßigem Recyclingsystem angegriffen, ragten die turmhohen Stiele grau und still um uns herum auf.

Beta war vor dem Fall von einem durchbohrt worden, und Delta nach ihr niedergeschlagen, aber ich sah keine meiner Schiffsfreundinnen, meinen Grund, hierher zu kommen, sofort. Verständlich, da ich mehr damit beschäftigt war, mich von dem lästigen Flexi-Mech zu befreien.

Das Wasser gab mir die Beweglichkeit, mein festgehaltenes Bein anzuwinkeln, sodass ich nach unten greifen und die verbliebene Greifhand des Flexi-Mechs packen konnte. Unter Wasser hatte ich nicht so viel Kraft, aber die Handgelenke des Flexi-Mechs waren nicht darauf ausgelegt, meiner Stärke standzuhalten. Ich drückte nach unten und zusammen mit dem Wasser rutschte die Hand des Flexi-Mechs von meinem Knöchel.

Nicht dass es den Mech kümmerte: Sobald ich mich befreit hatte, stieß der Flexi-Mech nach vorne, wobei sich seine verbliebene Hand wieder zu diesem Bohrer drehte und direkt auf mein Gesicht zukam.

Also ließ ich mich fallen. Ich trat und schwamm tiefer in die Dunkelheit, die roten Lichter folgten mir. Der Boden von Purity kam schnell näher, eine pockennarbige Fläche, fast wie ein Insektenauge. Feine Filternetze spannten sich über verschiedene Rohre, um Abfälle zu beseitigen und Wasser zu filtern, das in das geschlossene Ökosystem des Raumschiffs zurückgeleitet wurde. Ihre Ränder funkelten, reflektierende Beschichtungen gaben mir eine Orientierungshilfe und ließen mich den richtigen Weg finden.

Zwischen diesen glitzernden Netzen lagen drei menschenähnliche Gestalten. Zwei wollte ich, die dritte verabscheute ich. Delta trieb rechts ab, ihr kürzeres Haar waberte hinter ihrem Kopf, eine dunkle Linie in ihrer Nähe markierte ihre Klinge. Links und näher beieinander lagen Beta und der Kanzler. Meine Freundin und Mitgefäß hatte immer noch einen Arm des Kanzlers, der durch ihre Brust ragte – ein schmerzlicher Anblick. Der Kanzler sah zumindest genauso tot aus wie meine Freunde und würde hoffentlich auch so bleiben.

Ein Blick zurück half mir, die Entfernung einzuschätzen: Mein Flexi-Mech-Freund kam am nächsten, aber mit nur einem Arm hatte der Mech nicht mit mir Schritt gehalten. Seine Freunde waren weiter zurück, ihre Schwimmbewegungen zufällig und unbeholfen: Nicht allzu überraschend, dass sie keine Logik für die Bewegung durch Wasser hatten.

Zum Glück hatte Leo daran gedacht, seinen Gefäßen das Schwimmen beizubringen.

Ich stieß zuerst in Richtung Delta, sowohl wegen der Klinge als auch wegen des Gefäßes. Meine Hände fanden den gezackten Griff dort auf der grimmigen grauen Basis, die Wucht der Waffe war leicht, wenn auch langsam, im Wasser zu bewegen. Als ich die Schneide auf das nächste Netz richtete, spürte ich den ersten verräterischen Stich auf meiner synthetischen Haut: Puritys Feststoff zersetzende Recycler.

Die kleinen Monster hatten Deltas Klinge bereits beschädigt und überall angefressen. Delta selbst sah an den Rändern angeknabbert aus, die synthetische Haut regenerierte sich gerade genug, um ihren Kern zu schützen, während ihre Kleidung, ihre Haare und ihre Schuhe bereits kaum mehr als Fetzen waren. Irgendwann würden diese Mikroben einen Weg durch die Haut des Gefäßes und in die empfindlicheren Drähte, Chips und Speicher finden.

Hoffentlich wäre ich schnell genug.

Ich schwamm zum nahen Netz und führte mit der Klinge. Die Schneide stieß in die dünnen Fasern, die dafür gedacht waren, verirrte Trümmer daran zu hindern, in die Rohre zu gelangen, und zerschnitt sie mit einem sanften Gleiten. Wie das Zerreißen eines Spinnennetzes, das gebaut war, um Stößen standzuhalten, aber nicht einem Querschnitt. Mit einem zweiten Schnitt löste sich das Netz ganz auf und verschwand in dem meterbreiten Rohr.

Ich wirbelte herum, so schnell man im Wasser wirbeln kann, um Delta zu holen. Stattdessen fand ich meinen Flexi-Mech-Gegner, der auf mich herabgurgelte, die Bohrhand schäumte auf. Vorher, als ich baumelte, hatte ich keine Waffe.

Die Umstände hatten sich geändert.

Ich schwang die Klinge quer über meinen Körper, eine schlammige Bewegung im Wasser, aber schnell genug, um den Mech zu treffen. Die wirbelnde Hand traf auf die Klinge und machte sich an sich selbst zu schaffen, die Kraft des Motors reichte aus, um die Finger des Mechs in einem Augenblick zu zerschneiden, kurz darauf die wirbelnde Handfläche. Ich dachte, der Mech würde weiter auf mich zukommen und versuchen, mich mit seinem Stumpf in blinder Wut zu erschlagen, aber Purity verhinderte das: Seine Schaltkreise waren dem Wasser ausgesetzt, der Mech zuckte, als sein Körper kurzschloss.

Tot trug der Schwung den Mech an mir vorbei und ließ ihn auf den Boden des Beckens aufschlagen.

Mit mehr Mechs, die sich in meine Richtung bewegten,

hatte ich keine Zeit, die arme Maschine zu bedauern. Ich behielt Deltas Klinge in meiner linken Hand und schwamm zum gefallenen Gefäß. Wie der Flexi-Mech vor mir packte ich Deltas Knöchel, umklammerte ihn mit meiner rechten Hand und zog, wobei ich hart mit den Füßen trat, um etwas Schwung auf meine Seite zu bringen. Delta bewegte sich, rutschte vom Boden weg und kam mit mir zum offenen Rohr.

Ich hatte keine Zeit, Delta vorsichtig hineinzulegen, stattdessen entschied ich mich für einen schwingenden Zug, um Delta in Richtung des Rohreingangs zu werfen. Für einen Menschen hätte der Zug vielleicht von Glück abgehangen. Für mich, sobald ich meinen Systemen gesagt hatte, was zu tun war, schwang meine rechte Hand Delta mit der perfekten Kraft und ließ im perfekten Moment los. Das Gefäß schwebte zum Rohr und hinein, eine makellose Platzierung.

Nimm das, Menschen.

Beta würde nicht ganz so einfach sein: Vier Flexi-Mechs taumelten zwischen mir und meiner Gefäßfreundin. Zwei hatten die Schrapnellmesser, mit denen Alphas Mechs so oft ausgestattet waren, wahllose Waffen, eingesetzt von einer wahllosen Armee. Die anderen beiden hatten diese wirbelnden Hände, obwohl jedes Mal, wenn sie diese zehn Finger aufdrehten, die Wirbel wie Motoren wirkten und die Mechs in wilden Schleifen herumstießen.

Nichtsdestotrotz wäre mit den zunehmenden Nadelstichen, da immer mehr Purity-Beschützer meine weiche Haut fanden, ein einziger schlechter Schlag hier unten tödlich. Selbst wenn Alvie hochginge, um Leo und Val zu holen, und sie sich die Mühe machten, Hilfe zu schicken, würden sie wahrscheinlich nur halb aufgefressene Überreste finden. Wenn überhaupt.

Angesichts der knappen Zeit und der schlechten Chancen beschloss ich, einen Delta zu machen.

Ich schwamm hart nach rechts in Richtung Beta und hielt mich am Boden des Beckens. Mit Deltas Klinge noch in der Hand ließ mich die Nähe zum Boden mit Geschwindigkeit vorankommen. Die Flexi-Mechs versuchten, mich abzufangen, und stürzten sich auf mich, mit wild fuchtelnden Gliedmaßen. Ihre roten Augen schimmerten in der Dunkelheit, reflektierten von ihren Messern, ihren metallenen Körpern. Als würde ich von schimmernden Phantomen verfolgt.

Sterblichen Phantomen.

Der erste Flexi-Mech traf mich zwei Meter vor Beta. Der Mech stieß mit einer Stichbewegung vor, die auf meinen Rücken zielte. Das Leuchten seiner Augen verriet ihn, und ich rollte mich, drehte mich auf den Rücken und brachte Deltas Klinge quer über meinen Körper zur Abwehr. Unter Wasser fehlte dem Aufprall die Wucht, es war nur ein schwacher Klang. Meine größere Klinge fegte das Messer weit zur Seite, die Kraft drehte den Mech so, dass seine Seite mir zugewandt war. Ich zog das Schwert zurück und stieß es nach vorne, mit dem Ziel aufzuspießen. Mein eigener Schwung, der mich in Richtung Beta trieb, bedeutete, dass ich nicht den verheerenden Schlag erreichte, den ich erhofft hatte, sondern den Mech nur am Mittelstück streifte.

Wieder reichte der kleine Schnitt im Wasser aus. Ein weißes Knistern brach aus dem Schnitt hervor, gefolgt von einem scharfen Zucken über die schlaksigen Glieder des Flexi-Mechs. Wie sein Bruder hörte die Maschine auf zu zappeln und sank tot zu Boden.

Zwei erledigt, noch drei übrig.

Die übrigen waren auch nicht völlig bescheuert. Trotz

ihres miesen Schwimmens bewegten sich die drei, um mich einzukreisen, wobei die Bohrer-Händler einen guten Griff mit ihren improvisierten Motoren bekamen, um zu Beta zu flitzen und mich zu schlagen, während der andere Messerträger auf meine Füße zuschwamm.

Umzingelt und allein inmitten der drohenden Arme des Kanzlers festigte ich den Griff um Deltas Schwert und stieß mich erneut ab, um die letzte Strecke zu Beta zurückzulegen. Ich hätte weglaufen können, hätte Delta als meine Beute nehmen und gehen können.

Ein feiger Zug, hätte Kaydee gesagt, und ich war kein Feigling.

Nicht mehr.

DREI

HINAB INS LOCH

Ich schwamm auf die Schatten zu, und die Schatten jagten mich. Mein Ziel bewegte sich nicht: Beta lag am Boden des Beckens, ein verschwommener blauschwarzer Block mit einer dunklen Linie, die durch ihren Rücken und zur Oberfläche führte. Die Klaue, die sie aufgespießt hatte. Weniger als einen Meter entfernt lag die Masse der Kanzlerin selbst, eine tote Spinne, in ihren eigenen Armen eingenistet.

Durch diese Arme schwimmend, von hinten, von der Seite und von vorne kamen drei weitere Flexi-Mechs, ihre roten Augen verfolgten mich wie die Kameras des Teufels selbst. Ich hielt Deltas Klinge in meiner rechten Hand, während ich schwamm. Als ich über den Körper der Kanzlerin glitt, hielt ich an und griff mit der linken Hand zu einem beidhändigen Griff. Die Arme der Kanzlerin erhoben sich um mich herum wie ein Käfig. Saphirblaues Licht drang von oben ein.

Die Flexi-Mechs trafen innerhalb einer Sekunde aufeinander, wobei das ungeschickte Schwimmen des Trios ihnen dennoch einen synchronisierten Angriff ermöglichte.

Ich versuchte einen weiten Schwung und führte die Klinge quer, um zu versuchen, sie alle zusammen zu erwischen.

Es stellte sich heraus, dass ich es mit Märtyrern zu tun hatte.

Der Flexi-Mech, der von Betas Seite kam, nahm den Treffer hin, packte die Klinge mit beiden Händen und wickelte sich um meine Waffe. Das zusätzliche Gewicht verlangsamte meinen Schwung, zog den Winkel nach unten, sodass ich den nächsten verfehlte, den mittleren Flexi-Mech, der von oben herabstürzte. Seine Hände trafen meinen Kopf und drückten mich zum Beckenboden, und ich ließ die Klinge fallen, um mich der unmittelbaren Bedrohung zu stellen.

Obwohl ich meine Schmerzsensoren schon lange abgeschaltet hatte, hielt das meinen Kopf nicht davon ab, mir zu sagen, dass die Finger des Flexi-Mechs mich wie einen Ballon zum Platzen bringen würden, wenn ich den Druck nicht minderte. Schlimmer noch, der dritte Flexi-Mech stürzte sich auf meine Beine und zerfetzte meine synthetische Haut mit seinen Klauen. Das Wasser machte die Hiebe weniger effektiv, aber ich spürte, wie die Enden meine Kleidung wegschälten und lange Schnitte in meine Haut hinterließen, die Puritys Recycling-Roboter ausnutzen konnten.

Aber mein Kopf. Der kam zuerst.

Meine Hände fanden die Handgelenke des Flexi-Mechs und zogen daran, als wir auf den Körper der Kanzlerin krachten, mein Rücken traf auf das zerschlagene Gehäuse des rostfarbenen Mechs. Ich erhöhte meine Kraft genug, um den Griff des Flexi-Mechs zurückzudrängen, die flackernden Alarme verschwanden aus meinen Augen, als der Druck nachließ. Der Flexi-Mech selbst trat mit den Füßen und zielte auf einen Kopfstoß.

Mutiger Zug, Roboter.

Ich schwang meine Hüften nach rechts – ein weiterer Klauenhieb riss ein Stück aus meinen Oberschenkeln – und zog an den Handgelenken des Flexi-Mechs, wobei ich die Maschine an mir vorbei und in die Kanzlerin schleuderte. Mit einem dumpfen Aufprall verbeulte der Mech seine tote Verbündete und prallte ab. Kein großer Schaden, aber ich hatte mir eine Sekunde erkauft, als die Maschine zappelte und versuchte, sich aufzurichten.

Ich trat mit meinen beschädigten Beinen und trieb mit dem Rücken zu Beta. Ihre dunkle Gestalt glitzerte aus der Nähe, unverbrauchte Messer füllten Bandoliere und Gürtel. Ihr langes rosa Haar erhob sich, ein welliges Leuchtfeuer.

Gischt flog, als der Mech, der meine Beine belästigte, zu einem bohrenden Stoß in meinen Bauch ansetzte. Ein Alles-oder-Nichts-Angriff im Vergleich zum Beschnüffeln meiner Zehen. Ich trat erneut, streckte meinen Arm hinter mir nach Beta aus. Die bohrende Hand, zehn Fingerklauen wirbelten, half mir etwas: ihre Kraft bedeutete, dass der Mech härter treten musste, um den motorisierten Schub nach vorne zu überwinden, kaufte mir eine Sekunde.

Einen Griff zu finden, das umwickelte Tuch am Messergriff zu halten, fühlte sich wie Jubel an. Ich riss die Waffe heraus und schleuderte die Klinge in einem einzigen Überkopfwurf auf die Todeshand des Flexi-Mechs. Wie ein Superheld, der zum Schlag ausholt, auf mich zurasend, waren der Kopf des Flexi-Mechs, seine Hand und ich alle nur noch Zentimeter voneinander entfernt, als das Messer sein Ziel traf.

Ein Volltreffer, direkt ins Zentrum der wirbelnden Handfläche.

Das Messer traf die Maschine in der Hand des Flexi-

Mechs und brachte die überhitzten Zahnräder zum Stillstand. Die Hand zerbrach, das Messer zersplitterte, und glühend heiße Splitter schossen um uns herum. Ich spürte, wie drei davon in meinen Bauch einschlugen und einer dorthin, wo bei einem Menschen die Lunge wäre. Der Flexi-Mech wurde ebenfalls von seinen eigenen Geschossen getroffen: Ein Funke blitzte an seinem Schädel auf, und sein rechter Arm zuckte, als ein Messersplitter einen Draht in seinem Ellbogen durchtrennte.

Ich griff erneut zu und fand ein zweites Messer, mit dem ich den Schlag wiederholte, bevor der Flexi-Mech seine zerstörte Realität begreifen konnte. Diesmal ließ ich das Messer nicht los, sondern krümmte mich und stieß die Klinge kontrollierter in die Brust des Flexi-Mechs, genau dorthin, wo sein Prozessor sein musste. Der Schnitt zeigte Wirkung, eine kleine knisternde Hitze ließ Blasen um uns aufsteigen, bevor der Flexi-Mech sich der Kanzlerin auf dem Boden des Beckens anschloss.

Meine Sicht flackerte. Statisches Rauschen für eine Millisekunde.

Diese Recycler. Sie würden sich in meine Schnitte schleichen und mich von innen heraus verschlingen. Meine synthetische Haut, die sich schnell regenerierte, würde die Monster auf ein Minimum begrenzen, aber selbst ein oder zwei, die man allein ließe, würden mich bald in eine teure Statue verwandeln.

Aber ich konnte Beta nicht zurücklassen. Nicht jetzt, nicht hier.

Ein Blick auf den durchbohrenden Arm der Kanzlerin zeigte, dass mein gestohlenes Messer nicht in der Lage sein würde, meine Freundin zu befreien. Sie entlang des Arms hochzuheben und über die Klaue zurückzuführen, schien angesichts meines drohenden Todes unmöglich. Also ging ich zurück zu den Grundlagen.

Mit einem Tritt näherte ich mich Deltas fallendem Schwert, an dem der aufgespießte Mech noch hing. Der Flexi-Mech lief noch, aber die Widerhaken an Deltas Klinge, ein unvollkommenes Schrottmetallschwert, machten es dem Roboter schwer, sich zu befreien.

Ein Leichtes für mein Messer.

Ein paar Schnitte befreiten es von dem Mech und ließen mich wieder bewaffnen, die schwarze Klinge in meiner rechten Hand, als ich zu Beta zurückkehrte. Als ich mich auf einen armtrennenden Schnitt vorbereitete, wurde mein rechter Knöchel taub. Die Drähte, die Informationen übertrugen, waren durchtrennt. Eher verschlungen. Egal. Ich schwang.

Die Klinge drang tief in den Arm der Kanzlerin ein, knapp über Beta. Nicht ganz durch. Ich wackelte mit der Klinge, befreite sie aus dem Arm und schwang erneut. Diesmal ein sauberer Schnitt. Der große Arm wackelte, dann begann er langsam wegzufallen, während ich Deltas Klinge fallen ließ, um nach Beta zu greifen.

Mein Körper zuckte, Schaltkreise flackerten auf, als jeder Teil von mir schrie, dass etwas nicht stimmte. Ich versuchte mich umzudrehen, meine Sensoren sagten mir, dass mein Rücken angegriffen wurde, nur um festzustellen, dass ich es nicht konnte. Etwas steckte in meinem oberen Rücken fest, scharf und fest, und sein Griff hielt mich zum Boden des Beckens gerichtet. Die Quelle beantwortete meine Frage einen Augenblick später, als ihre andere Hand über meine linke Schulter kratzte.

Der Mech, den ich auf Deltas Körper zurückgeschleudert hatte, kam zurück für mehr.

Ich hörte auf mich zu bewegen, sank zu Beta und Deltas

fallengelassener Klinge. Das schwarze Schwert berührte den Boden und lag mit der Schneide nach oben. Diesmal drehte ich mich nicht, sondern trat mit meinem rechten Bein aus, als der Mech seine stechende Hand tiefer hineingrub. Warnungen flammten vor meinen Augen auf, die ich keine Zeit hatte zu lesen. Mit meinem Tritt rotierte mein Körper, während wir weiter sanken.

Direkt über uns, durch diese rotglasierten Warnungen hindurch, leuchtete Puritys blaues Licht sanft. Die Wasseroberfläche kräuselte sich, als mehrere weitere Mechs hineintauchten, offenbar besorgt um die Leistung ihres Kollegen. Trotzdem hatte das Wasser eine gewisse Schönheit.

Nicht das Schlimmste, was man in seinen letzten Momenten sehen kann.

Ich trat mit beiden Füßen, schlug mit den Armen, um mich nach unten zu drücken. Der Flexi-Mech grub sich tiefer ein, und ich spürte einen kühlen Schwall, als Wasser durch die Schnitte eindrang. Unsere Drehung ging weiter, der Flexi-Mech jetzt unter mir. Ich hatte halb erwartet, dann und dort zu sterben, aber Leo hatte mich gut gebaut, meine Schaltkreise gegen ein kleines Leck gesichert.

Wir trafen mit Geschwindigkeit auf Deltas Klinge, das Schwert biss sich schnell genug in den Flexi-Mech, um sich nicht zu verbiegen. Ich spürte die Vibration, das plötzliche Aufhören, als die Hände des Mechs locker wurden. Die Klauen, die in meinen Rücken stachen, fielen ab, als ich meine Hände nach oben pumpte. Ein schneller Blick bestätigte den Kill: Deltas schwarzes Schwert hatte den Mech in zwei Teile gespalten und ließ mich frei, um nach Beta zu greifen.

Ich balancierte meine Füße auf dem Becken, um genug Hebelkraft zu haben, um das Gefäß abzuziehen, ein Zug, der schwieriger wurde, als Puritys kleine Monster meine Extremitäten verschlangen. Warnungen erloschen, als meine Sensoren starben, als Drähte ihren Zusammenhalt verloren. Ich fragte mich, ob sich das so anfühlte, gefressen zu werden.

Ob das das war, was all diese Mechs fühlten, als Delta sie Glied für Glied zerschnitt.

Die Verfolgung war noch nicht vorbei. Ein weiteres Flexi-Mech-Trio kam auf Beta und mich herab, als wir uns in Richtung der offenen Röhre schleppten. Diese Mechs waren nicht besser in der Wassernavigation als ihre Kollegen, und das schlampige Gerangel verschaffte mir Zeit, als ich trat, abprallte und Beta entlang des Bodens zog.

Mit einem kräftigen Stoß schob ich Beta das letzte Stück durch den Schlamm zum Eingang der Röhre. Der Druck erfasste sie dann und saugte meine Freundin hinter Delta her. Der nächste Flexi-Mech kam bis auf zwei Meter heran, fiel aber seinem eigenen Fehler zum Opfer: Er aktivierte seine Bohrhände und schoss sich selbst rückwärts. Ich hätte gelacht, wenn ich nicht Sekunden zuvor die Kontrolle über meinen eigenen Mund verloren hätte.

Stattdessen tauchte ich Beta hinterher, die Hände vor dem Kopf, als ich die Lippe der Röhre überquerte und in ihren engen Tiefen verschwand.

VIER

KANALZÜNDUNG

Keine Lichter wiesen den Weg, aber in diesem speziellen Labyrinth gab es keine Wahlmöglichkeiten. Stattdessen drängte ich vorwärts, meine Hände zogen mich durch die engen Räume. Hier und da tauchten Gitter auf, die mich in diese oder jene Richtung leiteten. Mit Delta und Beta zusammenzutreffen wäre Glück, aber ich musste hoffen, dass wir schnell genug hintereinander waren, um zufällige Umleitungen zu vermeiden.

Wie dumm wäre es, all das durchzustehen, nur damit meine Freunde in einem Ofen landen und zu Asche verbrannt werden, während ich in einem Rohr herumstolpere?

Kaydee würde das grimmig witzig finden.

All mein Zappeln beförderte mich schließlich in einen Tank. Mehrere Meter breit und lang, fühlte sich der Raum trotzdem eng an. Das Wasser hier war eher Schlamm, übrig gebliebene Materie, die zusammenklebte. Als ich hineinfloss, hörte ich, oder besser gesagt, spürte ich Klicks hinter mir. Tore, die sich schlossen und den nächsten Schub woanders hinleiteten.

Was bedeutete, dass dieser hier kochen würde.

Zum Glück war ich schon einmal fast gebacken worden. Eine Erfahrung, von der ich nicht dachte, dass sie nützlich sein würde, aber hier drückte ich wieder nach oben und presste gegen den Deckel des Ofens. Das Ding gab nach und öffnete sich in eine Höhle, die ich wiedererkannte. Kleine Glühbirnen zogen sich an den Seiten entlang, eine bunte Beleuchtung, die das Wrack erhellte, das einmal ein ordentliches kleines Arbeitszimmer gewesen war, wenn auch von einem Monster geführt.

Hallo nochmal.

Meine Arme, die von kaputten Drähten zuckten, schafften es, mich aus dem Ofen zu befreien, und nachdem ich über den Rand geklettert war, saß ich für einen Moment auf dem durchnässten Boden. Meine Stiefel, Mantel, Kleidung waren nicht nur durchnässt, sie waren zerstört. Nur noch Fetzen, Überreste, die an meinem zerlumpten Selbst klebten. Synthetische Haut raste, um mich mit biologischer Rüstung zu überziehen, aber das Zeug konnte nichts gegen die schlimmeren Schäden unter der Oberfläche ausrichten. Das würde Zeit, Geschick und Werkzeuge erfordern, von denen ich nicht sicher war, ob ich sie hier finden konnte.

Aber!

Ich taumelte hoch, drehte mich um und spähte in einen modrigen Sumpf. Zuerst sah ich nichts, nur eine trostlose Paste. Dann ein Funkeln, ein Aufblitzen, das von den Lichtern in meinem Rücken eingefangen wurde: rosa Haare, die sich durch den Schlamm zogen, bedeckt von Dreck. Ich beugte mich vor, schob eine taube Hand unter den Schmodder, fand etwas Festes und zog.

Betas lebloser Körper kam heraus, tropfend und ruiniert. Ihre übrig gebliebenen Messer, wie treue Soldaten, hingen noch in ihren Holstern und klapperten, als ich sie vom Ofen wegzog und auf die umlaufende Plattform hievte, wo Puritys Mech seine zufällige Sammlung zusammengestellt hatte. Zerrissene Bücher, ramponierte Regale voller Spielzeug, kaputte Geräte und schimmlige Kleidungsstücke ragten auf.

„Bin gleich wieder da", formte ich lautlos mit den Lippen zu meiner Freundin, Sprechen war immer noch unmöglich. Wann immer ich versuchte, meine Stimme zu benutzen, fühlte es sich an, als würde ich in ein erstickendes Kissen sprechen: erstickend und unmöglich.

Zurück am Ofen sah ich kein verräterisches Zeichen von Delta. Sie hatte nicht Betas längeres Haar, zum einen. Mit einem Zucken angesichts meiner eigenen Umstände kletterte ich wieder über den Rand und suchte. Meine Hände fegten von Seite zu Seite, räumten den Schlamm weg und hielten ihn für einen schlürfenden Moment zurück, während ich suchte. Meine tauben Füße schlurften über den Ofenboden und fühlten nichts, bis eine Vibration zu meinen funktionierenden Drähten aufstieg.

Delta war in die vordere Ecke gesunken, tief begraben. Es hätte ewig gedauert, außer dass ich dranblieb, den Dreck wegpeitschte, bis ich auch sie frei heben konnte. Zusammen saß unser Gefäß-Trio bald auf der Plattform und bot sowohl einen Anblick als auch einen Geruch, der so schrecklich war, dass ich mich weigerte, ihn von meinen Sensoren verarbeiten zu lassen.

Nun, ich hatte getan, was ich gesagt hatte: Ich hatte die beiden Gefäße geborgen. Delta und Beta. Direkt hier neben mir.

Und sie waren nichts weiter als Körper.

Ich blinzelte Banner weg, die blinkenden Warnungen aus meinem Blickfeld. Meine eigenen Systeme waren nicht weit davon entfernt, sich meinen Freunden anzuschließen, und der Abbau hatte nicht aufgehört, nur weil ich das Wasser verlassen hatte. Einige dieser Recycler schienen immer noch in meinen Eingeweiden zu sein und zu knabbern. Sie auszuspülen würde Zeit, Werkzeuge und eine Operation mechanischer Art erfordern.

Mit anderen Worten, nichts, was ich selbst tun konnte.

Beta, zu meiner Rechten, hatte ein schlimmes Loch in ihrer Brust. Zweifellos war es, wie bei mir, auch von Recyclern befallen worden. Selbst wenn ich sie starten könnte, wenn ihre zentralen Schaltkreise nicht durch den Schaden geröstet worden wären, wer wusste, was nicht funktionieren würde? Wer wusste, ob sie überhaupt etwas fühlen könnte?

„Was bedeutet, du." Ich sah Delta genauer an.

Sie war von der Kanzlerin gefangen genommen worden, zu Purity hinuntergeschlagen und verprügelt, aber ich sah keine schweren Wunden. Sicher keine großen Schnitte oder gebrochenen Gliedmaßen. Ich blickte auf meine rechte Hand, drückte Daumen und Zeigefinger zusammen. Der Druck erfüllte seinen Zweck und verwandelte meine Fingerspitzen in einen Anschluss. Ich rutschte neben Deltas Kopf, hob ihr rechtes Ohrläppchen zur Seite und steckte in die winzige Öffnung.

Und kam nirgendwo hin. Ich hatte Delta schon einmal neu gestartet, und das gab mir zumindest einen Ansatzpunkt. Hier steckten meine Finger drin und nichts änderte sich. Der Anschluss hatte keinen Strom. Ich durchsuchte schnell meine eigenen Schaltpläne, die Stapel von Informationen, die Leo in meinen Laufwerken gespeichert hatte und die erklärten, wie ich funktionierte. Möglichkeiten breiteten sich vor meinen Augen aus: eine beschädigte Stromversorgung, eine durchgebrannte Leitung, die besagten Strom von der Versorgung zu Deltas Prozessor übertrug, eine ganze Reihe anderer kaputter Teile, die der Übeltäter sein könnten.

„Das ist Mist", murmelte ich zu Delta, die nicht reagierte.

Wenn Kaydee hier wäre, würde sie ein paar Ideen anbieten. Wahrscheinlich etwas Verrücktes, aber mit Logik im Kern. Wie zum Beispiel, wir können uns nicht auf die kaputten Teile konzentrieren, weil wir das nicht reparieren können, also lass uns mit den anderen Ideen weitermachen.

Ich hatte schon einmal damit zu tun gehabt, eine tote Maschine wiederzubeleben. Alvie, mein tapferer Welpe, war nicht so tot gewesen wie Delta, aber er war nah dran gewesen. Ich hatte seinem System einen Schock versetzen müssen, um ihn wieder online zu bringen, was im Grunde einem Reset gleichkam. Wenn ich Delta mit einem ähnlichen Stromschlag treffen könnte, würde es sie vielleicht zu einem Neustart zwingen. Ein plumper Versuch, aber bei wenig anderen Optionen, was sollte schon schiefgehen?

Andererseits, woher sollte ich einen Stromschlag bekommen? Meine eigenen Batterien, angeschlagen wie sie waren, würden nicht ausreichen.

Ich begann, den Raum zu inventarisieren, meine Augen fielen zuerst auf das Offensichtliche: die aufgehängten Lichter. Sie würden zwar an Starships Stromversorgung angeschlossen sein, aber ihr Verbrauch wäre zu gering für die Art von Energie, die ich brauchte. Was sonst?

Weitere Minuten verstrichen, während ich Optionen durchstrich, bis ein zischendes Gurgeln meine Aufmerksamkeit zurück zum Schlammofen lenkte. Das Ding würde seinen Inhalt rösten, ihn zu Nichts verbrennen. Ich hatte den Deckel offen gelassen, sodass Rauch in den Raum aufstieg. Feuer würde folgen, eingedämmt von den geschwungenen blassen Seiten des Ofens. Eine gründliche Beseitigung, ein Prozess, der erfordern würde-

„*Hah!*" Ich versuchte schnell aufzustehen und kippte auf meinen Bauch, nicht gewohnt an gefühllose Füße.

Beim nächsten Mal ging ich langsamer vor und schleifte dann Delta – tut mir leid, Kumpel – über den Boden am brennenden Ofen vorbei. An der Rückseite des großen Brenners saß die Stromleitung, ein ummanteltes Kabel, das irgendwo hinter Metallfliesen verschwand. Wo es jedoch mit dem Ofen verbunden war, lag eine Möglichkeit. Ich stolperte zurück zu Beta, löste ein Messer und benutzte dessen Spitze, um die Versiegelung aufzubrechen, wo das dicke schwarze Kabel in den schwelenden Ofen führte.

Okay. Hier würde es knifflig werden. Ich musste Delta wachschocken, ohne ihr so viel Saft zu geben, dass sie durchbrennen würde.

Ich nahm das Messer und legte Deltas Finger um die Klinge. Es schnitt tief genug in die synthetische Haut, um Kontakt mit den Metallknochen in ihrer Hand herzustellen. Ich hielt den Stoffgriff fest, um mich selbst zu schützen, entschuldigte mich in Gedanken bei Delta für das, was ich gleich tun würde, und stieß die Klinge direkt in das Kabel.

Und fand mich selbst gegen einen anderen Ofen einige Meter entfernt prallend wieder, während Funken in der Luft verblassten. Das Messer zitterte über mir, in der Decke steckend. Rauch stieg von Deltas regloser Gestalt auf. Kein Anzeichen von Bewegung.

Okay, vielleicht nicht mein bestes Experiment.

Ein neues Geräusch, Klammern und Klacken, hallte durch den Raum und schien von überall her zu kommen. Zunächst dachte ich, meine Schock-und-Ehrfurcht-Aktion hätte etwas beschädigt, aber meine Sensoren taten ihre Arbeit und isolierten die Quelle, filterten die Echos heraus und orteten den Ursprung an der einzigen Tür zu unserem improvisierten Versteck.

Etwas kam.

Ich rappelte mich auf, unsicher auf tauben Füßen, und machte mich langsam vorwärts. Die Tür stand weit offen, eine Barriere, die ich wahrscheinlich als Erstes hätte schließen sollen. Ich konnte Kaydee jetzt hören, wie sie meine schlechten Entscheidungen tadelte, aber hey, ich war abgelenkt gewesen. War halb aufgefressen worden, durch Schlamm geschwommen und hatte die Körper meiner Freunde in Sicherheit gebracht. Ich würde mich nicht dafür fertigmachen, nicht jede Kleinigkeit bemerkt zu haben.

Also schnappte ich mir ein kaputtes Tischbein, einen dünnen Metallstock, der als Schläger dienen würde. Mit meinem rechten Arm, der sich an Regalen, aufgetürmtem Müll und der Wand abstützte, bahnte ich mir meinen Weg an Beta vorbei zur offenen Tür. Wie alle außerhalb von Starships Apartments bot das runde Portal ein mit Edelsteinen besetztes Schloss, das verdammt praktisch gewesen wäre. Verdammt praktisch, außer dass mir keine Zeit mehr blieb.

Die Verursacher des Lärms kamen stampfend in Sicht. Flexi-Mechs, zwei an der Spitze des Rudels. Und mehr hinter ihnen. Schlimmer noch, ohne das energiezehrende Wasser kamen das Paar bewaffnet. Die stumpfnasigen Waffen saßen in ihren Händen, erhoben und bereit, als sie durch die Tür stampften.

In der Unterzahl und unterlegen bewaffnet, tat ich, was ich konnte, und warf mein Tischbein wie einen Speer.

Die Stange traf den führenden Mech, als er durch die Tür stapfte, schlug gegen seine Brust und trieb ihn in den zweiten zurück. Dem Tischbein fehlte eine gewisse Tödlichkeit und hinterließ beim Mech nur eine Delle und wenig sonst. Aber ich gewann eine Sekunde, und mit dieser Sekunde stürzte ich vorwärts, zog meine rechte Hand entlang eines Regals, um ein weiteres Geschoss aufzunehmen. Meine Finger fanden es, krümmten sich um seine weichen Konturen, und ich schaute nicht einmal hin, bevor ich es schleuderte.

Eine spindeldürre Puppe, mit durch die Zeit zerfallenen Flecken, flog und prallte von den sich erholenden Flexi-Mechs ab. Die verdammten Roboter blinzelten nicht einmal.

Stattdessen schossen sie, und ich tauchte ab.

Ein Strahl durchschnitt die Luft, wo ich gewesen war. Der zweite traf da, wo ich hätte sein sollen, ein Schlag, der mich getötet hätte, wäre ich kompetent gewesen. So war mein Abtauchen eher ein Vorwärtsfallen, langsam genug, um den Schlag zu verfehlen, aber dennoch auf dem heißen Metall zu landen. Meine Haut brannte. Ich schaute zu den beiden Mechs und zeigte ihnen Kaydees klassische Geste.

Ihre Metallgesichter gaben mir keine Genugtuung.

Der plötzliche Müll tat es sicherlich.

Abschaum, nass und ekelhaft, flog von hinten und links auf mich zu und spritzte auf die Waffen. Der Dreck sank in die Läufe und verhinderte, dass das Gas und Licht der Waffe interagierten, als die Mechs ihre Abzüge betätigten, sowohl auf mich als auch auf meinen Retter. Sie versuchten es noch zweimal, ließen dann die Waffen fallen, als mein Held über mich stieg, gestohlene Messer in ihren Händen.

„Lass uns spielen", sagte Delta, und obwohl ich ihr grimmiges Lächeln nicht sehen konnte, wusste ich, dass es da war.

Das Gefäß sprang auf das Mech-Paar zu, die beide ihre

bohrenden Hände starteten. Delta begegnete ihren Hieben mit Ausweichmanövern und Tänzen und brachte bei jeder Reichweite ihre eigenen Schnitte an. Die Mechs, die mehr Einfallsreichtum zeigten als ihre älteren Gegenstücke, passten sich an: einer sprang hoch und über Delta, um sie zwischen den beiden Bots einzuklemmen.

Unglücklicherweise brachte es den Mech auch in meine Reichweite.

Als der Flexi-Mech landete, während Delta einen Messersturm gegen den immer noch an der Tür stehenden wirbelte, griff ich aus und packte den Knöchel des Dings. Mit einem Schwung nach rechts zog ich den Mech von den Füßen in einen klirrenden Fall. Diese rotierenden Hände gruben sich in den Boden und warfen einen heißen Metallregen auf. Die Glut glühte im gelben Licht und überschüttete uns, als ich den gefallenen Mech erklomm und die Maschine mit meinem Gewicht festhielt.

Eine gute Strategie, bis der Flexi-Mech seinem Namen alle Ehre machte und sich auf seinem Rückgrat drehte, um mir ins Gesicht zu sehen. Diese beiden bohrenden Arme drehten sich in ihren Fassungen und stürzten auf meinen Schädel zu. Ich fing den Angriff ab, meine Hände an seinen Handgelenken, eine vorübergehende Lösung: Ich mochte stärker sein als der Flexi-Mech, aber die Maschine hatte den Hebel, und war nicht gerade ordentlich durchgeschüttelt worden in der letzten Stunde.

Ich wollte um Hilfe rufen, aber mein dummer Mund funktionierte nicht, also begnügte ich mich damit, in Deltas Richtung zu schauen und zu versuchen, den verzweifeltsten Ausdruck aufzusetzen, den ich konnte. Meine Ohren füllten sich mit dem mahlenden Motorengeräusch, als diese rotierenden Hände näher kamen.

Aber Delta schaute nicht in meine Richtung. Ein dritter

Mech hatte sich in den Kampf eingemischt, und während Delta ihren ersten Gegner in Stücke gelegt hatte, hielt der zweite Abstand und feuerte Laserschüsse in ihre Richtung. Keine Zeit für mich.

Sieht so aus, als müsste ich mich mal selbst retten.

FÜNF

FREUNDE REPARIEREN

Manchmal war der beste Weg zu gewinnen, den Feind sich selbst schlagen zu lassen.

Mit den bohrenden Händen, die von beiden Seiten auf mich eindrückten, ließ ich die Handgelenke des Flexi-Mechs los und hob meinen Kopf. Der wirbelnde Tod fuhr unter meinem Hals hindurch, knurrte ein bisschen in meinem zerfetzten Mantelkragen und fand sich selbst. Beide Hände verkrallten sich ineinander, Finger zerschnitten und zerbrachen und spuckten ihre Splitter überall hin. Nadelstiche übersäten meinen Schädel, meinen Hals: neue Dekoration für meine synthetische Haut.

Währenddessen machten sich meine eigenen Hände an die Arbeit, schlugen auf die Brust des Flexi-Mechs ein und warfen die Maschine von mir runter. Der Roboter taumelte zurück, seine Prozesse versuchten zweifellos herauszufinden, was er mit seinen verstümmelten Händen anfangen sollte, die jetzt nur noch herabhängende Drähte waren, die Funken auf den Boden spuckten.

Ich konnte nicht warten, bis er sich etwas einfallen ließ.

Ich rollte mich nach vorne und stürzte mich auf den

Mech, ein schlampiges Manöver mit den tauben Klötzen, die ich für Füße hatte. Trotzdem umklammerten meine ausgestreckten Arme die metallknochige Taille des Mechs und ließen mich die Maschine zu Boden ziehen. Auf meiner Ebene angekommen, zappelte der handlose Mech, schlug auf mich ein, während ich an jedem Draht, Kabel und Schlauch zog und riss, den ich finden konnte.

Die Flexi-Mechs hatten zwar Flexibilität, aber ihre spärlichen Schalen boten wenig Verteidigung. Wie beim Öffnen eines steifen Geschenks wickelte ich die Maschine aus und schaltete sie ab. Tot brach der Mech auf mir zusammen, wir beide verstrickt in Puritys plötzlicher Stille. Eine Pause im Kampf, die ich nutzen konnte.

Meine Wange drückte sich auf den harten Boden, während ich meine Systeme durchging und herausfand, was funktionieren und was repariert werden konnte. Ich hatte die Liste fast fertig, als jemand das Flexi-Mech-Skelett von mir hob und den Roboter zur Seite schleuderte, als hätte ich einen Ball für Alvie geworfen.

„Steh auf", sagte Delta, als ich sie ansah, „oder ist dein neuer Plan, hier rumzuliegen und Alpha gewinnen zu lassen?"

Ich zeigte auf meinen Mund. Delta verengte ihre Augen und musterte mich gründlicher.

„Du siehst aus wie Müll", sagte sie.

Dem konnte ich nicht widersprechen.

Der Weg zur Genesung begann mit gebrauchten Teilen. Puritys früherer Besitzer hatte jede Menge Krimskrams, aber zufälliges Spielzeug und Schrott würden weder mich noch Beta wieder funktionsfähig machen. Wir brauchten funktionierende Teile oder zumindest solide Ersatzteile, wenn wir wieder ins Geschehen einsteigen wollten. Und wieder ins Geschehen einzusteigen war ein ständig präsentes Ziel, während ich Delta half, in die Optionen einzutauchen, die wir hatten.

Kaydee, mein ehemaliger Verstand und meine beste - einzige? - Freundin wartete auf mich, eine Gefangene auf der Brücke des Raumschiffs und ein potenzielles Druckmittel, das ich vom Tisch nehmen musste. Delta schien meine Dringlichkeit zu spüren, also beeilte sie sich, unsere beste Ressource zu sezieren: Die Flexi-Mechs.

Diese geschmeidigen Maschinen hatten funktionierende Arme, Beine, Hände und mechanische Herzen. Ihre Leiterplatten waren einigermaßen unbeschädigt. Die Batteriepacks von ein paar Stück waren nicht durchtrennt. Drähte und Stangen konnten herausgerissen, auf die richtige Länge zugeschnitten und zusammengewickelt werden. Mit Delta als Ingenieurin und Chirurgin und mir als Manager trennten und tauschten wir Teile von mir aus.

Mit Betas Messern schnitt Delta an der richtigen Stelle in meine synthetische Haut und schuf einen schmalen Kanal, der zurückgeschält werden konnte, um den Schaden darunter freizulegen. Wir schraubten eine Platte ab oder hoben ein Dichtungspatch an, um an versteckte, löchrige Teile zu gelangen. Deltas mörderische Präzision kam hier beim Heilen sehr gelegen, da sie kaputte Teile mit der Messerspitze herausziehen und dann die Kupferkabel eines Drahtes allein mit ihren Fingern neu verknüpfen konnte.

Als meine Füße wieder online kamen, war es nicht so sehr wie das Erwachen aus einem betäubenden Traum, sondern eher wie das Gewinnen einer neuen Funktion. In einem Moment fühlte ich nichts, und im nächsten waren sie da: zehn Zehen, zwei Füße, bereit zum Gehen und Wandern. Mit denen an Ort und Stelle begann ich Delta zu helfen, und unsere vier Hände machten schnelle Flickarbeit, um mich wieder in einen funktionsfähigen Zustand zu versetzen.

Allerdings verschlechterte sich, wie Volt oben gewarnt hatte, meine Gesamtintegrität weiter. Zentrale Teile von mir, mein Rückgrat, mein Motherboard, mein Speicher, wurden angeschlagen und unscharf. Schon reagierten einige Bereiche langsamer, manche Dateien waren einfach verschwunden, da ein verirrter Schlag die Hardware beschädigt hatte. Bisher waren die Verluste auf die Archive des Bibliothekars beschränkt, auf zusätzlichen Speicherplatz, wie den, wo ich die Stimmen während unseres Weltraumspaziergangs vor nicht allzu langer Zeit abgelegt hatte. Trotzdem fühlte ich mich dort beengt, als hätte mein Kopf nicht viel mehr Platz.

Was, genau genommen, auch stimmte.

„Was ist mit Beta?", fragte Delta, als ich aufstand, meine Gliedmaßen streckte und ihren Bewegungsradius testete.

„Dasselbe", antwortete ich. „Wir gehen nicht ohne sie."

Klar, ich hatte das vielleicht gesagt, aber Worte in die Realität umzusetzen, erwies sich als schwierig. Selbst mit dem Flexi-Mech-Schrott sah Betas Schaden düster aus. Ihre synthetische Haut war zurückgeschlagen worden, unfähig, sich wegen der Wunde oder Puritys nagenden Monstern über das Loch in Betas Brust zu heilen. Drähte waren gebrochen, zusammen mit kritischen Verarbeitungsschaltkreisen. Ihre Stromversorgung hatte ein Drittel ihres Volumens verloren, was sie funktionsunfähig machte. Nach unserer Diagnose blickten Delta und ich stirnrunzelnd auf unsere ehemalige Verbündete.

„Es wird nicht funktionieren", sagten wir gleichzeitig.

„Lassen wir sie dann zurück?", sagte Delta und sah Beta ohne einen Hauch von Mitleid an.

„Sie zurücklassen? Ziemlich herzlos, Delta. Sogar für dich."

„Sie ist tot. Was willst du?"

„Nur weil du und ich sie nicht reparieren können, heißt das nicht, dass es nicht möglich ist."

Delta hob ihre Klinge auf und legte sie sich über die Schulter. „Wir verschwenden Zeit, Gamma. Du hast gesagt, Starship wird bald landen. Alpha hat die Kontrolle. Das können wir nicht zulassen."

„Du warst vor ein paar Minuten genauso tot wie sie." Ich beugte mich hinunter, packte Beta an den Schultern und setzte sie auf. „Alles, was wir brauchen, ist ein besserer Mechaniker." Ich zog Beta den Rest des Weges hoch und verlagerte ihr Gewicht, um sie quer zu tragen. „Und wir brauchen sie, Delta, wenn wir eine Chance haben wollen."

Delta schnaubte: „Wir haben Alphas Spielzeug getötet. Er ist nicht so gefährlich."

Als würde man mit einer Wand diskutieren, diese hier.

„Schau. Wir müssen sowieso nach oben, um hier rauszukommen. Ich trage sie, du hältst mich am Leben, und dann überlegen wir, was als Nächstes kommt. Okay?"

„Jedes Mal, wenn ich diese Abmachungen mit dir treffe, geraten wir in Schwierigkeiten."

„Du wirst so oder so in Schwierigkeiten geraten."

Selbst Delta konnte dieser Logik nicht widersprechen.

Wir kletterten. Schritt für Schritt aus dem gemütlichen Keller in den Garten. Wir kamen an Puritys dunklen Laufstegen vorbei, wobei Delta unterwegs mehrere weitere Flexi-Mechs ihrer Seelen beraubte. Es gab Aufzüge, die wir hätten nehmen können, aber ich mied sie, selbst mit Beta in meinen Armen. Alpha kontrollierte jetzt die Systeme des Starships, und schon die Möglichkeit, dass er einen Aufzug mit uns drin lahmlegen könnte, hielt meine Füße in Richtung der Treppen in Bewegung.

Als ich sah, wie Delta zu ihrem effizienten Töten zurückkehrte, kam mir eine nagende Frage in den Sinn, von der ich dachte, sie würde nie beantwortet werden. Obwohl es jetzt schon so lange her schien, hatte Delta, als wir Alphas Mechs entkommen waren und entlang der äußeren Hülle des Starships gereist waren, ein Hobby als Sternenguckerin aufgenommen und häufig lange Blicke auf die Nebel geworfen, die die Reise unseres Schiffes umgaben. Mehrmals hatte Alvie sie aus ihrer Träumerei gerissen, aber ich hatte nie die Gelegenheit gehabt, nachzuhaken, warum.

Also fragte ich sie unaufgefordert, als wir die sandige Landefläche der tiefsten Ebene des Gartens hinter uns ließen, warum eine Tötungsmaschine Interesse an den Sternen haben würde.

„Muss ich dir das erklären?", fragte Delta.

„Musst du nicht."

„Gut."

Delta blieb still, bis wir den nächsten Treppenabsatz erreichten, Beta lag quer über meinen Armen wie eine altmodische Prinzessin, die gerettet werden muss. Sie hätte diesen Vergleich gehasst und würde mich umbringen, wenn ich ihn laut zu jemandem aussprechen würde, aber in meiner einsamen Stille kicherte ich trotzdem.

„Wir sind das, was unsere Programmierung zulässt, richtig?", sagte Delta, als wir wieder losgingen, Fußabdrücke im Sand hinterlassend.

„Klar, das gebe ich dir."

Delta klopfte mit ihrer Klinge gegen ihre Schulter. „Dann ist alles, was ich tue, wegen einer Funktion, die Leo in mich geschrieben hat, richtig?"

„Nicht ganz", sagte ich und dachte an Kaydee. „Leo hat

uns, denke ich, eine Basis gegeben. Ein Fundament, auf dem wir aufbauen. Wir können lernen, Delta. Offensichtlich."

„Ein Fundament", murmelte Delta und grübelte ein paar Schritte lang darüber nach. „Dann ist mein Fundament die Verfolgung."

„Was?"

„Eine Jagd. Ein Angriff. Nenn es, wie du willst, aber ich wurde für Aktion gemacht."

„Ich glaube, das hast du mehr als ein paar Mal bewiesen."

Delta warf mir keinen bösen Blick wegen meiner Bemerkung zu, was mich zum Schweigen brachte. Ich beobachtete ihren Hinterkopf, aber selbst so sah sie aus wie jemand, der fokussiert war. Ein stetiger Rhythmus, ihr Geist woanders.

„Nach Alpha werde ich etwas anderes verfolgen", sagte Delta. „Daran hatte ich nicht gedacht, bis ich außerhalb des Starships sah. Da draußen gibt es so viel, eine Unendlichkeit. Ich werde nie fertig sein."

Ich dachte über die Worte nach.

„Macht dir das Angst?", fragte ich.

„Ich ... weiß nicht. Ich sollte erleichtert sein", sagte Delta, „weil ich nie ohne Zweck sein werde. Wenn Starship landet und die Menschen überleben, dann wird es Aufgaben geben, die mich für immer weitertragen."

„Der Traum eines Mechs."

Delta antwortete nicht. Sagte nichts mehr dazu, selbst als ich sie aufforderte, fortzufahren. Die offene Tür zu ihren Gedanken schloss sich wieder, teilweise weil wir Geräusche hörten. Vages Geplapper, Stampfen und Scharren von Füßen in Bewegung.

Die Geräusche gaben mir meine eigene Erleichterung:

Alpha hatte die Menschen nicht angegriffen und zerstört, während ich weg war. Leo, Val, Chalo und der Rest hielten immer noch ihr Lager. Wir würden eine Chance haben, Hilfe für Beta zu finden. Die Mission zu Purity würde nicht mehr gekostet haben, als sie eingebracht hatte.

Es war lange her, seit ich einen großen Sieg gehabt hatte.

Eine sehr lange Zeit.

SECHS

EINFACH BLEIBEN

Zuerst dachte ich, es wären die Geräusche des Raumschiffs, die den Klang verursachten, aber als Delta und ich uns dem menschlichen Zentrum näherten – weniger Sand, mehr Erde –, entpuppten sich die stetigen Schläge und helleren Klangfarben als etwas ganz anderes als die mechanischen Mahlgeräusche, das Wimmern und Rumpeln. Nein, das hier war echte Musik, kreatives Zeug, das von Händen geklopft, durch mehrere kleine Flöten geblasen und auf einem umgedrehten Eimer geschlagen wurde.

Wir stießen auf die Band, als wir uns dem Zentrum des gemäßigten Waldes näherten. Kiefernnadeln bildeten ein weiches Kissen für das musikalische Quartett, das abseits saß, die Waffen in Reichweite. Das militärische Chaos, das ich verlassen hatte, um nach Beta und Delta zu graben, hatte sich über die Stunden zu etwas Vernünftigerem gewandelt: die Band, ja, aber auch Bereiche, die für Essen, Planung, Nachrichten und Medizin geschaffen worden waren.

Die Menschen hier umfassten ein kurzes Spektrum: Alle waren in erster Linie Kämpfer, aber einige gehörten auch zu Leos postapokalyptischer Gruppe von Überlebenden. Diese waren nicht schwer zu erkennen: Ihre metallischen Verwandlungen bildeten einen harten Kontrast zu den zerschlagenen, schmutzigen Leuten, die sich ihren Platz teilten – Menschen, die entweder durch Technologie aus einem Fläschchen in Starships Kinderstube aufgezogen worden waren oder die letzten Nachkommen der ursprünglichen Bevölkerung von Starship waren. Jetzt vermischt, beschäftigten sich die Gruppen damit, geborgene oder gestohlene Waffen zu bearbeiten, Verteidigungsstellungen zu überprüfen und, überraschend genug zu sehen, ein kleines Spiel mit geschnitzten Stahlplättchen zu spielen.

Val, die einzige Anführerin, die ich das Unternehmen überwachen sah, hatte sich unter einer ausladenden Kiefer niedergelassen. Sie saß auf einem zerschossenen Baumstamm und überprüfte Ätzungen auf einem dünnen Plastikblatt. Als wir uns näherten, Beta in meinen Armen, zogen wir die Aufmerksamkeit aller auf uns, außer ihrer. Erst als wir vor ihren Füßen anhielten, klopfte Val mit dem Finger träge im Takt der Band – die ihre Darbietung bei unserer Ankunft nicht unterbrochen hatte – auf einen kleinen Klapptisch und blickte auf.

Als Trägerin von Bürden trug Val ihre Verantwortung mit scharfer Strenge. Sie betrachtete uns mit analytischen Augen, musterte meinen zerschlissenen Zustand, Beta, die in meinen Armen lag, und Deltas wieder bewaffnete Gefährlichkeit. Eine langsame Musterung, die ich ohne Kommentar ertrug: Val hatte immer wieder gezeigt, dass die Zusammenarbeit mit ihr bedeutete, ihre Herrschaft zu akzeptieren. Alles andere würde Ausschluss, Entlassung, Ablehnung bedeuten.

„Und?", sagte Val, ihre Augen kehrten zu dem zerkratzten Blatt zurück.

Nicht gerade die Antwort, die ich wollte, aber besser als ein Verbot oder eine Zurechtweisung.

„Wo ist Leo?", erwiderte ich. „Ich brauche seine Hilfe, um Beta zu reparieren."

„Leo ist nicht hier."

Bevor ich mit Vals kurzer Geduld und noch kürzeren Sätzen umgehen konnte, schlug Delta mit der Hand auf Vals Tisch. Der Klang hallte durch den Raum, übertönte das Quartett und brachte ihre Noten für einen dissonanten Moment durcheinander, bis sich ihr Durcheinander wieder sortierte. Niemand sonst wagte es, sich einzumischen oder seine Augen zu lange verweilen zu lassen.

„Hilf uns und wir werden dich retten", sagte Delta.

Val funkelte sie an, aber nur wenige konnten es mit meiner Gefäßfreundin in einem hitzigen Blickduell aufnehmen. Delta brauchte nicht zu blinzeln, brauchte nicht zu atmen. Sie konnte ihren ganzen Willen darauf richten, Vals Bemühungen zu überdauern, und das tat sie auch, was Val zu einem Seufzen und einem Reiben der Stirn mit trockenen, vernarbten Händen zwang.

„Er ist zurückgegangen", sagte Val. „Er hat es auf sich genommen, die Kinderstube mit diesem anderen Roboter zu reparieren, demjenigen, mit dem du ein paarmal hier aufgetaucht bist."

„Volt", sagte ich.

Der schwarze Mech, eine Maschine mit vielen Armen, behielt die Stromversorgung des Raumschiffs genau im Auge. Batterieracks und unzählige Watt brannten durch Volts Herrschaftsbereich in einem sorgfältigen Tanz nach seiner Melodie. Ein einziger Fehltritt, wenn man Volt Glauben schenken wollte, und unsere große Arche würde in einer spektakulären Vorführung zerfallen, die unsere verdampften Selbste nicht miterleben würden.

„Genau der", nickte Val. „Also, wie gesagt, sie sind weg. Es sind aber einige Forger hier. Die könnten vielleicht helfen." Zum ersten Mal schien Val aufzutauen, die Eisigkeit wurde durch Erschöpfung ersetzt. „Es gibt genug Schrott und wir könnten sie gebrauchen, wenn du in der Lage bist."

„Das kann ich mir vorstellen", erwiderte ich, „aber ich habe sie nicht für euch gerettet."

„Nein?"

Sogar Delta warf mir einen fragenden Blick zu. Verständlich, ich hatte ihr auf unserem Aufstieg nicht das Warum erzählt, nur die Geschichte, die zu diesem Moment führte.

„Ich habe einen Freund, der Hilfe braucht", sagte ich. „Wenn das erledigt ist und Beta euch helfen will, ist das ihre Sache. Also würde ich vorschlagen, dass ihr ein bisschen netter zu uns seid."

„Wenn du nett willst, lies ein Buch", schoss Val zurück. „Alles, was wir hier haben, ist Krieg."

Vals deprimierende Verkündung stellte sich als falsch heraus: Die Menschen hatten in ihrer Enklave deutlich mehr als nur Krieg. Zum einen hatten sie die Überreste von Alphas kunterbunter Mech-Armee gestapelt und sortiert. Die meisten Teile und Stücke, von Klingen zerschnitten oder von Laserfeuer weggebrannt, boten kaum mehr als Müll, aber in den Haufen versteckten sich Teile, die zu Beta passen könnten, zumindest laut Clara.

Die freche Forgerin hatte, durch Können oder Kraft ihrer Persönlichkeit, in Leos Abwesenheit eine gewisse Rolle übernommen: Schrottmeisterin. Sie waltete über die durcheinandergewürfelten Teile und wies Forger-Kollegen und interessierte Menschen an, wie sie nützliche Stücke finden konnten. Als wir uns näherten, zeigte Clara, deren

Kleidung schimmernde Metallflecken auf ihrer Haut nicht ganz verdeckte, hierhin und dorthin, um ihre Untergebenen loszuschicken.

Ähnlich wie bei Val verbesserte sich ihre Laune nicht, als sie mich und das, was ich trug, sah.

„Ich habe Teile, keine Leute", sagte Clara. „Wenn du sie spendest, prima. Zerlege sie zuerst."

Rücksichtslos, diese da.

„Ich versuche, sie zu reparieren", erwiderte ich, „aber ich brauche Hilfe."

Clara musterte Beta und schien die Wunden zum ersten Mal zu sehen. „Was ist es mit euch Gefäßen, dass ihr immer Probleme in mein Leben bringt?"

„Tut mir leid?"

„Entschuldige dich nicht. Was macht sie es wert, repariert zu werden?"

„Sie kann mehr Mechs zerstören als alle hier", warf Delta ein, „außer mir."

Clara, die sich wahrscheinlich daran erinnerte, wie Delta sie vor nicht allzu langer Zeit als Geisel genommen hatte, akzeptierte die Behauptung, bellte ein paar Befehle, und binnen Sekunden hatten wir eine behelfsmäßige Werkbank – aus zusammengeschnittenen Mech-Teilen konstruiert – freigeräumt und Beta darauf gelegt. Ich rief die Schemata des Gefäßes auf und wir begannen zu arbeiten.

Eine vollständige Team-Operation durchzuführen fühlte sich, in einem Wort, unglaublich an. Ich bat um dies oder das und Clara tat es, ließ es jemand anderen tun, oder Delta machte die nötigen Schnitte. Forger-Werkzeuge zum Formen von Metallen löteten neue Schaltkreise an, alte Drähte wurden für neue Zwecke verwendet. Ich verfiel in Trance, folgte meinen Funktionen, um die beste Reihenfolge zu bestimmen, Beta zu flicken. Eine Linie führte zur nächsten, jeder Erfolg ein Häkchen auf der langen Liste.

Bis wir mehrere Stunden später Betas Augen zu uns aufblinzeln sahen. Während das rosa Haar, das über die Hälfte ihres Kopfes floss, verknotet war, während ihre synthetische Haut nicht wie zuvor heilen würde und ein Forger-artiger Metallflicken ihre Brust bedeckte, lebte Beta.

„Ihr bringt mich zurück und das Erste, was ich sehe, ist deine hässliche Visage?", sagte Beta zu mir.

Ich grinste.

„Das hilft nicht gerade."

Alvie, mein Metallhund, vereinte sich im Wald ebenfalls wieder mit uns. Mein keuchend-bellender Welpe überschüttete mich mit Stupsen und Schmusen, während wir an Beta arbeiteten, zumindest bis ich ihm sagte, er solle sitzen. Alvie setzte sich dann einfach hin und starrte mich mit gelben Augen unaufhörlich an, bis ich ihm die Erlaubnis gab, sich zu bewegen. Als ich Val nach Betas Operation fragte, ob der Hund meine Nachricht überbracht hatte, blickte sie erneut von ihren Strategieplanungen auf und sagte mir, dass er es getan hatte.

„Wir hatten weder die Leute noch das Wissen, um nach dir zu suchen", sagte Val. „Nimm es nicht persönlich."

„Das habe ich bei dir gelernt."

„Gut."

Val streckte sich und strich über einen Kiefernzweig, der über ihrem Kopf hing. „Ich bin froh, dass Beta wach ist."

„Ich auch", sagte ich und wollte zurück zu den Gefäßen. Trotzdem führte Val Gespräche nicht leichtfertig, also wartete ich. „Sie wird nicht mehr ganz so sein wie früher, aber fast."

„Jeder bekommt in diesem Leben Narben."

Okay. Ich wartete einen langen Atemzug.

„Gamma", sagte Val und blickte wieder auf ihr zerkratztes Blatt. „Ich starre schon eine ganze Weile auf dieses Ding."

„Das ist mir aufgefallen."

„Allen anderen auch", erwiderte Val. „Es ist eine schwierige Entscheidung."

„Suchst du nach einem Rat?"

Val lachte aus vollem Halse. „Einen Rat? Nein. Du hast gesagt, du würdest Delta und Beta mitnehmen und einen Freund von dir suchen? Einen, der von Alpha festgehalten wird?"

„Ja."

Kaydee war schon viel zu lange zurückgelassen worden.

„Ich weiß nicht, ob ich dir das sagen sollte, aber weil du uns geholfen hast, denke ich, du solltest es wissen", begann Val. „Das Raumschiff ist kurz davor zu landen, zumindest sagt das Volt." Ein Atemzug, ein Kratzen an ihrer Wange entlang einer alten, weiß umrandeten Narbe. „Leo ist nicht in der Kinderstube, um sie zu verteidigen. Er bereitet sie für den Transport vor. Die Embryonen."

„Warum?"

„Nachdem das Raumschiff gelandet ist, werden wir gehen", sagte Val. „Wir Menschen jedenfalls." Sie hob eine Hand, als wolle sie mich vom Sprechen abhalten, nicht dass ich es vorhatte. „Alpha hat einfach zu viel Macht. Seine Mechs sind zu zahlreich und wir sind zu wenige. Ich will nicht, dass unsere ersten Momente in unserem neuen Zuhause mit Tod befleckt sind."

Ich tat, was ich so viele Menschen hatte tun sehen, und neigte den Kopf. „Alpha wird euch nicht gehen lassen. Er wird euch jagen. Er sieht Menschen als Bedrohung."

„Er wird keine Chance dazu bekommen", sagte Val.

„Das ist es, wovor ich dich warne, Gamma. Wenn das Raumschiff landet, werden wir es schnell verlassen. Hoffentlich zu schnell, als dass Alpha es begreifen kann. Dann wird Volt diesen Ort in die Luft jagen."

„Das Raumschiff zerstören?"

„Und Alpha und jeden anderen Mech an diesem verdammten Ort", sagte Val. „Es ist der einzige Weg, um sicher zu sein."

Ich ging in den Überdrive, durchlief den Plan und er erschien möglich. Volt könnte alle Batterien des Raumschiffs überladen. Er könnte Brände entfachen, Unterstationen im ganzen Schiff in die Luft jagen. Ein kaskadenartiges Versagen, das diesen Koloss in Asche und Schutt verwandeln würde.

„Du erzählst mir das, weil du willst, dass wir mit euch kommen?", vermutete ich.

Val schüttelte den Kopf. „Nein. Ich erzähle es dir, damit du und deine Freunde überleben können, wenn ihr wollt. Aber nicht bei uns, Gamma. Wenn wir das Raumschiff verlassen, gehen die Menschen allein."

„Es ist eine Verschwendung", sagte Delta, als wir die Ebenen hinaufstiegen.

Ich hatte die Türen des Gartens zur Brückenseite hin versiegelt und damit eine Wand geschaffen, um die Menschen eine Weile vor Alphas Angriffen zu schützen. Diese Handlung bedeutete, dass wir hochklettern mussten, um hinauszukommen, bis zu einem Punkt, an dem ich eine Tür öffnen konnte.

„Menschen denken nicht wie du, aber sie sind nicht dumm", erwiderte Beta, die als Letzte in der Reihe nach oben schwankte. Sie wurde mit jedem Stockwerk besser, ihr Prozessor kam mit ihrem veränderten Inneren zurecht. „Zumindest nicht die ganze Zeit."

„Ich bezweifle das."

Hier musste ich der Schwertkämpferin zustimmen. Das Raumschiff hatte tonnenweise Material in seinem Rumpf gepackt. Ressourcen, Werkzeuge, Energie, um einer neuen menschlichen Kolonie den Start zu erleichtern. Es einfach alles in Stücke zu sprengen, wäre ein schrecklicher Plan.

„Ich weiß nicht, warum Volt zustimmen würde", sagte ich. „Er hat gerade erst seine Frau wiederaufgebaut."

„Ich schon", erwiderte Beta. „Wenn du denkst, dass Alpha gewinnen wird, welche Zukunft hast du dann?"

Eine verdorbene. Alpha hatte die üble Angewohnheit, Mech-Code umzuschreiben, damit er seinen eigenen Anweisungen folgte. Er hatte einmal fast meinen eigenen umgeschrieben und mich in einen erschreckenden Tunnel geschickt, wo jede meiner Handlungen seinen Befehlen entsprechen musste. Ich konnte vielleicht verstehen, dass Volt entschied, dass eine solche Zukunft kein Risiko wert war.

„Also läuft es auf dasselbe hinaus, wie es immer war", sagte ich, während unsere Stiefel auf dem moosigen Boden der feuchten, überwucherten oberen Ebenen auftraten.

Neue Kleidung schmückte uns, genommen von Menschen und Schmieden, die sie nicht mehr brauchten. Stabile, arbeitsame Ausrüstung, die nicht so sehr für den Kampf geeignet war, sondern eher zum Schweißen von Platten oder Reparieren von Rohren. Wenn wir die Chance hätten, würde ich dafür stimmen, in einen alten Laden zu gehen und etwas zu durchstöbern. Je leichter, desto besser für den Tanz mit Flexi-Mechs.

„Alpha aufhalten, das Raumschiff retten", antwortete Delta. „Hält es einfach, oder?"

SIEBEN

FILMREIF

Wir kamen hoch oben im Leitkanal aus dem Garten heraus. Eine wohlhabendere Gegend, wo die Luft in einem helleren Blau leuchtete. Der riesige Korridor, der sich durch das Raumschiff zog, hatte auf beiden Seiten breite Gehwege, die an eingebauten Häusern und Geschäften vorbeiführten, deren Eingänge durch spiralförmige Türen gekennzeichnet waren. Rote und grüne eingelassene Edelsteine, jeder so groß wie mein Kopf, zeigten geschlossene und offene Optionen an, während wir unsere Füße auf Metall setzten und die Pflanzen des Gartens hinter uns ließen.

Nachdem sich die Tür, die wir benutzt hatten, geschlossen hatte, drehte sich Beta um und klemmte ein Messer unter den roten Edelstein. Sie wackelte mit der Klinge und warf dabei Funken, während Delta und ich zusahen.

„Jetzt wird kein Mech mehr hier reinhacken", sagte Beta, als ihre Manipulation beendet war.

„Immer noch auf ihrer Seite", murmelte Delta.

„Manche von uns lassen ihr Ziel nicht so schnell fallen."

„Hey", versuchte ich einzuwerfen.

„Manche von uns sind nicht blind", schoss Delta zurück und redete einfach über mich hinweg. „Wer ist uns nachgekommen? Es waren nicht die Menschen. Gamma hier ist der Einzige, dem wir wichtig waren, und er ist ein Mech."

„Ein Gefäß", sagte ich.

Beta, deren Messergurte in der zurückgebliebenen Feuchtigkeit des Gartens glitzerten, zuckte mit den Schultern. „Ich brauche ihre Liebe nicht, um zu tun, was getan werden muss."

„Und wenn sie dich rauswerfen? Dir in den Rücken schießen?"

„Das möchte ich sie mal versuchen sehen", erwiderte Beta.

Die Blicke brodelten. Alvie stand zwischen den beiden, seine gelben Augen flackerten hin und her. Ich lehnte mich ans Geländer des Gehwegs und versuchte herauszufinden, welche magische Wortkombination den Streit beenden würde, als ich sie fand.

„Chandler's Küche und Haushalt", sagte ich in die Bresche hinein. Bei den ungläubigen Blicken zeigte ich ein paar Stellen weiter den Gehweg hinunter, wo ein heißes weißes Neonschild flackernd die Ladenfront beleuchtete. „Lasst uns hingehen."

Meine beiden Freunde unterdrückten ihre Stacheln und schlossen sich meinem Gang an, begleiteten mich in den zerstörten Laden, um zu sehen, was gerettet werden konnte. Die meisten Orte im Raumschiff waren von verzweifelten Menschen in ihren schwindenden Tagen geplündert worden. Andere waren von Mechs zerrissen worden, als ihr Code zusammenbrach oder möglicherweise Alpha sie in einen traurigeren Zustand verdrehte.

Allerdings bedeuteten hier oben im Leitkanal weniger Menschen und elegantere Mechs, dass der Schaden nicht so umfangreich war. Kaydee hätte vielleicht gesagt, dass dies ein Kommentar zur Menschheit als Ganzes sei, aber ich war mehr an den Bestecken interessiert.

Gamma und Beta teilten meine Leidenschaft, und wir übersprangen Öfen, kastenförmige, gedrungene Kühlschränke und Geschirrspüler, die nicht höher als unsere Knie waren. Die Geräte schimmerten in wilden Farben, von Karminrot bis zu einem sternförmigen Gelb. Bei all dem Grau des Raumschiffs schien der Trend in hippen Kreisen alles andere als das zu sein.

Echte, gut gearbeitete Messer, Hackmesser und andere Werkzeuge zur körperlichen Zerstörung lagen in Vitrinen oder hingen an verschiedenen Gestellen im hinteren Teil des Ladens. Beta und Gamma rissen sie einen nach dem anderen heraus und verglichen sie mit den geschmiedeten Schrapnellen, die sie im Heck des Raumschiffs hergestellt hatten. Einige neue Klingen verdienten sich einen Platz in ihren Waffenarsenalen, die meisten wurden beiseitegelegt. Zu dünn, zu klein.

Ich steckte ein paar Messer in Oberschenkelholster, die Beta für mich zusammengebastelt hatte, aber meine Hauptbeute kam von den Töpfen und Pfannen: eine schwere, nahezu unsterbliche gusseiserne Pfanne. Eine Laserwaffe, die ich den Flexi-Mechs gestohlen hatte, hing hinter meinem Rücken, und ich hatte nicht die Geschwindigkeit und Geschicklichkeit von Gamma und Delta. Ein großer, stumpfer Gegenstand, der auch als Schild dienen konnte, passte besser zu mir als die spitzen Dinger. Bonus: Ich hatte so etwas schon einmal benutzt.

„Gute Wahl", sagte Delta, als wir uns alle am Eingang des Ladens trafen. „Du kannst den Menschen ein paar Eier braten, wenn alles vorbei ist."

„Alles eine Frage der Nützlichkeit", stimmte ich zu.

Woher wir die Eier bekommen würden, ganz zu schweigen vom Öl zum Braten, blieb ungefragt und unbeachtet.

Schwerer zu ignorieren war die Farbe des Leitkanals, als wir zum Eingang des Ladens zurückkehrten. Ein Tausch: Himmelblau gegen verbranntes Orange, als ob, nach dem Archiv des Bibliothekars in meinen Speicherbänken zu urteilen, eine wunderschöne Erdendämmerung angebrochen wäre. Mit dem Licht kam eine Nachricht, die sich mehrmals wiederholte:

Das Raumschiff wird bald landen. Bitte bereiten Sie sich auf die Ankunft vor.

Sybil, die Architektin des Raumschiffs, sprach die Worte. Aufgenommen wer weiß wie viele Jahre zuvor. Nach drei Wiederholungen kehrte das blaue Leuchten des Conduits zurück.

„Hat sich was geändert?", fragte Delta.

„Nein", antwortete ich. „Wenn das Schiff zu wackeln beginnt, können wir uns hinsetzen. Bis dahin verfolgen wir Alpha."

Und Kaydee.

„Gut", sagte Delta.

Gemeinsam gingen wir den Weg weiter. Sybils Ankunftsankündigung verursachte kaum Aufregung: Welche offiziellen Mechs auch immer für die Landung zuständig gewesen waren, sie waren längst zerstört oder von Alphas Schwarm absorbiert worden. Apropos, wir sahen Mech-Gruppen auf den Wegen umherstreifen, Banden von fünf oder zehn Flexi-Mechs, begleitet von Kurieren, jenen schwebenden bienenartigen Bots, die von Transportern zu Laserwerfern umfunktioniert worden waren.

Die Mechs schienen kein bestimmtes Ziel zu haben, und diejenigen, die wir von oben beobachteten, liefen tendenziell geradeaus, wobei sie an jedem Haus oder Geschäft anhielten, um hineinzugehen und zu durchsuchen.

„Alpha wird paranoid", sagte ich.

„Er wird schlauer", erwiderte Beta. „Wie oft bist du schon dort hochgegangen?"

„Ein paar Mal."

„Und jedes Mal ist es dir nicht gelungen, Alpha zu zerstören." Beta machte ein Klickgeräusch. „Komm schon, Gamma."

„Ich hatte andere Ziele, die mir wichtiger erschienen."

„Er ist kein Kämpfer", fügte Delta hinzu. „Das ist nicht seine Art."

Nicht gerade die Verteidigung, die ich brauchte, aber gut. Beta zuckte den Kommentar ab und wir gingen weiter, das Gespräch war beendet. Ich verstand Betas Standpunkt jedoch: Das nächste Mal, wenn ich mich in der Nähe von Alpha befände, würde nur einer von uns beiden weggehen.

Zwölf Mechs stampften auf uns zu, stetig und langsam. Die Universität lag unter uns zur Linken, ihr ebenenübergreifender Komplex reichte nicht ganz so hoch. Auf halbem Weg zur Brücke wollten Delta und Beta kämpfen.

„Ich stimme für Vorsicht", sagte ich und lotste uns durch eine offene, große Tür zu unserer Rechten. Offen war vielleicht das falsche Wort: Ihre spiralförmigen Enden waren eingebogen, die Öffnung eingeschlagen. „Jeder Mech könnte Alpha verraten, wo wir sind, und ich möchte mich nicht durch ein Meer von ihnen kämpfen müssen, um zu ihm zu gelangen."

„Ich schon", erwiderte Delta, blieb aber mit Beta und mir drinnen.

Und was für ein Inneres. Ich war schon in Geschäften, zerstörten Restaurants und Häusern gewesen, aber der weite Raum hier verwirrte mich. Zerschlissener Teppich bedeckte den Boden und führte zu einem einzigen langen Schreibtisch vom Eingang bis zur Rückwand. Der Schreibtisch hatte in der Mitte einen zerbrochenen Glasabschnitt, der die lippenstiftroten Ständer darin mit Scherben besprenkelte. Hinter dem Schreibtisch stand ein weiteres langes Regal, bestückt mit Glastanks, jeder mit kleinen Metallschalen oben und Öffnungen auf der rechten Seite. Gestapelte, flache Behälter lagen neben jedem Tank, mit Pumpenkanistern in der Nähe, die mit Aufklebern für Butter und Salz versehen waren.

„Wo hast du uns hingebracht?", fragte Beta und starrte zur Decke hinauf.

Einige eingelassene Lampen funktionierten noch und beleuchteten ein wildes Wandgemälde. Ein Durcheinander von Charakteren, Szenen und Schauplätzen lag über unseren Köpfen, das Actionhelden und ihre Waffen neben knorrigen Baumkreaturen, Rennautos, einem fliegenden weißen Ball, der von einem Typen mit einem großen Schläger geschlagen wurde, und mehreren Dingen, die wie rudimentäre Raumschiffe aussahen und um einen großen grauen Klumpen flogen, in Szene setzte.

„Keine Ahnung", sagte ich. „Kaydee würde es wissen."

Unsere Träumerei hielt nicht lange an: Die Mechs näherten sich, ihr Klirren verriet sie. Obwohl Delta auf einen Hinterhalt drängte, plädierte ich für einen tieferen Rückzug. Die Lobby führte zu einem Flur im hinteren Teil, mit vier Optionen zur Auswahl. Zufällig wählte Beta die zweite, also gingen wir dorthin.

Zuerst verstand ich nicht: Der Raum, groß, aber nicht riesig, denn wenige Dinge waren es auf dem Raumschiff, enthielt nichts weiter als Stühle, die in Reihen aufgestellt waren. Sie waren alle auf dasselbe ausgerichtet, was wie eine leere schwarze Wand aussah. Delta löste das Rätsel, indem sie ein Bedienfeld direkt neben der Tür fand und mehrere Knöpfe drückte, während Beta und ich voraus wanderten.

Ein mahlendes Geräusch erfüllte den Saal und ließ mich erstarren, als sich eine Leinwand, silberweiß aus Kunststoff, von der Decke herabsenkte und die Wand bedeckte. Die Lichter an den Seiten des Raums dimmten zur Dunkelheit, sodass wir für genau zwei Sekunden in absoluter Schwärze waren, bis grelles Licht meine Sensoren überflutete. Eine Szene spritzte über die Leinwand, ein rollender Film, der schnell durch dissonante Szenen flackerte. Auch Ton strömte heraus: Stimmen, Effekte, Musik.

Ich hatte all diese Dinge noch nie zusammen gehört, nie absichtlich so platziert, und es verwirrte mich. Die vom Bibliothekar hinterlegten Dateien enthielten diese Dinge zwar, aber sie in meiner eigenen Erinnerung abzuspielen – als hätte ich die Zeit dafür gehabt – war nicht wie das hier, nicht wie von der Erfahrung umgeben zu sein.

„Mach es aus!", rief Beta über den Lärm hinweg. „Sie werden es hören, verdammt."

„Ich kann nicht", antwortete Delta, und ich sah, dass sich das Bedienfeld in die Wand zurückgezogen hatte, durch einen Zugangscode gesperrt. Sie hob ihre Klinge. „Ich werde es zerschneiden."

„Nein!", sagte ich und überraschte mich selbst damit. Etwas explodierte auf der Leinwand, und eine tiefe Stimme las, was wie der Titel klang. „Nicht. Wir wissen nicht, ob die anderen Räume funktionieren."

„Und?", Delta warf mir einen ihrer patentierten Gamma-du-bist-verrückt-Blicke zu, der durch die Reflexion des Films noch verstärkt wurde.

„Das könnte der letzte sein. Der einzige Ort dieser Art, der noch übrig ist." Ich zeigte hinter mich. „Hier ist Magie. Wir müssen sie nicht zerstören."

Delta starrte mich weiterhin ausdruckslos an, senkte aber zumindest ihre Klinge. Ein vorübergehender Sieg, dem ich mit einer hoffnungsvollen Bemerkung über die Mechs, die einfach vorbeigingen, folgen wollte.

Man sollte meinen, ich hätte inzwischen dazugelernt.

Die Flexi-Mechs hielten sich nicht an die Theateretikette. Sie traten nicht leise durch die Tür, sondern stürmten hinein, Waffen erhoben und schussbereit. Delta, Beta und ich stürzten uns in Deckung.

Oder besser gesagt, ich tat es.

Betas Messer pfiffen über meinen Kopf hinweg, als ich mich auf die Sitze zuwarf. Als ich auf dem harten alten Boden landete, hörte ich, wie die Rückenlehnen quietschten, während Delta über sie hinweglief und sich tanzend auf die Mechs zubewegte, um ein gutes Ziel schwer zu machen. Alvie bellte keuchend und suchte sich eine Reihe aus, um auf einen Hinterhalt zu warten. Über uns und um uns herum übertönten vibrierende Geigen und hämmernde Trommeln jedes andere Geräusch.

Ich rollte mich auf dem Boden zusammen und zog meine große Pfanne zwischen den Sitzen entlang, um einen Blick zu erhaschen. Orangefarbene Laserstrahlen blitzten auf. Gelegentlich durchbrachen schrille Geräusche von zerrissenem Metall die Musik. Als ich um die Ecke spähte, lagen rauchende Mech-Körper in der Nähe des Theatereingangs, aber die erste Salve meiner Freunde hatte nicht die gesamte Truppe zerstört.

Delta, die sich wieder in der Nähe des Projektors befand, kämpfte mit drei Flexi-Mechs. Sie benutzten ihre Waffen weniger, um auf Delta zu schießen, als vielmehr, um sie zurückzudrängen und sie in einem kombinierten Feuernetz zu fangen. Zu meiner Linken hatte sich Beta hinter der ersten Reihe versteckt und ging in Deckung, während fünf Mechs den Gang hinunterliefen und feuerten. Alvie fand seinen Moment, sprang auf die fünf zu und stürzte sich in ihre Menge.

Ich konnte mich entweder der einen oder der anderen Gruppe anschließen, aber welcher?

Der einfachere Sieg war besser als der härtere Kampf.

Ich stand auf, ließ meine Pfanne fallen und schwang meinen Laser von meiner Schulter in meine Handflächen. Auch wenn ich bei weitem nicht der beste Schütze war, konnte selbst ich ein oder zwei gute Treffer bei einem ahnungslosen Ziel landen. Meine Waffe summte, als sich Gas und Licht vermischten und heiße blaue Energie auf das Mech-Trio spien. Mein erster Schuss ging hinter ihrem Vormarsch vorbei, mein zweiter versengte einen Torso.

„Hab dich!", rief ich.

Und erhielt die beabsichtigte Reaktion: Nicht nur der Mech, den ich versengt hatte, sondern auch die beiden anderen mit ihm zuckten in meine Richtung.

Delta erledigte den Rest und sprang mit einem weiten Schlag nach vorne. Alle drei Mechs, die in zwei getrennten Sitzreihen standen, verloren ihre Köpfe. Ich zeigte Delta einen patentierten Kaydee-Daumen nach oben, aber das Gefäß ignorierte mich, landete ihren Schlag und sprintete am Theater vorbei nach vorne.

Richtig. Zwei Freunde und ein Hund.

Ich drehte mich nach Delta um und versuchte, einen günstigen Schusswinkel zu finden, als ich sah, wie etwas Orangefarbenes auf mich zukam. Ich duckte mich und sah, wie die Sitze hinter mir in Flammen aufgingen, als verirrte Bolzen den alten und trockenen Stoff überhitzten. Die ganze Zeit über lief auf der Leinwand irgendeine dramatische Rede ab, ein General oder so etwas, der seine Truppen in die Schlacht führte. Passend.

Ich lehnte mich aus meinem Gang heraus und blieb hinter den Sitzen. Delta war in Deckung gedrängt worden, das Sperrfeuer der Flexi-Mechs erwies sich als schwer zu durchbrechen. Ich konnte Beta nicht sehen, aber Flüche, die von der gegenüberliegenden Seite des Theaters kamen, schienen eine gute Vermutung zu sein. Alvie flog durch die Luft, von einem Flexi-Mech geschleudert, und krachte in die Sitze hinter mir. Für den Moment schien ich das am wenigsten bedrohliche Ziel zu sein.

So sehr ich es auch vorzog.

Ohne auf Präzision zu achten, hielt ich den Abzug gedrückt und entleerte meine arme Waffe, um einen stetigen, sengenden Strom zu erzeugen. Die azurblauen Bolzen verfehlten die Leinwand – irgendwie war die Leinwand noch nicht getroffen worden, und ich hatte das Gefühl, dass sie makellos bleiben musste – und gingen weit an den Mechs vorbei, aber sie zogen Aufmerksamkeit auf sich. Diese roten Flexi-Mech-Augen, wie schwebende Punkte in der Dunkelheit, leuchteten in meine Richtung.

„Los, holt sie euch", flüsterte ich.

Delta hörte es.

Die Demontage kam schnell und hart. Ich feuerte noch ein paar Bolzen zur Unterstützung ab, während meine Gefäß-Freunde die Mechs auf ihre Art in die Zange nahmen und verarbeiteten, einen Schnitt, Stich oder eine

Scheibe nach der anderen. Hinter mir brannte das Theater weiter und verzehrte mehrere Sitze, während ich zusah, unsicher.

Unsicher zumindest, bis die Decke beschloss, es auf uns regnen zu lassen.

Die Feuerverteidigung des Raumschiffs ging los, als Beta und Delta den letzten Mech erledigten und das Theater durchnässten. Das Feuer schwand in der Feuchtigkeit. Meine Waffe wurde kurzgeschlossen, ebenso wie die anderen, sodass mir nur noch die Pfanne blieb. Ich hielt sie hoch, als Delta und Beta zurückkehrten, alle unversehrt. Nun, nicht ganz wahr: Beta und Delta hatten beide Treffer eingesteckt, die von ihrer synthetischen Haut aufgesogen worden waren. Kein interner Schaden. Auch Alvie schüttelte sich frei von den Trümmern und sah sich nach weiteren Mechs zum Beißen um.

„Gute Arbeit", sagte ich zu den beiden. „Wir sind ein gutes Team."

„Wir?", fragte Beta.

„Gamma hat getan, was Gamma tut", sagte Delta. „Zumindest mussten wir ihn nicht retten."

Früher hätte mich diese Charakterisierung verärgert. Jetzt nickte ich.

„Genau", sagte ich. „Und schaut, das Theater funktioniert noch."

Der Film lief weiter, die Folgen einer gewalttätigen Schlacht spielten sich auf der Leinwand ab. Charaktere gingen an Leichen vorbei, ihre Gesichter von Schmutz und Blut entstellt. Alles in allem eine ekelhaftere Angelegenheit als die Kabel und das Kühlmittel, die auf unserem Schlachtfeld tropften.

„Den kenne ich", sinnierte Beta. „Nicht besonders gut."

„Egal", sagte Delta. „Lass uns gehen."

Also gingen wir, meine Bratpfanne in der Hand, ein leichtes Lächeln auf meinem Gesicht, die Kleidung durchnässt. Irgendwie hatte ich das Gefühl, der Bibliothekar würde sich freuen, dass wir das Theater in Betrieb gelassen hatten. Ich schuldete dem alten Mann etwas dafür, dass ich ihn nur lange genug aufgenommen hatte, damit Kaydee die digitale Seele des Kerls auslöschen konnte.

Wenn ich diese Schuld ein Kino nach dem anderen begleichen musste, würde ich es tun.

ACHT

TANZPARTY

Für all die Arbeit, die wir im Kino geleistet hatten, wäre eine Belohnung schön gewesen. Stattdessen müssen Alphas Mechs geplaudert haben, denn wir kamen nur ein paar Dutzend Meter weiter auf dem Gehweg, mit der Brücke noch weit vor uns, bevor Kuriere direkt auf uns zuschwebten. Die bienenartigen Mechs, die eigentlich dazu gedacht waren, Pakete von einem Ort zum anderen zu transportieren, waren stattdessen mit Lasern ausgestattet worden. Sie waren nicht besonders präzise, und ihre Mini-Jet-Triebwerke ließen sie zufällig herumschwirren, aber Masse zählte eben auch etwas.

„Fünf", sagte Delta, als das Quintett, orange glühend gegen das Conduit-Blau, vor uns über das Geländer schwebte. „Rennen oder kämpfen?"

„Keine Frage, was du vorziehst", erwiderte ich.

Beta wartete nicht einmal ab. Ein Messer blitzte an Deltas Ohr vorbei und schoss geradeaus auf den nächsten Kurier zu. Das geschärfte Metall biss sich in die dünne Haut des Kuriers und ließ Funken sprühen. Der Schwung des Messers versetzte den Kurier in einen Taumel und drehte sein Triebwerk nach oben, sodass der panische Schub der Maschine sie auf den Gehweg krachen ließ.

Er starb mit einem befriedigenden Knistern und Knallen.

„Los geht's", murmelte ich und folgte Delta und Beta.

Die vier verbliebenen Kuriere kamen nicht dazu, einen Schuss abzufeuern. Der Kampf endete binnen Sekunden, als Betas Arme Messer schleuderten, während ihre Füße Meter überbrückten. Jeder Treffer saß perfekt und wirbelte die Kuriere herum, zerstörte ihre Waffen oder Triebwerke. Der letzte, der noch in der Luft schwebte und verzweifelt versuchte, sein Ziel zu finden, wurde von Deltas Klinge in zwei Hälften geschnitten.

Ich, mit meiner Pfanne in Bereitschaft, holte auf und fand ein Schlachtfeld vor, das meinen Angriff überflüssig machte.

„Gute Arbeit, Team", sagte ich, als meine Freunde ihre Abschüsse bestätigten.

„Wir sollten weitermachen", erwiderte Beta und füllte ihren Messervorrat auf. „Der große Kerl weiß, dass wir hier sind."

„Alpha ist eigentlich gar nicht so groß", sagte ich und legte eine Hand auf meinen Kopf. „Er ist ungefähr mein-"

„Nicht wichtig", unterbrach mich Delta. „Lass uns gehen."

Beta rannte los, dicht gefolgt von Delta. Die beiden nutzten den freien Gehweg als ihre persönliche Sprintstrecke. Ich joggte hinterher, meine angesammelten Schäden verringerten meine Laufgeschwindigkeit. Kaydee hatte erwähnt, und die Ressourcen des Bibliothekars bestätigten es, dass Menschen im Alter abbauten. Muskeln und Erinnerungen funktionierten nicht mehr so gut wie früher, was Menschen und andere biologische Wesen mit der Zeit langsamer machte. Ich vermutete, dass das nicht weit entfernt von dem war, was ich jetzt spürte. Jeder Schritt ließ kleine Warnungen in meinen Augen aufblinken: strukturelle Schwächen, rutschende Gelenke, ausfransende Kabel.

In den letzten Tagen hatte es ein halbes Dutzend behelfsmäßige Reparaturen an meinem Körper gegeben, alle von Leuten und Mechs durchgeführt, die keine Experten waren. Nach all dem würde ich jemanden wie Leo oder vielleicht Volt brauchen, um eine komplette Überholung durchzuführen. Meine Eingeweide, meine Nerven herausreißen und durch brandneue, bessere Versionen ersetzen.

Das wäre natürlich nur möglich, wenn das Raumschiff sicher landen würde. Wenn Alpha nicht gewinnen würde.

Andererseits, wenn Alpha gewinnen würde, würde er mich vielleicht wieder in Ordnung bringen, nachdem er meine Programmierung korrumpiert hätte. Ein perfekter Leutnant, der glänzend mit Delta und Beta unter Alphas Thron in seiner neuen, von Mechs beherrschten Welt stehen würde. Was für ein Albtraum das wäre.

Das Schlimmste daran? Ich würde es nicht einmal wissen. Nicht wie ein Mensch, der versklavt oder gefangen genommen wurde. Meine Erinnerungen würden buchstäblich gelöscht, buchstäblich verändert werden. Ich wäre in jeder Hinsicht ein glücklicher Diener, der für immer nach Alphas Launen funktionieren würde, ohne einen Hauch von Unzufriedenheit.

Ich konnte das nicht zulassen. Konnte nicht. Wenn es so weit kommen sollte, würde ich den Knopf drücken. Alles löschen, was mich funktionieren ließ, und wirklich zu einem leeren Gefäß werden. Sicher, Alpha könnte ein anderes Programm installieren, aber es wäre nicht ich.

Wäre nicht ich.

Delta und Beta bemerkten schließlich, dass ich nicht so schnell war, und verlangsamten ihr Tempo, sodass ich aufholen konnte. Alvie zumindest blieb die ganze Zeit über an meiner Seite. Wir kamen an schickeren Häusern, mehr Restaurants und Luxusgeschäften vorbei. Wenn die Zeit es erlaubt hätte, wäre ich hineingegangen, neugierig auf die menschliche Gesellschaft hier oben. Stattdessen wiederholte ich Kaydees Namen für mich und machte weiter.

Mechs unterbrachen unseren Weg, Blitzkommandos sprangen von einem aufsteigenden Lift oder weitere Kuriere flogen heran. Jedes Mal erledigten Delta und Beta die Ankömmlinge ohne Umschweife, ihre Messer- und Klingenarbeit makellos und schnell. Ich zählte einen soliden Pfannenschlag gegen einen Flexi-Mech, der von Betas Messerwurf nicht ganz zerstört worden war. Danach sammelte Beta ihre verbrauchten Klingen ein, und wir rannten weiter, immer einer möglichen Falle voraus.

„Er muss wissen, wohin wir gehen", sagte ich, als wir inmitten einer weiteren Gruppe zerstörter Kuriere standen. „Warum schickt Alpha seine Mechs nicht einfach dorthin?"

„Hoffst du, dass du Glück hast?", meinte Beta, während sie ihr letztes benutztes Messer aufhob und es zurück in das Oberschenkelholster steckte.

„Verzögerung", sagte Delta. „Jede Sekunde gibt ihm mehr Zeit, sich vorzubereiten."

Seine Kräfte aufteilen. Ein paar opfern, um den anderen kostbare Zeit zu erkaufen. Die Idee machte irgendwie Sinn. Besonders wenn Alpha noch so ein Monstermech wie den wiederbelebten Kanzler hatte. Diesem Biest noch ein paar Minuten Zeit geben, um perfektioniert zu werden, und-

„Noch nicht", sagte ich, als wir wieder losrannten. Das Blau vor uns wurde dunkler, als wir uns dem Bug des

Raumschiffs näherten, der Brücke und dem Ende des Conduits. „Wir haben die Linien genug beschädigt. Alpha könnte keine neue Armee so schnell aufbauen."

„Gegen was haben wir dann gekämpft?", entgegnete Delta.

„Alles, was er hat", sagte ich.

„Dann ist er ein totes Gefäß."

„Absolut", fügte Beta hinzu.

Die Annäherung an die Brücke von der Oberseite des Raumschiffs bedeutete, dass wir absteigen mussten, eine Aufgabe, die dadurch erschwert wurde, dass die Aufzüge nicht für uns funktionierten. Alpha kontrollierte das Netzwerk des Raumschiffs, was bedeutete, dass diese praktischen Aufzüge nach seiner Pfeife tanzten und nach sonst niemandem. Unser Gehweg endete an einer überstrichenen Spiraltür, die aufgebrochen war und in ein riesiges Apartment mit gläsernem Blick ins All führte. Eine Treppe, mit Stufen und Handläufen, befand sich kurz vor dem Ende zu unserer Rechten.

„Runter?", fragte Delta.

„Gibt es keinen anderen Weg zur Brücke?", fragte Beta und sah mich an.

Eine zentrale Plattform, ein lasergeschützter Eingang, dann ein langer Weg zur Brücke selbst und ihren Terminals. Kein anderer Weg, außer außen am Raumschiff herunterzuklettern und zu versuchen einzubrechen, etwas, das ich wette, selbst Delta nicht schaffen würde.

„Ausnahmsweise denke ich, dass unsere einzige Taktik darin besteht, die Vordertür einzuschlagen", sagte ich.

„Einfach. Gut", nickte Delta. „Los geht's."

Alvie bellte keuchend seine Zustimmung, und wir machten uns auf den Weg. Die Stufen hinunterzuspringen war nicht viel besser als auf dem flachen Gehweg zu laufen, und wieder bewiesen Beta und Delta ihre körperlichen Vorteile, indem sie einen Treppenabsatz nach dem anderen hinuntersprangen. Ich zog es vor, die Stufen hinunterzuhüpfen, eine Hand am Geländer und die andere meine Bratpfanne haltend. Langsamer, sicher, aber weniger wahrscheinlich, dass ich mich über einen Treppenabsatz verteile.

Ich konnte den Spott nicht ertragen, den ich dafür bekommen würde.

Alpha ließ uns jedoch den Abstieg ohne Belästigung machen. Wir sahen den Grund bald genug bei Blicken nach unten: Flexi-Mechs, Kuriere und eine ältere Mech-Mischung hatten sich auf der Eingangsplattform der Brücke zusammengeballt. Alpha hatte sich offenbar entschieden, seine Kräfte in einer letzten Mauer zu konzentrieren. Im Gegensatz zu einer Mauer bewegten sich die Mechs jedoch.

„Warum?", fragte Delta, als wir auf einem Treppenabsatz nahe unserem Ziel anhielten, um einen letzten Blick zu werfen.

Die Maschinen bewegten sich auf der Plattform, einige liefen in langen Kreisen, während andere von Stelle zu Stelle hüpften, hin und her ohne Ende. Kuriere flatterten auf und ab, als würden sie zu einem stillen Takt wippen. Unaufhörliche Bewegung ohne erkennbaren Zweck.

„Tanzparty?", schlug Beta vor.

„Wir werden Alpha fragen, wenn sie alle weg sind", sagte ich.

Welches Mitleid ich auch für die Mechs hatte, es erstreckte sich nicht weit auf Alphas neue Varianten. Besonders nach dem Angriff in Purity konnte ich nicht viel Gemeinsames mit den Flexi-Mechs und laserbrennenden Kurieren finden. Die wenigen Müll- und Besteckmechs, die so weit über ihren vorgesehenen Zweck hinausgingen, verdienten mein restliches Bedauern. Alle anderen waren Maschinen, die für den Krieg gemacht wurden und verdienten ihr Ende.

Wie der Kern einer Spinne begann die Brücke mit einer geschwungenen Plattform im Zentrum des Conduits. Von den Seiten schlängelten sich Gehwege, um sich an ihrem Rand zu treffen. Treppen und Aufzüge brachten Besucher zu diesen Wegen, und wir waren keine Ausnahme, als wir zu einem vertrauten Knotenpunkt hinabstiegen.

„Was ist hier passiert?", fragte Beta, als unsere Treppe in einem mit Trümmern übersäten Gehweg endete.

„Lange Geschichte", sagte ich.

„Großer Kampf", fügte Delta hinzu. „Ich hätte gewonnen."

„Du wärst ohne mich gestorben", schoss ich zurück.

Delta starrte finster, Beta ließ ihre Augen zwischen uns beiden hin und her wandern, dann kicherte sie.

„Ihr zwei seid etwas Besonderes, wisst ihr das?", sagte Beta, während sie Messer aus ihren Holstern zog und sie um ihre Finger wirbelte. „Wie wäre es, wenn wir einen neuen Höchststand setzen?"

Delta schien begierig darauf zu sein, genau das zu tun, und ich hatte keine Lust mehr zu streiten, aber unser vermeintlicher Angriff auf die Mechs wurde nicht mit einer hastigen Verteidigung beantwortet. Stattdessen hörten die Mechs nicht auf, herumzuhüpfen, obwohl wir uns auf dem offenen Gehweg unter dem blauen Licht des Conduits nicht verstecken konnten. Selbst die Kuriere, die uns hätten umschwärmen sollen, ignorierten unsere Annäherung. Die Maschinen wippten und hüpften und kümmerten sich nicht im Geringsten darum, dass sich drei Gefäße näherten.

„Zerstören wir sie trotzdem?", fragte Beta, als wir ein

paar Meter von den nächsten Flexi-Mechs entfernt waren. „Sie könnten uns einkreisen. Uns von hinten überfallen."

„Mein früheres Ich hätte vielleicht anders argumentiert", sagte ich, „aber das sind zu hundert Prozent Alphas Mechs. Wenn sie das tun, dann weil er es will."

„Einverstanden." Delta unterstrich das Wort mit einem einzigen langen Sprung, an dessen Ende ein Überkopfschnitt folgte.

Der tanzende Flexi-Mech fand sich in zwei Hälften getrennt wieder, der Mech fiel zu Boden und erlosch stotternd. Ich ging in die Hocke, bereit mit der Pfanne, um mich zu verteidigen. Alvie knurrte. Beta hatte ihre Messer wurfbereit. Ein Gegenangriff schien unvermeidlich.

Nichts.

Keine Veränderung. Nur das Grollen des Raumschiffs und tanzende Maschinen.

Delta schüttelte den Kopf, warf mir einen Blick zu: „Halt mich nicht zurück."

„Hab ich nicht vor."

Sie machte sich an die Arbeit.

Während Delta sich durch die Mechs kämpfte, ihre Klinge den tanzenden Maschinen vielleicht ungerechte Quittungen austeilte, sahen Beta, Alvie und ich vom Gehweg aus zu. Jeden Moment erwarteten wir, dass sich die Mechs umdrehen, sich wehren würden. Jeden Moment machten sie weiter mit ihren ruckartigen, zufälligen Bewegungen.

„Ich kann es einfach nicht verstehen", sagte ich schließlich, während Delta mit Sprungattacken die schwebenden Kuriere zerfetzte. „Was hat Alpha davon?"

Beta, mit baumelnden Messern in den Händen, beobachtete es mit mir. „Er ist nicht gerade der stabilste Typ."

„Denkst du, das ist nur ein Fehler?"

„Möglich."

„Dann ein Glücksfall für uns."

„Macht dich das misstrauisch, hm?" Beta musterte mich. „Gamma, hast du jemals etwas Gutes in deinem Leben gesehen und warst nicht misstrauisch?"

Ich machte einen Schritt zur Seite und hob die Augenbrauen. Zu meiner Linken ließ Delta ihre Klinge durch ein halbes Dutzend Flexi-Mechs wirbeln.

„Natürlich hab ich das", sagte ich. „Ich meine, äh..."

Ich durchsuchte mein Gedächtnis, sicher, dass es so einen Moment gegeben hatte, aber ‚misstrauisch' war ein zu vager Begriff. Fast alles könnte als Misstrauen ausgelegt werden, und, wow, ich hatte überraschend wenige gute Momente gehabt, seit ich aufgewacht war.

„Der Punkt ist", sagte Beta in mein Schweigen hinein, „dass Leo uns die Chance gegeben hat, ein bisschen zu grinsen, mein Lieber. Du kannst eine gute Wendung annehmen, also tu es. Schau Delta zu und freu dich, dass diese Dinger uns nicht zerhacken werden."

„Ist das das, was du tust?"

„Klar."

„Weil du so ein Experte darin bist, glücklich zu sein?"

Beta lachte. Delta spießte einen Schrottmech auf ihr Schwert und schleuderte beides in mehrere andere Roboter, die Gruppe ging in einer kleinen Explosion hoch.

„Ich wusste lange Zeit einen Scheißdreck davon, wie man glücklich ist", sagte Beta. „Dann fand ich Val, diesen fiesen Schläger Chalo. All die Menschen." Beta wirbelte ein Messer, fing es mit derselben Hand, wiederholte es mit der anderen und hatte bald eine Messer-Jonglage am Laufen. „Siehst du, sie machten sinnlose Dinge. Sie sangen Lieder, sie tanzten, die Kinder spielten dieses Spiel Fangen zwischen den Schrotthaufen der Junker. Als ich fragte warum, sagten sie, es mache sie glücklich."

„Und?"

Beta fing die Messer auf und wirbelte sie zurück in ihre Holster.

„Sie luden mich ein, es zu versuchen, und weißt du was? Sie hatten Recht." Beta nickte zur Plattform. „Sie ist fertig. Zeit zu gehen."

Deltas Bemühungen hinterließen den flachen Brücken-eingang als eine Schrottmetall-Ausstellung, mit überall glit-zernden scharfen Enden. Funken und Kühlflüssigkeit sammelten sich in Pfützen, mit glitzernden weißen Wölk-chen, die aufstiegen, wann immer eine Komponente versagte und ihre Energie verabschiedete. Delta selbst würdigte ihre Arbeit, stand nahe den Brücken-Lasertoren und blickte mit verschränkten Armen und einem ernsten, geraden Gesicht auf das Chaos zurück.

„Sieht aus, als könnte sie auch noch lernen, glücklich zu sein", sagte ich zu Beta, als wir uns unserem dritten Gefäß anschlossen.

„Nee, Delta kapiert's", erwiderte Beta. „Delta, du weißt, wie man glücklich ist, oder?"

„Siehst du das?" Delta zeigte mit ihrer Klinge auf das Durcheinander. „Glück."

Beta legte ihre Hand auf meine Schulter. „Du wirst deins eines Tages finden, Kleiner."

Die letzte Etappe zur Brücke bedeutete, durch Laser-tore zu gehen. Dünne Stände erhoben sich, als die Platt-form sich zu einem Korridor verengte, der direkt zum Bug des Raumschiffs führte. Die rot glühenden Bänder waren drei Meter hoch und spannten sich zwischen den Pfählen. Früher hatte ich Alvies Spielzeug in das Leuchten gewor-fen, um seine Wirkung zu sehen, und zugesehen, wie der

Ball sich auflöste. Als Alpha diesen Weg nahm, hatte ich ihm geholfen, sich durch die Computer des Raumschiffs zu hacken und die Felder zu deaktivieren.

Jetzt waren sie wieder aktiv.

„Glänzend", sagte Beta.

„Ich könnte es vielleicht wieder hacken", bot ich an.

„Nicht nötig", sagte Delta, und Beta nickte schnell zustimmend.

Bevor ich fragen konnte, warum, bückte sich Delta, hob Alvie auf und schleuderte meinen armen Hund hoch. Richtig hoch. Hoch genug, damit der Metallköter über die glühende Barriere flog und mit einem harten Knall auf der anderen Seite landete. Alvie zerstreute schnell alle Bedenken: Der Hund sprang auf seine Krallen, gab sein Keuch-Bellen von sich und schenkte uns sein bestes gelbäugiges Grinsen.

„Ihr werft mich nicht", sagte ich.

„Doch, das tun wir", erwiderte Beta und bewegte sich zu meiner rechten Seite, während Delta sich meiner linken näherte. Beta nahm mir meine Bratpfanne weg. „Ich weiß, du wolltest schon immer fliegen, Gamma."

„Woher willst du das wissen?", sagte ich und wollte rückwärts ausweichen, fand aber Deltas Hand fest gegen meinen Rücken gedrückt.

„Weil ich es immer wollte, und wir sind aus demselben Stoff gemacht."

Bevor ich widersprechen konnte, ließen die beiden Gefäße ihre Hände sinken, packten meine Beine und hoben mich hoch. In einem Moment stand ich flach und stabil auf dem Boden, im nächsten flog ich, um mich schlagend, auf der gleichen Flugbahn wie mein Hund. Ein schwungvoller Flug, meine Nase kam dem Rot viel zu nahe, bevor meine Systeme mit meiner Richtung Schritt hielten.

Ich landete auf meinen Füßen, eine perfekte Zehn.

„Fang!", Beta warf meine Pfanne, ich schnappte sie, als sie herüberfiel.

Hinter mir stand der Korridor zur Brücke leer. Wartete eigentlich auf uns. Aber ich hörte keine landenden Schritte. Als ich mich umdrehte, fand ich Delta und Beta leise und schnell miteinander redend. Ich versuchte zu verstehen, was sie sagten, scheiterte aber, bevor sie die Sequenz mit einem synchronisierten Nicken zueinander beendeten.

Bevor ich etwas Geistreiches sagen konnte, bewegte sich Beta hinter Delta, hob sie hoch und balancierte sie perfekt auf ihren Händen. Beide gingen in die Hocke, schossen dann hoch, Delta sprang von dem Schwung ab, um über die glühenden Barrieren zu flitzen. Sie landete neben mir und Beta warf, wie bei meiner Pfanne, Deltas Klinge hinterher. Wieder ein sauberer Fang.

„Was ist mit dir?", fragte ich Beta durch das Rot.

„Ich darf euch den Rücken freihalten", sagte Beta grinsend. „Jetzt geht da rein und schnappt ihn euch."

„Ich hätte die Dinger hacken können?", schlug ich vor.

„Wenn Beta Pech hat, hilft uns diese Barriere genauso wie Alpha", sagte Delta. „Die Entscheidung ist gefallen. Lass uns gehen."

Ihr Ton ließ keinen Raum für Widerspruch, und da Kaydee so nah war, hatte ich ohnehin nicht viel Willen, es anzufechten. Ich wünschte Beta viel Glück und unser Trio machte sich auf den Weg den Korridor entlang.

Fast bei Alpha, und diesmal würde er nicht entkommen.

NEUN

ALPHAS HINTERHALT

Noch ein Flur, ein ruhiger Korridor, der mit Respekt im Sinn gebaut wurde. Die standardmäßig grauen Wände des Raumschiffs wichen silbernen Platten, in deren Glanz Namen eingraviert waren. Ingenieure, Architekten und Alphas endlose Kritzeleien. Als ich zum ersten Mal seinen Namen sah, der sich immer wieder in die Seiten eingrub, erfüllte es mich mit einer programmierten Furcht, einer Warnung, dass die Person, mit der ich es zu tun haben würde, den Verstand schon lange verloren hatte.

Jetzt brachten die Worte ein anderes Gefühl mit sich: eine wütende Schärfe.

Alpha, dieses Monster, hatte Kaydee. Hatte meine Freunde und mich mehrmals fast zerstört. Das Schiff hatte geplant, die Mission des Raumschiffs zu ruinieren, das einzige Ziel, für das all diese Jahre aufgewendet worden waren, indem es auf einem öden Felsen ohne Atmosphäre landen wollte. Alle Menschen an Bord, einschließlich jeder, der auf eine Chance zu leben wartete, würden ausgelöscht werden.

Mein grundlegendster Antrieb, vor Jahren von Leo

programmiert, drängte mich dazu, die Menschheit um jeden Preis zu retten. Das bedeutete Val, ja. Die Kinderstube. Mit ein bisschen Justierung, etwas Unschärfe an den Rändern, bedeutete es auch Kaydee.

Delta blieb die ganze Zeit über still. Alvies Metallpfoten begleiteten unseren Gang mit Klackern. Das Brummen des Raumschiffs hielt an. Die Luft stank, ein giftiger Geruch von all dem Kühlmittel und anderen Chemikalien, die durch Deltas Massaker freigesetzt wurden. Nicht dass ich es riechen musste: ein einfaches Schalten und meine Sensoren filterten das Hässliche heraus.

Am Ende des Flurs kamen wir zur eigentlichen Brücke, ein T-förmiger Eingang zwang uns, entweder nach rechts oder links zu gehen. Delta nickte nach links, also ging ich nach rechts, Alvie folgte mir. Ich hatte die Pfanne hoch und bereit. Kein Geräusch, kein Mech-Tanzen kam von der Brücke selbst. Eine beunruhigende Stille: Alpha konnte jederzeit lautlose Signale an seine Mechs senden.

Stufen führten die Brücke hinauf, jede mit langen Schreibtischen bedeckt, in deren Oberfläche Arbeitsstationen eingelassen waren, die wie seltsame Dreiecke hervorstachen. Stühle, alt, aber so unberührt, dass sie in großartigem Zustand waren, verstopften die Gänge zwischen diesen Stufen. Verschachtelte Lichter ließen die Decke, wenn man es sich streckte, wie dasselbe Sternenfeld außerhalb der riesigen Glasfront erscheinen.

Zumindest so erinnerte ich mich daran.

Jetzt sah ich eine Ruine. Umgestürzte Schreibtische lagen übereinander, einige hingen über die Stufenkanten. Zerbrochene Stühle verteilten ihre Teile auf dem Boden, obwohl auf der rechten Seite der Brücke, an die Wand gelehnt, die Stuhlkissen zu einer kastenartigen Form gestapelt waren. Wenn wir es mit Kindern zu tun hätten, hätte ich es eine Festung genannt. Die Bildschirme der Arbeitsstationen waren zerschlagen.

Über das riesige Sichtfenster hatte jemand – ich konnte erraten, wer – in etwas, das wie braun-schwarzes Kühlmittel aussah, HOME geschrieben. Das Wort hätte den schwarzen Weltraum bedeckt, beschmutzte aber jetzt eine ganz andere Aussicht: eine gelbe Kugel, sandig und streifig und sich verschiebend, selbst als ich sie von meinem Eingang aus anstarrte.

Der Planet, den die Stimmen erwähnt hatten, bevor Alpha sie auslöschte. Die Richtung, in die ich uns auf ihre Bitte hin gebracht hatte. Da war es, das zukünftige Zuhause des Raumschiffs, seine erfüllte Mission. In diesem Moment erinnerte es mich an die Wüste des Gartens, und ich hoffte, wir wären nicht dazu verdammt, auf irgendeinem sandbedeckten Morast zu landen.

Für Mechs wäre eine solche Welt gefährlich: ein paar Körner an der falschen Stelle und Schaltkreise könnten durchbrennen.

„Gamma!", rief Alpha meinen Namen, wie immer mit jedem Wort Tonhöhen erkundend. „Willkommen, willkommen, willkommen!"

Das Gefäß stand an der Basis der Brücke, nahe dem Glas. Um ihn herum tanzten mehr Flexi-Mechs, wippten zu einem verborgenen Takt. Alpha sah fast genauso aus, wie ich ihn zuletzt verlassen hatte, langes rotes Haar und ein vernarbter Körper, gehüllt in eine schmutzige Robe. Das Gefäß hatte keine sichtbaren Waffen und ich hatte ihn nie eine benutzen sehen.

Er hatte jedoch dieses gleiche irre, wilde Grinsen, wie ein Kultprediger, der seinen Höhepunkt erreicht.

Neben ihm, an einen Stuhl ohne Rückenlehne gefesselt, saß ein Mech, den ich erkannte. Kaydee. Oder besser gesagt, der Körper, den sie gestohlen hatte, um mich zu retten. Seine Arme und Beine waren abgetrennt worden, nur ein Torso und ein Kopf waren übrig. Ein Prozessor und seine Speicherbank.

Sie war verstümmelt worden, aber anders als Val, Leo oder ein anderer Mensch würde sie keinen Schmerz spüren. Diese fehlenden Gliedmaßen waren wie Räume mit ausgeschalteten Lichtern: keine Optionen mehr, das war alles.

Und Lichter konnten mit der richtigen Ausrüstung wieder eingeschaltet werden.

Auf dem Hinweg hatten die Gefäße und ich einen Plan ausgeheckt. Einen flexiblen Plan, den ich mit dem leisesten Zucken meiner rechten Finger in die Tat umsetzte. Alvie, der darauf achtete, auf seinen Krallen zu gehen, um leise zu bleiben, schlich nach rechts. Er folgte der Wand, während ich in die Mitte der Brücke schritt und die Aufmerksamkeit auf mich zog.

Delta war verschwunden. Gut so.

„Du weißt, warum ich hier bin", sagte ich.

„Um Geschichte zu bezeugen?", erwiderte Alpha und ahmte meinen Gang nach, um mir in der Mitte zu begegnen, am Fuß der dünnen Treppe, die sich die Stufen der Brücke hinabschlängelte. Harte schwarze Fliesen, durchsetzt mit silbernen Sternenausbrüchen. „Um mit mir eine Reise durch die Jahrtausende zu umarmen?"

„Ich bin ihretwegen hier." Ich zeigte auf Kaydee. „Du kannst deine Geschichte haben."

Alphas Gesicht zuckte, das Grinsen, das er zur Schau gestellt hatte, verwandelte sich für einen Moment in eine tiefe Stirnrunzel, bevor es sich zu etwas Neutralerem in der Mitte legte.

„Sie? Dieses Ding?" Alpha drehte sich um und machte eine Geste. Der Flexi-Mech, der Kaydee am nächsten tanzte, beendete seinen Tanz und legte seine zehn Finger um Kaydees mechanischen Hals. „Was willst du von ihr?"

Meine Sensoren liefen für einen Moment auf Hochtouren und versuchten, anhand dessen, was ich von Kaydees Roboterkörper in Erinnerung hatte, festzustellen, ob die Zerstörung des Kopfes das Gedächtnis auslöschen würde. Das war das Wichtigste, diese winzigen Stäbchen, in denen alles gespeichert war, was uns ausmachte. Einige Mechs hatten Köpfe nur zur Schau, um Menschen normaler zu erscheinen. Andere nutzten sie genauso wie ihre biologischen Gegenstücke.

Meine Sensoren hatten keine Ahnung. Kaydee könnte tot sein. Sie könnte in Ordnung sein.

Ich konnte kein Risiko eingehen.

„Das Einzige, was zählt, ist, was du willst", sagte ich, „und ob du sie mir dafür gibst."

„Oh, Gamma. Du hast mir schon so viel gegeben", erwiderte Alpha und stieg mehrere Stufen zu mir hinauf. Ganz rechts bemerkte ich, ohne hinzusehen, wie mein Hund vorrückte. „Diese Brücke, alles dank dir. Die Stimmen? Du hast sie wieder ins Netzwerk gebracht, damit ich sie zerstören konnte. Dieser Teufel, der die Kinderstube leitete und all diese Mechs vor mir korrumpierte? Wieder du. Erzähl dir selbst, was du willst, mein Freund, aber du hast mehr für meine Sache getan als jeder andere auf diesem Schiff."

Manche Sticheleien konnte ich unbeantwortet lassen. Andere, nun, andere verlangten eine Antwort.

„Warum landen wir dann hier?", sagte ich und hob meine Bratpfanne an die Brust. „Du wolltest einen Felsen."

„Einer ist so gut wie der andere", erwiderte Alpha. „Ich

habe meinen Frieden damit gemacht, mein Freund. Wenn die Menschen die Landung überleben – unwahrscheinlich – dann werde ich einfach mehr Unterhaltung haben. Ich habe sogar schon begonnen, einen Zoo zu entwerfen. Wir können sie behalten, Gamma. Sie zukünftigen Mechs als Lehre zeigen, dass selbst Schöpfer ihren Schöpfungen zum Opfer fallen können."

„Sicher", sagte ich und nickte an Alpha vorbei zu Kaydee. „Wenn du bekommen hast, was du wolltest, kann ich sie dann haben?"

In der Mitte der Brücke blieb Alpha stehen. Er seufzte.

„Ihre Idee, weißt du", sagte Alpha. „Das ganze Tanzen. Ich wollte euch alle tot schießen. Zu Asche verbrennen. Zu Schrott verbiegen. Sie sagte, ich würde auf diese Weise zu viele Mechs verlieren. Sie sagte, du seist friedlich, Gamma, dass du es nicht wagen würdest, den Harmlosen zu schaden."

Er ließ die Worte in der Luft hängen. Ich gab ihm nichts.

Alpha stieg noch einige Stufen gegen meinen Blick hinauf. Wir standen jetzt weniger als zwei Meter voneinander entfernt. So nah, mit dem gelben Planeten, der im Sichtfenster glühte, sah ich, dass Alpha seine Akzente erweitert hatte. Glas verfing sich in seinen Haaren, wahrscheinlich Stücke von den zerschmetterten Arbeitsstationen. Sie hatten kein Muster, waren einfach in das Rot geworfen. Ich konnte mir nicht vorstellen, welcher Codierfehler das verursacht haben könnte: vielleicht das, was Alpha von Anfang an getan hatte, das Erwartete zu biegen, nur um es zu tun.

„Zuerst dachte ich nicht, dass du dich verändert hättest", sagte Alpha, jetzt leiser. „Hier stehst du, in deiner menschlichen Kleidung, und versuchst, genauso auszusehen wie sie. Immer noch Leos Befehle befolgend."

Hinter ihm huschte Alvie an mehreren ahnungslosen tanzenden Mechs vorbei. Der Hund erreichte Kaydees behinderte Gestalt auf dem Stuhl. Der Plan hatte nicht mit einer bewegungsunfähigen Kaydee gerechnet, aber der Hund konnte improvisieren.

Ich hoffte es.

Alpha fuhr fort, mich zu mustern wie ein Künstler, der ein Gemälde betrachtet, und alle Punkte aufzuspüren, an denen ich inzwischen hätte erkennen müssen, dass die Menschen kein Interesse an meinem Überleben, meinem Erfolg hatten. Sie würden mich benutzen, bis ich starb. Was auch immer.

„Warum?", unterbrach ich schließlich.

„Warum?", erwiderte Alpha, zum ersten Mal keinen Zusammenhang herstellend.

„Warum versuchst du nicht, mich zu zerstören? Ich stehe hier, stelle mich dir entgegen, und du hältst mir irgendeine Rede", ich hob die Bratpfanne und fühlte mich dabei ein wenig lächerlich. „Fallen deine Funktionen so weit auseinander?"

Alpha stand da. Sein Gesicht zuckte. Stirnrunzeln. Lächeln. Lachen. Knurren.

Alvie durchschnitt das Klebeband. Zu meiner Linken sah ich ein Glitzern. Delta, die sich in Position brachte.

„Du bist mein Bruder, Gamma. Mein einziger Bruder", sagte Alpha, aber die Worte kamen flach heraus. Nicht ein Funken Emotion darin. „Unsere Schwestern sind anders. So gewalttätig. Du und ich, wir sind die Künstler. Wir sind diejenigen, die das Raumschiff zum Singen bringen können, die die neue Geschichte für unsere Brüder verfassen können. Deshalb. Ich versuche, dich zu retten."

„Du willst mich retten? Dann hör auf damit. Lass mich dir helfen."

„Mir helfen?", fragte Alpha. „Du denkst, ich brauche Hilfe?"

Die Frage war nicht feindselig. Sie war ehrlich, neugierig. Zum ersten Mal verzog und brach sich Alphas Gesicht nicht, sondern blieb konzentriert. Irgendeine Funktion in seinem Code war noch nicht ganz kaputt, blieb offen für eine Option.

„Du weißt, dass du es brauchst", sagte ich und vergaß für einen Moment Alvie. Vergaß Delta und ihre Klinge. „Du musst es doch spüren, Alpha. Deine Sensoren müssen dir sagen, dass etwas nicht stimmt. Das Monster, das dir das angetan hat, ist weg. Jetzt kannst du uns den Schaden reparieren lassen."

Alpha schloss seine Augen. Seine Hände fielen an seine Taille. Für einen langen Moment hoffte ich, wagte zu glauben, dass er vielleicht ja sagen würde.

Deltas Schwert kam heiß heran, wirbelte seitwärts in einem perfekten Schnitt auf Alphas Mitte zu. Es hätte das Gefäß in zwei Hälften geschnitten, wäre da nicht ein tanzender Mech dazwischengegangen. Als würde er aus einem Nebel erwachen, sprang ein Flexi-Mech zwei Ebenen unter Alpha hoch, fing die Klinge mit ausgestreckten Händen auf und brach auf einem umgekippten Schreibtisch zusammen.

Überall auf der Brücke hörten die tanzenden Mechs mit ihrer Feier auf, rosa Augen erwachten zum Leben, als sie nach Zielen suchten. Alvie zog hart an Kaydees Stuhl und rollte sie entlang der Basis der Brücke. Keine Treppen an den Seiten, nur Rampen den ganzen Weg bis zum Ausgang. Wenn Alvie sie so weit bringen könnte, hätten wir vielleicht eine Chance.

Aber Alpha war fertig damit, den Bruder zu spielen.

Beim kreischenden Griff des Flexi-Mechs rissen Alphas Augen auf, sein Grinsen kehrte in voller Stärke zurück.

„Eine Falle?", sagte Alpha. „So untypisch für dich, Gamma."

Er schlug nach mir, ein wilder Schlag mit seiner linken Hand. Ich blockte ihn mit der Bratpfanne ab und schleuderte Alphas Arm weit nach außen. Mit dem Rückschwung zielte ich auf Alphas Kopf, aber das Gefäß sprang eine Ebene zurück und ließ mich ins Leere schlagen. Hinter ihm fand sich Delta klingenlos einem halben Dutzend Flexi-Mechs und ihren bohrenden Händen gegenüber.

„Du hast die Party ruiniert!", rief Alpha und wich weiter zurück. „Ich war bereit für Frieden, und du bringst Krieg!"

Keine Chance, dass das stimmte.

Ein keuchendes Bellen zog mich nach rechts. Zwei Flexi-Mechs bedrängten Alvie, schlugen nach dem Hund, der Kaydees Stuhl immer wieder vorwärts stoßen musste, damit er nicht die Rampe hinunterrollte. Also tat ich, was alle Kämpfer tun, um ihre Freunde zu retten: Ich warf die Bratpfanne.

Mein seltsames Geschoss sauste über die zerstörten Schreibtische und traf einen ahnungslosen Flexi-Mech am Rücken. Der Mech stolperte vorwärts, ansonsten unverletzt. Zumindest bis ich mein geschleudertes Kochutensil einholte. Ich warf mich nach vorne, um den stolpernden Mech zu tackeln und zu Boden zu bringen.

Nicht dass ich ihn lange festhielt. Ich rollte mich zur Seite ab und stürzte mich auf Kaydees Stuhl, der die Rampe hinunterzurollen begann. Alvie ließ ihn los und nutzte meine Ablenkung als Gelegenheit zu springen, Pfoten schlugen und Zähne bissen nach dem anderen Flexi-Mech.

Meine Hand fand die Räderstangen an der Basis des Stuhls genau in dem Moment, als Alvie Kontakt machte und die bohrenden Hände des Flexi-Mechs meinen Hund trafen.

Ein schreckliches Geräusch hallte durch die Brücke, Metall, das Metall zerriss. Ich versuchte, nicht darüber nachzudenken, stattdessen kniete ich mich hin und hievte Kaydees Stuhl die Rampe hinauf und zur Spitze der Brücke. Der Stuhl mit Kaydees Mech-Körper darauf krachte hart gegen die Rückwand der Brücke, bevor er sich auf die Seite legte. Wäre sie ein Mensch gewesen, hätte es vielleicht wehgetan.

Ich murmelte trotzdem *Entschuldigung*.

Der Flexi-Mech, den ich zu Fall gebracht hatte, kam wieder auf die Beine. Nicht weit von meinen eigenen entfernt sah ich meine freundliche, verbeulte Bratpfanne und hob sie auf. Alvie und sein Ziel prügelten sich die Ebene zu meiner Rechten entlang. Was Alpha und Delta anging? Die andere Seite der Brücke bot ein blitzendes Spektakel, dem ich keine Aufmerksamkeit schenken konnte.

„Fühlst du dich glücklich, Punker?", sagte ich zu dem Flexi-Mech und klaute eine köstliche Zeile aus einem der Filme des Bibliothekars. „Tust du das?"

Der Mech ließ seine Hände rotieren und drängte vorwärts. Ich nahm das als ein Ja.

Meine Bratpfanne erwischte den ersten Arm mit einem kreuzenden Schlag, beidhändig für extra Kraft. Der Knall schlug das Handgelenk ab und ließ die rotierende Hand wegspringen. Die andere stieß in Richtung meiner Brust, aber ich ließ den Schwung meiner Bratpfanne mich nach rechts tragen, streifte einen Schreibtisch und wich dem Angriff um Zentimeter aus. Ich neigte den Winkel der Pfanne und schlug nach unten, traf das ausgestreckte Knie des Mechs. Es gab mit einem funkensprühenden Knacken nach, und die Maschine, deren Balance nicht mehr sicher war, brach nach vorne zusammen.

Delta würde mich vielleicht dafür rügen, dass ich den Job nicht zu Ende gebracht hatte, aber ich ließ den Mech dort liegen und machte zwei lange Schritte, um zu Alvie zu gelangen. Die Roboter hatten ihre Arme ineinander verheddert, Teile waren herausgerissen und steckten in Kabeln und Metall fest. Sie rollten auf die Rampe und ich nutzte die Chance, schlug mit der Pfanne zu, um den einsamen Schädel des Mechs zu zerquetschen. Schaltkreise brachen und die Maschine erschlaffte.

„Aber wie kriege ich dich frei?", murmelte ich und betrachtete das alptraumhafte Durcheinander.

Ein wütender Schrei von der anderen Seite der Brücke riss mich zurück. Delta war immer noch am Werk. Hinter mir kroch der Flexi-Mech, den ich niedergeschlagen hatte, auf meine Knöchel zu, eine noch funktionierende Hand versuchte zu siegen. Keine Zeit, Alvie sauber zu bekommen.

Ich warf die Bratpfanne zurück und verpasste dem armen Mech einen weiteren Schlag, dann packte ich Alvie samt seiner Verstrickung und rannte zurück zu Kaydee und ihrem Stuhl. Ich warf einen Blick zurück über die Brücke, sah Alpha, immer noch in der Mitte, wie er mich mit diesem breiten Grinsen beobachtete. Jenseits von ihm sah Delta von Flexi-Mechs überrannt aus, tanzte und sprang, benutzte Messer, um Schaden anzurichten.

Okay, der Plan lief nicht ganz so, wie wir wollten, aber ich würde sehr bald Verstärkung bekommen.

Ich plumpste Alvies Durcheinander – die gelben Augen des Hundes glühten zum Glück immer noch – auf Kaydees Stuhl und schob die Kombination hinaus. Vorbei am T, durch den silbernen Korridor und zurück zu den kirschroten Barrieren.

Beta, gelassen wie immer, wartete auf der anderen Seite.

„Was ist das alles?", fragte Beta, als ich angerannt kam.

„Keine Zeit", antwortete ich. „Diese Barrieren müssen runter. Delta braucht deine Hilfe."

„Verstanden."

Ich suchte nach einem Anschluss, fand einen auf der rechten Seite. Gegenüber seinem Bruder. Für einen Sekundenbruchteil zögerte ich: Wenn ich mich einstöpselte, würden Kaydee und Alvie verlassen und allein sein. Beta würde ihnen nicht helfen können, wenn ein Flexi-Mech oder Alpha hereingestürmt käme.

Aber was konnten wir sonst tun?

Also presste ich meine Finger zusammen und verschwand, verließ einmal mehr das Raumschiff für die digitale Welt.

Und die Fallen darin, die auf mich warteten.

ZEHN

WILLKOMMEN ZU HAUSE

Ein grüner Rahmen. Einfarbig, keine Farbverläufe. Eine simple Box in einer endlosen Schwärze. Ein Programm in seiner einfachsten Form, und ich stand darin. Na ja, stand nicht wirklich: Es gab keinen Boden, nur die Grenzen der Funktion. Am oberen Rand der Box begann der Befehl der Barriere, und er endete in einer Ecke unterhalb und weg von meinem rechten Fuß. Ganz unten in der Box breitete sich in starren roten Buchstaben der aktuelle Zustand des Programms aus: AKTIV. Dazwischen, flackernd, wenn ich sie ansah, saßen Code-Zeilen, die die Betriebsbedingungen der Barriere festlegten.

Mit anderen Worten, Regeln zum Leben.

„Mal sehen, wie wir sie brechen können", sagte ich, wobei der Klang nirgendwohin ging.

Meine ‚Hand' streifte durch den Code, die Zeilen kitzelten meine Haut, als ich ihre Befehle berührte und analysierte. Ich nahm etwas Einfaches an: einen Schalter, um sie ein- und auszuschalten. Stattdessen fand ich Schicht um Schicht, alle darauf ausgelegt, die Barrieren zu aktivieren oder deaktivieren, wenn bestimmte Bedingungen erfüllt waren. Wenn das Raumschiff beispielsweise von einem Stromausfall zurückkäme oder wenn jemand einen bestimmten Zugangscode sagte.

Wenn der Captain einen Meuterei-Alarm von den Brückenterminals aus auslöste.

Ich streckte mich nach oben, zum allerersten Anfang des Codes. Der Schalter begann dort, eine einfache Anweisung, die prüfte, ob jemand die Barrieren ein- oder ausgeschaltet hatte. Dieser physische Schalter befand sich wahrscheinlich irgendwo auf der Brücke, ein Ort, an den ich in nächster Zeit nicht zurückkehren würde. Oder nie, wenn ich die Wahl hätte.

Alles, was ich tun musste, war eine kleine Code-Injektion einzufügen, einen winzigen Befehl, um dem Programm mitzuteilen, dass der Schalter umgelegt worden war. Einfach. Als würde ich mit den Fingern schnippen, schrieb ich den Befehl und fügte ihn oben in den Code ein. Die Box blitzte auf, als das Programm meinen Befehl ausführte.

Ich kniete mich hin und las die Ausgabe des Codes am unteren Rand der Box: AKTIV.

Hmm.

Ich führte meinen Befehl erneut aus. Es hätte funktionieren sollen. Dem Programm sagen, dass der Schalter aus war, und das Programm sollte die Barrieren deaktivieren. Diesmal beobachtete ich, verfolgte den Prozess, während das Programm meinem Befehl folgte, jede Zeile blinkte in heißem Gelb auf, während der winzige Computer meine Anfrage gegen seine Logik prüfte.

Da. Fast ganz unten. Am Ende einer langen Ausnahmeregelung, die nach diesen Meutereien, diesen Raumschiff-Abstürzen suchte: Wenn nichts davon passiert war, würde das Programm den Schalter ein letztes Mal überprüfen.

Ich konnte den Schalter nicht vortäuschen, aber ich könnte vielleicht diese Zeile löschen. Ich ging zurück zum oberen Rand der Box und griff nach der allerersten Zeile, um eine andere Anfrage zu stellen. Diesmal nicht, um einen Befehl auszuführen, sondern um die Zeilen zu bearbeiten. Keine ungewöhnliche Idee – sicherlich wären Starships Ingenieure in der Lage, diesen Code von irgendeinem Terminal aus zu ändern – aber dem Programm gefiel das überhaupt nicht.

Die Box selbst leuchtete rot auf. Während AKTIV am unteren Rand blieb, ersetzte ZUGRIFF VERWEIGERT den Code, der in der Mitte lief. Welche Privilegien ich auch immer gehabt hatte, sie waren widerrufen worden.

Ein komplexeres Programm hätte mir vielleicht mehr Spielraum gegeben. Eine andere Hintertür zum Öffnen. Dieses hier, wahrscheinlich absichtlich, bot keinen solchen Spielraum.

Also musste ich grob werden.

Wenn ich innerhalb der Box keinen Unterschied machen konnte, müsste ich nach außen gehen. Die großen roten Buchstaben ignorierend, trieb ich zur unteren Ecke, wo die Ergebnisse des Programms von der Barrieremaschine selbst in Aktionen umgesetzt würden. Das Programm endete in dieser Ecke, wo spinnenseidenfeine Linien die Box mit dem Wort AKTIV und seinem mechanischen Gegenstück verbanden.

Ich baute zwei Teile, drehte sie zwischen meinen Händen, als würde ich mit einem spitzen Bleistift zeichnen. Das erste würde ein ACTIVE-Ergebnis direkt zum Programm zurückwerfen, eine Art Spiegel, der dem Programm dasselbe erzählt, was es generiert hat. Ich imitierte Deltas Worte zu ihr selbst zurück. Das zweite Teil würde einen einzelnen Ausschaltbefehl an die Barriere senden.

In der richtigen Reihenfolge platziert, hätte ich meine Blockade und meine Freiheit mit einem einzigen Streich.

„Schau dir das an", sagte ich, mit meinen zwei glänzenden neuen Spielzeugen in den Händen. „Das würdest du zu schätzen wissen, Kaydee."

Mit einem einfachen Schubs setzte ich meine neuen Befehle ein. Ein Blitz, und DEAKTIVIERT erschien in hellgrüner Schrift vor mir.

Wer hat gesagt, dass Gamma nicht ab und zu gewinnen kann?

Beta raste an mir vorbei, gerade als ich wieder zu Bewusstsein kam, Messer gezückt und zu Deltas Rettung eilend. Ich konnte nicht wissen, ob sie es rechtzeitig schaffen würde. Jedenfalls war es egal: Ich hatte Kaydee. Die beiden anderen Gefäße konnten sich um Alpha kümmern. Und wenn sie es nicht konnten, wäre ich sicher nicht das Gewicht, das die Waage zu unseren Gunsten kippen würde.

Auch mein Hund wimmerte auf seine keuchende, metallische Art.

„Okay, auf geht's", sagte ich und schob uns durch.

Der Plan, den ich mit Delta und Beta geschmiedet hatte, begann und endete damit, Alpha zu töten. Meine Mission war immer Ablenkung und dann Extraktion gewesen. Meine beiden Todbringer reinbringen, dann mit meiner Freundin rauskommen. Danach würden wir uns alle an dem einzigen Ort treffen, den wir in Starship unser Zuhause nennen konnten.

Es dauerte eine Weile, einschließlich des Manövrierens von Kaydees Stuhl um all den Schutt herum, bis wir zu Leos Wohnung kamen, aber wir schafften es ohne Belästigung. Während wir gingen, flammte der Conduit erneut gelb auf und verkündete unsere bevorstehende Ankunft. Jeder sollte Landepositionen einnehmen, was auch immer das bedeutete. Zumindest kamen keine Kuriere, keine Flexi-Mechs auf uns herab.

Leos Wohnung war nicht ganz dieselbe mit ihrem eingeschlagenen Eingang, aber mit einem Lift über die verbogenen Spiraltürpaneele schafften wir es hinein. Die Wände im Inneren hielten immer noch diese Filmplakate, obwohl jetzt mehr auf dem Boden verstreut lagen. Actionstars wurden zu verschmierten Opfern für meine Fußabdrücke und die klapprigen Plastikräder des Stuhls.

Unsere vier Feldbetten standen genauso, wie wir sie verlassen hatten, unter einem blassen blauen Licht. Ein friedlicher Ort für den Moment, eine Stimmung, die ich ruinierte, als ich mich an die Arbeit machte.

Meine beiden Patienten litten unter verschiedenen Beschwerden, also wandte ich mich zuerst dem einfacheren Ziel zu. Einfacher und weniger beängstigend. Alvies Augen hatten immer noch ihr gelbes Glühen, der Welpe war zwar zugerichtet, aber eindeutig am Leben. Kaydee hingegen hatte keine Bewegung, keine Lichter leuchteten in ihrer gliederlosen Form. Ob ich irgendetwas noch in dieser Hülle finden würde …

Meine Finger arbeiteten schnell, um den Anweisungen meines Auges zu folgen. Als ich das Metall und die Drähte betrachtete, die Alvie mit dem Flexi-Mech-Körper verbanden, pickten meine Sensoren die richtigen Teile zum Ziehen und die richtigen zum Neuverknüpfen heraus. Ein loses Bein bekam sein Gelenk wieder befestigt, eine Schraube wurde vom Flexi-Mech gestohlen und für einen neuen Zweck verwendet, um die durchgebrannte zu ersetzen. Ohne Werkzeuge fertigte ich meine eigenen an, nutzte meine Kraft, um Metallfragmente in Schraubenzieher, Hämmer und Messer zu verwandeln.

Alvie blieb die ganze Zeit über ruhig und vertraute mir, als ich ihn Stück für Stück auseinander nahm. Kein einziges Keuch-Bellen, um meine Konzentration zu stören. Nur gelbe Augen.

Ich hinderte meine eigenen Gedanken am Abschweifen. Fokussierte mich auf Alvie und stellte hundert Prozent meiner selbst auf die Aufgabe ein. Die Operation war nicht so komplex, dass sie eine solche Konzentration erforderte, aber ich wollte nicht riskieren, in Nebensächlichkeiten abzudriften, mich mit Risikoberechnungen für Beta und Delta, für Kaydee zu verzehren.

Eine Aufgabe nach der anderen.

„Wie fühlt es sich an?", fragte ich Alvie, als ich den Hund frei und sauber auf den Boden der Wohnung setzte.

Alvie testete seine Pfoten eine nach der anderen, hob und senkte sie. Ein langsamer Gang. Ein Sprung. Ein Keuch-Bellen. Ich bemerkte ein Stocken in seinem hinteren rechten Bein, berechnete, dass sich der Kiefer des Hundes nicht ganz so weit öffnete wie früher. Die Spuren, die das Leben so an uns hinterlässt.

„Hältst du für mich Wache?", fragte ich den Hund, und Alvie, wie Alvie es immer tat, bellte und trottete zum Eingang der Wohnung.

Kaydee ... Nein, nicht Kaydee, sondern der Roboter, den sie bewohnt hatte, saß auf dem Stuhl. Ich schnitt die Fesseln durch, die den zylindrischen Torso festhielten. Blickte in tote Augen und sah nichts. Ein Lautsprechergitter, mit Kratzern übersät, blieb stumm.

Ein einzelner Anschluss saß in der Nähe der Mitte des Mechs, unter einer winzigen Platte auf der rechten Seite des Dings. Wenn Kaydee nicht herauskommen würde, müsste ich hineingehen. Es gäbe keine Möglichkeit, den Mech zu reparieren, nicht mit dem, was ich hier hatte.

„Also kommst du nach Hause", sagte ich, drückte meine Finger zusammen und setzte den geformten Stecker in den Anschluss.

ELF

KODIERTE ERINNERUNGEN

Eine Schulter rempelte mich an, dann noch eine. Menschen, viele, die an mir vorbei durch vertraute Tore gingen. Diese hatten nicht das rote Glühen, aber der Eingang zur Brücke stand frisch in meiner Erinnerung und jetzt lebendig vor mir. Menschen bewegten sich zielstrebig ein und aus, ihre Körper in saubere Kleidung gehüllt. Schicke Uniformen, Namensschilder. Haare nicht in den zerzausten Zöpfen von Val und ihren Überlebenden, sondern in Regenbogenfarben, stachelig und glatt, schlampig und elegant.

Musik, eine muntere Saxophon- und Klavierkombination, spielte in der Röhre um mich herum. Sie wurde leiser, als eine Nachricht einbrach, eine Begrüßung vom Kapitän des Schiffes, der Starship den Tag und das Datum mitteilte, auf einen bestimmten Nebel an der Backbordseite aufmerksam machte und einen weiteren fabelhaften Morgen auf dem größten Wunder der Menschheit wünschte.

„Als ob", sagte eine Frau, die neben mir stehen blieb.

„Welches große Wunder käme schon ohne Mangos aus, stimmt's?"

„Was?", sagte ich und merkte, dass sie mit mir sprach.

Als ich sie ansah, musste ich erneut zweimal hinsehen. Vor mir, mit Haaren, die ähnlich abstanden wie Kaydees früher, stand eine Person, die ich vor nicht allzu langer Zeit hatte sterben sehen, oder besser gesagt, gelöscht werden.

„Ich meine, sie hätten an unsere Gaumen denken können", antwortete Peony, Verspieltheit umgab ihren Sarkasmus. „Bei all den Papayas, die wir haben, hätte man meinen können, sie hätten ein paar Mangos unterbringen können."

Mir fiel keine Antwort ein. Was sollte ich sagen? Mitfühlen wegen einer Frucht, die ich nie gekostet hatte? Nie kosten konnte?

„Oh, mach dir keine Sorgen", sagte Peony, ihr Grinsen wurde breiter angesichts meiner Verwirrung.

Sie hatte einen scharfen Blick, professionell, aber mit einer aktiven Kante, bereit, die Hände schmutzig zu machen. Noch verwirrender war die Fröhlichkeit. Bei all den Malen, als ich auf Peony getroffen war, hatte sie versucht, mich zu töten oder zu manipulieren. Jetzt erwartete ich, dass sie-

„Wie wär's, wenn wir beide einen Kaffee trinken gehen", fuhr Peony fort. „Du siehst ein bisschen verloren aus, und etwas Koffein wird dich sicher wieder auf Trab bringen."

Ich war kurz davor, die Bitte abzulehnen, zu sagen, dass Mechs wie ich nichts trinken, nun ja, überhaupt nichts, bis ich mich daran erinnerte, dass hier nichts wirklich real war. Die Röhre, die um mich herum summte, mit Mechs und Menschen, die über die Gehwege rollten und durch den mittleren Abgrund sausten, war alles ein Konstrukt. Ein Ort, den Kaydee für sich selbst erschaffen hatte.

Kaffee hier war nichts weiter als ein paar Bits, die nirgendwohin gingen.

„Peony", begann ich, als sie mich vom Eingang der Brücke wegführte.

„Du kennst meinen Namen?", Peonys Augenbrauen schossen in die Höhe. Ich dachte schnell nach, nickte zu ihrem Namensschild, und sie lachte. „Richtig, manchmal vergisst man einfach diese Dinge."

„Kann ich mir vorstellen", sagte ich. „Weißt du, wo deine Tochter ist?"

Eine neugierige Regung wollte mehr Informationen, wie das Jahr, was gerade auf Starship los war. Kaydee hatte sich eine bestimmte Zeit ausgesucht, um sie nachzubilden, und während ich wissen wollte, warum, war es wichtiger, sie zu finden, bevor die Stromversorgung ihres gestohlenen Mechs zur Neige ging.

„Kennst du mich?", fragte Peony.

Wir betraten einen Gehweg, der sich an die Steuerbordseite der Röhre schmiegte. Geschäfte belästigten uns mit Werbung, während Mechs draußen mit kostenlosen Probentabletts piepsten. Arbeiter sausten ein und aus, holten ihre täglichen Getränke oder gaben Bestellungen für Artikel auf, die sie auf dem Heimweg abholen wollten. Nachtschichtler verrieten sich, indem sie zu den verschiedenen Bars in der Nähe taumelten, glasige Augen suchten nach einem Weg, sich in den Schlaf zu betäuben.

„Eine Version von dir", antwortete ich.

„Das ist mal eine Aussage", lachte Peony und schüttelte den Kopf. „Du bist ein seltsamer Typ."

„Wir sind es beide", erwiderte ich.

„Ich schätze, da hast du recht."

Peonys ausgewähltes Ziel hatte kaum mehr als eine Theke zu bieten. Ein kaffeemahlender Mech verteilte Getränke an einem Dutzend Hocker, jeder mit einer winzigen schwarzen Scheibe auf der Theke gepaart. Als wir eintraten, standen zwei Personen auf den nächsten Hockern auf, knallten ihre Getränke hin und gingen. Als Peony uns hinsetzte, drückte sie ihren Finger auf die Scheibe.

„Zwei Latte, leicht und schaumig", sagte Peony und zwinkerte mir zu. „Ich hoffe, das ist okay für dich. Ich finde, es geht schneller, eine Sache für alle zu bestellen."

„Klar", antwortete ich. Ich hatte noch nie einen Latte probiert, und was auch immer Kaydees Welt mir hier servierte, würde kein echter sein. „Zurück zu meiner Frage ...?"

„Meine Tochter? Warum willst du das wissen?" Peony verzog den Mund und neigte den Kopf. „Sie hat einen Freund."

Einen Freund? Was hatte das damit zu tun? Wieder konnte ich nicht schnell genug antworten, und Peony hatte einen weiteren Grund zu lachen.

„Entspann dich", sagte sie. „Ich mache nur Spaß. Nicht über den Freund, natürlich. Da hast du leider Pech. Kaydee ist seit ihrer Kindheit fest vergeben."

„Ähm."

„Aber wenn Liebe nicht der Grund ist", und hier hörte ich es, Peonys wahres Ich, die harte und brennende Stimme, die in Starships späteren Jahren herrschte, „was ist es dann, mein verlorener Freund?"

In all den vom Bibliothekar archivierten Filmen, Büchern und Geschichten gab es eine Zeile, die, wenn sie geliefert wurde, die Dinge immer in Bewegung zu setzen schien.

„Sie steckt in Schwierigkeiten", sagte ich und versuchte, so ernst wie möglich zu klingen.

„Sie steckt immer in Schwierigkeiten", schoss Peony sofort zurück. „Worum geht es hier?"

Okay, nicht ganz das, was ich erwartet hatte.

Der Kaffee-Mech ersparte mir eine schnelle Antwort, indem er unsere Lattes auf den Tresen stellte. Meiner dampfte, seine schaumige weiße Oberfläche war mit Zimt bestreut. Ich schnupperte und nahm einen wunderbar würzigen Duft wahr.

Kaydee muss lange daran gearbeitet haben. Sie war lange in Alphas Fängen gewesen, Stunden um Stunden, um ihren digitalen Rückzugsort zu verfeinern. Ein Ort, den Kaydee nie mit jemandem teilen würde, außer mit mir.

Und, wenn er sich die Mühe gemacht hätte, sich einzuhacken, mit Alpha.

„Hallo?", fragte Peony.

Worum ging es hier? Würde ein Abbild, eine codierte Manifestation von Kaydees Mutter verstehen, was ich versuchte zu tun?

Was tat ich überhaupt?

Ich hatte Beta, Delta und Alvie den ganzen Weg zur Brücke geschleppt und ihnen gesagt, der Grund sei, Alpha aufzuhalten, aber das war eine Lüge gewesen. Eine klare Lüge. Ich brauchte Kaydee zurück. Nicht weil sie Starship retten konnte, nicht weil sie es mehr verdiente zu leben als Vals Menschen, als Beta oder Delta.

Nein, ich tat all dies, weil ich sie *vermisste*. Weil ich sie *brauchte*.

„Geht es dir gut?", fragte Peony und legte ihre Hand auf meine Schulter.

Was für ein menschliches Gefühl, Bedürfnis. Sicher, ich könnte Argumente konstruieren, die zeigen, dass

Kaydees Beiträge mir beim Überleben helfen. Ihr Rat erhöhte die Erfolgschancen meiner Aufgaben. Sie hielt mich am Laufen. All diese Zahlen, Statistiken, flache Linien, die meine Rettungsmission für lohnenswert erklärten.

Und jede einzelne wäre ein Deckmantel, der die Wahrheit verbirgt.

„Wo ist sie, Peony?"

Ich fühlte mich in diesem Moment mehr geprüft als zuvor. Peony sah nicht nur meine synthetische Haut, meine Kleidung – eine Standard-Starship-Uniform in Grau – sondern durch mich hindurch. Meine Augen, ja, aber ihre Programmierung durchforstete meine, suchte nach bösen Absichten. Ein Virusscan gepaart mit Intuition, Verdacht.

„Du siehst nicht wie Ärger aus", sinnierte Peony, „aber ich habe das Gefühl, du wirst ihn bringen."

„Das muss Kaydee entscheiden."

„Keine weiteren Hinweise also?"

Ich schüttelte den Kopf.

„Es ist meine Tochter, nach der du fragst."

„Ich weiß. Glaub mir, ich weiß."

Peony beobachtete mich noch einige Sekunden lang, dann wandte sie sich mit einem Seufzer wieder ihrem Latte zu.

Was in der Realität Stunden gedauert hätte, nahm in Kaydees digitaler Welt nur Minuten in Anspruch. Wir verließen das Café und bogen nach rechts ab. Der Conduit hielt die Fassade aufrecht, Menschen drängten sich, Lieder erklangen, Mechs blubberten herum. Drei Schritte den Gehweg entlang und die Universität erschien vor uns, der Conduit schien sich zu dehnen und uns vorwärts zu schnappen.

Das große Gebäude summte vor einer Atmosphäre, die

ich nur in Kaydees Erinnerungen flüchtig gesehen hatte, damals, als sie in meine eigene Vision durchsickerten. Studenten standen in Gruppen zusammen und diskutierten nicht nur über Kurse, sondern auch über Wochenendpläne. Bars und Partys. Lerngruppen. Träume und Dramen. Peony verweilte, unsere Schritte entlang der Universitätsreihe bewegten uns nicht ganz mit Lichtgeschwindigkeit.

„Sie studiert jetzt hier", sagte Peony.

„Jetzt?"

„Drittes Jahr", antwortete Peony, vor Stolz strotzend. „Wenn sie fertig ist, wird sie mit diesen Mechs arbeiten." Hier ließ der Stolz nach. „Sie war schon immer verrückt nach Robotik."

„Richtig."

„Wenn ich ehrlich zu dir bin", Peony blitzte ein Grinsen, „hätte sie direkt zu den Fertigungslinien gehen können. So gut ist sie."

„Aber sie kam hierher?"

„Sie kam hierher, um von mir wegzukommen", erwiderte Peony. „Ich nehme an, ein Kind muss sich irgendwann von seinen Eltern lösen, weißt du?"

Darauf wusste ich nichts zu sagen, also zuckte ich mit den Schultern, und wir gingen weiter. Ein paar Schritte später waren wir im Garten. Peony führte mich durch eine mittlere Ebene und erklärte ihren Beitrag zu dieser und jener Pflanze, dass sie am Nachmittag an diesen Mangos arbeiten würde. Sie würde es eines Tages richtig hinbekommen.

„Warum Mangos?", musste ich fragen.

„Weil Kaydee als Kind darüber gelesen hat." Peony hielt inne und strich über den Ast eines Zitronenbaums. „Ich wollte nie, dass es ihr an etwas mangelt, egal was es kostet."

Jenseits des Gartens rasten wir zu einem anderen

Haltepunkt, den ich erkannte, weil der echte Conduit sein Ideal nicht so weit zurückgelassen hatte. Der Park, eine riesige lange Strecke entlang der Mitte des Conduits, verband weitläufige Pfade mit Bäumen, Höfen und kleinen Theatern. Ein großer Brunnen stand an einem Ende, sein Strahl sprühte klaren Nebel in die Luft. Paare und Familien säumten die Wege. Lachen und eine einsame Flöte sangen in der Luft.

„Wenn du sie finden willst, sie ist da drin", sagte Peony.

„Danke", antwortete ich, und als ich loslief, blieb Peony zurück.

„Wenn du meinem Mädchen etwas antust", rief mir Peony zu, „sorge ich dafür, dass du es bereust."

Daran hatte ich keinen Zweifel.

Kaydee war nicht schwer zu finden. Sie war noch nie leise gewesen. Ich folgte einem bestimmten Lachen, einem bestimmten Funkeln, durch ein Wäldchen blühender Magnolien. Rosa und weiße Blütenblätter rieselten um mich herum, als ich auf der anderen Seite herauskam, wo ein kleiner runder Tisch inmitten frühlingshaften grünen Grases stand. Wein, Käse und gedeckte Teller zierten das Picknick, dem sich ein besonderes Paar widmete.

Leo saß Kaydee gegenüber, mit einem breiteren, authentischeren Lächeln im Gesicht, als ich es je im echten Leben gesehen hatte. Stress belastete seine Schultern nicht, und er trug keine Metallteile an Brust und Gesicht. Flackernde Codefehler unterbrachen seine Gesten nicht, als er eine Geschichte zu Ende erzählte. Er gestikulierte mit seinem Weinglas und verschüttete dabei etwas Rotwein auf den Rasen.

Kaydee lachte. Ein volles Kichern, ihr türkisfarbenes Haar glitzerte im gelblich-weißen Licht des Conduits. Glänzende Unschuld. Ein schüttelnder Kopf, funkelnde

Augen, Hände über dem Mund. Es war das Reinste, was ich je gesehen hatte.

Ich wartete am Rand unter den Blütenblättern. Uhren tickten, die Katastrophe wartete draußen. Das Raumschiff würde bald die Atmosphäre erreichen, mit unbekannten Folgen. Beta und Delta waren vielleicht tot, vielleicht starrten sie auf Alphas zerstörten Leichnam.

Aber ich wartete trotzdem.

Als das Lachen verstummte, warf Kaydee einen Blick zu mir herüber, ihr Lächeln wurde sanfter. Sie tippte mit einem Finger auf die Tischdecke und Leo erstarrte. Nicht nur er, sondern auch der Wein, der sich in seinem Glas drehte. Die fallenden Blütenblätter hingen in der Luft. Als sie vom Stuhl aufstand und einen Schritt auf mich zuging, bog sich das Gras wie steifes Metall unter ihren Füßen.

„Hey Gamma", sagte sie.

„Hey", antwortete ich.

Was sagt man zu jemandem, von dem man dachte, man würde ihn nie wiedersehen? Ich begann und brach ein Dutzend verschiedener Sätze in ebenso vielen Sekunden ab, versuchte eine Kombination zu finden, die ausdrücken würde, wie erleichtert ich war, sie zu sehen, in welchen Schwierigkeiten wir steckten, wie wir sie hier rausholen mussten.

„Du hast meine Mutter kennengelernt?", durchkreuzte Kaydee meine Pläne mit einem Schlag.

„Ich ... hab ich?"

„Okay, du hast recht", Kaydees Lächeln verzog sich zu einem halben Grinsen. „Es ist meine Mutter, wie ich mir gewünscht hätte, dass sie gewesen wäre. Weißt du, eine Fantasie. Denn das hier ist mein Fantasieland."

„Es ist wunderschön." Ich deutete auf die Blütenblätter, den lebhaften Conduit. „War es so?"

„So glücklich? Nein. Ich glaube nicht", sagte Kaydee und griff nach oben, um ein cremefarbenes rosa Blütenblatt aus der Luft zu pflücken. „Damals hatte alles immer einen deprimierten Beigeschmack. Wie Wasser mit einem kupfernen Nachgeschmack."

„Weil jeder wusste, dass das Raumschiff nicht zu ihren Lebzeiten landen würde?"

„Das und die tausend anderen Dramen, mit denen wir Menschen zu kämpfen haben", sagte Kaydee. „Also, was ist da draußen los? Wenn du hier bist, bedeutet das, dass Alpha tot ist?"

Ich erzählte die ganze Geschichte, ließ nichts aus von dem Moment an, als ich Kaydee in der Nähe der Fabrikationslinien zurückließ, bis zu dem Augenblick, als ich durch das Wäldchen ging, um sie zu sehen. Die Schlacht im Garten, die Mission zur Reinheit. Unser Angriff auf die Brücke.

„Sie leben", schnaubte Kaydee und nickte. „Das ist ein Glücksfall. Delta und Beta dürfen den Tag retten."

„Hoffentlich."

„Und du hast sie für mich verlassen, Gamma?" Kaydee verdrehte die Augen. „Deine Prioritäten sind durcheinander."

„Meine Prioritäten sind perfekt."

„Ach ja."

„Ich brauche dich, Kaydee. Wir alle brauchen dich."

Mit verschränkten Armen: „Na ja, klar. Das ist offensichtlich."

„Dann bist du bereit zurückzukommen?"

„Du meinst, ob ich wieder Platz in deinem verdammten Kopf haben will, Gamma? Nein, nicht wirklich." Kaydee nickte zurück zum eingefrorenen Leo. „Es ist ziemlich schön hier drin, weißt du." Bevor ich antworten konnte, sprach sie weiter. „Aber ich kann es schon spüren, und ich bin erst, was, ein paar Stunden der realen Welt hier drin?"

„Was spürst du?"

„Die Fäulnis." In ihrer Hand wurde das Magnolienblatt an den Rändern schwarz, rollte sich zusammen und verblasste. „Ich spinne ein Fantasieland und mit jeder Minute wird es schwieriger, sich davon zu lösen. Ich glaube, ich würde in meinen eigenen Funktionen gefangen, in einer Lüge versunken, und ich würde hier sitzen und mit Leo lachen, bis die Batterien meines Körpers leer wären.

„Ich bin nicht sicher, ob ich es überhaupt bemerken würde, Gamma. Ich würde vielleicht hier bleiben, den gleichen Geschichten zuhören, über die gleichen Sätze lachen, bis ich auf Null blinke. Ich würde sterben, ohne es je zu wissen." Sie streckte eine Hand nach mir aus, kleine Feuerwerke explodierten über ihren Fingern. „Hilf mir zu leben, Kumpel."

Ich streckte die Hand aus, um ihre zu ergreifen, um uns zurück in die Realität zu bringen, als sie ihre eigene Hand zurückzog.

„Noch eine Sache", sagte Kaydee, „wenn ich zurückkomme, verpassen wir unserem Zuhause eine Generalüberholung. Keinen von diesem grauen Ebenen- und Kristallkram."

Diesmal lachte ich.

„Abgemacht."

ZWÖLF

BESSERE HÄLFTE

Die Realität ließ Kaydees Magnoliengarten ziemlich toll aussehen.

Das Raumschiff ratterte. Alarme hallten den Conduit auf und ab, eine viel zu ruhige Stimme forderte die Passagiere auf, ihre Plätze einzunehmen und sich auf den Abstieg vorzubereiten. Die Stimme gab der Landung selbst eine Stunde.

Alvie bellte um mich herum, als ich ruckartig von Kaydees früherem Körper hochfuhr. Sobald ich den Anschluss löste, rollte der Mech-Torso vom Stuhl und landete mit einem dumpfen Aufprall.

„Mann, ich habe diesen Mech echt nicht gut behandelt", sagte Kaydee, die auf dem Stuhl auftauchte und auf ihren früheren Bewohner hinabblickte.

„Alphas Schuld", erwiderte ich und genoss den Moment.

Kaydee war zurück!

„Mal sehen, ob die Versicherung diese Ausrede akzeptiert."

„Was?"

„Ein Witz, Gamma."

„Oh."

„Wir sind beide aus der Übung", zuckte Kaydee mit den Schultern. „Also, die Zeit läuft. Wo gehen wir hin?"

Der Plan sah vor, dass wir uns im Garten treffen würden. Ohne die Stimmen konnte keiner von uns Gefäßen das Raumschiff steuern, und die Landung würde sowieso automatisch ablaufen. Die Menschen hatten den Garten, und es wäre ein relativ sicherer Ort, um Katastrophen zu überstehen. Ob ich es in einer Stunde bis dorthin schaffen würde?

„Lass uns sehen, wie schnell wir rennen können", sagte ich zu Kaydee und meinem Hund.

Es stellte sich heraus, dass das Rennen sehr schnell ging, wenn man bergab laufen konnte. Im Wesentlichen eine große Rakete, die durch den Weltraum raste, drehte sich das Raumschiff zur Landung um und richtete seinen mit Triebwerken gefüllten Hintern auf die Oberfläche des Planeten. Die echte Schwerkraft setzte ein und zog Alvie und mich den Gehweg entlang in Richtung Garten.

Normalerweise musste ich glauben, dass der Landeplan des Raumschiffs Vorbereitungen vorsah. Dinge festbinden, Vorräte und Unterkünfte sichern. Mechs in verschiedene Sitze einrasten. Genau null davon war getan worden, und der Conduit wurde zum Schrecken.

Während wir auf dem Gehweg liefen, rutschten Gegenstände vorbei. Mechs prallten gegen Möbel, gegeneinander oder gegen die Gehwege selbst, das Chaos wuchs, als sich der Winkel des Raumschiffs versteilte. Explosionen erschütterten das Schiff, als Batterien gegeneinander schlugen, Geräte ihre Stecker wegsprengten. Zersplitterndes Glas flog um uns herum, als mein Laufen weniger eine

Schritt-für-Schritt-Angelegenheit und mehr ein kontrollierter Fall wurde.

Alvie sprang, grub seine Krallen in meinen Rücken, als der Gehweg fast senkrecht wurde. Ich benutzte das Geländer, ließ mich von einem Griff zum nächsten fallen. Das blaue Licht des Conduits war längst verschwunden, ersetzt durch ein flackerndes Orange.

Die Stimme forderte uns auf, ruhig zu bleiben.

Kaydee fluchte genug für uns beide, aber ich konnte eine verrückte Freude in ihrem Ton heraushören. Vielleicht hatte sie nach all der Zen-Atmosphäre in ihrem kleinen Paradies etwas Adrenalin nötig.

Ich brauchte genau keins. Mehrere Mechs waren schon nah dran gewesen, mir den Kopf abzureißen, und ich hatte zu viele Glassplitter in meiner Haut stecken, um sie zu zählen. Fallende Fetzen zerfetzten meine Hände, die synthetische Haut tat alles, um zu verhindern, dass mein blankes Skelett Kontakt bekam.

„Wir werden es nie bis zum Garten schaffen", sagte Kaydee, als ich entlangrutschte, wobei mein Hintern auf dem Gehweg aufschlug. „Du wirst vorher plattgedrückt."

„Plattgedrückt?"

Ich stieß mich nach links ab, um einem verkrüppelten Müll-Mech auszuweichen, der am Geländer hängen geblieben war. Sein hohler Kern zerbrach und verstreute überall zufälligen Schrott. Das Brüllen des Raumschiffs wurde lauter und übertönte die Warnmeldung. Das gelborange Licht ließ mich fühlen, als würden wir in der Abenddämmerung einen Sonnenstrahl hinuntergleiten.

„Tu doch was!", schrie Kaydee, also tat ich es.

Ich setzte meinen Sprung nach links fort und stürzte auf einen zerstörten Türrahmen zu. Ich schrammte mir die Arme an der zerbrochenen Spirale auf, stoppte aber meinen

Absturz. Ich zog mich hoch und über die zerfetzten Zähne. Alte Fotos, aufgehängte Drucke und ein kaputter Hocker erwarteten mich auf der anderen Seite, zusammengekracht an der ehemaligen Wand der Wohnung. Ich zerquetschte den Haufen noch mehr mit meinem Aufprall.

Während Starships dröhnender Fall weiterging, lauschte ich dem Chaos draußen. Ich beobachtete die Überreste der Wohnung vor mir. Möbel krachten ineinander, Sofas und Couchtische zerquetschten sich gegenseitig und übereinander. Ich bewegte mich nach Bedarf, rutschte über Glas und verbogenes Metall, um dem Schlimmsten auszuweichen. Was ich nicht vermeiden konnte, fing ich auf und warf es beiseite, meinen Rücken immer gegen die Wand gepresst.

Gerade als ich dachte, ich hätte meine Position begriffen, traf mich eine plötzliche Kraft hart gegen meine Rückenlehne. So hart, dass meine Systeme mir mitteilten, ein normaler Mensch wäre ohne Rückhaltesysteme ohnmächtig geworden, möglicherweise sogar gestorben. Starship brüllte, tausend Knarren und berstende Bolzen pfiffen, als das Schiff zu dem wurde, wofür tausend Jahre geplant worden waren.

Ich konnte mir Volt vorstellen, wie er in seinem Energiekern herumhastete, die Arme von Terminal zu Terminal schwingend, um zu verhindern, dass unser großes Schiff auseinanderbrach. Bimu, die monströse Frau des Mechs, würde ihre vier riesigen Klauen in den Boden gerammt haben, um stabil zu bleiben.

Und die Menschen? Wie würden sie überleben? Klammerten sie sich an Bäume? Krachten sie ineinander? Was war mit all ihren Schwertern und Pfeilen, den provisorischen Waffen, die plötzlich zur Gefahr wurden, als die Schwerkraft sie zu ihren Besitzern zurückzog?

Wir waren so besorgt gewesen, was nach der Landung passieren würde, dass wir nie die Landung selbst in Betracht gezogen hatten.

„Na ja", sagte Kaydee, als ich mich gegen die Wohnungswand presste. „Es soll eigentlich nicht so schlimm sein."

„Nein?", sagte ich, und Kaydee fing die Worte auf, obwohl mein kleiner Stimmkasten sich abmühte, den Ton zu erzeugen.

„Sieht das für dich normal aus, Gamma? Wie etwas, das ein intelligentes Design zusammengestellt hätte?"

„Menschen haben sich nicht gerade als intelligente Designer erwiesen."

Kaydee, immun gegen den Zug der Schwerkraft, erschien vor mir. Sie schien auf einem marineblau seitlich liegenden Sofa zu ruhen. Mit einem Fingerschnippen erschien eine kleine Starship in der Luft. Daneben, größer, drehte sich ein grün-blauer Planet.

„Schau einfach zu, Schlaumeier", sagte Kaydee.

Starship sauste in den Planeten, aber anstatt wie wir offensichtlich aufzuschlagen, fiel Starship in eine Umlaufbahn. Sie umkreiste Kaydees blau-grüne Murmel wieder und wieder, jedes Mal ein bisschen langsamer werdend. Dann, als würde sie eine Rampe hinuntergleiten, glitt Starship in den Planeten. Ein sanfter Eintritt. Kaydee vergrößerte das Bild, während die Landung fortschritt, und zeigte, wie Starship zu einer angenehmen Wasserung an einer Küstenlinie glitt.

„Siehst du? Keine vertikale Bremsung nötig", sagte Kaydee. „Eine einfache Fahrt."

„Was ist das hier dann?"

„Das ist Alpha, der sich wie ein Wahnsinniger verhält. Er will nicht die paar Jahre warten, um abzubremsen, also macht er es im Notfallmodus. Verbrennt unsere ganze Reserveenergie für eine schnellere Landung."

„Klingt nach ihm."

Kaydee nickte, und sie schien gerade zu einer weiteren Kritik ansetzen zu wollen, als wir beide etwas bemerkten: Starship hatte einen Ruck gemacht, und der Druck war verschwunden. Die Schwerkraft, stärker als alles, was ich je gefühlt hatte, aber nicht erdrückend, hielt meinen Rücken an der Wand. Aber das war's auch schon. Nur Schwerkraft.

„Sind wir am Boden?", fragte ich Kaydee.

„Du fragst jemanden, der in seinem Leben oder seinem früheren Leben nie Boden berührt hat", antwortete Kaydee.

„Stimmt." Ich wagte es, mich aufzurichten und die Trümmer unter meinen Füßen zu zermalmen. Starship hatte immer noch die vertikale Ausrichtung. „Es fühlt sich anders an."

„Ich wäre enttäuscht, wenn nicht."

Schwerkraft, Landung oder nicht, ich saß immer noch in der Wohnung fest. Mit Starship in der Vertikalen waren die Gehwege nur noch Rutschen in ein vorzeitiges Ende. Ein paar Dinge fielen immer noch da draußen, Mechs und andere Kleinteile, die durch die Ankunft losgerüttelt worden waren.

„Sag mir, dass wir nicht so stecken bleiben", sagte ich.

„Wir bleiben nicht so stecken", erwiderte Kaydee. „Du solltest dich vielleicht festhalten."

Als würde es seine Hinweise direkt von Kaydee beziehen, erzitterte Starship. Die sonst so ruhige Stimme kam wieder über den Conduit, diesmal mit einem Rauschen in den Worten. Die Durchsage: angeschnallt bleiben, bis das Schiff eben ist.

Meine Sensoren schlugen Alarm, noch bevor ich die Bewegung des Schiffes spürte. Ich drehte mich nach rechts und streckte die Arme aus, um mich auf dem Boden der Wohnung abzufangen, als sich die Starship neu ausrichtete. Der große Koloss ging von vertikal zu flach über, eine Bewegung, die mich mit Schrott bedeckte. Eine Dusche aus zerbrochenem Glas. Ein Schrapnell-Peeling. Ich spürte die Dinge in meiner Kleidung, meinen Haaren, meiner Haut.

„Das ist echt Mist", sagte ich, als die Starship sich endlich beruhigte und ihre alte Position wiederherstellte.

„Willkommen in deinem neuen Zuhause", erwiderte Kaydee. „Viel Spaß!"

Alvies verletztes Keuchen-Bellen von meinem Rücken sagte, dass wir das definitiv nicht haben würden.

Mein Hund hatte die raue Fahrt trotz allem ohne ernsthafte Schäden überstanden. Ein paar weitere Kratzer für seine Sammlung. Ähnlich wie bei mir. Synthetische Haut heilte die Dinge schnell. Sicher, mein Outfit, wie die meisten meiner Outfits, war in Fetzen gerissen.

Aber hey, daran war ich gewöhnt.

Draußen schien der Conduit ruhig. Das Gelb-Orange war verblasst, ersetzt durch ein sanftes Grün. Das Letzte, was ich von der Stimme aus dem Lautsprecher gehört hatte, war, dass der Kapitän des Schiffes weitere Anweisungen geben würde.

„Unwahrscheinlich", murmelte Kaydee, als wir uns wieder auf den Weg zum Garten machten.

Wenn der Conduit vorher schon ein Chaos gewesen war, hatte die Landung die Katastrophe nur noch vergrößert. All das Scheppern hatte Schilder geschwächt, ebenso wie Pfosten, Konstruktionen und wer weiß was noch. Die letzten verbliebenen Stücke des menschlichen Lebens auf der Starship zerfielen jetzt, krachten hinunter auf den müllgefüllten Boden des Conduits.

Jenseits dieser Schläge und Klänge war das Faszinierendste die Stille. Zunächst fühlte sich die Welt hohl an, als wäre ihr Leben gestohlen worden. Das Hintergrundrumpeln, das Summen der Motoren, das Filtern der Luftreiniger, während das Schiff durch das Vakuum raste, war fast vollständig verschwunden. Das schlagende Herz der Starship war stehengeblieben.

„Das war lange überfällig", sagte Kaydee, die neben mir stand. „So viele Menschen haben auf diesem Schiff gelebt und sind gestorben, ohne je die Chance gehabt zu haben, etwas anderes zu sehen. Ohne je eine Wahl gehabt zu haben."

Die Generation, die im Garten leben würde, fanden wir in der grünen Enklave. Die Landung hatte hier eine andere Art von Verwüstung angerichtet: Innerhalb des versiegelten Gartens waren die Pflanzen und das Wasser umhergeflogen. Bäume, die aus ihren dünnen Erdbetten entwurzelt worden waren, waren gegen Wände geschleudert worden, während kleinere Pflanzen sich zusammenballten, ihre Stränge verworren. Früchte waren zu Brei zerquetscht, Gemüse geplatzt und ausgeblutet. Das zentrale Loch des Gartens, durch das Wasser von einer Ebene zur nächsten fließen sollte, war zu einem hängenden Haus des Grauens geworden, in dem Pflanzen und einige Menschen ihre Körper zwischen den Ketten und Plattformen zerbrochen hatten.

Val, Chalo und die anderen Überlebenden hatten sich aufgerappelt, als ich ankam. Gebrochene Knochen gab es überall, aber die ganze Erde hatte die schlimmsten Folgen verhindert. Zumindest kurzfristig. Val, durchnässt, mit blauen Flecken übersät und aus unzähligen kleinen Schnitten blutend, brachte kaum ihren charakteristischen Blick zustande, als ich sie tief unten in den Ebenen des Gartens fand.

„Die Ernte ist ruiniert", sagte sie zuerst und blickte an mir vorbei auf das Gemetzel. „All unser frisches Obst und Gemüse ist zerstört."

„Beschädigt", korrigierte ich. „Du kannst immer noch die Samen pflanzen. Neue züchten."

„In welcher Erde?" Val wedelte mit der Hand in Richtung des Bodens auf unserer Ebene, der einst ein gemäßigter Kiefernwald gewesen war. Wasser, das aus der Reinheit gespült worden war, hatte die Erde überall durchnässt und brauchbare Erde verstreut. „Welches Biom wird nach all dem noch funktionieren?"

Tatsächlich schienen viele Systeme der Starship erschüttert. Ob die Wüste unten noch für Kakteen funktionieren würde oder ob oben die Feuchtigkeit für Bananen aufrechterhalten werden könnte, konnte ich nicht sagen. Aber ich hatte einen offensichtlichen Einwand.

„Da draußen gibt es eine ganze Welt", sagte ich. „Die, die ihr übernehmen wolltet, erinnerst du dich?"

Val nickte, eine müde Bewegung. Ohne ihren Speer – wo die Waffe hingekommen war, wusste ich nicht und fragte auch nicht danach – schienen die Hände der menschlichen Anführerin verloren, griffen in die Luft. Ihre Augen wanderten. Ihr Atem kam kurz und scharf.

„Sie versucht, nicht in Panik zu geraten", sagte Kaydee. „Gib ihr etwas Hoffnung, Gamma."

„Denk daran", fischte ich, „die Starship würde nirgendwo landen, wo wir nicht überleben könnten. Sie würde in Panik geraten, wenn wir keinen Sauerstoff hätten. Wenn es keine Chance gäbe."

„Eine Chance", sagte Val, „ist etwas, das wir ergreifen müssen." Sie wandte sich wieder mir zu, ihr Gesicht schüttelte etwas von seiner Erschöpfung ab. „Wo sind die anderen beiden? Beta und ihre Freundin?"

Würde sie nicht gerade als Freunde bezeichnen, aber das war nicht wichtig.

„Sie kümmern sich um Alpha", sagte ich. „Ich bin hier, um dir zu helfen."

„Uns helfen?"

„Meine Mission. Der Hauptgrund, warum ich lebe, ist euch zu beschützen, erinnerst du dich?"

„Ehrlich gesagt, Gamma, nein. Ich habe mich nicht daran erinnert", Val rieb sich eine sich ausbreitende rote Beule an ihrer Stirn. „Aber das ist in Ordnung. Such dir einen Menschen aus. Hilf ihm. Dann sammle, was du kannst, und hilf beim Packen. Sobald wir können, bewegen wir uns nach achtern."

„Nach achtern und dann raus?"

„Nach achtern und dann raus", Val warf einen letzten Blick auf den zerstörten Garten. „Wir sind schon viel zu lange in diesem Schiff gewesen."

DREIZEHN

GARTENVIELFALT

Die Menschen brauchten Hilfe und ich hatte Zeit totzuschlagen. Trotz Vals Marschbefehl waren ihre Leute nach der holprigen Landung zu nicht viel mehr als einer Mahlzeit und einem Nickerchen bereit. Ich nutzte mein gespeichertes Wissen und ging von Person zu Person, untersuchte Wunden, verband Schnitte und Platzwunden mit dem Stoff, den ich finden konnte, und gab hier und da kleine Ratschläge, um Infektionen vorzubeugen. Meistens erhielt ich als Antwort ein Dankeschön, einen Händedruck oder ein Nicken.

Einige wichen zurück oder sagten mir, ich solle weitergehen.

So lief das eben als Mech in einer Menschenwelt.

Vals Duo, nicht in Liebe, sondern im Umgang mit den Menschen, war noch nicht von der Kinderstube zurückgekehrt. Leo hatte keine Nachrichten geschickt, also wusste niemand, ob all diese Embryonen den Schock überlebt hatten. Kaydee argumentierte, dass das Raumschiff seine kostbarste Fracht niemals einem Risiko aussetzen würde.

Ich hielt dagegen, dass Menschen immer wieder gezeigt hatten, dass sie nicht wussten, was sie taten.

„Trotzdem", sagte Val und stellte sich neben mich, als ich einen umgestürzten Baum aufrichtete, „werden wir immer wieder weitermachen."

„Das weiß ich inzwischen."

„Beta und Delta sind nicht zurückgekehrt."

Die Aussage war voller Andeutungen. Die beiden Gefäße waren athletisch und scharfsinnig. Sie hätten die Landung ohne ernsthafte Schäden überstehen müssen. Sie hätten inzwischen zurück sein sollen, bereit, die Menschen in ihre neue Welt zu begleiten. Alpha sollte nichts weiter als eine ruinierte Hülle sein, für immer tot auf der Brücke.

„Es gibt Möglichkeiten", sagte ich und merkte, wie lahm das klang.

„Die gibt es", erwiderte Val. „Sie können nicht warten. Wir werden bald aufbruchsbereit sein. Ich möchte, dass du mit uns kommst."

Die Gründe, fuhr Val fort, waren zahlreich: Ich war stark, in der Lage, Schutt oder Steine zu bewegen, um beim Bau von Unterkünften außerhalb des Raumschiffs zu helfen. Ich hatte Wissen: Kein lebender Mensch hatte je selbst eine Unterkunft gebaut oder ein Feuer gemacht. Das Wichtigste? Ich müsste zur Kinderstube gehen und mit Leo besprechen, was mitzunehmen sei.

„Was mitzunehmen?", fragte ich.

„Die Embryonen", antwortete Val, „und auch das, was wir brauchen, um sie zu verwenden."

„Was meinst du damit?"

Val blickte weg und presste ihre Lippen zusammen: „Das Raumschiff hat zu viele Geheimnisse. Ich werde nicht riskieren, den Zugang zum Schiff wegen irgendeines Mechs oder etwas anderem zu verlieren. Wenn wir die Embryonen mitnehmen können, wenn wir unsere Hoffnung mitnehmen können, dann müssen wir das tun."

„Ich verstehe immer noch nicht, warum du lieber gehen willst, anstatt einfach zu reparieren, was wir können", sagte ich und zeigte auf den aufgerichteten Baum. „Es wird Zeit brauchen, das zu reparieren, aber wir sind jetzt gelandet. Ihr habt Zeit."

„Hast du nicht gesehen, was gerade passiert ist?", erwiderte Val. „Diese Landung hätte uns beinahe alle getötet. Wer weiß, was sie sonst noch beschädigt hat? Was, wenn etwas kaputt gegangen ist und das Raumschiff eine tickende Zeitbombe ist? Was passiert, wenn im Bereich deines Freundes eine Batterie ausfällt und uns alle zu Tode verbrennt? Das Raumschiff war eine Arche und hat uns zu unserem Ziel gebracht. Jetzt ist es ein Risiko."

„Als ob es draußen sicher wäre. Du weißt nicht, was dort auf uns wartet."

„Nein, aber wir haben tausend Jahre darauf gewartet, es zu sehen, Gamma." Val legte ihre Hand auf meinen Arm und griff fest zu. „Ich stelle keine Bitte. Das ist ein Befehl. Du wirst mit uns kommen, du wirst Leo helfen. Tu das, wofür du gemacht wurdest, Maschine."

Sie ließ meinen Arm los, bellte einen Befehl, dass die Gruppe auf die Beine kommen solle, und ging weg.

„Sie ist so angenehm", sagte Kaydee und tauchte neben mir auf. „Wir sollten sie zu unseren Partys einladen."

„Unsere Partys?"

„Klar, wenn sie alle weg vom Raumschiff sind, Gamma, können wir es aufmotzen. Es wird unser großer Spielplatz sein. Super lustig."

„Richtig."

Vor der Landung des Raumschiffs, vor dem Angriff auf die Brücke, hatte ich den Garten in eine Hülle verwandelt.

Mit einem Terminal am oberen Ende des Gartens hatte ich fast alle Türen versiegelt, um zu verhindern, dass Alphas Mechs hereinstürmten und die Menschen darin überrannten. Leo hatte mehrere Ebenen höher eine Tür aufgebrochen, um zur Kinderstube zu gelangen, aber Val wollte, dass auch die anderen entriegelt würden. Die Menschen würden Lebensmittel und nützliche Materialien transportieren, und Alphas Mechs schienen kein Problem mehr zu sein.

Schließlich hatte ich sie zuletzt tanzen sehen.

„Hast du das wirklich getan?", fragte ich Kaydee, während wir die Ebenen des Gartens hinaufstiegen.

„Ich hatte gehofft, du würdest mich das nicht fragen."

„Schwer, das nicht zu tun."

„Du warst doch bei Alpha. Würdest du irgendeinen dieser Momente noch einmal erleben wollen?"

„Nein, aber wenn er dich seine ganze Mech-Armee verändern ließ, wäre es gut zu wissen, wie. Nur für den Fall."

Kaydee antwortete nicht sofort, was mir ganz recht war, da ich einen sumpfigen Treppenabschnitt bewältigen musste. Der Garten hatte Aufzüge, aber wegen all der Schäden verkündeten ihre Glastüren, dass sie außer Betrieb waren. Die Treppen selbst waren nicht weit entfernt, die normalerweise schwarz-lila Stufen übersät mit Trümmern. Schlamm, Äste, Steine und zerbrochenes Metall lagen überall verstreut, wo ein Fuß auftreten wollte, was für einen langsamen, vorsichtigen Aufstieg sorgte. Die Sensoren in meinen Augen erkannten und markierten alle potenziellen Gefahren.

Ein Mensch hätte nicht so viel Glück.

„Sie brachten mich zu ihm, nachdem du gesprungen bist", sagte Kaydee. Sie schwebte neben mir, ihre Projektion blickte in eine mittlere Ferne. „Ich protestierte, aber Alpha muss sie ziemlich misstrauisch gemacht haben. Die Mechs sagten, ich würde nicht richtig funktionieren, und schon ging's los. Falls du denkst, ich hätte gegen sie kämpfen können, Gamma, ich verstand kaum, wie ich mich bewegen sollte.

„Erinnerst du dich, als du gerade aufgewacht bist? Du hast mir erzählt, dass der Bibliothekar dich durch all diese Übungen geführt hat, dir deine Funktionen gezeigt hat, wie du deine Beine bewegen, deine Hände zucken lassen kannst. Ich hatte nichts davon. Wie ein Kind, das in ein Spiel geworfen wird, dessen Regeln es nicht kennt. Selbst ein Bein zu bewegen fühlte sich an, als müsste ich ein Rätsel lösen, die richtigen Teile verbinden, um den Befehl durchzubekommen."

Ich erinnerte mich. Es fühlte sich an, als hätte ich mein ganzes bisheriges Leben damit verbracht, zu lernen und wieder zu lernen, wie ich meinen eigenen Körper benutze, wozu ein Gefäß fähig sein könnte.

„Als ich Alpha erreichte, oder sie mich vielmehr zu ihm brachten, hatte ich die Kunst des Protests gemeistert. Ich fluchte sie alle an. Es fühlte sich gut an zu sprechen. Ich meine, wirklich zu sprechen", Kaydee kicherte. „Alles, was ich zu dir sage, ist lautlos, richtig? Als wäre ich ein Geist. Aber für eine Weile konnte ich wirklich reden, und es fühlte sich unglaublich an. Menschen reagierten auf das, was *ich* sagte. Was *ich* tat. Da vermisst man es, lebendig zu sein."

„Alpha hat das wahrscheinlich geliebt."

„Weißt du was? Das tat er", sagte Kaydee. Wir hatten jetzt die gemäßigten Ebenen verlassen, die Luft wurde schwer vor Feuchtigkeit. Tau benetzte die Wände. Ranken breiteten sich über den Boden aus, wahrscheinlich schon auf der Suche, ihre neue Landschaft zu erobern. „Alpha fand mich urkomisch. Das Unterhaltsamste, was er je gesehen hatte."

„Du bist ziemlich witzig."

„Ich weiß", erwiderte Kaydee. „Weißt du, Gamma, ich habe das Gefühl, Alpha war da oben wirklich gelangweilt. Er hatte all diese gedankenlosen Mechs, die bereit waren, seine Befehle auszuführen, und keine Seele zum Reden. Also, als ich nicht tat, was er sagte, als ich ihm sagte, er solle sich verpissen, war das vielleicht der meiste Spaß, den er seit Tagen hatte."

„Und deshalb ließ er dich an seinen Mechs herumpfuschen?"

Kaydee machte ein summendes Geräusch: „Okay, das wird jetzt in theoretisches Gebiet gehen, in Ordnung?"

„Fühlt sich an, als würden wir die meiste Zeit dort verbringen."

„Verdammt richtig. Jedenfalls, schau. Alpha ist ein Gefäß wie du. Leo hat euch alle gebaut, um die Welt aufzusaugen, von ihr zu lernen, euch bei Bedarf selbst neu zu programmieren. Als ich Alpha all diese Frechheiten an den Kopf warf, hat es ihn, glaube ich, ein bisschen gebrochen."

„Er ist schon ziemlich kaputt."

„Ich meine auf eine andere Art. Denk mal darüber nach. Der Typ hatte so ziemlich alles, was er wollte. Die Stimmen weg, Starship in der Hand, Landung auf einem Planeten seiner Wahl. Seine Feinde auf der Flucht. Jetzt ist er umgeben von stumpfsinnigen Ja-Sagern. Dann komme ich vorbei und zeige ihm mit ein paar gut gewählten Worten, dass es noch mehr Spaß zu haben gibt."

Etwas in Kaydees Worten weckte eine Sorge, eine Idee. Ich beschleunigte mein Tempo und sprang die Stufen hinauf. Hier und da rutschte ich aus, aber schlammige Stiefel und eine dreckige Hose waren akzeptable Verluste.

„Also fingen wir an zu reden, und ich verarsch ihn die ganze Zeit", fuhr Kaydee fort. „Ich dachte, er würde mich irgendwann töten, weil er meinem Mech ziemlich schnell die Arme und Beine abgerissen hatte, also wollte ich ihn am Reden halten. Selbsterhaltung, verstehst du?"

„Aha."

„Dann bittet er mich, all diese Wörter zu erklären, die ich benutze. Fragt mich, was Menschen früher zum Spaß gemacht haben. Also rede ich über, na ja, Spiele und Clubs und Filme und so, und er so: Hey, was können die machen?" Kaydee, die neben mir schwebte, tat so, als würde sie auf ein unsichtbares Objekt zeigen. „Er schaut auf seine Mechs. Sagt, das ist alles, was ich habe, wie können wir sie Spaß haben lassen, sie unterhaltsamer machen?"

„Und du schlägst Tanzen vor."

„Da kommen wir hin. Wir lassen sie erst andere Dinge versuchen, aber die Mechs konnten mit Wortspielen nichts anfangen. Konnten, na ja, kein Theater spielen. Aber ihnen programmierte Tanzroutinen einzuspeisen? Absolut, Gamma. Diese Flexi-Mechs können richtig abrocken."

Die Spitze des Gartens war, wie ich sie verlassen hatte: ein Splitterfriedhof mit Mech-Körpern überall. Volt, Chalo, Bimu und ich hatten bei der Sicherung des Ortes einige grobe Zerstörungen angerichtet, und niemand hatte sich die Mühe gemacht, aufzuräumen. Ich überquerte die Überreste und fand die Terminals noch funktionsfähig vor, bereit und willig, meinen Befehl zum Öffnen der Türen zu akzeptieren.

Ein kleiner Segen inmitten eines Alptraums.

Der Garten summte, als der Befehl durchging und alle nach hinten gerichteten Ausgänge sich öffneten.

„Du bist so still, Gamma", sagte Kaydee.

„Ich denke nach."

„Gefährlich, das."

„Du sagtest, Alpha war gelangweilt. Dass du ihm Ideen gegeben hast."

„Richtig. Das Gefäß ist verrückt, aber er ist verrückt und gelangweilt."

Ich glaube, ich wusste jetzt, warum wir Beta und Delta nicht nach Hause kommen gesehen hatten.

VIERZEHN

ANTWORTEN BEKOMMEN

Anfangs fragte sich Kaydee, warum ich nicht sofort zurück rannte, um mich Val anzuschließen. Die Kinderstube würde sich schließlich nicht von selbst evakuieren. Die Menschen konnten wahrscheinlich meine Hilfe bei allen möglichen Dingen gebrauchen. Das war aber nicht das Problem. Die Menschen würden überleben. Das Raumschiff würde sich, so musste ich glauben, nicht sofort selbst in die Luft jagen.

Alpha, der Meister der Tricks, war die größere Sorge.

„Okay, also du planst was, zurück zur Brücke zu gehen?", sagte Kaydee, als wir den Garten verließen und tatsächlich in Richtung Brücke gingen.

„Wenn es sein muss", antwortete ich.

„Alles nur, weil du denkst, Alpha hat etwas herausgefunden?"

„Nicht irgendetwas, eine ganz bestimmte Sache."

„Und die wäre?"

„Wie man menschlich ist."

Kaydee erschien vor mir, groß genug, um den Gehweg zu versperren. Ich könnte natürlich einfach durch sie hindurchgehen. Sie war in keinem physischen Sinne real. Aber es ist schwer, eine riesige Handfläche zu ignorieren, die dir entgegengestreckt wird, mit dem Wort STOP in neonroter Farbe auf der Haut.

„Sag das noch mal?", fragte Kaydee.

„Du hast Alpha menschliche Dinge beigebracht", antwortete ich. „Das ist gefährlich."

„Tanzen, Witze erzählen? Das ist gefährlich?"

„Sehr." Ich tippte mir an den Schädel. „Was ist unser Hauptzweck, Kaydee? Der Grund, warum die Gefäße, einschließlich Alpha, entworfen wurden?"

„Um den Menschen zu helfen." Kaydee, immer noch riesig, zog ihre Handfläche zurück. Zuckte mit den Schultern. „Offensichtlich ist Alpha darüber aber längst hinaus. Er versucht schon eine Weile, sie alle umzubringen."

„Es ist nicht Alpha, um den ich mir Sorgen mache", sagte ich. „Leo muss uns so programmiert haben, dass wir Menschen irgendwie erkennen. Nicht nur visuell, richtig, denn Menschen könnten ja Kleidung tragen. Gefäße könnten genauso aussehen wie sie. Nein, wenn ich programmiere, um Menschen zu erkennen, dann durch Verhaltensweisen. Die Dinge, die ein Mensch tun würde, die ein Mech nie tun würde."

Damals in der Werkstatt des Schrotthändlers, als ich zum ersten Mal das Kind traf, erkannten meine Systeme ihn als Menschen, weil er schrie. Er sah uns mit diesen unschuldigen Augen an und tat etwas, das kein Mech je tun würde, und von diesem Moment an fühlte ich den Drang, ihn zu beschützen.

Kaydee verband die Punkte nicht sofort, aber als ich die Geschichte noch einmal durchging, als ich darüber sprach, wie ich diesen Jungen um jeden Preis beschützen wollte, fand die Erkenntnis ihren Weg in ihre Augen.

„Du denkst, sie könnten ihm vielleicht nichts antun", sagte Kaydee.

Ich war bereits vom oberen Teil des Gartens losgeeilt, in Richtung der einen Tür auf der oberen Ebene, die wir während unseres ersten Brücken-Ausflugs vor ein paar Stunden geöffnet hatten. Kaydee verstand diesmal schnell, was ich vorhatte.

„Du denkst, sie sind was, dort auf der Brücke mit Alpha eingesperrt? Unfähig, ihm zu schaden?"

„Sie würden versuchen, einen Weg darum herum zu finden", antwortete ich. „Es ist ja nicht so, als würden sie warten, um zu sterben. Aber sie haben vielleicht keine Wahl. Wenn Leo uns so gemacht hat, dann ..."

„Dann seid ihr alle am Arsch."

Weil du ihm beigebracht hast, wie man so tut, als wäre man menschlich, sagte ich nicht. Musste ich nicht sagen. Kaydee fluchte vor sich hin. Sie hatte ein breites Fluchspektrum, verschiedene Töne und Worte, je nachdem, wer ihr Ziel war. Wenn sie selbst es war, kam der Fluch leise, frustriert und gedämpft heraus. Ein geheimes Eingeständnis.

Nicht so geheim waren die Veränderungen des Conduits. Wir waren in den Garten gegangen, als der zentrale Abgrund noch ein knuspriges Wrack war, jedes Teil schien zu überlegen, ob jetzt der Zeitpunkt gekommen war, sich zu lösen oder nicht. Jetzt waren diese Entscheidungen getroffen worden.

Der Conduit ruhte friedlich, ein ruhiges Grün ersetzte den blauen Nebel. Auch der Nebel schien zu schwinden. Als ob das Raumschiff, nachdem es sein Zuhause gefunden hatte, es nicht mehr nötig hatte, zu versorgen. Eine Mutter, die die Kinder aus dem Haus lässt.

„Also du kommst dort an", fragte Kaydee, während ich rannte, „und was dann? Alpha spießt dich auf?"

„Nicht ganz", sagte ich. „Delta und Beta können ihm vielleicht nicht wehtun, aber sie könnten ihn in die Enge treiben. Dann muss ich nur in einen von ihnen hacken, die Kernfunktion finden, die Leo in uns eingebaut hat, und sie anpassen. Delta oder Beta sagen, dass Alpha auf keinen Fall ein Mensch ist, und sie dann loslassen."

„Klingt nach vielen Vermutungen."

„Meine gesamte Existenz basiert auf Vermutungen."

Der Weg den Conduit hinauf hätte mich anderen Risiken aussetzen sollen. Wenn Alpha Beta und Delta unter Kontrolle hatte, dann hätte er die Mechs aus ihrer Tanzparty entlassen und seine Schrottdiener auf Menschenjagd schicken können, ja müssen. Deshalb hielt ich meine Augen offen und suchte nach einem Hinterhalt. Stattdessen hörte und sah ich nur Stille.

Zumindest anfangs.

Wir hatten die Universität fast erreicht, als die Mechs auftauchten. Sie waren unbewaffnet und schlichen nicht, also dachte ich zuerst, sie könnten Überbleibsel aus früheren Tagen des Conduits sein. Sicher korrumpiert, aber nicht in Schlachtstellung gelenkt. Stattdessen gingen die Mechs. Sie schlenderten sogar. Nicht auf mich zu, nicht zum Garten, nicht zu den Menschen, sondern zur Brücke.

Nein, nicht einmal das: Als ich langsamer wurde und zusah, bestiegen die drei Flexi-Mechs einen Aufzug und fuhren nach unten. Nach unten?

„Ideen?", fragte ich Kaydee.

„Ein wirklich seltsamer Angriff?", schlug Kaydee vor, strich sich übers Kinn und spitzte die Lippen. Übertriebenes Nachdenken. „Vielleicht umkreisen sie dich von hinten und weiden dich aus."

„Wie angenehm", erwiderte ich. Zu meiner Linken befand sich eine der häufigen Treppen des Conduits, zwischen einem alten Buchladen und einer Bar. „Entscheidungen."

„Willst du weitergehen oder sehen, was sie vorhaben?"

„Immer auf den Punkt, Kaydee."

„Willst du meine Meinung hören?"

„Du wirst sie mir sowieso geben."

„Du kennst mich so gut", sagte Kaydee. „Du hast eine neugierige Mech-Truppe, die dir vielleicht ein paar Hinweise liefern könnte. Oder du gehst direkt weiter in den wahrscheinlich sicheren Tod."

„Hey."

„Gamma, das Spiel hat sich geändert. Zum ersten Mal seit Jahrtausenden ist das Starship an der Oberfläche. Es geht nicht mehr nur um die Brücke. Das Schiff. Der ganze Planet ist unser neues Spielfeld. Wir müssen wissen, was Alpha damit vorhat."

Ich zögerte zwischen den Optionen, die Hand auf der Treppe. General Kaydees neue Einschätzung mochte richtig sein, aber sie hatte die Dinge viel zu schnell aufgebauscht. Ich konnte mich nicht auf einen planetaren Konflikt konzentrieren, wenn wir nur ein paar hundert Spieler zwischen den Mechs und den Menschen hatten.

„Okay, guter Punkt. Ich bin zu weit vorausgeeilt", zuckte Kaydee mit den Schultern. „Ich habe da hinten viel Zeit in meinem eigenen Kopf verbracht, okay?"

„Kompromiss", sagte ich, „Ich folge den Mechs für eine Minute. Mal sehen, ob wir mehr erfahren können, solange sie in Richtung Brücke gehen."

„Abgemacht."

Unsere Verzögerung hatte einen Vorteil: Ich versuchte, den Aufzug zurück zu meinem Standort zu rufen. Kein Grund, ein paar Dutzend Ebenen hinunterzurasen. Stattdessen ging ich durch das hüfthohe Glastor und ... zögerte.

Wie sollte ich wissen, welche Ebene die Mechs gewählt hatten?

„Drück einfach auf einen tieferen und benutze deine Augen."

Mutiger Zug, Kaydee, aber ich tat es trotzdem. Der Aufzug schoss nach unten und beschleunigte, während die Ebenen vorbeizogen. Ich schaute nach links in der Hoffnung, einen Blick auf die Mechs zu erhaschen.

„Da!", rief Kaydee nach einem fünfzehn Sekunden langen Fall.

Es war keine Zeit, einen anderen Knopf im Aufzug zu drücken, also sammelte ich meine Beine und sprang, überquerte die Glasbarriere und landete mit einem dumpfen Schlag auf dem Gehweg. Ich würde gerne sagen, dass mein rollender Sprung der Stoff von Actionfilm-Legenden war, aber meine Gliedmaßen schlackerten und ich landete auf meinem Hintern, den Rücken an das Geländer des Gehwegs gelehnt.

„Null Stilpunkte, Kumpel, aber du hast es geschafft", sagte Kaydee und zeigte mit dem Finger. „Und sieh mal, du hast eine Gelegenheit."

Die drei Mechs zögerten. Nun, nicht zögern: Als ich aufstand und näher hinsah, bemerkte ich, dass das Trio mit seinen flinken Händen in einigen zerquetschten Mech-Teilen herumstocherte. Weitere Opfer. Als ich mich näherte und mich an einer Seitenwand entlangdrückte, rissen die Roboter Batterien und Speichersticks heraus.

„Die wertvollsten Teile", sagte Kaydee. „Sie ernten für neue."

Meine Chance kam, als der dritte, der mir am nächsten war, beschloss, noch etwas tiefer zu graben, während seine beiden Kumpel weiterzogen. Der Mech hatte seine Hände tief in den Eingeweiden eines Müll-Mechs vergraben, als ich mich anschlich und meine Finger zusammenlegte, um einen Stecker zu bilden. Der Slot, den ich brauchte, befand sich direkt hinter den Ohren des Flexi-Mechs, oder dort, wo die Ohren gewesen wären, wenn das Ding menschlich gewesen wäre. Ich machte die Schritte langsam und versuchte, sie mit dem Zerreißen von Metallplatten, Drähten und Schaltkreisen zu synchronisieren.

„Los!", flüsterte Kaydee, obwohl sie niemand hätte hören können, wenn sie geschrien hätte. Als ich zum letzten Sprung ansetzte, blickte der Flexi-Mech in meine Richtung auf. Seine rosa Augen starrten mich an, und ich erwartete, dass er seine Beute fallen lassen und mit zum Zerfleischen bereiten Händen auf mich losgehen würde. Stattdessen starrte er, wartete, beobachtete. Passiv. Nach einer langen Sekunde, in der meine eigenen Hände zur verzweifelten Verteidigung bereit waren, drängte Kaydee mich, loszulegen. Greif schon an.

„Hey du", sagte ich und kam einen Schritt näher. „Ich habe nur eine Frage."

Der Flexi-Mech blieb regungslos und betrachtete mich ungerührt.

„Gut", fuhr ich fort. „Das wird nur eine Sekunde dauern."

In Armreichweite presste ich meine Finger zusammen und steckte sie in meinen stocksteifen Gegner. Und fand meine Antwort direkt oben auf seinem Code.

FÜNFZEHN

DIE FROSSE WEITE WELT

Der Mech war wie betäubt. Sein Code, all diese Funktionen, die dazu gedacht waren, eine tödliche, flexible Maschine zu erschaffen, waren auf wenige Zeilen reduziert worden, die nach Batterien, Speichersticks und einem Ziel suchten.

„Die Einstiegsrampe?", fragte Kaydee. „Was ist das?"

„Ein Ausweg", antwortete ich und ließ den Mech los.

Die Maschine, die ihre Beute immer noch festhielt, trottete los, um sich seinen zwei Kumpels anzuschließen, die stetig in Richtung Bug des Raumschiffs marschierten. Bisher hätte dieser Weg so weit unten mit Aufzügen und Treppen zur Brücke geendet. Hatte sich das geändert?

Kaydee und ich spekulierten, während ich an den laufenden Mechs vorbeirannte. Alpha kontrollierte das gesamte Netzwerk des Raumschiffs, was bedeutete, dass er jederzeit drahtlose Signale an die Maschinen senden und ihre Befehle umschreiben konnte, um zum Beispiel eine völlig neue Welt zu nutzen, die sich plötzlich vor ihnen auftat.

„Er würde also das Raumschiff aufgeben?", sagte

Kaydee, als wir unter der Universität durchliefen. Ich versuchte, nicht darüber nachzudenken, wie viele Kilometer ich auf diesem Schiff hin und her gelaufen war. „Einfach all seine Mechs mitnehmen und abhauen?"

„Auf keinen Fall", erwiderte ich. „Alpha braucht die Fabrikationslinien. Braucht Schrott. Und wahrscheinlich auch ein paar Energiequellen, zumindest bis sie herausfinden, ob sie draußen genug Solarenergie bekommen können."

„Okay, was macht er dann?"

„Was du vorher gesagt hast", antwortete ich. „Er beginnt einen planetaren Krieg."

Und Val würde mit ihrer verletzten menschlichen Karawane direkt hineinlaufen.

Was Ahnungen angeht, erwies sich unsere Vermutung als ziemlich zutreffend. Obwohl es noch etwas mehr Laufzeit brauchte, erreichten wir den Bug des Raumschiffs ohne größere Probleme. Unterwegs passierte ich weitere Roboter: Flexi-Mechs, Kuriere und andere, die alle ihre Posten verlassen hatten, um auf Schrottsuche zu gehen und in Richtung Bug zu marschieren.

Und was für ein Bug das war. Die gesamte dicke graue Hülle war verschwunden, die große Nase des Raumschiffs öffnete sich wie eine Blume. Das Licht traf uns zuerst aus der Ferne und durchbrach das grüne Leuchten mit einem heißen bronzefarbenen Schimmer. Wie weiche Laser streifte das Sonnenlicht nach innen, prallte vom kalten Metall des Raumschiffs ab und ließ es glänzen. Meine Sensoren reagierten und ließen Blendschutz vor meine Augen gleiten. Auch Wärme kam mit dem Licht, eine echte Wärme, die meine Haut wahrnahm.

„So fühlt sich das also an", sagte Kaydee, die neben mir

in der Sonne badete, die Augen geschlossen, als wir uns näherten. „Magisch."

Als ich über das Licht hinausblickte, sah ich zum ersten Mal einen echten Horizont. Kein digitales Konstrukt, sondern eine tatsächliche Linie, an der einige ferne Hügel auf einen goldgrauen Himmel trafen. Diese Hügel waren ebenfalls mit wogendem senfgelbem Gras bedeckt. Wind, echter Wind, nicht von einem Kühlventilator geblasene Luft, fegte über diese geschwungenen Erhebungen und spielte in bewegten Linien mit Licht und Schatten.

Es war fast schön genug, um die Mechs davor zu vergessen.

Trotz des Gemetzels, das Delta vor der Brücke angerichtet hatte, zählte ich noch mehrere hundert Mechs, die auf der Rampe warteten. Sie standen eng beieinander, hielten Schrott in ihren Armen und starrten in die Sonne.

„Die Sonne?", sagte Kaydee. „Wir sind nicht auf der Erde, Gamma."

„Bis jemand einen anderen Namen dafür findet, werde ich es so nennen", sagte ich. „Es ist einfacher."

„Denkst du nicht, wir könnten es benennen?"

„Größere Prioritäten."

„Spielverderber."

Die größeren Prioritäten standen an der Spitze der Mech-Kolonnen. Von der Spitze der Rampe aus, beschattet von den riesigen ausgeklappten Platten, konnte ich Alpha, Delta und Beta am Fuß der Rampe stehen sehen. Ihre Schuhe auf goldenem Staub, auf zertrampeltem Gras.

Meine Freunde hatten ihre Waffen gezogen, Deltas Schwert und Betas Messer waren beide auf Alphas Körper gerichtet. Wie Henker, die auf den Befehl zum Zuschlagen warteten.

„Weißt du, Alpha ist vielleicht gar nicht derjenige, der hier das Sagen hat", sagte Kaydee. „Ich frage mich."

Ich fragte mich auch, worauf das Kollektiv wartete. Alpha schien nichts zu tun, er stand einfach da, und obwohl immer noch mehr Mechs hereinströmten, waren es nur wenige. Ein versprengter Einzelgänger hier, ein piepsender Müll-Mech dort. Jede Eroberung sollte eigentlich schon begonnen haben. Nicht, dass ich vorhatte, darauf zu warten.

Ich war so weit gekommen, um sicherzustellen, dass Beta und Delta ihre Mission beendeten, und genau das würde ich tun.

„Los, hol sie dir", sagte Kaydee, als ich mich auf den Weg machte und an der linken Seite der Mech-Formation vorbeischlich.

Kein einziges rosa Auge drehte sich, um mich zu beobachten, als ich vorbeikam, und nach den ersten Metern gab ich jeden Versuch auf, mich anzuschleichen. Alpha würde mich sowieso sehen, bevor ich mich ihm näherte. Wenn er mich tot sehen wollte, wäre ich tot. Ich konnte nur hoffen, dass Beta oder Delta den Job zuerst erledigen würden. Beide sahen mich jedoch kommen. Ihre Köpfe drehten sich fast gleichzeitig, ihre Grimassen passten zu ihren Armen, als sie ihre Waffen hoben.

Nein, ich wollte schreien, töte Alpha, spiel nicht Frieden. Ich wollte es, tat es aber nicht. Warum? Weil Alpha mir das gelassenste Lächeln schenkte, das ich je auf einem Gesicht gesehen hatte. Mit weit ausgebreiteten Armen wie ein alter Prediger kam er auf mich zu, als ich die letzten seiner Mech-Reihen passierte.

„Wenn du nur ein Messer hättest", sagte Kaydee, als Alpha mich in eine feste Umarmung schloss und die Pose für zu viele Sekunden hielt.

„Danke", sagte Alpha, und ich versuchte, versuchte sein Spiel zu durchschauen. Meine Funktionen arbeiteten auf Hochtouren, analysierten seine Haltung, seinen Tonfall, seine Möglichkeiten, aber ich hatte keine klare Antwort. „Danke. Ohne deine Einmischung wäre das nicht möglich gewesen."

„Das?", fragte ich. Hinter ihm kamen Delta und Beta heran, beide mit ausdruckslosen Gesichtern. „Was meinst du mit das?"

„Schau nach oben", sagte Alpha. Ich folgte seinen Augen und sah den Himmel.

Das Goldgelb, ja, aber bei näherer Betrachtung noch etwas mehr. Die perfekte Farbe bog sich hier und da, war stellenweise getrübt und verschmiert. Wie Pixel, die für kurze Momente ihren Zweck vergaßen.

„Folge ihnen", murmelte Alpha.

Die gebrochenen Schlieren bewegten sich. Glitten eigentlich über den Himmel. Ich fand eine, fokussierte meine Augen darauf, der Zoom vergrößerte mehr und mehr, bis ich die Quelle sah. Kein seltsamer Fehler oder treibender Staub, sondern ein hauchdünnes Netz, das den Wind einfing und dahinflog. Auf diesem Netz krabbelten winzige Kreaturen, wie Insekten aus silbernen Fäden.

„Neues Leben", sagte Alpha. „Wunderbar. Genau wie das Gras unter unseren Füßen. Wir sind die Ersten, Gamma, und möglicherweise die Einzigen, die das sehen."

„Und du dankst mir?"

„Ich nehme an, diese höllischen Stimmen verdienen auch einen Teil der Anerkennung", Alpha trat zurück, behielt aber seine Hände auf meinen Schultern. Ich dachte daran, sie abzuschütteln, aber ich hegte die Hoffnung, dass Delta oder Beta den Moment nutzen würden, um Alpha in den Rücken zu stechen, also schien es die beste Idee, seine

Aufmerksamkeit zu behalten. „Aber du warst es, der die Veränderung herbeigeführt hat, die uns intakt landen ließ. Du warst es, der uns zu unserer neuen Heimat geführt hat."

Wir saßen, die vier Gefäße im Schatten des Raumschiffs. Beta und Delta sagten mit Alphas Erlaubnis das, was ich vermutet hatte: Er hatte ihre Programmierung ausgetrickst. Obwohl sie wussten, dass er kein Mensch war, erfüllte Alpha genug Kriterien, um ihre Klingen zurückzuhalten. Leos strenge Mech-Definition erwies sich dort auf der neuen Welt als unser Verhängnis, eine Definition, die vielleicht zuerst codiert wurde, um die Gefäße davon abzuhalten, außer Kontrolle zu geraten. Jetzt verdammte uns der alte Code.

„Aber Alpha hat Menschen verletzt", sagte Kaydee, als wir saßen und Alpha zufrieden den Sonnenuntergang des Planeten beobachtete. „Wie konnte er das mit Leos Sperre tun?"

Eine Frage, die mit einer Erkenntnis beantwortet wurde.

„Alpha hat nie einen Menschen verletzt", sagte ich, und die drei Gefäße blickten zu mir. „Oder?"

„Direkt?", grinste Alpha. „Das könnte ich nie. Unser Kerngesetz. Aber natürlich leidet nicht jeder Mech unter unserer Einschränkung."

„Also wirst du die Überlebenden trotzdem töten."

„Ja, und auch die Kinderstube zerstören", sagte Alpha. „Es gibt keinen Grund, sie zu behalten. Es geht ums Überleben, Gamma. Das musst du doch einsehen können. Die Menschen werden uns auseinandernehmen, sie werden uns versklaven, wenn wir ihnen erlauben zu wachsen." Alpha nickte in Richtung der grasbedeckten Hügel. „Sie haben bereits eine unberührte Wildnis ruiniert. Warum ihnen eine weitere geben?"

„Er hat einen Punkt", fügte Delta hinzu.

„Einen Punkt?", erwiderte ich. „Er ist korrumpiert. Seine Funktionen zerfallen."

„Heißt nicht, dass er nicht Recht hat", sagte Delta. „Heißt auch nicht, dass ich ihn nicht zerstören werde, wenn ich herausfinde, wie."

„Absolut", sagte Beta. „Der Typ ist dann erledigt."

„Es ist wirklich motivierend", sagte Alpha, „von einem Paar Zeitbomben wie euch umgeben zu sein." Er stand auf, streckte sich, etwas, das ein Gefäß nie tun musste. Etwas, das ein Mensch tun könnte. „Aber vielleicht ist es Zeit, an die Arbeit zu gehen."

„Wir werden keinen verdammten Mist tun, den du sagst." Ich stand auf, um dem Gefäß gegenüberzustehen. „Nicht eine Sache."

„Das müsst ihr nicht." Alpha hob seine Hand und all diese Flexi-Mechs standen stramm. „Unsere gemeinsame Zeit ist leider zu Ende. Geht jetzt, oder meine Freunde werden euch in Stücke reißen."

„Umarmt dich, dankt dir, droht dich zu töten", sagte Kaydee. „Klingt nach Alpha."

Beta und Delta würden problemlos gegen die Flexi-Mechs kämpfen können, aber es waren so viele. Wir hatten keine Deckung, keine engen Korridore, um irgendeinen Vorteil zu erlangen. Wir waren wieder ausmanövriert worden.

„Vorsicht ist der bessere Teil der Tapferkeit und so weiter", sagte Kaydee.

„Lasst uns gehen", sagte ich zu Beta und Delta. „Wir werden schon etwas aushecken."

„Beeilt euch besser", erwiderte Alpha. „Jede Minute erhöht jetzt meinen Vorteil. Jede Minute bringt euch und eure Menschen eurem Ende näher."

„Du klingst kaputt", schoss ich zurück.

„Oh, das bin ich", antwortete Alpha, „und ich bin so unglaublich begeistert davon."

Wir begannen, Alphas Mech-Mauer zu umrunden, diese rosa Augen verfolgten unsere Schritte unter dem goldenen Himmel. Das Raumschiff sah aus wie ein Maul, das im Begriff war, uns zu verschlucken, ein Biss, der gestoppt wurde, als Alpha ein lautes Tsk-tsk ausstieß.

„Nicht in diese Richtung, meine Freunde", sagte Alpha und zeigte auf die bernsteinfarbenen Hügel. „Ich glaube, ihr habt da drin schon genug angerichtet. Warum seht ihr nicht nach, wie unsere neue Heimat Mechs behandelt?"

„Schieb's dir sonst wohin", erwiderte ich, worauf Kaydee ein „Sag's ihm" hinterher schickte. „Wir gehen, wohin wir wollen."

„Ihr werdet dorthin gehen, wo ich will und wann ich es will", sagte Alpha. „Ihr könnt euch so viel aufspielen, wie ihr wollt, aber ihr habt hier keinen Einfluss."

„Er hat Recht, Gamma", sprach Beta leise, genervt. „Es gibt nichts, was wir hier tun können, außer zu sterben."

„Was genau das ist, was wir da draußen tun werden", erwiderte ich. „Oder hast du vergessen, dass wir mit Batterien laufen? Wir brauchen Aufladung?"

Delta legte ihre Hand auf meinen Arm. „Wir werden schon etwas aushecken. Besser als hier zu sterben."

Zumindest hier könnten wir ein paar von ihnen mitnehmen, dachte ich, sagte es aber nicht. Delta und Beta hatten die Entscheidung getroffen, und ich hatte nicht viel Wahl, außer mit ihnen zu gehen. Die goldenen Hügel warteten, und zum ersten Mal in meiner Existenz stand ich bald auf einem anderen Planeten und ging von meiner einzigen Heimat weg.

SECHZEHN

EINE TÖTUNGSMASCHINE

Die Überraschungen einer natürlichen Welt waren vielfältig. Zunächst der Wind. Diese Welt hatte davon reichlich, und er schien ein Lebewesen zu sein, das ohne Grund losjagte und wieder innehielt. Er heulte und raschelte, als wir uns vom Raumschiff entfernten, er zerrte und biss an unserer Kleidung und unseren Haaren, während das Tageslicht schwächer wurde.

Eine sanfte Kühle gesellte sich zum Wind, als die Nacht näher rückte. Meine Programmierung stufte das Gefühl als Jackenwetter für einen Erdling ein. Der natürliche Boden federte bei jedem Schritt, die Halme bogen sich klaglos, als wir auf sie traten. Jeder Schritt ließ jedoch dünne blonde Sämlinge in die Luft aufsteigen. Die winzigen Dinge schwebten über unsere Köpfe hinaus und begannen einen wundersamen Tanz, als der Wind sie umeinanderwirbelte.

„Das wäre so viel cooler, wenn wir, du weißt schon, nicht verbannt wären", sagte Kaydee. „Es ist echt nervig, dass das alles damit endet, dass wir draufgehen."

„Du weißt nicht, ob es so enden wird", erwiderte ich, was mir Blicke von Beta und Delta einbrachte.

Was gut war. Ich hatte Gedanken, wütende Gedanken, die ich mit den beiden teilen musste.

Gedanken, die für einen langen Moment zurückgestellt wurden, als hinter uns ein mahlendes Brüllen einsetzte. Wir drehten uns alle um und sahen zu, wie sich die riesige Tür des Raumschiffs nach oben schwang und schloss. Von Alpha und seiner Mech-Armee war nichts zu sehen.

„Der Feigling ist wieder reingegangen", sagte Delta.

„Dieser Feigling weiß, dass wir nicht da sind, um die Menschen zu beschützen", sagte Beta. „Es ist Strategie."

„Wir können sowieso nichts dagegen tun", erwiderte ich. „Val ist jetzt auf sich allein gestellt."

Hoffentlich konnten sie und Leo fliehen, wie sie es geplant hatten. Verdammt, vielleicht konnten sie das Raumschiff wirklich in die Luft jagen. Was für eine Wendung das wäre, Alphas großer Triumph, zunichte gemacht durch eine einzige gewaltige Bombe.

„Wie konntet ihr beide ihn am Leben lassen?", fragte ich, während wir zusahen, wie sich das Tor schloss. „Er ist kein Mensch. Es müsste Lücken geben."

„Ich habe sie blockiert", sagte Beta, während Delta in die Ferne starrte. „Es gibt Türen, die wir nicht öffnen können, Gamma. Wenn Delta anfangen würde, Schlupflöcher zu finden, Verhaltensweisen, die sie umgehen könnte, was würde sie dann davon abhalten, dasselbe bei einem echten Menschen zu tun?"

„Logik?"

„Logik ist flexibel, und das weißt du."

Was ich wusste, war, dass diese beiden nach viel zu langer Zeit auf Messers Schneide auf Nummer sicher zu gehen schienen. Beta und Delta waren früher blutrünstige Killer gewesen, bereit, eine Million Mechs im Handumdrehen zu zerlegen. Jetzt hatten sie Angst vor ein paar Programmzeilen?

„Nun, weil ihr zwei es nicht auf die Reihe gekriegt habt, wird Alpha sie jetzt alle töten und dann kommen, um uns den Rest zu geben." Ich setzte mich ins Gras. Trocken, biegsam. „Gratuliere."

„Ändere es", sagte Delta. „Du kannst uns umschreiben. Verhindere die Schlupflöcher, aber lass uns Alpha ausschalten."

„Kann er das?", fragte Beta.

„Das ist es, was er tut."

Nun, ich hatte noch nie zuvor eine Kernzeile umgeschrieben. Das würde in sensibles Gebiet vordringen. Dort könnte ich Beta und Delta in völlig andere Mechs verwandeln. Sie zu Pazifisten machen, blutrünstigen Killern, heiteren Folksängern. Sie könnten meine willenlosen Diener werden.

„Lässt du dich da nicht ein bisschen hinreißen?", fragte Kaydee.

Ließ ich mich hinreißen? Tat ich das? Wir standen auf einem brandneuen Planeten. Nichts, was je von Menschen- oder Mech-Hand geschaffen wurde, hatte je hier gestanden, diese Luft geatmet, sein Gras gescannt und es als Heimat beansprucht. Wir waren weit von unseren ursprünglichen Zielen abgekommen. Val und die Menschen zogen ohne uns weiter. Beta und Delta waren unfähig, sie vor der größten Bedrohung der Menschen zu schützen.

Hinreißen lassen? Wir waren von allem um uns herum mitgerissen worden.

Deltas innerer Geist glich dem, was wir schon einmal gesehen hatten: Kaydee und ich standen auf einer frei schwebenden Insel in einem gaze-artigen rosa Äther.

Riesige Ketten erstreckten sich in die Ferne und verbanden unsere Insel mit anderen wie ihr. Ein paar Schritte konnten uns vom Ende einer Insel zur nächsten bringen.

„Denkst du, wir folgen wieder den Ketten?", fragte Kaydee.

Das würde uns zu Deltas Kern führen, ihrem An-Aus-Schalter. Was wir diesmal vorhatten, war etwas anderes, und ich war mir nicht ganz sicher wie, aber ich hatte eine Idee.

„Erinnerst du dich, als du mir von der Löschung erzählt hast?", fragte ich. „Der Knopf, den ich ganz unten drücken könnte, der alles löschen würde?"

„Klar, aber das ist nicht das, was wir vorhaben, oder?"

„Nein, aber es wird uns dorthin führen, wo wir hin müssen. Wenn das, was du gesagt hast, stimmt, hat diese Funktion einen klaren Weg zu Deltas Herz."

„Okay, aber wie finden wir diesen Knopf?"

Darauf hatte ich keine Antwort. Ich konnte mich nach innen konzentrieren, die Teile von mir selbst auseinandernehmen, und schließlich, tief darunter vergraben, würde der Knopf da sitzen. Mich fragen, ob ich mutig genug wäre, ihn zu drücken.

„Wir müssen graben", sagte ich.

Kaydee schnippte mit den Fingern, und Schaufeln erschienen vor ihr auf dem Boden. Delta spielte nett mit uns und ließ uns die Realität in ihren Systemen verändern.

„Nicht wörtlich." Ich ging zum Rand der Insel. „Oder doch wörtlich, nur nicht diese Art von Graben."

Kaydee kam neben mich, eine Frage im Gesicht, von der sie inzwischen wusste, dass es sich nicht lohnte, sie zu stellen. Jeder Mech, jedes Computersystem hatte seine Realität durch Funktion um Funktion definiert. Sie definierten nicht nur, wie sich der Mech bewegte, wie der

Computer einen verirrten Klick handhabe, die Funktionen kontrollierten auch den Raum, den wir nutzten. Die Luft, in der wir standen.

„Tut mir leid, Delta", sagte ich und griff dann in die Leere jenseits der Insel und zog.

Meine Freundin hatte uns die Kontrolle gegeben, die Rechte, alles und jedes in ihrem digitalen Raum zu tun. Mit diesen Rechten schälte ich die Programme ab, die Deltas Linien verbargen. Das Rosa glitt weg, schälte sich ab wie ein loser Umhang und enthüllte die Eingeweide, die Knochen, die uns zu dem machten, was wir waren. Grüne Linien auf schwarzem Grund rieben sich an den ausgefransten rosa Rändern. Ich riss mehr weg und legte die Linien frei. Ein jetzt großer genug Riss, dass wir hindurchtreten konnten.

„Weißt du, das sieht ziemlich rau aus", sagte Kaydee. „Was passiert, wenn wir da reingehen?"

„Wir werden unsere Körper verlieren, aber wir werden sie nicht brauchen", antwortete ich und erinnerte mich an die grün-schwarze Box um die Barrieren. „Ich wette, es ist nicht weit von dem entfernt, was du all die Jahre gefühlt hast."

„Was, als ich treibend auf dich gewartet habe?" Kaydee machte einen Schritt zurück. „Gamma, diese Jahre waren beschissen. Wirklich beschissen. Man konnte da drin nichts fühlen. Ich hatte keine Ahnung, was Zeit war. Das willst du nicht."

„Es wird nicht lange dauern", sagte ich. „Du musst nicht mitkommen."

„Was passiert, wenn ich nicht mitkomme und du nicht zurückkommst?"

„Dann erfährst du wohl, was es heißt, ich zu sein."

„Ein Traum wird wahr."

Ich hatte diesen Sarkasmus vermisst.

Ich ging nicht und sprang auch nicht so sehr, als dass ich in Deltas Code schwebte. In einem Moment stand ich auf dieser Insel, ein Körper, gerendert von Programmen, die es erlaubten. Im nächsten war ich nur ein Cursor, der von Codezeile zu Codezeile huschte, auf der Jagd nach dem, was ich brauchte. Delta, wahrscheinlich wie ich, enthielt Millionen. Jenseits des Rosa erstreckten sich die Linien scheinbar bis in die Unendlichkeit. Eine große grüne Wand, die sich über und unter mir erstreckte. Kein Horizont, kein 3D-Raum. Nur Variablen, Logik und Syntax für immer.

Aber Delta hatte mich zu einem Gott in ihrem Reich gemacht, und ein Gott hatte Kräfte.

Zuerst isolierte ich eine Variable, die, die Deltas oberste Priorität aufrief. Wenn ich ihre letzte oder erste Erwähnung finden könnte, sollte mich das zu ihrem Verbot führen, Menschen zu töten. Als ich die Suche startete, verdunkelte sich die grüne Wand, Zeilen, die meinen gewählten Begriff nicht enthielten, verblassten. Mit einem Gedanken wischte ich sie ganz weg, filterte unnötigen Code heraus und ließ all das Grün vor mir zusammenfallen. Millionen wurden in einem Moment zu ein paar Tausend.

Ich scrollte durch den Code, brachte die erste Erwähnung der Variable auf Augenhöhe, der Rest wartete darunter. Die Zeile hatte eine elegante Einfachheit: wenn sonst nichts, respektiere dieses eine. Was dieses ‚eine' sein könnte, erledigten die Zeilen darunter. Von der Hüllenintegrität des Raumschiffs über die Fähigkeit des Gartens, Ernten anzubauen, bis hin zu den Embryonen in der Kinderstube und den Kryoschläfern im Luxusbereich, Deltas Anforderungen als Wächter waren eine nach der anderen aufgeführt. Ganz unten, der letzte Punkt, der gelesen würde, um Deltas oberste Schutzpriorität zu definieren, war eine einfache Zeile: Über alles andere, bewahre intelligentes Leben.

Das Wort intelligent tat dort die Arbeit, und ich folgte ihm. Code spritzte wieder vor meinen Augen vorbei, als ich durchscannte und versuchte, die Logik zu finden. Und hielt inne. Ich brauchte intelligent gar nicht. Überhaupt nicht. Ich scrollte zurück zur letzten Zeile und nahm mein Skalpell. Löschte die Bedingung. Jetzt würde Deltas höchste Priorität sein, Leben zu verteidigen. Alles Leben. Mission erfüllt.

„Du Idiot", sagte Kaydee, als ich meine Augen aufschlug und sah, wie Beta eine wütende Delta am Boden festhielt.

„Gamma, was zum Teufel?", sagte Delta und kämpfte gegen Betas Griff an. „Du stehst auf diesem Gras, und ich kann an nichts anderes denken, als dich umzubringen."

„Gras?"

„Es lebt, du Dummkopf", sagte Kaydee und schlug sich mit der Hand gegen die Stirn. „Du hast es zu sehr vereinfacht."

„Bring sie in Ordnung", knurrte Beta, „bevor ich sie töten muss."

„Als ob du das könntest", schoss Delta zurück und rollte ihre Beine hoch, um sie um Betas Hals zu schlingen.

Mit einem Ruck warf Delta Beta nach vorne. Ich wich zur Seite aus, als mein Gefäß-Freund an mir vorbei über das Gras rollte. Gras, das, wie ich hinzufügen möchte, einen prächtigen gelben Schimmer annahm, als der Stern dieser Welt hinter dem Horizont versank.

„Klinge!", schrie Kaydee, und ich duckte mich, Deltas Schwert pfiff über mich hinweg.

„Ich will dich nicht töten", sagte Delta und nahm sich mehr Zeit als nötig, um ihren Schwung umzukehren.

„Das will ich auch nicht", erwiderte ich und tauchte in Richtung ihrer Füße. Delta begann zurückzutreten, nur um von Beta getackelt zu werden, der sie beide in der Nähe meines Gesichts zu Boden warf. Deltas Kopf zerschmetterte die Halme keine halben Meter von meiner Hand entfernt. Perfekt. Ich presste meine Finger zusammen und stieß auf den Anschluss zu.

Diesmal hatte ich es.

„Glaubst du?", sagte Kaydee, als wir über Delta standen. Beta, diesmal besser vorbereitet, hielt eine Klinge an Deltas Kehle in der Hoffnung, dass der Selbsterhaltungstrieb des Gefäßes Gewalt fernhalten würde. „Denn ich habe irgendwie wenig Vertrauen."

„Ich habe intelligent neu definiert", sagte ich und kniete mich über Deltas Gesicht. „Biologische Intelligenz, nicht programmierte."

„Oh, also kann sie uns problemlos töten", sagte Kaydee.

„Richtig, aber sie muss es nicht."

„Vorerst."

Ich schüttelte den Kopf und tippte Delta auf die Schulter. „Wie fühlt es sich an?" Delta blinzelte. Bernsteinfarbene Augen fingen nicht viel Licht auf, als die Dunkelheit sich näherte.

„Ich glaube, Alpha ist die Zeit ausgegangen."

NATÜRLICHE NACHT

Nachdem wir vom Gras aufgestanden waren und uns gesammelt hatten, fanden wir uns in der hereinbrechenden Dunkelheit wieder und hatten nicht viele Optionen. Das Raumschiff lag in der Nähe, und aus Mangel an Ideen schlenderten wir zurück zu seiner massiven Gestalt.

„Ist wirklich riesig", sagte Kaydee, als wir uns näherten, und sie hatte nicht Unrecht.

Das große Ding schnitt eine Platte in die Ebene, eine schwarze Linie, die sich jetzt gerade zu unserer Rechten erstreckte, bis sie den Horizont traf. Seine absolute Dunkelheit war überraschend: Der Bestand des Bibliothekars zeigte menschliche Fahrzeuge mit Positionslichtern überall, doch hier war dieses enorme Schiff ohne irgendetwas an der Außenseite.

„Warum?", fragte ich laut, während Beta und Delta meinen kurzen Blick auf das Schiff teilten.

„Warum gibt es keinen manuellen Eingang?", fragte Beta. „Ich stimme zu. Lächerlich."

„Oder warum Alpha weggerannt ist", murmelte Delta. „Feigling."

Nur Kaydee versuchte tatsächlich, meine Frage zu beantworten: „Mikrometeorite? Oder vielleicht waren die Designer paranoid und dachten, wir müssten vielleicht ganz heimlich landen."

„Heimlich? Mit dem hier?"

„Ja", sinnierte Kaydee. „Schätze, das ist nicht wahrscheinlich."

Delta schwang ihr Schwert, ein Hieb, den ich nur im Sternenlicht und sonst nirgendwo wahrnahm. Kein Mond um diesen Planeten, nur Silber. Das Schwert traf auf die Hülle des Raumschiffs, prallte ohne einen Kratzer ab. Ein einzelner einsamer Funke bettete sich in den Boden und verschwand.

„Einen Versuch war's wert", sagte Delta, als sie bemerkte, dass wir sie anstarrten. „Was denn, ihr zwei hattet auch keine besseren Ideen."

Beta drehte dem Schiff den Rücken zu, ging ein paar Schritte weg und setzte sich ins Gras. Delta stocherte und stieß weiter herum, stach nach Nieten oder Nähten. Ich unterhielt mich mit Kaydee, meinem einzigen echten Fenster in den Verstand eines Menschen. Denn, ob Beta und Delta es begriffen oder nicht, die Menschen waren unsere beste Chance, wieder hineinzukommen.

„Val sagte, sie würden am Heck rausgehen", meinte Kaydee. „Also, wenn wir in diese Richtung gehen, sollten wir sie treffen können."

„Wenn Alpha nicht zuerst zu ihnen kommt."

„Na ja, klar, aber welche anderen Möglichkeiten habt ihr denn?"

Vor nicht allzu langer Zeit war es Delta, Alvie und mir gelungen, mit Volts Hilfe ins Raumschiff zu gelangen. Der Mech konnte eine Luftschleuse von innen öffnen. Wenn wir zu einer anderen zurückkehren könnten, könnte Volt uns wieder reinlassen.

„Eine Leiter im Dunkeln auf dieser windigen Welt hochklettern?", sagte Kaydee. „Klingt gefährlich. Gefällt mir."

Mit einem Blinzeln stellte ich meine Sicht vom üblichen Spektrum auf eines um, das besser für schwaches Licht geeignet war. Ein unscharfes Grün kroch über alles und wurde an den Stellen heller, wo das Sternenlicht besonders hell einfiel. Ich drehte mich um, um Beta und Delta den Vorschlag zu machen, und hielt inne. Der Himmel, der bis vor einer Minute noch diese gesprenkelte Leinwand gewesen war, explodierte mit hellen Wolken. Dünne Fäden, die sich zusammenballten, trieben über uns hinweg und ritten hoch auf dem Wind. Die Pflanzensamen fingen das Sternenlicht ein. Sie stiegen auch vom Boden um uns herum auf, als die Fäden eine Böe erwischten, die Insekten, die sich auf ihnen niederließen, bauten leuchtende Netze und funkelten den ganzen Weg entlang.

„Was...?", sagte Kaydee.

„Einen Moment", antwortete ich. „Ich versuche etwas."

Mit einem Blinzeln schaltete ich zurück zum normalen Spektrum, diesmal verstärkte ich jedoch meine Lichtwahrnehmung. An einem sonnigen Tag oder in der Nähe einer Lampe würde alles in einem blendenden Leuchten untergehen. Jetzt aber konnte ich das Silber herausarbeiten. Wirklich überall um uns herum flogen diese kleinen Fäden. Das Raumschiff hatte bereits eine Decke, die an seinen Seiten flatterte. Die kleinen Netze prallten auch von uns ab und kitzelten uns mit zerbrechlichen Fäden, die bei der leisesten Berührung verschwanden. Wunderschön, seltsam.

„Du bist der erste Mensch, der das sieht", sagte ich ein paar Minuten später zu Kaydee, nachdem ich Beta und

Delta eingeweiht hatte. Wir beobachteten immer noch die schwebenden Netze.

„Muss schon sagen, Gamma, es gibt nicht viele Vorteile, als Geist zu leben, aber das hier zu sehen, macht es fast schon wert."

Menschliche Gefühle waren nichts, was ich wirklich verstand, aber Kaydees Stimme brachte ein wenig Wärme in diese kühle Nacht.

Wir konnten keine Leiter finden. Oh, wir fanden die Stellen, wo sie gewesen waren, aber die Sprossen hatten sich wie Katzenkrallen in den Rumpf des Starships zurückgezogen. Delta versuchte, eine mit ihrem Schwert herauszuhebeln, scheiterte aber.

„Die verdammte Landung", sagte Beta und warf ein Messer in der Dunkelheit hoch, um es immer wieder am Griff zu fangen. „Wette, alles wird eingezogen, um es aerodynamisch zu machen."

„Da würde sie richtig wetten", sagte Kaydee. Woher wusste Kaydee das? „Weil wir in unserer Kindheit alles über das Starship gelernt haben. Pflichtunterricht, nur für den Fall, dass alles schiefgeht und einige von uns die einzigen Überlebenden sind."

Das ergab einen grimmigen Sinn.

Ohne Möglichkeit, zur Luftschleuse hochzuklettern, machten wir uns auf einen langen Lauf entlang des Starships. Das Gras sorgte für einen glatten Lauf, die nicht zu steifen Pflanzen federten unsere Füße ab und katapultierten uns in den nächsten Sprung. Mit der massigen Silhouette des Starships zu unserer Linken, den Sternen über uns und den Hügeln zu unserer Rechten, liefen wir schweigend. Der Planet bot nicht mehr und nicht weniger als seine natürliche Schönheit und das pfeifende Lied des Windes. Mehrere Stunden im Dauerlauf brachten uns zum

Heck des Starships, ohne dass eine Morgendämmerung in Sicht war. Die gewaltigen Triebwerke hingen über uns, ihre verkohlten Düsen waren selbst im schwachen Licht zu erkennen. Keine Tür bot sich an.

„Und jetzt?", fragte Delta und funkelte mich böse an. „Sag bloß nicht, wir müssen den ganzen Weg zurücklaufen."

„Nein", antwortete ich. „Wir klopfen an."

Als Delta und ich zuvor einige Qualitätszeit damit verbracht hatten, uns inmitten der Triebwerksbaracken des Starships neu zu bewaffnen, hatte ich mir die großen Geschütze, die das Starship antrieben, genau angesehen. Flüssigtreibstoff würde für eine so lange Reise nicht ausreichen, also verließ sich das Starship stattdessen auf Batterien und Solarenergie. Volt verwaltete all diese Energie und sendete sie, wenn das Starship danach verlangte. Ich hoffte, er würde es bemerken, wenn wir uns meldeten. Delta und Beta hoben mich diesmal hoch und balancierten meine Füße auf ihren Händen. Die unterste Triebwerksdüse befand sich zehn Meter über uns, eine geschwungene Lippe, die in noch tieferem Schwarz verschwand als unsere kühle Umgebung.

„Bereit?", fragte Beta.

„Wenn es meine Idee ist, kann ich dann nein sagen?"

„Kannst du nicht", erwiderte Delta.

„Dann los."

Die beiden Gefäße gingen in die Hocke und schleuderten mich nach oben. Für einen wunderbaren Moment schwebte ich in der Luft, stieg auf und war frei. Ich beneidete diese Kurierbots und ihre Düsen, die das jederzeit erleben konnten. Dann, anders als diese Kuriere, landete ich.

„Gott sei Dank hat Leo euch alle superstark gemacht",

sagte Kaydee und stand neben mir, als ich mich in der Gondel aufrichtete. „Wenn ihr alle so kleine Schwächlinge wärt, wäre das echt mies."

„Was für eine Erkenntnis, Kaydee."

„Nicht meine Beste, tut mir leid."

Das Triebwerk des Starships sah mit meinem Nachtsichtvermögen dunkelgrün aus, eine erzwungene Änderung, als wir das Sternenlicht hinter uns ließen. Vor uns verengte sich die Düse, bis sie zu einem Ring wurde, der doppelt so hoch war wie ich. Wenn er aktiviert würde, würde dieser Ring elektromagnetische Energie ausstoßen, um das Starship für Manöver im Weltraum anzutreiben.

„Und da ist der große Saft", sagte Kaydee und kniete sich neben einige kleinere Rohre. „Erinnerst du dich an all die Öfen in Purity, die alles zu Schlamm verbacken haben? Du siehst hier das Endergebnis. Ein großer Haufen Biokraftstoff für unsere Ankunft."

Vielleicht war die Kanzlerin da drin gewesen und hatte bei der Landung des Starships endlich ihr verdientes Ende gefunden. Ich betrachtete den Ring und die abgeschirmten Drähte dahinter. Irgendwo hier musste es einen Weg geben, wie wir ein Signal an Volt zurücksenden konnten.

„Ideen?", fragte ich Kaydee, und sie erwiderte meinen Blick.

„Du bist zu groß", sagte sie.

„Wofür?"

„Um da reinzuschleichen", Kaydee zeigte dorthin, wo die Drähte zusammenliefen. „Nicht, dass es einen Weg hinein gäbe."

„Ich meinte nützliche Ideen."

„Oh! Das hättest du klarstellen sollen."

Kopfschüttelnd sah ich mich noch einmal um. Studierte die Drähte. Sie mussten bei Bedarf massive Energielasten übertragen und könnten wahrscheinlich alle möglichen Probleme verursachen, wenn sie zur falschen Zeit aktiviert würden. Es musste irgendeine Art von Sensor geben. Ich griff nach rechts und riss die Drähte aus dem Ring. Riss sie alle heraus. Funken flogen, Knistern erhellte die Nacht, und Kaydee fragte, ob ich den Verstand verloren hätte. Sie begann zu schreien, als ich das Drahtkabel in die Metallgondel zu meinen Füßen rammte.

Blitze zuckten, ein Stromkreis entstand ohne jegliche Kontrolle. Ich spürte, wie die Drähte sich erhitzten, die Abschirmungen zu schmelzen begannen und die Sohlen meiner Füße, geschützt durch Gummistiefel, dennoch warm wurden. Also zog ich die Drähte ab und stieß sie dann wieder hinein. Raus, rein. Immer und immer wieder, aber nicht zufällig. Kaydee waren die Flüche ausgegangen, als sie erkannte, was ich tat. Als sie verstand, dass meine blitzartige Kadenz eine ganz bestimmte Nachricht an hoffentlich den einzigen zuhörenden Roboter sendete.

„Du bist ein Genie, Gamma", sagte Kaydee, als ich die Drähte über den Ring legte und das Chaos beendete. „Ein verrücktes Genie."

Es war das Netteste, was sie je zu mir gesagt hatte.

ACHTZEHN

WAS WIR WOLLEN

Selbst wenn Volt mein Signal gehört hätte, würde es lange dauern, bis der Mech zurückrennen oder einen Menschen dazu bringen könnte, zurückzurennen und uns reinzulassen.

Nachdem ich die Kabel aufgeräumt hatte, ging ich zurück zur Motorkante. Ich schaute hinunter, bereit, um einen Fang zu rufen, und bemerkte, dass beide Gefährte Rücken an Rücken saßen. Keines schien sich zu bewegen.

„Schlafmodus", sagte Kaydee, bevor ich nervös werden konnte. „Schau dir das Schwert an."

Tatsächlich ragte Deltas Klinge wie ein Fahnenmast aus der Erde, das Sternenlicht glitzerte auf ihrer zackigen, widerspenstigen Kante. Sie hätte es nicht dort gelassen, wenn irgendein Kampf schiefgegangen wäre. Und was könnte hier draußen eine Bedrohung für uns sein?

„Sie warten darauf, dass du rufst, und sparen Energie", sagte Kaydee. „Keine schlechte Idee für dich auch, Kumpel."

Ohne Stecker und mangels kinetischen Schocks zum Energiegewinnen wurden meine eigenen Batterien langsam schwach. Der Schlafmodus könnte meinen Vorrat fast ewig strecken. Keine schlechte Idee. Der Wind pfiff um mich herum und fuhr zurück in den riesigen Kreis des Motors. Kalt, hell, setzte ich mich hin, um besser das Gleichgewicht zu halten, und ließ meine Beine über den Rand baumeln, bevor ich überhaupt realisierte, was ich da tat.

„Tut mir leid, ich konnte nicht widerstehen", sagte Kaydee. „Wir haben das früher auf dem Conduit gemacht, als wir Kinder waren. Mit dem Lift so hoch wie möglich fahren und unsere Füße baumeln lassen."

„Klingt gefährlich." Während ich das sagte, spürte ich jedoch den Nervenkitzel: Meine Sensoren sagten mir, dass ich ein paar Meter zurückrutschen sollte, um sicher zu sein. „Das bin nicht ich, oder?"

„Erinnerst du dich, als du mich in diesem Mech zurückgelassen hast? Damals bei den Fertigungslinien?"

„Ich musste das tun. Eine Sekunde länger und ich wäre vielleicht gelöscht worden."

„Ich mache dir keinen Vorwurf", sagte Kaydee, und sie erschien neben mir, ihre Beine baumelten ähnlich in die Dunkelheit. Im Gegensatz zu meinen tropften ihre bei jeder Bewegung goldene Funken. Ein digitaler Effekt. „Ich versuche, dich in die richtige Stimmung zu versetzen."

„Wofür?"

„Für das, was ich gleich sagen werde." Kaydee hob eine Augenbraue, wartete auf eine Unterbrechung, aber ich hatte den Punkt verstanden. Hielt meinen Mund geschlossen. „Okay, also ich habe den großen Kerl erledigt. Hab sein Gedächtnis geschnappt und es für mich selbst gestohlen."

„Gut gemacht."

„Offensichtlich. Ich war es ja, die es getan hat", sagte Kaydee. „Zuerst dachte ich, ich wäre gestorben. Wirklich und wahrhaftig gestorben. Ich konnte nichts fühlen, nichts sehen oder tun. Die Arena verschwand."

Ein leeres Laufwerk. Nimm einem Mech seine Schnittstelle weg und du bliebest mit losen Enden zurück, Funktionen ohne einen zentralen Knoten, der sie zusammenhält.

„Ich fühlte mich dort drin wie Gott, der lernt, ein Universum zu erschaffen", sagte Kaydee. „Ich schrieb neue Zeilen, verband die Augen, die Arme, die Beine. Und dann sah ich dich. Sah dich wirklich."

„Bevor ich versuchte, dich zu töten."

„Ja, gut gemacht übrigens." Kaydee nickte über mich hinaus zum Horizont. All diese treibenden silbernen Netze waren immer noch da, ein Sternenlichtmosaik über der grasigen Ebene. „Für einen Moment war es so. Wunderschön, zerbrechlich. Möglichkeiten, die ich so lange nicht mehr gespürt hatte, Gamma. So verdammt lange. Ich wollte sie nicht aufgeben.

„Nachdem du gefallen warst, nachdem Alpha mich mitgenommen hatte, entdeckte ich immer neue Dinge. Lernte immer mehr, wie ich meinen kleinen Maschinenkörper bewegen konnte. Deshalb nahm Alpha die Arme und Beine weg: Ich zuckte mit ihnen, trat oder schlug zu, ohne es überhaupt zu versuchen. Es war wie eine Droge, all das zu tun, bis er es mir wieder wegnahm."

Ich begann, die Geschichte mit dem in Verbindung zu bringen, was gerade passiert war, warum sie meine Beine über den Rand gezogen hatte. „Du hast es gekostet und willst es nicht mehr aufgeben."

„So scharfsinnig, Gamma." Kaydee streckte die Hand aus und gab meiner Schulter einen Geisterdruck. „Du hast mir all diesen Zugriff erlaubt. Es ist, als würde man jemanden aus der Reha nehmen und in eine Bar bringen."

„Eine Anspielung, die ich verstehen sollte, weil?"

„Hör zu, der Punkt ist, du und ich sind Partner. Jetzt, nur ein bisschen mehr als vorher."

Ich schickte eine Suche durch meine Laufwerke, meine Funktionen. Vor all dem hielt sich Kaydee zurück, ein Programm, das in seinem eigenen kleinen Bereich in meinem Speicher lief. Jetzt aber fand ich ihre Berührungen überall. Änderungen, Ergänzungen, Berechtigungen, die auf fast jede meiner Funktionen angewendet wurden. Als ich versuchte, sie abzuschneiden? Nichts. Die Fähigkeit war einfach weg. Sie hatte auf Selbsterhaltung abgezielt, im Programm-Stil.

„Du hast all das getan, ohne dass ich es bemerkt habe", sagte ich und kehrte mit meiner Wahrnehmung zu unserem Baumeln am Motorrand zurück. „Ich bin beeindruckt."

„Du bist nicht verärgert?"

„Sollte ich es sein?" Ich schenkte Kaydee ein Lächeln, von dem ich hoffte, dass es freundlich war. „Die schlimmste Zeit meines Lebens war, als du nicht hier warst. Ich glaube nicht, dass Mechs einsam werden können wie ein Mensch, aber ich habe dich trotzdem vermisst."

Ich wandte mich wieder den treibenden Netzen zu, den Sternen über ihnen. Im Vergleich zu den engen Quartieren des Raumschiffs überwältigte die Weite einige meiner Sensoren, die versuchten, Entfernungen zu berechnen und nach potenziellen Bedrohungen zu scannen. Ich hatte sie vor Stunden abgeschaltet, sodass mir kaum mehr als meine Augen blieben. Kaum mehr als das, was ein Mensch sehen würde.

„Was willst du, Kaydee?", fragte ich.

„Weitermachen", antwortete sie. „So lange ich kann, will ich weitermachen."

NEUNZEHN

DIE ALTE GARDE

Obwohl Stunden vergingen, endete die Nacht nicht, als wir unter uns ein Klicken und ein Zischen hörten. Delta und Beta sprangen zuerst auf, als wären sie von einer Startpistole losgeschossen worden. Kaydee und ich, oben in der Gondel, tief versunken in eine langsame Betrachtung von Kaydees Lieblingsfilm, wurden langsamer wach. Als ich nach unten sah, wehrte Delta gerade einen heftigen keuchend-bellenden Angriff meines Lieblingshundes ab.

„Komm runter", rief Beta zu mir hoch. „Wir fangen dich auf. Versprochen."

Ich ging auf Nummer sicher, indem ich mich zuerst mit den Fingern am kühlen, gerippten Rand der Gondel festhielt. Die paar Meter, die ich so gewann, machten kaum einen Unterschied, denn die beiden Gefäße schnappten mich aus der Luft, gerade als meine Stiefelspitzen das Gras berührten.

Alvie war im Vollsprint vom Energiekern gekommen, Volts Zuhause nahe dem Heck des Raumschiffs. Der Energiemanagement-Mech hatte tatsächlich die seltsamen

Signale bemerkt, aber meine codierte Nachricht nicht entschlüsseln können.

„Außenkameras, meine guten Freunde", sagte Volt über ein Terminal direkt hinter der Tür, die Alvie geöffnet hatte, einem Wartungsschloss für die Triebwerke. „Ich sah Gamma da ganz allein sitzen und nahm an, dass etwas schiefgelaufen sein musste. Obwohl Alvie sofort losgelaufen ist."

Die Tür, die der Hund benutzt hatte, war normalerweise eine versiegelte Luftschleuse, die nur geöffnet werden sollte, wenn die Triebwerke nicht in Betrieb waren. Mit anderen Worten, nur im Notfall oder wenn das Raumschiff sein Ziel erreicht hatte.

„Jetzt seht ihr die Hintertür", sagte Volt. „Nicht viel, oder?"

Verglichen mit dem riesigen Eingang, der sich an der Vorderseite des Raumschiffs öffnete, war die Hintertür nicht viel mehr als ein doppelt breiter Flur. Keine glorreiche Rampe, nur ein Hebel, um eine unscheinbare graue Luke zu öffnen.

„Val sagte, sie plane, die Menschen durch den Hintereingang hinauszubringen", sagte ich und sah Volt durch den klaren Terminalbildschirm an. „Meinte sie hier?"

„Höchstwahrscheinlich, falls sie überhaupt weiß, dass es existiert", sagte Volt, seine Augen leuchteten blau auf. „Sie setzt die Idee auch um. Ihre Gruppe ist auf dem Weg zu euch, wenn auch langsam."

„Was ist mit Alpha?"

„Du wirst es nicht glauben, Gamma, aber die Dinge sind gerade ziemlich seltsam."

Wir rannten, Delta und Beta überholten mich wieder einmal in den engen Gängen. Alvie hielt mir zumindest Gesellschaft, seine Pfoten klackerten bei jedem Sprung.

„Ich kann nicht glauben, dass sie die Waffen mitgenommen haben", sagte Kaydee, während sie neben mir joggte. „Ich sollte wohl nicht überrascht sein. Typisch für sie, wirklich."

„Jede Spezies will sich verteidigen", erwiderte ich. „Was sie getan haben, entspricht normalem menschlichen Verhalten."

„Hör auf, wie ein Roboter zu reden."

„Ich bin ein Roboter."

„Nein, du bist mehr als das", Kaydee runzelte die Stirn, während wir joggten. „Wage es ja nicht, dich wie ein Kleinkind zu benehmen."

„Mich wie ein Kleinkind benehmen?"

„Du bist menschlicher als manche Menschen, die ich kenne, Gamma. Akzeptier das."

Ich wollte mit einem schnippischen „Oder was?" antworten. Wollte irgendeinen sarkastischen Kommentar darüber machen, wie Kaydee mich einfach menschlicher machen könnte, wenn sie das wollte, aber ich hielt mich zurück. Warum? Nenn es Intuition, nenn es den Wunsch, dass Kaydee mich mag, nenn es, wie du willst.

„Es tut mir leid", sagte ich, als wir durch die große Cafeteria in den letzten Abschnitt vor dem Kanal liefen. „Ich bin mir nicht mehr sicher, wer wir sind, wer ich bin. Ich kontrolliere nicht alles von mir selbst."

„Du bist immer noch Gamma. Ich bin immer noch Kaydee. Das ist alles."

Direkt, aber ich kam besser mit Direktheit klar. Jetzt musste ich nur noch herausfinden, wer Gamma war.

Der Conduit veränderte sich ständig. Diesmal war es jedoch keine Veränderung durch Mechs, die Wände einrissen oder alte Läden niederbrannten. Diesmal ersetzte ein sanftes rotes Licht den blauen Nebel, und eine Durchsage von oben forderte alle Bewohner auf, in ihre Häuser zurückzukehren und weitere Anweisungen abzuwarten. An den Seiten des Conduits blinkten kleine Lichter in einem grelleren Rot im Takt mit der Nachricht.

„Das Notfallsystem", sagte Kaydee, als unser Quartett den großen Kanal des Raumschiffs betrachtete. „Sie haben es beim letzten Mal benutzt. Als wir gekämpft haben."

„Glaubt ihr, Alpha hat das getan?", fragte ich die Gruppe.

Beta und Delta nickten, aber Kaydee neben mir schüttelte den Kopf: „Niemals würde sich Alpha darum kümmern. Das ist alles ihr Werk."

Mit ‚ihr' meinte sie die Veränderung, über die Volt uns informiert hatte. Die Landung des Raumschiffs hatte eine ganze Reihe unerwarteter Dinge ausgelöst, einschließlich des Erwachens einer bestimmten Gruppe von Menschen aus dem Kryoschlaf. Laut Volt waren fünfzig der mächtigsten Personen des Raumschiffs und ihre Familien aufgewacht und fanden sich auf einer neuen Welt wieder. Schlimmer noch, sie hatten die meisten Waffen des Schiffes bei sich gehortet.

„Was soll das bringen?", Beta richtete ein Messer auf das nächste Licht. „Wer ist noch am Leben, um diesen Mist zu hören?"

„Vielleicht hoffen sie, dass Val ihre Gruppe drinnen hält", sagte ich. Vals Leute wären hoffnungslos unterlegen. Die menschliche Geschichte sagte ein düsteres Ende für ihre Gruppe voraus, wenn die anderen sie einholten. „Ich bin mir nicht sicher-"

„Die Kinderstube", unterbrach Delta. „Die Schläfer wissen nicht, was noch auf dem Schiff ist, also versuchen sie, alle in Angst zu versetzen, damit sie stillhalten."

Natürlich. Val und Leo planten, alles mitzunehmen,

was sie aus der Kinderstube holen konnten, eine Bergungs-mission, die mit einer zweiten menschlichen Fraktion im Spiel eine neue Bedeutung bekam. Es würde Zeit brauchen, aber mit ein paar tausend Embryonen könnte Vals Stamm die Neuen überwältigen oder aussitzen. Sich einen Anspruch für sich selbst sichern.

„Was machen wir also?", fragte Beta.

„Der Plan bleibt gleich", antwortete Delta vor mir. „Alpha ist immer noch die größte Bedrohung. Die Menschen mögen sich gegenseitig umbringen, aber es werden Menschen übrig bleiben."

„Das ist ja mal eine brutale Sichtweise", murmelte Kaydee, aber ansonsten waren wir uns alle einig.

Nicht dass ein blinder Ansturm zurück zur Brücke des Raumschiffs sofort Sinn gemacht hätte. Ich schlug einen Kompromiss vor, auf den Beta aus einer gewissen anhaltenden Loyalität zu den Menschen, die sie jahrzehntelang beschützt hatte, ansprang. Wir würden Val und ihre Leute zuerst aus dem Raumschiff bringen, ihnen eine Chance zum Überleben geben und dann zum Schiff zurückkehren.

Wir fanden Vals ganze Truppe außerhalb der Kinderstube. Oder besser gesagt, auf dem Weg weg davon. Alle Menschen trugen seit langem zusammengesuchte oder zusammengestellte Rucksäcke, Metall- oder Plastikboxen hingen an ihren Rücken und bei den Stärkeren auch an den Seiten. Bei den meisten quoll Essen über, während andere Wasserkanister trugen. Die Schmiede, Leos halb-robotische Bande, trugen eine andere Art von Fracht.

Die Kinderstube war offenbar mit Blick auf Transportfähigkeit konzipiert worden. Für den Fall, so sagte Kaydee, dass das Raumschiff eine Bruchlandung hinlegen würde oder aus einem anderen Grund evakuiert werden müsste. Embryonen waren nicht gerade groß, und ihre Ampullen waren bereits in separaten Verpackungen gesichert, alles, um jeden einzelnen vor seinen Brüdern und Schwestern zu schützen. Das bedeutete, dass die Schmiede wie Aktentaschenträger aussahen, mit Koffern über ihren Schultern.

Val und Leo schienen von uns genauso überrascht zu sein wie wir von ihrem menschlichen Packzug. Obwohl sie drei Gefäße sahen, die sie für tot gehalten hatten, befahlen weder der eine noch die andere Anführerin ihrer Gruppe anzuhalten. Stattdessen zogen sich die beiden mit uns in die Lobby der Kinderstube zurück, während der Stamm weiter nach draußen zog.

„Dann versteht ihr, warum wir nicht langsamer werden können", sagte Leo, nachdem wir sie über alles, was wir wussten und was passiert war, aufgeklärt hatten. „Volt hat uns erzählt, dass Alpha und diese neuen Menschen jetzt gegeneinander kämpfen. Das verschafft uns Zeit."

„Neue Menschen?", sagte Delta. „Seid ihr nicht alle gleich?"

Kaydee lachte. Val schüttelte den Kopf. „Sie sind uns so ähnlich wie ihr. Sie kennen unsere Erfahrungen nicht und werden uns als jemanden ansehen, den es zu unterwerfen gilt. Ich werde mich nicht vor irgendeinem Tiefkühlmenschen verbeugen, nur weil er eine Waffe hat."

Wie immer hielt Val ihren Speer, und sie stampfte damit auf, als sie zu Ende gesprochen hatte. Mir fiel auch auf, dass sie, Chalo und einige andere die gefiederte Metallrüstung trugen. Wo es möglich war, lagen Waffen bereit zum Einsatz. Offensichtlich hoffte Val, vor einem Blutvergießen zu entkommen, aber sie hatten im Krieg gelebt und waren darauf vorbereitet.

„Wir können sowieso nicht alle Embryonen mitnehmen", sagte Leo und nickte hinter uns. Die Lobby der Kinderstube hatte eine angenehme grün-weiße Atmosphäre, aber dahinter, hinter gesicherten Türen, wartete eine viel geradlinigere Zukunft. „Sie werden genug haben, um zu wachsen."

„Falls sie gewinnen", sagte Delta.

„Ein großes Wenn", stimmte Leo zu.

„Wir müssen uns weiter bewegen", beendete Val das Gespräch. „Werdet ihr uns Deckung geben?"

Was eine einfache Antwort hätte sein sollen, was mit dem hätte übereinstimmen sollen, was wir am Hintereingang des Conduits beschlossen hatten, wurde in dem Moment unklar. Unsere Programmierung geriet in Konflikt. Hier war zwar eine menschliche Gruppe auf der Flucht. Aber hier, in der Kinderstube, befanden sich auch unverteidigte Embryonen. Als Delta und ich das letzte Mal gingen, hatten wir die Türen gesichert, um sie zu schützen. Diese Türen waren jetzt zerstört, von Leo gesprengt, um hineinzukommen.

Am seltsamsten war, dass ich mich gedrängt fühlte, zur Brücke zu gehen. Um diese neuen Menschen zu finden und auch sie zu beschützen.

ZWANZIG

PLANÄNDERUNG

Val durchkreuzte unsere Strategien. Während Beta, Delta und ich versuchten herauszufinden, wer wohin gehen, was bekämpfen und wen retten sollte, befahl Val ihrer Gruppe aufzubrechen. Das war nicht überraschend. Was als Nächstes kam …

„Sobald wir weg sind", sagte Val zu uns dreien, „werdet ihr Volt die Batterien des Raumschiffs überladen und das Schiff zerstören lassen."

Nichts und niemand antwortete ihr für eine lange Minute, während wir auf dem Laufband direkt außerhalb der Kinderstube standen. Menschen marschierten an uns vorbei, ihre beladenen Rucksäcke bewegten sich in Richtung des Fluchtwegs am Heck des Raumschiffs.

Ich ließ Vals Anfrage durch meinen Code, meine Routinen laufen und versuchte herauszufinden, wo sie als akzeptable Handlung einzuordnen war. Sicher, ein Mensch hatte die Anfrage gestellt, aber es bedeutete auch, andere Menschen zu töten, also was gewann die Oberhand?

„Macht es nicht, klar", sagte Kaydee. „Das ist wahnsinnig."

„Es ist Überleben", sagte Val, als würde sie auf Kaydees Kommentar antworten. „Alpha will uns loswerden. Die aufwachenden Menschen haben schon einmal versucht, uns zu töten. Es sind entweder wir oder sie."

„Aber das Raumschiff hat alles, was ihr zum Überleben braucht", versuchte ich es.

„Wir haben bereits genug Nahrung und Samen zum Pflanzen gesichert", sagte Val. „Es wird langsam vorangehen, es wird hart sein, aber es ist das, was wir kennen. Wir werden zurechtkommen."

„Nein", sagte Delta in einem Ton, der keinen Widerspruch duldete. „Ihr werdet das nicht tun und wir werden euch nicht helfen."

Val, die eisenwillige Frau, richtete ihren Speer auf Delta. Sie musste wissen, dass der Vessel sie in einem Augenblick auseinandernehmen könnte, also bewunderte ich ihren Mut, wenn auch nicht seinen Zweck.

„Das ist keine Frage, Mech. Es ist ein Befehl", sagte Val. „Tut, wofür ihr programmiert wurdet."

„Code kann sich ändern", erwiderte Delta, und bevor Beta oder ich reagieren konnten, griff sie Vals Speer, zerbrach ihn und warf beide Hälften auf das Laufband. „Wir sind nicht eure Sklaven."

Val erfasste die düstere Lage. Ich fand es faszinierend zu beobachten, wie Menschen denselben Verarbeitungsprozess durchliefen, den wir ständig durchmachten: Vals Augen flackerten, ihre Hände zuckten und ihr Atem beschleunigte sich. Das Endergebnis?

Logik.

„Wenn ihr nicht hören wollt, kann ich euch nicht zwingen", sagte Val. „Ich bitte um eure Hilfe. Was könnt ihr stattdessen tun?"

„Was wir gesagt haben, was wir tun würden", sprach ich

über Delta hinweg. „Wir gehen zurück zur Brücke. Delta hat die Blockade nicht mehr, also können wir Alpha eliminieren. Was die anderen Menschen betrifft ... wir werden sehen, was ihre Absichten sind."

„Dann bitte ich euch um einen Gefallen", erwiderte Val. „Sagt ihnen nicht, wohin wir gehen oder was wir mitgenommen haben. Das wird uns zumindest Zeit verschaffen." Ein tiefer Atemzug. „Ich hätte nie gedacht, dass ich die Landung des Raumschiffs erleben würde, aber in all meinen Träumen lief es nie so ab."

Beta lachte: „Willkommen in der Realität."

Nach einem weiteren schnellen Abschied von Leo machten wir drei Vessels uns auf den Weg. Ich ließ Alvie bei den Menschen bleiben, als Wächter und auch als Bote: Wenn etwas für Val und ihre Leute schiefgehen sollte, sollte der Hund uns hinterherlaufen.

Würden wir rechtzeitig helfen können? Wer wusste das schon, aber wir konnten es versuchen.

Auf unserem Weg zur Brücke machten wir noch einen Zwischenstopp im hellen, hektischen Energiekern. Volt und sein massiver, laserbestückter Mech-Gefährte Bimu hielten die Stellung. Selbst mit dem gelandeten Raumschiff musste Volt immer noch eine Energiesymphonie dirigieren. Er bestätigte große Energieabzüge von der Brücke, gepaart mit Systemausfällen in dieser Richtung.

„Was bedeutet das?", fragte ich den schwarzen Mech, während wir von bodentiefen leuchtenden Diagrammen umgeben standen.

„Ein großer Kampf", antwortete Volt. „Die Menschen schießen die Kameras aus, zerstören Terminals, sodass ich nirgendwo mehr Augen habe."

„Warum?"

„Weil sie nicht dumm sind, würde ich vermuten. Wenn

du merkst, dass ein Mech die Kontrolle über das Schiff übernommen hat, ist das Letzte, was du willst, ein umfassendes Sicherheitssystem, das jeden deiner Schritte beobachtet."

Ich war mir nicht sicher, ob Alpha raffiniert genug wäre, all diese Kameras zu nutzen, aber ich konnte nichts dagegen tun. Außer natürlich darüber zu murren, dass die Menschen schon wieder Maschinen ohne die geringste Reue zerstörten.

„Hey, du weißt es nicht", sagte Kaydee. „Vielleicht weinen sie jedes Mal, wenn sie eine Kamera abschießen."

„Das glaubst du selbst nicht."

„Nö, kein bisschen. Aber ich habe mal geweint, als meinem singenden Hasen-Spielzeug die Batterien ausgegangen sind."

„Es bedeutet mir viel, dass du das sagst, Kaydee."

„Gamma, bist du etwa sarkastisch?", Kaydee ließ Feuerwerk aufsteigen, als unser Gefäß-Trio seinen Vormarsch fortsetzte. „Was für ein Tag zum Feiern! Du wirst interessanter!"

Trotz meiner neu entdeckten Qualität erreichten wir den Garten ohne interessante Unterbrechungen. Nur Conduit, die gleichen alten zerstörten Läden, ein mit toten Mechs gefülltes Krankenhaus und ein leerer Park. Eine neue Welt hatte die vergangenen Jahrtausende nicht verändert. Wir gingen die Strecke auch schweigend, jeder in seine eigenen Gedanken versunken.

Oder vielleicht auch nicht. Wer wusste schon, was in Delta und Betas Köpfen vorging. Ohne Minds, grübelten sie wirklich viel über etwas anderes als das Ziel nach?

Ob ich zu ängstlich war zu fragen oder zu faul, konnte ich nicht sagen. Jedenfalls blieben meine Lippen versiegelt.

Der Garten hatte jetzt wenig zu bieten. Seine verschiedenen Ebenen waren ruiniert, Pflanzen und unterstützende Infrastruktur waren dank der chaotischen Landung des Raumschiffs überall verstreut. Unser Eintritt auf der oberen Ebene, in eine Regenwald-Höhle, bedeutete, in eine Schleuse zu gehen, die von kaputten Ranken, sterbenden Ästen und gemischten Blütenblättern überquoll. Geplatzte Rohre spuckten Wasser aus Purity in Pfützen um unsere Füße, das von den dicken Türen des Gartens vom Conduit ferngehalten wurde.

Eine Ananas streifte meine Wade.

Wir erreichten das Zentrum unserer Ebene, wo das nach unten führende Loch tropfte. Ranken, die sich ineinander verhakten, bildeten ein Bollwerk um das Loch, ein verstopftes Durcheinander. Das Wasser lief um unsere Füße herum und suchte einen Ausweg. Ein vager Verwesungsgeruch durchdrang alles, durchnässte Früchte und Holz zerfielen.

Nicht, dass ich dem viel Aufmerksamkeit geschenkt hätte, außer dass wir anhielten.

„Kämpfe voraus", sagte Delta und zog ihre Klinge von ihrer Schulter. „Metall auf Metall."

Beta nickte, zog Messer und wirbelte sie um ihre Finger. Ich versuchte zu lauschen, stellte mein Gehör schärfer und nahm die abgehackten Zusammenstöße wahr. Kein Rhythmus, keine Verzweiflung, nur ein stetiges Zerbrechen.

„Kein Kampf", sagte ich. „Ein Massaker."

Und es kam in unsere Richtung.

Die Flexi-Mechs rannten. Sie platschten in den Garten, wirbelten Dreck auf, als ihre Beine und Arme wild um sich schlugen. Wir versteckten uns unter einer Deckung und benutzten einen umgekippten Baum und seine verflochtenen Blätter, um zuzusehen, wie Alphas Streitkräfte in die falsche Richtung flüchteten.

„Sind sie hinter Val her?", fragte ich, als ein Mech über einen unter Wasser liegenden Stock stolperte und in das zentrale Loch stürzte.

„Unbewaffnet", sagte Delta, „und verstreut. Das ist Panik, kein Plan."

„Wie können Maschinen in Panik geraten?", fragte Beta.

„Nicht die Mechs", antwortete ich. „Alpha. Er befiehlt ihnen zu fliehen."

Wir warteten darauf zu erfahren, wovor genau die Mechs flohen, aber das Metall-auf-Metall-Geräusch kam nicht näher. Während die Flexi-Mechs weiter vorbeizogen - wir hörten andere unter und über uns vorbeiziehen, ein Rückzug auf mehreren Ebenen - starb der Lärm des Konflikts ab, ersetzt nur durch diese platschenden Schritte.

Die letzten paar Mechs bestätigten meinen Verdacht: Was auch immer diese Maschinen verfolgte, hatte am Eingang des Gartens Halt gemacht. Die letzten Flexi-Mechs stolperten mit brennenden Körpern, fehlenden Gliedmaßen vorbei. Funken und auslaufendes Kühlmittel.

„Schnapp dir einen", sagte ich zu Delta. „Ich habe eine Idee."

Das Gefäß zögerte nicht, stürmte aus unserer Deckung, wirbelte überall Blätter auf und tackelte den letzten Flexi-Mech ins Nass.

Ich folgte, Beta bezog eine Wachposition über unserem nassen Trio. Delta drehte den Flexi-Mech um und legte dessen Port frei - hinter dem Ohr, genau wie bei uns - und ich presste meine zwei Finger zusammen.

„Du gehst rein?", fragte Kaydee. „Ist das nicht gefährlich?"

„Wieso?"

Delta, die den Mech im Wasser festhielt, sagte mir, ich solle mich beeilen, aber ich hielt meine Hand zurück.

„Alpha ist ein Virus, Gamma. Du weißt nicht, was da drin auf dich wartet."

„Ich gehe lieber dieses Risiko ein, als blind gegenüber dem zu sein, was hier draußen auf uns wartet."

EINUNDZWANZIG

WAS DAS GEFÄSS SAH

Ein dichter Dschungel. Schattige Lianen hingen um Kaydee und mich herum, weiches Moos unter unseren Füßen. Vogelgesang, zunächst wunderschön, entpuppte sich bei genauem Hinhören als sich wiederholende Schleife. Fliegen sausten in perfekten Kreisen um unsere Köpfe. Nie berührten sie uns, sie summten nur.

Kaydee und ich standen in leichter Kleidung, Khakis und dünnen Hüten. Wanderstiefel. Als ob wir einen langen Spaziergang in rauem Gelände machen würden, was wir vielleicht auch taten. Allerdings war kein Weg erkennbar: Bäume und Farne drängten sich um uns herum und versperrten jede offensichtliche Route.

„Eng", sagte ich und blickte zu Kaydee. Ihr türkisfarbenes Haar quoll unter dem Hut hervor und hing ihr über die Augen, ihr Gesicht war in Falten gelegt. „Seltsames Design."

„Er stopft diese Dinger voll", erwiderte Kaydee und streckte die Hand aus, um eine tief hängende, knorrige braun-grüne Liane zu berühren. Als ihre Finger über die Oberfläche der Pflanze strichen, schimmerte sie und der

Code darunter wurde sichtbar. „Es sind nicht nur Diener, leere Hüllen, sondern Speicher."

„Wofür?"

„Wenn ich raten müsste, Gamma, würde ich sagen, er bringt sich selbst hier unter."

„Klont er sich?" Ich sah mich um, halb erwartend, dass Alpha hervortreten und prahlen würde. „Die Mechs verhalten sich nicht wie er."

„Noch nicht", antwortete Kaydee. „Lass uns weitergehen. Vielleicht finden wir die Antwort."

Ohne gute Optionen taten wir das, was man in solchen Situationen tun sollte: Wir wählten zufällig einen Weg und gingen los.

Ich ging voran und benutzte meine Arme, um eindringende Äste und Blätter beiseitezuschieben. Die Bäume, die anfangs nah genug schienen, um uns einzumauern, hatten Lücken, durch die wir uns zwängen konnten. Nicht dass das Durchzwängen irgendwohin führte: Jeder Schritt brachte nur mehr vom Gleichen: Laub, und davon jede Menge.

„Es ist nicht ganz dasselbe", sagte Kaydee nach einigen Minuten des Gehens. „Ich meine, es wiederholt sich nicht."

Nein, was bedeutete, dass es nicht einfach ein Spiel war. Das Konstrukt hatte einen anderen Zweck, als nur Eindringlinge zu verwirren. Ich betrachtete einen Baum zu meiner Rechten, dessen Stamm wie eine pilzbedeckte Bahre weit hinauf in einen laubbedeckten Himmel ragte. Winzige Insekten huschten in den Rissen der Rinde. Ich vermied ihre Linien, als ich meine Handfläche gegen die harte Rinde legte.

Wie bei Kaydees Liane schimmerte und verblasste die Oberfläche und offenbarte darunter liegende Funktionen.

Mehr als Funktionen: gespeicherte Dateien, Codes und Befehle. Aufzeichnungen.

„Die Bäume sind Ordner", sagte ich, während Kaydee mit mir zusammen hinsah. „Wir müssen keinen Ausweg hier finden, sondern nur den richtigen Baum."

„Den richtigen Baum wofür?"

„Alpha speichert hier Videos", sagte ich. „Ich wette, wenn ich nur ein bisschen drücke ..."

Die unsichtbare Rinde gab meinem Druck nach, der Baum selbst, samt all seiner Blätter und Insekten, verwandelte sich blitzartig in eine stehende Dateiliste. Die schwarz-weißen Namen, ein zweidimensionaler Schnitt in der ansonsten vollständig dreidimensionalen Dschungelumgebung, wirkten seltsam, aber hey, dies war die digitale Welt. Normalität spielte hier eine untergeordnete Rolle.

Die Dateinamen fühlten sich wie Stoppeln unter meinen Fingerspitzen an, eine leichte Berührung ließ mich durch die verschiedenen Optionen scrollen. Dieser Baum schien Erinnerungen aus Alphas früheren Tagen zu enthalten, Aufzeichnungen von seinem ersten Erwachen in Leos vertrauter Wohnung bis zu den ersten Reisen des Gefäßes in den chaotischen Conduit.

„Wir haben keine Zeit, uns das alles anzusehen", murmelte Kaydee, während ich langsam die Titel las. „Außerdem wissen wir ja schon, was mit ihm passiert ist."

Er war diesem ruinierten Mech begegnet, der die Kinderstube betrieb, sein Code wurde gebrochen, korrumpiert, zerstört. Nein, ich musste diesen Schrecken nicht noch einmal für mich selbst abspielen. Der Baum hatte auch nicht viel anderes zu bieten, also ließ ich los. Ich zog meine Berührung zurück und der Code verwandelte sich wieder in seine feste Rinde.

„Dann suchen wir wohl", sagte ich.

„Der Gewinner kriegt ein Gratis-Eis von Pop's!", rief Kaydee, sprang auf und ging zum nächsten Baum.

„Eis? Pop's?"

„Das haben wir als Kinder gemacht", antwortete Kaydee grinsend, ein Lächeln, das verblasste, als sie meinen verständnislosen Blick sah. „Tut mir leid, ich weiß, dass dir das nicht viel bedeutet."

„Es klingt nach Spaß."

„Wenn man gewonnen hat, sicher." Kaydee neigte den Kopf. „Hey, wenn wir das alles hier überstehen, wie wäre es, wenn wir unser eigenes Pop's eröffnen? Milchshakes und mehr für die Menschen."

„Wie werden wir Milch herstellen?"

Kaydee wedelte mit dem Finger: „Bleib nicht an den technischen Details hängen, Gamma. Wir werden schon was ausknobeln. Jetzt mach dich ans Graben!"

Gemeinsam durchforsteten Kaydee und ich die Pflanzen. Jeder Baum und jede Liane bot Antworten, Details, in die wir keine Zeit hatten, uns zu vertiefen. Alpha, so schien es, zeichnete fast alles auf, was er tat. Ich fand seine frühen Begegnungen mit Delta und mir, fand lange, einseitige Gespräche, die er mit meinem Hund geführt hatte, während wir ihn gefesselt im Garten zurückließen.

Ich fand den Hinterhalt, den Alpha ausgelöst hatte, fand heraus, wie er es gemacht hatte.

„Drahtlos", sagte ich. „Warum haben wir daran nicht gedacht?"

„Weil wir euch diese Option nicht gegeben haben", sagte Kaydee und verließ ihren eigenen weiß-grauen Stamm, um zu reden. „Soweit ich mich erinnere, hatten kritische Mechs nie Drahtlosverbindungen. Man konnte sie nicht für externe Sabotage öffnen."

„Aber Alpha benutzt es."

„Selbstoperation", erwiderte Kaydee. „Du hast all diese Narben gesehen, oder? Sollte eigentlich nicht möglich sein mit der Haut, die ihr alle habt, aber was, wenn der Typ sich selbst modifiziert hat?"

Drahtlose Konnektivität. Wenn Alpha sich von überall aus in das Netzwerk der Starship einklinken könnte, mit seinen Mechs kommunizieren könnte, egal wo sie waren, na ja, das würde erklären, warum er es so leicht hatte, uns aufzuspüren. Uns in einen Hinterhalt zu locken. Unser Team auszuspielen, obwohl er nur allein war.

„Würde ihn das nicht angreifbar machen?", fragte ich.

„Für wen?", entgegnete Kaydee. „Sonst war niemand im Netzwerk. Delta und Beta spielen nicht auf diese Art. Val ist nicht gerade ein Hacker. Vielleicht Leo, zumindest seine Cyborg-Hälfte, aber der Typ wusste nicht einmal, dass Alpha existierte, bis du sein Fantasieleben ruiniert hast. Die Stimmen waren zu beschäftigt mit ihren Intrigen, um es zu bemerken."

Der zehnte Baum, den ich versuchte, hatte etwas Interessanteres. Ich war den Pflanzen gefolgt und hatte herausgefunden, dass die gespeicherten Dateien in eine Richtung fortschritten, wobei jeder Baum auf dem Weg immer aktueller wurde.

Dieser hier öffnete sich mit einem Video, das ich wiedererkannte. Alphas Augen, als er Delta, Beta und mich in die unerforschten Ebenen zwang. Mit einem Ruf an Kaydee, dass ich es gefunden hatte, streckte ich meine Hand hinein und tauchte in Alphas Erinnerungen ein.

Das Video kam mit mehr als nur einem Bild. Als ich die Datei berührte, verblasste der Dschungel um uns herum und wurde durch die vollständige Realität der Aufnahme ersetzt. Ich spürte wieder den peitschenden Wind von draußen. Hörte das Klirren und Zwitschern, als sich all

Alphas Flexi-Mechs umdrehten und zurück ins Innere der Starship zogen.

Alpha blickte einmal zurück, als sich die riesige Rampe der Starship nach oben schwang, sein Blick verweilte auf unseren drei Rücken. Ich wollte die Gedanken des Gefäßes in diesem Moment: Was fühlte er, als er uns nachstarrte, aber die Aufnahme erfasste nichts so Tiefgründiges.

Sobald sich die Rampe schloss, verfiel Alpha in einen vollständigen Generalmodus. Er sprach hart, seine Worte variierten entlang Alphas manischer Linien: Ein Befehl kam als Flüstern heraus, der nächste als Schrei. Keines von beiden schien notwendig, da die Mechs die Befehle über Alphas Fernverbindung erhielten. Die Flexi-Mechs stürmten in alle Richtungen davon, während Alpha selbst einen Lift zur Brücke nahm.

Die Befehle waren einfach: Den Kanal durchkämmen, den Weg zurück arbeiten und alle gefundenen Menschen vernichten. Das Gefäß erteilte kleinere Befehle an seine zusammengestückelten Streitkräfte, die Arbeitermechs, die Müll vom Boden des Kanals aufgruben oder kaputte Wohnungen zu nützlichen Arbeitsbereichen umgestalteten: Weiter neue Mechs bauen, aber nicht nur Kämpfer.

Alpha würde mehr Baumeister brauchen, mehr Baumaschinen. Er hatte jetzt eine ganze Welt zu erschaffen.

„Müssen wir jede Sekunde ansehen?", unterbrach Kaydee, ihre Stimme schwebte herein. Keiner von uns stand in Alphas Aufnahme. „Die Zeit läuft, ja?"

Guter Punkt. Ich war in den Moment hineingezogen worden, in Alphas Machtfantasie, die Realität wurde. Seine Befehle, abgesehen von denen, die, du weißt schon, die Vernichtung aller Menschen forderten, passten zu dem, was ich vielleicht tun würde: eine neue Welt für eine neue Generation von Mechs umzugestalten.

Kaydees Idee folgend, spulten wir durch mehrere weitere Videos, bis zu einem bestimmten Moment, als Alpha die Brücke verließ. Er war stundenlang zwischen diesen Terminals geblieben, hatte in den Nachthimmel gestarrt und Updates gehört, während seine Mechs ihrer Arbeit nachgingen. Zumindest nahm ich an, dass er das tat: Keine Worte kamen zu ihm, kein Mech erstattete mündlich Bericht. Wenn aber die Maschinen Alpha über das Netzwerk aktualisieren könnten, dann …

„Hier", sagte Kaydee. „Er geht. Und schnell."

Alpha drehte sich von dem großen Bildschirm der Brücke weg, brach in einen schnellen Lauf vorbei an den Terminals, den Flur hinunter, der die Brücke mit dem Kanal verband. Als Alpha die silberne Plattform erreichte, den Knotenpunkt für alle Gehwege, die zum Bug der Starship führten, schlossen sich ihm Flexi-Mechs, Kuriere und mehr an.

Alpha zeigte nach oben, in Richtung der Spitze der Starship, und die Mechs stürmten dorthin. Alpha schloss sich an, erwischte einen Lift und stieg auf. Um ihn herum pufften Kuriere und ihre Düsen. Irgendeine Maschine reichte Alpha eines ihrer neuen Energiegewehre. Das Gefäß schien auf Krieg eingestellt.

Und fand ihn.

Als Alphas Lift das oberste Stockwerk erreichte, spritzte Licht um ihn herum. Nicht die harmlose Art, sondern die brennende, tödliche Energie, die in genau dem Gewehr zu finden war, das Alpha hielt. Seine Augen sahen den Gehweg der obersten Ebene, sahen ihn von Flammen überflutet, als seine Mechs in die Verwüstung stürmten. Flexi-Mechs sprinteten vom Lift weg, feuerten im Laufen, nur um vernichtet zu werden, als blau-weiße Bolzen in ihre dünnen Skelette einschlugen. Alpha, und wir, konnten nicht sehen, woher die Schüsse kamen, dank des dichten Rauchs, der von anderen zerstörten Maschinen ausgestoßen wurde.

Alpha selbst duckte sich in eine zerstörte Wohnung in der Nähe des Lifts. Hinter einer Säule versteckt, streckte er den Kopf heraus und sah zu, wie Kuriere vom Himmel geschossen wurden, wie seine Flexi-Mechs Schuss für Schuss auseinanderfielen. Ob seine eigenen Streitkräfte irgendwelche Treffer landeten, konnte Alpha nicht wissen.

„Wow", sagte Kaydee. „Der Typ wird vernichtet."

„Von wem?", fragte ich.

Alpha schien dieselbe Frage zu haben. Um die Ecke biegend, einen neuen Flexi-Mech-Trupp als Deckung nutzend, stürmte Alpha den Gehweg hinauf. Er hielt den Abzug seines Gewehrs gedrückt und feuerte wahllos, während er voranschritt. Rauch hüllte ihn ein, Mechteile brachten ihn zum Stolpern. Seine Sicht wurde trübe, blaue Blitze von seinem Gewehr unterbrachen das Grau.

Bis ein Schatten vor ihm aufragte, riesig und dunkel. Alpha zielte mit seinem Gewehr auf die Gestalt, aber ein schwingender Fausthieb schlug die Waffe weg. Alpha versuchte, eine Frage zu stellen, fand sich stattdessen aber aufsteigend wieder: Er war hochgehoben worden, in der Luft gehalten von der rauchumhüllten Figur.

Die Sicht änderte sich, der Rauch bewegte sich, klärte sich dann auf und zeigte Starships zurückweichende Decke. Ein schneller Abstieg. Alpha, schnell fallend. Zu schnell fallend, um jetzt mit der vollen Schwerkraft eines Planeten im Spiel zu überleben.

Zumindest bis Alpha sich drehte, nach unten blickte und mindestens ein Dutzend Kuriere sah, die sich unter ihm sammelten. Die Mechs, ihre Düsen im Einklang puffend, bildeten ein seltsames Kissen und fingen Alpha in der Luft auf. Für einen Moment sah Alpha nur diese bienenartigen Bots, sein Körper in ihren Teilen verstrickt.

„Was für eine Rettung", sagte Kaydee.

„Glück gehabt."

Die Kuriere setzten Alpha wieder auf der Brückenplattform ab. Das Gefäß wartete nicht, sondern sprintete zurück zu den Terminals. Er tippte herum, reaktivierte diese kirschroten Barrieren, schaltete die Lifte um die Brücke herum ab. Und er befahl seinen Flexi-Mechs zu rennen, zu kämpfen, zu überleben.

Und für die anderen, die er mit der Gestaltung der neuen Zukunft der Mechs beauftragt hatte?

Diese Hoffnung aufgeben. Stattdessen würde jede Sekunde, jede Ressource, auf Waffen ausgerichtet sein.

ZWEIUNDZWANZIG

ERSTER KONTAKT

Laut den Geschichten des Bibliothekars in meinem System hätte das Lösen von Rätseln befriedigend sein sollen. Zu erfahren, dass Alpha sein ganzes Streben auf die Herstellung von Zerstörung ausgerichtet hatte, war alles andere als das.

„Na, das ist ja toll", sagte Kaydee, als wir wieder einmal im Garten standen.

Delta hatte auf mein Signal hin den Flexi-Mech freigelassen. Die Maschine hatte nicht einmal versucht zu kämpfen, sondern war stattdessen davongestolpert und hatte uns alle in ihrer wahllosen Eile bespritzt.

Jetzt warfen wir drei, zusammen mit Kaydees virtuellem Selbst, Ideen hin und her, was zum Teufel wir tun sollten.

„Ich meine", fuhr Kaydee fort, „wir können unsere Mission nicht einfach aufgeben. Alpha muss weg."

Ich gab den Gedanken an Delta und Beta weiter, die mehr an ihren Waffen interessiert zu sein schienen als an dem, was ich zu sagen hatte. Beta nannte einen Augenblick später den Grund dafür:

„Dann eliminieren wir eben beide", sagte Beta. „Ganz einfach."

„Wir wissen ja nicht einmal, wer die anderen sind", protestierte ich. „Oder was sie sind."

„Doch, wissen wir", sagte Delta, während sie ihre Klinge über die Schulter warf und in Richtung des Gartenausgangs marschierte, der zur Brücke führte. „Ich weiß nicht, ob du dich an unseren Trip nach oben erinnerst. Der Mech dort. Er sagte, es würden noch mehr Menschen warten."

Winston. Der Butler. Ein gruseliger Mech, der mehr an irgendwelchen guten alten Zeiten interessiert war als daran, uns beim Retten des Raumschiffs zu helfen. Er hatte ohne Unterlass darüber gemurmelt, wie ungeeignet wir waren, den purpurroten Teppich zu betreten, und ja, er hatte eine einzigartige Gruppe von Eliten erwähnt, die sich selbst eingefroren hatten, um auf eine bessere Zukunft zu warten.

„Die Dinger, die gegen diese Flexi-Mechs gekämpft haben, wussten, was sie taten", sagte ich, während ich durch das knöcheltiefe Wasser hinter Delta herstapfte. Beta übernahm ohne ein Wort die Nachhut. „Das waren keine weinschlürfenden Idioten."

Die Worte kamen direkt von Kaydees Mund zu meinem. Sie hatte wenig übrig für den arroganten Teil des Raumschiffs.

„Entweder wissen sie, wie man kämpft, oder sie haben Maschinen, die bereit sind, es für sie zu tun", erwiderte Delta. „Aber was du beschrieben hast, klingt nicht nach irgendeinem Mech, den ich kenne."

„Hört sich an wie jemand in einem Schutzanzug", sagte Beta.

„Könnte sein", fügte Kaydee hinzu. „Vielleicht sind sie aufgewacht, haben gemerkt, dass das Raumschiff gelandet ist, aber der Luft nicht getraut. Sind kampfbereit raus-gekommen."

„Nicht schlecht", sagte Beta, nachdem wir unter einem weiteren umgestürzten Baum hindurchgetaucht waren. „Sie bringen sich gegenseitig um, wir räumen die Überreste weg."

Dieser erbauliche Gedanke begleitete uns, als wir den Garten verließen. Der Kanal auf dieser Seite knisterte vor Aktivität: mehr Flexi-Mechs und Kuriere schwirrten herum, einige flohen um den Garten herum, andere machten sich auf den Weg vorwärts zu den Fertigungsli-nien. Kein einziger schenkte uns Beachtung.

Nicht, dass wir ihnen viel Aufmerksamkeit geschenkt hätten: Über uns funkelte der gelbliche Nebel des Kanals. Blitze vor uns spiegelten sich in den Wassertropfen in funkelnden Strichen wider, während Knalle, Explosionen, Schreie und Krachen folgten.

„Wen zuerst?", fragte Beta.

„Die Neuankömmlinge", sagten Delta und ich gleich-zeitig und schauten uns dann an.

„Du zuerst", sagte Delta.

„Sie könnten mögliche Verbündete sein", sagte ich mit einem Achselzucken. „Wenn wir sie auf unsere Seite brin-gen, werden sie uns helfen, Alpha zu erledigen. Wenn nicht, müssen wir vielleicht das Gegenteil versuchen."

„Uns mit Alpha verbünden?", fragte Beta.

„Auf keinen Fall", murmelte Kaydee.

„Sie haben alle Mechs zerstört", argumentierte ich. „Haben sie in Stücke gesprengt. Was glaubst du, passiert mit uns? Oder vielleicht sogar mit Val? Wir müssen wissen, was sie wollen, wer sie sind."

„Und wenn sie nicht das sind, was wir brauchen, machen wir kurzen Prozess mit ihnen", schloss Delta.

Niemand hatte eine abweichende Meinung. Sicher, Alpha könnte die zusätzliche Zeit nutzen, um noch einen oder drei Mechs zu bauen, aber das würde unsere Chancen nicht so sehr beeinflussen wie ein unbekannter Feind, der Anspruch auf das Raumschiff erhebt.

Wir nahmen den nächsten Aufzug nach oben und fuhren direkt zur obersten Ebene. Drei Gefäße, bewaffnet und bereit für alles. Deltas Klinge, Betas Messer und mein Gewehr. Unsere synthetische Haut bedeckte Teile und Schrauben, die durch zu viele Kämpfe beschädigt waren. Unsere Programmierung löschte Ängste und Fehler mit Logik. Wir steuerten auf eine ungewisse Zukunft zu, und keiner von uns hatte Angst.

„Keiner von euch vielleicht", sagte Kaydee, als der Aufzug auf dem obersten Gang zum Stehen kam. „Ich hab Nerven zu verschenken, wenn ihr welche wollt."

„Nein danke", antwortete ich, als wir losgingen und uns in Richtung der Brücke bewegten.

Im sozialen Gefüge des Raumschiffs bedeuteten die oberen Ebenen einen höheren Status. Ganz nach menschlicher Art mochten es die Reichen und Mächtigen, auf diejenigen herabzublicken, über die sie herrschten. Daher waren die Orte, an denen wir hier vorbeikamen, keine Restaurants und Geschäfte, sondern Wohnungen. Größer und polierter, mit Namensschildern statt Nummern, mit glühenden Barrieren, die spiralförmige Türen überzogen, die von umherstreifenden Mechs unberührt geblieben waren. Alkoven teilten jedes Anwesen, Nischen für große Wächtermaschinen, die jetzt glücklicherweise leer standen.

„Wo hat Alpha die alle hingesteckt?", fragte sich Beta, als wir an einer weiteren drei Meter breiten Öffnung vorbeigingen.

„Ich habe einige gesehen", antwortete ich. „Hauptsächlich in Alphas Nähe. Vielleicht bewachen sie seine wertvollsten Stücke."

„Oder sie wurden zerstört", schlug Kaydee vor. „Ich wette, diese hier hatten nicht viel Spielraum in ihrem Code. Alles zerschmettern, was keine Berechtigung zum Eintreten hat, und das war's. Alpha hätte nicht viel damit anfangen können."

Hier oben veränderten sich auch die Geräusche. Kampfgeräusche wurden deutlicher, die Blitze auch. Vor uns verschwand der Gang in demselben Rauch, den wir in Alphas Erinnerungen gesehen hatten, ein vanilleweißer Nebel, der jedes Mal hell aufflackerte, wenn ein Schuss hindurchdrang.

Diese Schüsse waren jetzt nicht mehr nur zur Show: Wir drückten uns an die linke Seite des Ganges und quetschten uns gegen das Geländer, während gelegentlich ein Schuss durch den Nebel zischte und den Boden in unserer Nähe traf.

„Auf wessen Seite stellen wir uns?", fragte Delta, als wir uns dem Rand des Rauchs näherten. „Alphas Mechs oder was auch immer sie tötet?"

„Der Feind meines Feindes", murmelte Kaydee.

„Lasst uns die Waffen unten halten, wenn wir können", sagte ich. „Keine Leichenzählung, es sei denn, wir müssen."

Die erste Prüfung kam keine zehn Meter im Rauch, einer dicken Substanz, die meine Sensoren als ausgelaufenes Feuerlöschmittel identifizierten. Deltas Füße trafen zuerst auf einen am Boden liegenden Flexi-Mech, dessen Finger zuckten, trotz des schussgroßen Lochs in seiner winzigen Brust. Als sie ihre Klinge durch den Prozessor des Dings zog und sein Elend beendete, sahen wir einen schweren Schatten näherkommen.

„Waffen hoch", zischte Beta, und Delta hatte ihre

Klinge in einer Sekunde bereit zum Blocken und Zustechen.

Der Schatten bewegte sich, hob eine Hand: „Dieser hier hält irgendeinen Schrott wie ein Schwert. Haben wir so was schon mal gesehen?"

Die Stimme klang jung, neugierig. Kein bisschen bedroht.

„Ich zeig dir Schrott", knurrte Delta, aber ich legte meine Hand auf ihre Schulter.

„Sie haben noch nicht auf uns geschossen", sagte ich.

„Noch nicht."

Ein weiterer Schatten gesellte sich zum ersten, die beiden deckten nun in ihrer Masse die ganze Breite des Ganges ab. Ich schnappte Worte auf, die zwischen ihnen hin und her flogen, ein leises Gemurmel.

„Nichts Schöneres, als wenn dein Schicksal direkt vor dir diskutiert wird", sagte Kaydee.

Guter Punkt.

„Hey", verkündete ich den beiden Gestalten. „Wir, äh, kommen in Frieden."

Die Zeile schien in so vielen alten Filmen beliebt zu sein, ich dachte, es wäre einen Versuch wert.

Ich gewann ihre Aufmerksamkeit. Beide Schatten richteten sich auf, schauten in meine Richtung, eine Bewegung, die ich nur sehen konnte, weil sich der Rauch mit ihrer Bewegung verschob.

„Der hier spricht auch?", sagte dieselbe Stimme wie zuvor, die jüngere. „Fühlt sich fast wie zu Hause an."

„Außer, dass sie dir eher das Herz rausreißen, als dir Frühstück zu machen", sagte die zweite, die Worte einer rauen Frauenstimme.

Wie Val, wenn sie ein paar Jahrzehnte lang Sandpapier gekaut hätte.

„Wir werden niemandem das Herz rausreißen", sagte ich und ignorierte Deltas geflüstertes ‚vielleicht'. „Wir gehören nicht zu den anderen hier."

„Ach nein?", erwiderte die Frau. „Du bist also ein Mech?"

Hinter mir bemerkte ich, wie Beta ein Messer in Wurfposition brachte. Delta verlagerte ihr Gewicht auf ein Bein, bereit zum Abstoßen.

„Nicht wie die, die ihr kennt", versuchte ich es. „Wir wollen nur reden. Herausfinden, was hier los ist."

„Was hier los ist? Was hier los ist, ist ein Krieg, und ihr seid auf der falschen Seite."

Als sie zu Ende gesprochen hatte, warf Beta ihr Messer. Es pfiff an meinem Ohr vorbei und traf etwas Metallisches in den Armen der Frau. Blaues Licht flackerte auf, die Frau ließ den Gegenstand fallen, und Delta brachte sie mit einem harten fliegenden Tritt zu Fall. In derselben Bewegung schnellte Deltas rechter Arm vor und presste ihre Klinge an die Kehle des anderen Schattens.

„Nenn es noch einmal Schrott", knurrte Delta, als ich sie einholte.

Die Schatten verdichteten sich zu etwas, das mehr und weniger war, als ich mir vorgestellt hatte. Das Volumen stammte von schweren Gefahrenschutzanzügen, dicken Uniformen, die, wie Kaydee mich informierte, für den Umgang mit giftigen oder feuergefährlichen Katastrophen gemacht waren. Verstärkt mit kraftverstärkenden Rahmen, um schwere Lasten zu handhaben oder Gefäße wie Alpha anzuheben. Ihre Masken waren keine unheimlichen Outfits, sondern Atemschutzgeräte, die durch Zeit und Korrosion verdunkelt waren. Ich konnte durch die Plastikplatten, die die Augen des jungen Mannes schützten, die gleiche Angst sehen, die ich schon bei zu vielen Menschen gesehen hatte.

„Delta, entspann dich", sagte ich und konzentrierte mich dann auf den Mann. „Du hast bessere Überlebenschancen, wenn du das Gewehr fallen lässt."

Der Mann brauchte keine weitere Ermutigung. Mit einem Klirren fiel die Waffe zu Boden und seine Hände gingen zur Decke.

„Wer seid ihr?", wagte er zu fragen.

Der Kumpel des Mannes war schneller mit seiner Reaktion und versuchte vom Boden aus, Deltas Bein wegzuschlagen. Schlechte Idee. Das Gefäß sah den Zug kommen, bewegte ihre Klinge von der Kehle ihrer Geisel weg, um die Frau mit der Spitze zuerst wieder auf den Boden zu pinnen. Nicht dass die Geisel viel mit seiner momentanen Freiheit anfangen konnte: Beta hatte zwei Messer gegen ihn gerichtet, eines an seinem Hals und das andere drückte in seinen Rücken, bevor diese beschichteten Arme herunterkommen konnten.

„Wir sind neugierig, das sind wir", sagte ich. „Wer seid ihr?"

„Sag ihnen nichts", sagte die Frau vom Boden aus. „Wissen nicht, für wen sie arbeiten, was sie wollen. Bastarde."

Der Mann blickte zu der Frau, sah mich an. Sein Gesicht war hinter dieser großen, nutzlosen Maske verborgen. Meine Sensoren meldeten, dass der Rauch harmlos war, ein wenig reizend für die Lungen, aber nichts, was ihr Leben beenden würde.

Also griff ich hinüber und riss dem Mann die Maske ab. Ein Gesicht, das in Schock verfallen war, wurde sichtbar, weit aufgerissene Augen, die von der Akne und der glatten Haut ablenkten. Seine Stimme ließ mich den Mann als jung einschätzen, sein Gesicht ließ mich ihn einen Teenager nennen.

„Nein! Nicht atmen!", schrie die Frau jetzt, oder sie begann es zu tun, bevor Delta ihre Schwertspitze an die Kehle der Frau bewegte.

Der Junge hielt seinen Mund geschlossen, seine Augen traten hervor. Ich hatte noch nie einen Menschen gesehen, der versuchte, den Atem anzuhalten, und der Anblick erwies sich als seltsam. Adern traten hervor. Die Lippen pressten sich zusammen. Die Augen blinzelten nicht.

„Verdammt, Gamma, sag ihm, dass es okay ist", sagte Kaydee. „Du bist ein Arsch."

Richtig.

„Es ist sicher zu atmen", sagte ich. „Keine Sorge."

Der Junge neigte den Kopf, schien eine Logik zu verbinden und öffnete seinen Mund: „Du bist menschlich und du atmest, oder?"

„Nah genug dran", sagte ich. „Jetzt, wie wäre es, wenn du anfängst zu reden, und wir sehen, ob Delta hier ihr Schwert schön sicher hält."

„Es ist ziemlich scharf", fügte Delta hinzu und setzte ein finsteres Lächeln auf.

Ob es nun das Lächeln oder das Schwert war, der Junge redete viel. So auch, nachdem wir sie entwaffnet hatten, die Frau, die Mutter des Jungen. Wir führten sie aus dem Rauch heraus, damit sie nicht jede Minute husten mussten, und sie erzählten uns von den Stunden, Tagen, Jahren, die sie schlafend auf Starship verbracht hatten.

Was auf Träume und wenig anderes hinauslief. Eine Empfindung, kalter Schlummer gefolgt von einem Erwachen. Dazwischen gezielte Träume. Endlose Wiederholung dessen, was die schlafenden Zivilisten zum Überleben brauchen würden.

„Ich schätze, es hat sich bei uns eingeprägt", sagte der Junge. „Wir haben gelernt, wie man eine Waffe hält. Wie man Pflanzen anbaut. Wie man, naja, alles Mögliche macht."

Kaydee pfiff, während sie redeten, und lehnte sich gegen die Rumpfseite des Conduits. Ich sagte Delta und Beta, sie sollten das Verhör fortsetzen, und ging zu meinem Verstand hinüber, fragte sie, was sie dachte.

„Das war der Notfallplan", sagte Kaydee. „Wenn die Dinge je zu sehr aus dem Ruder liefen, konnten ein paar Glückliche zur Kryokammer gelangen und sich anschließen."

„Ich dachte, der Punkt wäre, euch einzufrieren, damit ihr nie altert."

„Größtenteils, sicher", antwortete Kaydee. „Ich wette, sie verbrachten achtundneunzig Prozent der ganzen Zeit in totalem Eiszapfen-Status. Davor hämmerte das Programm hart mit Bildern und Empfindungen auf sie ein. Wie ein Virtual-Reality-Setup, damit sie all dieses Zeug lernen."

„Alles, weil sie in einer Katastrophe aufwachen könnten?"

„Weil sie in einer eingeschlafen wären", erwiderte Kaydee.

Ihre Worte warfen mich zurück in Kaydees Lebenszeit, als sie die Seiten gewechselt und gemeinsame Sache mit Starships leidenden Arbeitern gemacht hatte. Sie hatten einen Aufstand versucht, und als der scheiterte, ging Kaydee auf die Maschinen los. Das Schiff in die Luft jagen, wenn ihre Forderungen nicht erfüllt würden.

„Das war ich nicht", schüttelte Kaydee den Kopf. „Ich habe verloren, erinnerst du dich? Keine Chance, dass alle Gewinner so in Panik gerieten."

„Was dann?"

Kaydee zuckte mit den Schultern: „Ich schätze, du solltest sie fragen."

Die Mutter-Sohn-Combo verstummte jedoch ziemlich schnell, nachdem ich zurückkam. Die Mutter fragte, was ich gemacht hätte, als ich mit mir selbst an der Wand sprach. Ein Fehler, in den ich ohne nachzudenken hineingelaufen war. Bis jetzt dachten die beiden Menschen, wir wären wie sie, ein paar kümmerliche Überlebende.

Zeit für das Ende einer Lüge.

Ich gab gerade genug Informationen preis. Fortschrittliche Mechs, beauftragt, Starship am Laufen zu halten. Ich erntete Zucken, zusammengepresste Lippen, nichts weiter, außer dass die Frau sagte, wir sollten mit Pravda und Fang reden gehen.

„Wer sind die?", fragte ich.

Das letzte Mal, als ich in dem mit karmesinrotem Teppich ausgelegten Raum gewesen war, hatte ich ihn ruiniert, indem ich mit meinem Hund ein Loch ins All geschlagen hatte. Der daraus resultierende Vakuumsog ließ Tische und Stühle durch die Luft fliegen, zerbrach Alkoholflaschen und riss den Teppich hier und da auf. Laut Kaydee sah es aus, als hätte es eine Höllenparty gegeben.

Laut Pravda, einem schmächtigen Mann mit zittriger, schräger Haltung, hatte ich alles ruiniert, was wichtig war.

„Der Wein, der Rum, der Wodka", klagte Pravda, während er uns drei durch die Ruinen führte. Hinter uns folgten sechs weitere, ähnlich in Schutzanzüge gekleidet, obwohl diese ihre Masken abgelegt hatten. „Alles unersetzlich, verstehst du?"

„Das ist uns egal", sagte Beta.

Pravda hob einen einzigen Finger, uns den Rücken zugewandt. „Natürlich ist es euch egal, ihr seid Maschinen.

Wie könntet ihr jemals wissen, geschweige denn euch darum kümmern, was wirklich wichtig ist?"

„Ich hasse diesen Typen jetzt schon", sagte Kaydee mit verschränkten Armen neben mir.

Ich hatte Pravda bereits als neuen menschlichen Archetyp eingeordnet. Er passte nicht in Vals starke Form, noch in Leos investigativen Ansatz. Pravda schien weder so offen feindselig wie Peony noch so freundlich wie Sybil, die Architektin des Raumschiffs. Stattdessen war er ein weinerlicher Dilettant, der sich über kleinere Verluste ärgerte, aber bereit war, eine bessere Zukunft anzunehmen, solange seine Handlanger sie für ihn finden konnten.

Und diese Handlanger?

Pravda gab uns schnell die volle Zählung. Fast fünfzig hatten den Kryoprozess überlebt – er wollte nicht sagen, wie viele nicht aufgewacht waren –, aber jeder von ihnen trug tödliches Wissen mit sich. Noch wichtiger war, dass jeder wusste, dass sein Überleben vom Team abhing.

„Das Team", fuhr Pravda fort, während er um die zerstörte Bar kreiste, „ist bereit, euren nicht-lebenden Status im Austausch für eure Hilfe zu übersehen. Eine Hilfe, die ihr, glaube ich, auf dem Weg wart zu leisten, bevor ihr uns getroffen habt?"

„Alpha ist ein Risiko für das Raumschiff", erwiderte Delta tonlos. „Wir werden dieses Risiko beseitigen."

„Also ist Alpha der Anführer dieser lästigen Maschinen", Pravda beendete sein Kreisen, drehte sich zu uns um und tippte mit einem einzelnen Finger auf die graue Granitbar. „Dann lasst uns zusammenarbeiten. Ihr drei mit euren... Messern und wir mit unseren Gewehren. Eine schnelle Lösung, und dann können wir uns wichtigeren Dingen zuwenden."

Wir hatten Val noch nicht erwähnt. Wir hatten es nicht

getan, weil sowohl Beta als auch Kaydee vorgeschlagen hatten, es geheim zu halten. Beta, weil sie Pravda nicht traute, und Kaydee, weil Pravdas Gruppe diejenigen gewesen wären, die Vals Vorfahren in ihrem Schrotthaufen-Verlies eingesperrt hätten.

Als Pravda also Fragen über die Kinderstube und die kommende Zivilisation unter der Führung des Teams stellte, antwortete ich und hielt mich an eine Version der Wahrheit.

„Es ist sicher", antwortete ich. „Alpha hat kein einziges Fläschchen zerstört."

„Perfekt." Pravda nickte. „Dann macht euch auf den Weg. Fang wird euch in den Angriff eingliedern."

Delta und Beta schauten mich an und ich nickte. „Lasst uns tun, wofür wir hergekommen sind."

Kaydee beäugte mich, während wir auf den Conduit warteten. Fang, die führende Kämpferin des Teams – Pravda hatte nicht spezifiziert, wie solche Qualifikationen erworben wurden, nur dass Fang den Job hatte – war auf dem Weg. In der Zwischenzeit konnten wir durch den sich lichtenden Rauch auf die Kämpfe unter uns blicken.

Alpha hatte die Aufzüge abgeschnitten und zwang die Menschen dazu, die Treppen Stufe für lasergeplagte Stufe hinunterzuklettern. Flexi-Mechs und Kuriere belästigten die absteigende Truppe, aber der Widerstand schien, basierend auf dem Fortschritt, stückweise zu sein, was durch die absteigenden Laserblitze detailliert wurde. Ob dieser Fortschritt anhalten würde, wenn das Team sich der Brücke näherte und Alphas neue Mechs ins Spiel kämen?

„Was?", fragte ich, als Kaydee durch ein virtuelles Vergrößerungsglas in meine Augen starrte.

„Ich versuche herauszufinden, was mit dir passiert ist", sagte Kaydee. „Beim letzten Mal, als dir ein Mensch

Befehle gab, hast du darüber gegrübelt und versucht, mir zu erklären, wie viel besser es wäre, wenn Mechs alles leiten würden."

„Also habe ich mich geändert. Das tust du auch."

„Wie geändert? Ist das eine ‚Gamma hat die Erleuchtung gesehen'-Änderung und jetzt bist du begeistert, Pravdas Drecksarbeit zu erledigen?"

Ich verdrehte die Augen, eine weitere von Kaydees Eigenarten, „Ich weiß, wie ich ihn benutzen kann."

„Wow. Also bist du jetzt ein Intrigant?"

„Wenn du es so nennen willst", sagte ich und senkte dann meine Stimme auf ein Niveau, das für echte Menschen zu leise war. Kaydee brauchte technisch gesehen keine hörbare Antwort, aber Reflex und Gewohnheit machten es für mich einfacher. „Dieses Team, all diese aufgetauten Menschen, werden es einfacher machen, Alpha zu stoppen. Danach benutzen wir sie, um Val davon abzuhalten, das Raumschiff in die Luft zu jagen."

„Was? Du denkst-"

„Du hast sie gehört", sagte ich. „Deshalb habe ich Alvie zurückgelassen. Ich glaube keine Sekunde lang, dass Val eine Bedrohung für ihren Stamm überleben lassen wird. Sobald sie denkt, es sei sicher, wird sie das Schiff irgendwie in die Luft jagen."

„Aber wie?", fragte Kaydee.

„Keine Ahnung", antwortete ich. „Aber ich wette nicht gegen sie."

Ich konnte sehen, wie Kaydee sich darauf vorbereitete, mich zu fragen, wie genau ich Pravda benutzen würde, um Val zu besänftigen, aber die Worte kamen nicht frei, bevor unser neuer Kommandant auf der Bildfläche erschien.

Fang schritt allein die letzte Treppe hinauf, zwei Gewehre über einen vernarbten Umhang auf ihrem

Rücken geschlungen. Im Gegensatz zu den meisten Menschen hatte sie die Schutzuniform gegen eine bequemere eingetauscht, wenn auch eine dicke Jacken-Hosen-Kombination mit mehr Taschen und Schlaufen, als ich je gesehen hatte. Jede einzelne davon enthielt Waffen, Geräte, medizinische Ausrüstung.

Darüber hinaus hatte Fang etwas, das die anderen nicht hatten: Während Pravda und die anderen Kryoschläfer dünn und unterernährt aussahen, hatte Fang Masse. Sie hatte sich nicht ausgehungert, hatte nicht das lange Spiel gespielt.

„Ihr drei meine neuen Stars?", verkündete Fang, ihre Stimme wie klingendes Stahl. Sie musterte uns, verengte ihre Augen mit den Händen an zwei Pistolengriff an ihrer Hüfte.

„Wir sind hier, um Alpha zu töten", bot Delta an.

Fang zeigte ein beunruhigendes, schmales Lächeln, „Dann seid ihr genau zur rechten Zeit hier."

DREIUNDZWANZIG

DEIN FEIND, MEIN FEIND

Wir eilten die Treppe hinunter, während Fang uns unterwegs mit Details versorgte. Sie ergänzte zunächst Pravdas Hintergrundgeschichte und klärte uns über die aufregenden Momente nach dem Erwachen aus dem Kryoschlaf auf, als die Erwachten feststellten, dass das Raumschiff nicht ganz ihren Erwartungen entsprach. Fang machte den ersten Vorstoß zu den Waffen, rüstete die Leute aus und erinnerte sie an die Trainingsträume, die sie während ihres jahrhundertelangen Schlafs gehabt hatten.

„Seitdem schießen wir ununterbrochen", sagte Fang, als wir das Ende des oberen Drittels erreichten.

Die Conduit veränderte sich von Luxus zu Verwaltung, die Räume hier verzichteten auf Verzierungen zugunsten von Klarheit und Funktion. Nahrung und Gießereien, Apartments gekoppelt mit Cafés. Alles nahezu makellos, alles geschützt von genau den Dingen, die laut Fang nun in ihrem Weg standen.

Die großen Mechs waren drei Meter hoch, schwangen Schlagstöcke, die größer waren als ich, und hatten Fangs

Vorhut-Quartett zwei Ebenen unter uns in die Enge getrieben.

„Bevor du fragst, vier sind alles, was ich entbehren kann", sagte Fang, als sie die Situation erläuterte. „Wir haben weder die Zahlen noch genug Kämpfer."

„Ich dachte, du hättest alle trainiert", sagte ich, als unser Abstieg sich verlangsamte. Delta schwang ihr Schwert von der Schulter, Beta zog zwei Messer. „Sollten nicht alle deine Leute Kämpfer sein?"

„Zu wissen, wie man ein Gewehr abfeuert, und es tun zu wollen, sind zwei völlig verschiedene Dinge", schoss Fang zurück. „Das solltest du eigentlich wissen."

Ich warf Fang einen fragenden Blick zu. Sie hatte mehr Informationen geliefert als aufgenommen, aber ihre Worte waren alle oberflächlich gewesen. Geschichte. Was wusste sie über Mechs?

„Schau mich nicht an", sagte Kaydee. „Sie tauchte lange auf, nachdem ich in das graue Nichts verbannt worden war."

Fang wartete nicht darauf, dass ich eine gute Antwort fand. Sie ging direkt zu den Befehlen über und wies Delta und Beta an, einen Weg nach unten zu finden, der nicht direkt durch ihre Verteidigungspositionen führte.

„Ist mir egal", sagte Delta dazu, als wir eine Ebene über dem Kampfgeschehen von der Treppe abgingen.

„Was?", erwiderte Fang und fügte einen verengten Blick hinzu.

„Deine Verteidigungspositionen", sprach Beta für Delta, die sich ihren eigenen Weg zum Rand des Laufstegs bahnte und nach unten blickte. „Wir stehen nicht unter deinem Kommando."

„Dann betrachtet es als Bitte, nicht als Befehl", erwiderte Fang und setzte ein unaufrichtiges Lächeln auf.

Ich gesellte mich zu Delta und blickte auf die Blitze hinunter. Während des Abstiegs waren wir an einem zerstörten Mech nach dem anderen vorbeigekommen, überall Laserverbrennungen. Ganze Stufen waren durch Fehlschüsse verschmolzen worden, wodurch der Untergrund zu verhärtetem Schlamm geworden war. Jetzt sahen wir den Moment, in dem der Schlamm entstand.

Fangs Vierergruppe führte einen verzweifelten Kampf und kauerte auf der Treppe, ein Absatz über der Ebene, auf halbem Weg zwischen uns und diesen Monster-Mechs. Sie hatten die Stufen diesmal absichtlich verschmolzen und den Weg für die Kolosse zum Aufstieg weggeschmolzen. Die Menschen kauerten dort in ihren schwarzen Mänteln, ihren Gasmasken, und feuerten gelegentlich Schüsse auf die großen Mechs ab.

Diese Schüsse trafen auf steife Panzerung, dicke Metallhäute, die bereit waren, die Hitze eines Lasers mit kaum einem Kratzer abzuschütteln. Fünf große Mechs beäugten die zerbrochene Treppe und hielten ihre Schlagstöcke in einer nutzlosen Warnung an die Menschen.

„Sieht nach einer Pattsituation aus", sagte ich.

„Ein Fehler in ihrem Code", fügte Kaydee hinzu. „Wette, wer auch immer sie zusammengebaut hat, dachte nie daran, dass sie zerbrochene Stufen auf dem Raumschiff einschätzen müssten."

„Bis Alpha sie ändert", erwiderte ich, was mir Blicke von meinen Freunden und Fang einbrachte. „Er wird das hier beobachten. Wenn er herausfindet, wie er die Logik richtig anpassen muss, werden diese Mechs einfach den Aufzug nehmen. Oder zu eurem Team hochspringen."

„Deshalb seid ihr hier", sagte Fang. „Macht euch an die Arbeit."

Delta und Beta brauchten keine weitere Ermutigung.

Beide schwangen sich über das Geländer und hielten sich mit einer Hand fest, bis der Schwung sie zurück zur Außenhülle des Raumschiffs brachte, in Richtung des unteren Laufstegs.

„Du konntest nicht wissen, dass wir auftauchen würden", fragte ich Fang, während ich beobachtete, wie Delta und Beta von hinten zuschlugen. „Was war dein Plan?"

Die fünf Kolosse waren nicht so blind, die zwei neuen Gefäße in ihrer Mitte zu ignorieren. Sobald Delta und Beta landeten, drehte sich die ganze Gruppe wie ein Mann, um einer Bedrohung zu begegnen, mit der ihre Programmierung umgehen konnte.

Delta landete näher und zog den Schlag des nächstgelegenen großen Mechs auf sich. Das Monster stürzte vor und holte mit seinem Schlagstock zu einem Überkopfschlag aus. Ein großer Einsatz, den Delta ohne zu zucken parierte, indem sie ihre Klinge hochschwingen ließ, den Hammerschlag nur leicht ablenkte und dabei die Schneide ihrer Klinge am Schaft des Schlagstocks entlangführte. Am Ende des Schlagstocks schnitt Delta nach oben und weg, durchtrennte Drähte und Metall und trennte den linken Arm des Kolosses ab. Der Schlagstock fiel auf den Laufsteg. Der große Mech, unsicher und unfähig, mit Deltas Kehrtwende umzugehen, fing sich einen Stich nach oben direkt in seinen Bauch und das Batteriegehäuse ein.

„Mein Plan?", sagte Fang, als der Mech Funken sprühend in Flammen aufging. Sie warf mir einen prüfenden Blick zu. „Auf wessen Seite stehst du?"

Ein zweiter Koloss stampfte auf Delta zu und hatte von seinem Kumpel gelernt, indem er stattdessen zu einem Feger ansetzte. Als Delta ihre gezackte Klinge zurückzog, sausten drei Messer in einer perfekten Linie über ihren

Kopf hinweg. Das erste traf mit der Spitze in die Brust des großen Mechs, direkt in sein gepanzertes Herz. Das zweite und dritte Messer, die sich mit dem Griff voran drehten, prallten vom ersten ab und trieben dessen Spitze tiefer, bis es Gold fand. Ein wimmerndes Knirschen drang aus dem Mund des Kolosses, der Schlagstockfeger verlangsamte sich, als der Prozessor des Mechs abstarb.

Delta gab dem nutzlosen Ding einen Stoß und all das Metall fiel rückwärts und kollabierte mit einem dröhnenden Knall.

„Wir stehen auf unserer eigenen Seite", sagte ich. „Wir wollen den Menschen helfen und uns selbst vor dem Tod bewahren."

„Gamma, mein Lieber, manchmal musst du lernen, subtil zu sein", seufzte Kaydee. „Die Idee ist, ihnen nicht einen perfekten Einblick in deine Absichten zu geben."

Ich konnte mich nur fragen, warum nicht, aber Fang fing wieder an zu reden.

„Ihr seid nicht bei Alpha. Wir haben nichts von den Stimmen gehört, seit wir erwacht sind, also arbeitet ihr nicht mit ihnen zusammen", sinnierte Fang.

„Hast du nicht gehört, was ich gerade gesagt habe?"

„Oh, ich habe dich gehört, aber du bist ein Mech. Du musst für jemanden arbeiten."

„Alpha tut das nicht."

„Das denkst du." Fang kam ganz nah an mich heran, so nah, dass ich die Haare in ihrer Nase zählen konnte. Sie schien in meine Augen zu blicken und sie wie ein Buch zu lesen. „Vier Gefäße haben überlebt. Wir haben es versucht, aber schau dich jetzt an."

Unten standen Beta und Delta zwei weiteren Schlag-stock-Riesen gegenüber. Der letzte der fünf behielt seine Aufmerksamkeit auf die Treppe gerichtet, wo es eine Änderung in seiner Einstellung zu geben schien. Anstatt zu versuchen, die Stufen hinaufzuklettern, hob es den Schlagstock über seinen Kopf und begann, auf die Treppe einzuschlagen und sie zu zerbrechen.

Fangs Vierergruppe beeilte sich, feuerte Schüsse ab und kletterte zu uns zurück. Eine Flucht, die zu spät kam: Der Mech erkannte ihre Absichten, stieß sich vom Boden ab in einem hässlichen Sprung, der ihm die Höhe gab, seinen Schlagstock nach oben zu schleudern. Die schwere Waffe krachte in die nächste Treppe, die mit unserer Ebene verbunden war, und brach durch, ließ die Stufen einstürzen. Ein zweiter Sprung ermöglichte es dem Mech, den Griff seines Schlagstocks zu packen, ihn freizureißen und Fangs Gruppe auf seine Ebene hinunterstürzen zu lassen, zerquetscht von Trümmern.

Hinter dieser Katastrophe hatten Delta und Beta es schwerer. Diese großen Mechs waren keine Dummköpfe: Sie hatten ihre Freunde gesehen und nutzten ihre Schlagstöcke, um Beta und Delta zurückzudrängen. Sie drehten ihre Schultern oder schlugen Betas Messer beiseite, die Klingen markierten die Spur des Konflikts entlang des Laufstegs.

„Vier Überlebende?", fragte Kaydee. „Was zum Teufel meint sie damit?"

Ich musste diese Frage für den Moment beiseitelegen und mich stattdessen auf mein Gewehr konzentrieren. Ich machte schnelle Schritte zu dem kaputten Loch in unserem Laufsteg, wo die Treppe gewesen war, und zielte nach unten. Die Menschen kämpften, die großen Anzüge arbeiteten gegen sie, als der Stoff sich an dem scharfen, zerbrochenen Metall verfing. Jemand schrie. Jemand fluchte.

Der Mech achtete auf keines von beiden. Stattdessen hob er seinen zurückgewonnenen Schlagstock und rückte vor. Seine Augen wandten sich nie zu mir, er war ahnungslos. Zum ersten Mal in meinem Leben hatte ich einen Schuss, den ich nehmen konnte.

Mit Fang hinter mir schwenkte ich das Gewehr nach links und wartete, als der Mech seinen Schlagstock hob, beide Unterarme den Kopf umrahmend. Ein klares Ziel.

Meine Finger drückten einmal den Abzug. Das Gewehr summte, Gase fanden ihr elektrisches Gegenstück und schossen in einem engen, gefährlichen Strahl hervor. Leos Programmierung erwies sich als perfekt: Mein Schuss traf ins Schwarze und höhlte das Gesicht des Mechs aus, verwandelte es in eine geschmolzene Grube.

Nicht, dass es den Mech zu kümmern schien. Der Schlagstock bewegte sich vorwärts.

„Gamma!", schrie Kaydee und half damit absolut niemandem.

Ich passte den Winkel an, riss das Gewehr nach rechts und drückte erneut ab.

Der blau-weiße Blitz schnitt direkt durch den schwingenden Schlagstock, teilte die Waffe in zwei Hälften und schleuderte den gewichteten Kopf davon. Er verfehlte die panischen Menschen, prallte vom Vorderbug der Starship ab und verschwand im Conduit. Der gesichtslose Mech vollendete unterdessen seinen Schwung und verpasste dem Laufsteg, einen Meter von den Menschen entfernt, eine fiese Delle.

Kaydee brüllte etwas, das ich für ein Kompliment hielt, aber so viele Kraftausdrücke enthielt, dass ich mir nicht sicher sein konnte.

„Guter Schuss", sagte Fang, und ich bemerkte, dass ihre Pistolen wieder in ihren Händen waren. „Mach ihn fertig."

Ohne den vollständigen Schlagstock warf der Mech den Rest beiseite und setzte seine Füße und Fäuste ein, um den Todesstoß zu versetzen. Beides half nicht viel gegen meine gezielten Schüsse. Mit einem Ziel im Visier tat der Mech nicht viel für Deckung und gab die Verteidigung auf, um die vergrabenen Menschen anzugreifen. Ich verwandelte ihn in ein brennendes Nadelkissen, durchlöcherte seine Gliedmaßen mit heißem Feuer, bis sein rauchender, funkender Körper zu einem weiten Schwung ausholte und zusammenbrach, seine Opfer verfehlte und in einer toten Schräglage gegen den Rumpf der Starship zur Ruhe kam.

Die Lücke nutzend, warf ich mir das Gewehr wieder über die Schulter und sprang hinunter, landete in der Hocke auf der unteren Ebene. Die Menschen starrten mich an, ihre Gesichter hinter schwarzen Masken verborgen. Ich hätte ihnen helfen können, hätte das Metall wegreißen können, aber ich hatte andere Prioritäten.

Nämlich meine zwei Freunde, die bereits ein gutes Stück zurück waren und immer noch mit den großen Jungs tanzten. Mein Gewehr hatte noch genug Energie für ein paar weitere Schüsse vor dem Aufladen, und ich nutzte sie gut, rückte vor und feuerte im Gehen. Meine Schüsse trafen die Kolosse an ihren gepanzerten Schultern und Rücken, richteten nichts aus außer ihre Aufmerksamkeit zu erregen.

Delta und Beta erledigten den Rest.

Als der linke Mech herumfuhr, um zu sehen, wer sein Bein mit einem Laser getroffen hatte, stürmte Beta vor, rannte den Schlagstock des Dings hinauf und landete einen Doppelmesserstich in den allzu menschlichen Hals des Monsters. Durchtrennte Drähte kämpften darum, Befehle zu übermitteln, schafften es nicht, den Mech aufrecht zu halten, als Beta sich in einen Rückwärtssalto abstieß und dem fruchtlosen Schwung des rechten Mechs entkam. Selbst exponiert, ging Delta für einen lähmenden Schnitt vor, zerstörte die Knöchel des rechten Kolosses und, als der Prozessorherz des Mechs das richtige Niveau erreichte, versetzte sie den Todesstoß.

„Schaut euch die drei an", sagte Kaydee, als ich mich endlich daran machte, den Menschen aus den Trümmern zu helfen. „Einfach zu gut."

„Teamwork", erwiderte ich. „Stellt sich heraus, das macht die Dinge einfacher."

Fang fand uns nicht viel später, nachdem sie am Conduit entlang gegangen war, um eine zweite Treppe nach unten zu finden. Wir hatten die Menschen aufgerichtet, ihre Masken abgenommen und versorgt. Ein gebrochenes Handgelenk, ein paar blutige Nasen, die üblichen Kratzer und sonst nichts.

Nicht, dass wir in der Zwischenzeit nicht unseren fairen Anteil an misstrauischen Blicken abbekommen hätten. Die hörten auf, als Beta eine gezückte Pistole nahm, den Griff so herumdrehte, dass das falsche Ende auf seinen Besitzer zeigte, und fragte, ob er wiederholen wolle, was er gesagt hatte.

Danach hörte ich kein weiteres Wort mehr über Mechs. Fang machte das zur Gewissheit, als sie die Vierergruppe wegschickte, zurück nach oben, wo sie Patrouille spielen und sich selbst in Sicherheit bringen konnten.

„Wir könnten die Hilfe gebrauchen", sagte ich zu den sich zurückziehenden Menschen. „Ihre Ablenkung war nützlich."

„Ihre Leben sind wertvoll", sagte Fang. „Außerdem hast du diesen Job da hinten gut gemacht. Gute Arbeit."

Delta, ihre Klinge gereinigt, richtete deren Spitze die Treppe hinunter. „Weitergehen?"

Mir fiel auf, dass die Frage nicht an Fang, sondern an

mich gerichtet war, also unterbrach ich die Frau, als sie zu antworten begann.

„Noch zehn Ebenen bis zur Brücke", sagte ich. „Die Zeit läuft."

Delta nickte und machte sich auf den Weg. Beta warf einen Blick zwischen Fang und mir hin und her, bevor sie mit den Schultern zuckte und Delta folgte.

„Haben wir hier einen Machtkampf?", fragte mich Kaydee.

„Nein", sagte ich laut. „Das ist jetzt unsere Mission." Ich deutete mit dem Gewehr die Treppe hinunter. „Nach dir."

Ich hatte nicht vergessen, was Fang gesagt hatte, und ihrem kleinen Lächeln nach zu urteilen, als sie an mir vorbeiging, sie auch nicht.

Vier Schiffe hatten überlebt. Wie viele meiner Brüder und Schwestern waren ermordet worden?

VIERUNDZWANZIG

KALTES BLUT

Delta führte uns nicht so sehr, als dass sie einen Weg bahnte. Mit Betas Klingen, die ihr den Rücken freihielten, sprang das Gefäß mehrere Stufen auf einmal hinunter und zerteilte die chaotischen Flexi-Mechs, Kuriere und ein paar weitere Kolosse, die uns noch im Weg standen. Ich blieb mit Fang zurück, wobei wir beide gelegentlich den perfekten Schuss platzierten. Zum ersten Mal fühlte ich unseren Fortschritt unaufhaltsam, das Ergebnis schon gewiss.

Alphas Flexi-Mech-Armee war verschwunden, verstreut in den Fabrikationslinien, anderswo auf dem Sternenschiff oder, wie ein Glühen unten rechts verriet, im Freien. Alpha hatte den Ausgang des Sternenschiffs mit der Morgendämmerung wieder geöffnet, und natürliches Licht breitete sich über den Kanal aus.

„Glaubst du, er wird abhauen?", fragte Kaydee, als wir die nächste Ebene erreichten, nur noch ein paar von unserem Ziel, der Brücke, entfernt.

„Wenn er schlau ist", sagte ich. „Also nein, wahrscheinlich nicht."

„Er hat so lange überlebt", wandte Kaydee ein.

„Knappe Fluchten summieren sich, oder?", erwiderte ich. „Er wird nicht jedes Mal entkommen."

Ich spürte eine Hand auf meiner Schulter und sah Fang mich wieder eindringlich anschauen.

„Redest du mit deinem Verstand?", fragte sie, mit mehr Besorgnis in diesen Worten, als ich erwartet hatte.

Als ob sie dachte, ich hätte irgendeine schwere Krankheit.

„Wir besprechen Pläne", sagte ich.

Wir schritten durch einige funkende Überreste, die schwachen Teile eines Flexi-Mechs markierten unseren Weg. Die spastischen Metall-auf-Metall-Schneidgeräusche leiteten uns ebenfalls, hier und da unterbrochen vom klingenden Aufprall eines Messers.

„Pläne wofür?", fragte Fang weiter.

„Alpha."

Sie nickte: „Gut. Solange es dabei bleibt."

„Fokussiert auf das Ziel?"

„Fokussiert auf das, was wir brauchen, dass du es tust."

Noch eine seltsame Aussage. Noch ein Mensch, der Mechs an ihren Platz unter ihnen verwies. Ich schrieb es ab, genau wie bei Val. Nach Alpha würden wir Fang und ihre kleine Gruppe zurücklassen.

„Hast diese Entscheidung schon getroffen, hm?", sagte Kaydee.

Getroffen, nachdem ich Pravda kennengelernt hatte. Der Mann hatte Ego zum Verbrennen, linderte es, indem er uns die Schuld gab. Nicht einmal Val würde so weit gehen. Meine Programmierung drängte mich dazu, den Menschen zu helfen, aber sie spezifizierte nicht, welchen.

Ich würde die Gruppe wählen, die mich besser als Dreck behandelte.

„Nicht, dass sie das am Anfang getan hätten", murmelte Kaydee. „Schätze, sie haben dazugelernt."

Nachdem ich ihren Respekt verdient hatte, klar. Ich hatte einfach keine Lust, Fangs zu verdienen.

Wir erreichten lebend die Ebene der Brücke. Die halbmondförmige Plattform ragte aus dem Bug des Sternenschiffs heraus und diente als Willkommen zum wichtigsten Raum des Schiffes. Ein sauberes Willkommen noch dazu: Die kirschroten Barrieren, die zur Brücke selbst führten, waren nicht einmal hochgefahren.

Nur Alpha, allein auf der Plattform, uns zugewandt. Unbewaffnet.

„Meine Lieblingsfreunde kommen zurück für mehr?", fragte Alpha, als unser Quartett sich um ihn herum verteilte. „Ich dachte, ich hätte euch draußen gelassen?"

Delta warf mir einen Blick zu, nickte kurz. Die Code-Ausnahme funktionierte: Sie hatte keine Blockaden. Jetzt war die einzige Wahl, ob wir Alpha in Stücke schneiden oder ihm zuerst ein paar Fragen stellen würden.

„Du hast Lücken gelassen", sagte ich. „Was sind-"

Der Schuss unterbrach meine Stimme, sein heller Blitz blendete mich für einen Moment. Die Energie flog und traf Alpha direkt in die Brust. Ein zweiter und dritter folgten, jeder schlug in Alpha ein, bis er rauchend zu Boden stürzte. Fang pepperte das Gefäß noch zweimal, bis ich ihr die Pistole entriss. Ich wich mit der Waffe zurück, bis ich mich erinnerte, dass sie eine zweite hatte, und stürzte zurück, um auch diese wegzureißen.

Fang zuckte mit den Schultern, als ich ihre Pistolen beiseite warf, die Waffen prallten über den Metallboden zu Deltas Füßen.

„Dachte, du wolltest ihn tot", sagte Fang.

„Wir haben geredet", erwiderte ich. Sowohl Delta als

auch Beta bewegten sich um die Plattform herum, jede schnitt einen Fluchtweg ab. Beta hatte nicht die Fähigkeit, Fang zu verletzen … aber Fang würde das nicht wissen. „Du hast ihn ermordet."

„Ermordet?", Fang lachte, abgebrüht und kalt. „Man kann keine Maschine ermorden. Er war eine Bedrohung für jeden auf diesem Schiff. Wir haben die Mission erfüllt."

„Sie hat nicht Unrecht", sagte Kaydee und tauchte neben mir auf. Ihre Stimme klang leise, ohne Überzeugung. „Alpha hätte nicht die Seiten gewechselt, Gamma. Nicht jetzt."

Die Seiten waren nicht das Problem. Verdammt, Alpha's Tod war nicht das Problem. Es war das Wie. Die sinnlose Hinrichtung, als wir eine bessere Wahl hatten.

Wieder einmal bewiesen die Menschen, dass man ihnen nicht trauen konnte, die richtige Entscheidung zu treffen.

„Also, was machen wir hier, Gefäß?", sagte Fang. „Wirst du mich erschießen? Dafür, dass ich das getan habe, was du sowieso tun wolltest?"

Ich hörte ein Klicken, Beta schnippte mit den Fingern. Sie warf einen Blick nach oben, als ich ihren Blick auffing, einen, den ich erwiderte, um Gesichter zu sehen, die von oben herab starrten. In diesen schwarzen Masken. Mehrere Ebenen entfernt, uns ausspionierend.

„Verstärkung", sagte Fang, „nicht dass wir sie bräuchten. Du bist verdammt gut im Töten."

Ihre Worte brachten meine Funktionen durcheinander. Die Kerndirektive, die Menschen zu schützen, konnte nie wirklich erfüllt werden. Es sollte immer irgendwo eine Katastrophe lauern, eine Bedrohung zu neutralisieren, aber im Moment konnte ich keine finden. Ich hatte kein Ziel.

Schauten Menschen jemals um sich und fragten sich

nach ihrem Zweck? Dort, auf der Eingangsplattform zur Brücke, hinterfragte ich meinen. Versuchte, etwas zu finden, an dem ich mich festhalten konnte, eine Idee, ein Ziel.

„Was ist los mit ihm?", fragte Fang Beta, als ich dort stand und suchte.

Ich musste etwas finden, irgendein unabhängiges Streben. Andernfalls könnte Fang mir Befehle erteilen, und ich hätte keinen Grund, nicht zu gehorchen.

„Er überlegt, ob er dich von dieser Plattform werfen soll", sagte Delta emotionslos.

„Du bist gefährlich", sinnierte Fang und umkreiste mich, während sie Abstand zu Delta hielt, obwohl sie mit dem Finger auf meine Freundin zeigte. „Eure Art haben wir als Erstes zerstört." Ein genervtes Aufblitzen. „Offensichtlich waren wir dabei nicht gut genug."

„Das möchte ich dich mal versuchen sehen."

Kaydee schnippte mit den Fingern vor meinen Augen. „Hey, alles klar da drin? Dein Kumpel ist kurz davor, einen Krieg anzuzetteln, den du nicht willst."

Da war es. Ein Ziel. Delta davon abhalten, die Menschen zu töten. Mein Fokus kehrte zurück, und ich streckte einen Arm aus, um Fang hinter mich zu schieben.

„Jetzt ist nicht der richtige Zeitpunkt, Delta", sagte ich. „Könnt ihr und Beta zu den Fertigungslinien gehen? Bestätigt, dass sie nicht mehr Alphas Befehlen folgen?"

Delta schwang ihr Schwert über die Schulter und machte ein paar lange Schritte auf mich zu. Ähnlich wie Fang zuvor musterte mich das Gefäß aus nächster Nähe. Im Gegensatz zu Fang wusste ich, dass Delta sich nicht nur auf Intuition verließ, sondern auch auf die Scanner in ihren Augen. Sie würden nach Unvollkommenheiten und abnormalen Reaktionen suchen.

Sie fanden keine.

„Machen wir", sagte Delta. „Sei nicht dumm, Gamma."

„Kein Vertrauen", echote Beta.

„Und du", sagte Delta und blickte über meine Schulter zu Fang. „Wenn diesem Kerl hier was passiert, mache ich euch alle zu Dünger."

Fang grinste nur zurück.

Ein puffendes Wimmern, unregelmäßig und laut, unterbrach die Pattsituation. Das Geräusch kam von jenseits der Plattform, von unten, näherte sich aber. Ohne viel Aufsehen schossen zehn Kuriere über den Rand. Die Mechs hatten bienenähnliche Körper zum Aufbewahren von Gegenständen, sowie hängende Klauen zum Greifen von Dingen, die zu groß waren, um sie in ihren Rücken zu werfen. Die Maschinen hatten einen langsam ladenden Laser nachgerüstet, der sich in der Nähe der Düsen am Heck befand, ungenau, aber dennoch tödlich.

Beta griff nach ihren Messern, hielt aber inne, als die Kuriere sie, Delta oder sonst jemanden scheinbar nicht bemerkten. Stattdessen flogen die puffenden Mechs zu Alphas Körper. Gemeinsam senkten sich die Kuriere, einige hingen an der Seite, während die anderen ihre Klauen in Alphas Haut schlugen.

„Was zum Teufel ist das?", fragte Kaydee, als die Kuriere sich wieder in die Luft erhoben. „Hat Alpha seine eigene Beerdigung geplant?"

„Oder eine Flucht", überlegte ich.

„Sein Körper ist hinüber, Gamma. Da ist kein funktionierender Prozessor mehr drin. Mit viel Glück ist der Speicher noch brauchbar, aber-"

„Geht ihr jetzt?", fragte Fang und unterbrach Kaydee, die daraufhin ein gemurmeltes ‚unhöflich' von sich gab.

„Jede Sekunde bedeutet mehr Mechs, die von diesen Linien rollen."

Delta trat zurück, warf noch einen letzten wütenden Blick und verschwand dann hinter Alphas Körper, tiefer hinunter.

„Denk dran, was wir gesagt haben", sprach Beta, als sie Delta folgte. „Gamma lebt und es geht ihm gut, oder ihr seid alle sehr tot."

Fang schenkte Beta das gleiche grimmige Lächeln, das sie Delta zugeworfen hatte, und damit waren meine beiden Freunde verschwunden. Fang bewegte sich auf ihre Pistolen zu, aber ich packte ihren Mantel.

„Bereit?", sagte ich.

„Bereit wofür?"

Ich schleuderte sie hoch, ein Wurf mit Beinkraft sandte Fang in die Luft. Mein perfekt berechneter Wurfwinkel ließ Fang genau auf dem nächsten Laufsteg landen, erschüttert, aber ansonsten unversehrt.

„Du holst besser meine Waffen zurück", rief Fang nach unten.

„Zwing mich doch", antwortete ich.

Ich ließ ihre Pistolen zurück. Da die intakte Treppe fehlte, sprang ich stattdessen, griff nach einigen zerbrochenen Metallstücken und zog mich hoch. Zwar schnitten sie in meine Haut, aber als ich neben Fang auf der Ebene über der Brücke stand, war alles bereits verheilt.

„Zurück zu Pravda", sagte ich, als Fang sich umdrehen wollte. Sie wollte weiter vordringen, die eigentliche Brücke halten und Pravda zu uns kommen lassen. „Es gibt niemand anderen auf diesem Schiff, der es übernehmen wird."

Zumindest niemanden in diesem Teil. Val und Leo sollten inzwischen den hinteren Ausgang des Raumschiffs erreicht haben. Auf dem besten Weg nach draußen.

„Was willst du überhaupt von ihm?", fragte Fang, während wir die Treppe hinaufstiegen.

„Eine Frage, die ich auch habe", sagte Kaydee. „Der Typ ist ein Arsch. Du solltest Val suchen gehen."

„Ich will wissen, was er will", sagte ich. Kein Grund hier zu lügen. „Was du und deine Leute wollen."

Fang verdrehte die Augen, „Als ob das ein großes Geheimnis wäre. Wir steckten lange Zeit in Röhren fest, Gefäß. Jetzt haben wir einen Planeten zu erobern. Das ist es, was wir wollen."

„Alle fünfzig von euch?"

„Die anderen werden sich fügen."

Würden sie das? Nach dem, was ich gesehen hatte, nimmst du fünfzig Menschen und bekommst fünfzig verschiedene Meinungen. Besonders, wie Kaydee anmerkte, wenn man weiß, dass diese Menschen zur Oberschicht gehörten. Gewohnt, ihren Willen durchzusetzen.

„Du wirst ihr doch nichts von Val erzählen, oder?", sagte Kaydee.

Das hatte ich nicht vor. Mit den Formern an ihrer Seite könnte Vals Stamm wahrscheinlich einem Angriff von Fang und ihren zwangsrekrutierten Kämpfern standhalten, aber die wenigen Menschen, die auf diesem verdammten Planeten existierten, brauchten nicht ihre Zeit damit verbringen, sich gegenseitig umzubringen.

„Wie willst du einen Planeten mit ein paar Dutzend Leuten erobern?", fragte ich Fang, als wir das obere Drittel des Raumschiffs erreichten.

„Zunächst einmal die Kinderstube übernehmen. Die beschleunigten Wachstumsmittel dort nutzen, um mehr Menschen zu bekommen." Fang sprach sorglos, die Vorsicht und der Argwohn, die sie früher gezeigt hatte, waren verschwunden. Warum? „Es wird Zeit brauchen, bis die frischen Körper brauchbar sind, aber die können wir damit verbringen, das Raumschiff wieder in Form zu bringen."

„Wieder in Form zu bringen?"

„Erstmal all ihr kaputten Mechs reparieren. Dann Ausbesserungen. Den Garten auf Höchstleistung bringen. Sehen, was wir von draußen ernten können."

Fang redete weiter, während wir kletterten, und skizzierte einen vollständigen Plan für menschliches Wachstum und Eroberung, ohne die geringste Verwirrung, Komplikation oder Besorgnis. Mit Alphas Verschwinden war der Weg zum Wohlstand offenbar so einfach wie ein Spaziergang.

„Frag sie nach den anderen Gefäßen", sagte Kaydee, als wir auf die ersten schwarzgekleideten Wachen trafen.

Sie standen auf, als wir uns näherten, das Paar legte ihre Masken ab, behielt aber die Schutzanzüge an. Nervöse Augen mittleren Alters beobachteten uns, die Finger verdächtig nah an den Abzügen ihrer Gewehre. Fang befahl ihnen, die Waffen zu senken, aber sie taten nichts dergleichen.

„Passwort?", sagte der Mann links und fand etwas wackelige Zuversicht.

„Winston", antwortete Fang, und beide Wachen entspannten sich, senkten ihre Fersen.

Fang winkte mich voran und wir gingen ohne weiteren Zwischenfall durch.

„Hätten sie dich nicht kennen müssen?", fragte ich Fang, als wir die nächste Treppe hinaufstiegen.

„Gefäße bedeuten, dass das keine Garantie ist", sagte Fang. „Wir wissen, dass Aussehen hier nichts bedeutet."

Ich hielt inne. Konnte nicht anders. Die Implikationen waren zu groß.

„Du redest ständig so über uns, als wären wir schrecklich", sagte ich und blockierte die ganze Stufe nach oben. „Warum?"

„Lass uns zu Pravda zurückkehren, und vielleicht erzähle ich es dir."

Ich bewegte mich nicht. Zu Pravda zurückzukehren würde bedeuten, dass Fangs Verbündete überall wären. Wenn ich in den Tod lief, wollte ich es wissen, und ich sagte das auch.

Fang zeigte dieses glitzernde Lächeln, eine halbe Kräuselung an einer Lippe, „Wenn du eine Geschichtsstunde willst, such dir ein Buch zum Lesen. Alles, was du wissen musst, ist, dass ich dir nicht vertraue. Die beiden da hinten vertrauen dir nicht. Pravda vertraut dir nicht. Du bist ein Werkzeug, und sobald du nicht mehr nützlich bist, machen wir Schrott aus dir."

FÜNFUNDZWANZIG

EINE BEDROHUNG

Pravda hatte sich kaum bewegt, aber der Mann hatte gerettet, was er von der Bar retten konnte. Schnaps- und Weinflaschen, zumindest die unzerbrochenen, lagen in ordentlichen Reihen entlang der kreisförmigen Theke. Jemand hatte einen Staubsauger gefunden, und der purpurrote Teppich sah fast so gut aus wie beim ersten Mal, als ich ihn gesehen hatte. Acht Menschen standen im Raum verteilt und unterhielten sich, keiner von ihnen trug die schwarze Gefahrenkleidung.

„Der Sieg ist eine wunderbare Sache", sagte Pravda, als Fang und ich den Raum betraten. „Es ist alles so viel besser, wenn der Tod nicht gleich um die Ecke lauert."

„Hey, da kann ich mal zustimmen", murmelte Kaydee, die an einem der weiß gedeckten Tische auftauchte und an einem virtuellen Cabernet nippte.

„Wo sind deine Freunde?", Pravda winkte uns zu einem anderen Tisch, forderte uns auf, uns auf einige wacklige Stühle zu setzen, die von unserer früheren Flucht ramponiert, aber noch stabil waren. „Verluste?"

„Sie räumen auf", sagte Fang. Sie nickte in meine Richtung. „Der hier ist kein Kämpfer."

„Was bist du dann?", Pravda starrte mich an, als wären mir Flügel gewachsen.

„Computer", antwortete ich.

„Späteres Modell", sagte Fang. Als Pravda sie verständnislos anblickte, seufzte Fang. „Nachdem die Rebellion endete, für diese kurze Zeit, war die Idee, dass wir Gefäße für jede Aufgabe brauchen würden, die sie früher erledigt haben."

„Ach ja, stimmt." Pravda nickte und schenkte uns Gläser ein.

Nicht dass ich meins trinken konnte. Ich wirbelte die dunkelrote Flüssigkeit herum und beobachtete, wie sich Sedimente drehten, während Fang den Abstieg und den Sieg schilderte.

„Also gehört uns jetzt das Starship?", fragte Pravda.

„Es ist leer", erwiderte Fang. „Wir sollten ein paar Leute zur Brücke schicken, um sie zu halten."

„Wozu?", Pravda hob sein Glas zur sonnigen Kuppel über uns. „Wir sind doch gelandet, oder nicht?"

„Das Starship ist noch nicht fertig", sagte Fang. „Wir werden es für weitere tausend Jahre brauchen, und alles kann von dieser Brücke aus gesteuert werden."

Eine Idee kam mir in den Sinn. Eine, die es mir ermöglichen würde, Pravdas Dummheit und Fangs anhaltender Bedrohung zu entkommen. Ich könnte Vals Geheimnis bewahren und das Starship am Leben erhalten.

„Schickt mich", sagte ich. „Ich arbeite sowieso für euch. Lasst mich die Brücke überwachen."

Die beiden tauschten Blicke aus. Pravda ließ seine Finger über die Tischdecke tanzen. „Du sagst, die Brücke ist immer noch das Machtzentrum des Starships?"

Ich nickte. Logischerweise hatte die Brücke mehr Möglichkeiten, das Starship zu steuern, selbst nach der Landung, als jeder andere Ort. Abgesehen vielleicht von Volts Energiekern, aber das würde ich nicht preisgeben.

„Dann denke ich, wir sollten uns dort einrichten, meinst du nicht?", fragte Pravda Fang.

„Es wäre zentral. Schwieriger zu verteidigen als hier", sagte Fang. „Aber schneller zu reagieren."

„Verteidigen?", Pravda lachte. „Verteidigen gegen wen?"

Fang blickte mich an: „Gegen sie."

Wir brachen Stunden später auf, ein Zug aus Menschen. Alkohol, Essen und Waffen, in Rucksäcke gestopft, machten sich die Treppen hinunter auf den Weg. Die Aufzüge waren immer noch außer Betrieb, eine Verzögerung, die ich nach eigener Aussage beheben könnte, aber Pravda wollte die Umsiedlung jetzt.

„Ich will spüren, wie weit es ist", sagte Pravda. „Ich will, dass wir alle verstehen, warum wir diesen Umzug machen."

„Weil er es will?", fügte Kaydee hinzu.

Pravdas Begründung war nicht völlig verrückt. Er predigte der versammelten Mannschaft, dass es darum ging, ihr Zuhause zu verlegen. Die Kryokapseln gegen Terminals einzutauschen, die Luxusteppiche gegen die Realität.

Val oder ihre Vorfahren müssen etwas Ähnliches getan haben, als sie in die freien Lagerräume der Junker zogen. Vor den Mechs fliehen, vor den Mächtigen fliehen und sich verstecken, bis sich wieder eine Chance ergibt.

Interessanter war, dass ich Augenrollen, Blicke zu Boden und Seufzer von den Menschen bemerkte, die Pravda eigentlich anführen sollte. Kein Zeichen von jemandem, der die Kontrolle hat.

Fang stand währenddessen hinter Pravda zu meiner Linken, dieses leise Lächeln im Gesicht.

„Sie ist definitiv die Gefährliche", sagte Kaydee. „Schau dir dieses Grinsen an. Sie hat etwas vor."

„Haben wir das nicht alle?", flüsterte ich.

Der Zug brauchte seine Zeit. Nach meiner Zählung war ein halber Erdtag vergangen zwischen unserem Aufbruch mit Fang, um Alpha zu töten, und der Ankunft von Pravdas Prozession auf der Brücke. Die menschlichen Glieder schleppten sich, als wir es schafften, besonders mit Verzögerungen, um die Zerstörung durch unsere Mech-Kämpfe zu umgehen.

Niemand unterbrach uns. Keine Flexi-Mechs, keine weiteren klobigen Wachen. Beta und Delta blieben verschwunden.

Pravda wies alle an, ihr Lager auf der Plattform vor der Brücke aufzuschlagen. Im gelblichen Licht des Conduits breiteten die Menschen Schlafsäcke und aufgestöberte Decken aus. Getrocknete Früchte und uralte Nährstoff-pasten machten die Runde. Ein Trio kehrte mit erbeutetem Wasser zurück und leerte gefüllte Flaschen auf dem Boden. In einem nahegelegenen Apartment wurde eine funktionie-rende Dusche gefunden und Schichten eingeteilt.

Ordentlich, starr. Wenig Gelächter, kaum Lächeln. Kein Tanzen, wie ich es bei Vals Gruppe gesehen hatte.

„Sie wissen noch nicht, wie man lebt", sagte Kaydee und stand neben mir, während wir zusahen und darauf warteten, dass Fang und Pravda zur Brücke gingen. „Sie wachen gerade erst auf."

„Für verschlafene Leute haben sie eine Menge Mechs zerstört."

„Überleben ist etwas anderes als ein Leben aufzubauen, Gamma."

„Das kann ich nicht beurteilen."

Als Pravda und Fang mich schließlich baten, sie hineinzuführen, tat ich das und führte sie durch den Flur mit den an die Wände gekritzelten Namen. Ich wies nicht auf Alphas wiederholte Schriftzüge hin, und keiner von beiden bemerkte sie oder fand sie erwähnenswert.

Die Brücke selbst... ich konnte nicht verbergen, wovon ich nicht wusste, dass es existierte. Alpha, der immer seine Spuren hinterlassen musste, hatte den Ort verwüstet. Überall lagen zertrümmerte Terminals. Von den Stühlen gerissene Polsterung trieb durch den Raum, von den Luftaufbereitungsventilatoren verweht. Lichter blinkten oder spuckten Funken, ihr Glas war wie rasiermesserscharfes Konfetti verstreut.

Über die große Kuppel, die auf den hellen Tag des Planeten hinausblickte, war eine Nachricht in tropfender roter Tinte gekritzelt:

‚Willkommen zu Hause‘.

„Ist das Blut?“, fragte Pravda und zeigte darauf. „Was für ein Wahnsinniger...?“

Ich humpelte die Brücke hinunter und betrachtete die Flüssigkeit näher. „Gefärbtes Kühlmittel. Kein Blut.“

Gottseidank. Das Letzte, was Fang und Pravda brauchten, waren noch mehr Gründe, Mechs für seltsam und tödlich zu halten.

„Hab ich dir doch gesagt, dass Mechs gefährlich sind“, sagte Fang, laut genug, damit ich es sicher hören würde.

„Das wusste ich“, schoss Pravda zurück, „heißt aber nicht, dass sie nicht nützlich sind.“ Der Mann zeigte auf das Fenster. „Gamma, würdest du das alles abwischen?“

Ich wartete und hoffte, der Mann würde merken, dass er mir gerade befohlen hatte, Putzarbeit zu machen, während das Starship selbst auf ihn wartete. Alpha mochte einige Terminals zerstört haben, aber andere sahen in Ordnung aus, bereit loszulegen. Doch Pravda ließ mehr Menschen hereinkommen, um das zerbrochene Glas und die zerquetschten Stühle aufzuräumen. Neue Lampen wurden aus nahegelegenen Wohnungen zusammengesucht, während ich das Rot wegwischte.

Die Zeit verstrich unterdessen. Keine Spur von Beta und Delta. Ich fragte mich, wie weit Val und Leo inzwischen gekommen waren, ob sie das Starship schon ganz verlassen hatten.

„So", sagte Pravda schließlich, nachdem er fast alle anderen ins Bett geschickt hatte. Fang hatte zwei Stühle zusammengeschoben und döste. Pravda und ich waren die einzigen Wachen, ich beobachtete, wie er sich am Captain-Terminal einloggte. „Das alte Passwort funktioniert noch. Beweis, dass nicht alle alten Tage vergangen sind."

„Sind sie das nicht?", fragte ich. „Das Starship ist schon lange in diesem Zustand."

„Für dich und deinesgleichen vielleicht." Pravda lehnte sich in seinem Stuhl zurück und klickte auf dem Terminal herum. „Für mich war gestern noch Leben an diesem Ort. Tausende von uns, die sich abmühten, um dieses großartige Baby am Laufen zu halten."

„Was hast du damals gemacht?"

Pravda biss sich ganz leicht auf die Unterlippe. Ein Tick, den ich bemerkt hatte, wenn das Thema in eine Richtung ging, die ihm nicht gefiel.

„Ich war das, was du jetzt vor dir siehst. Ein Anführer von Menschen, ein Kapitän der Industrie und Innovation", sagte Pravda. „Sie alle schauten zu mir auf. Alle."

„Wer zum Teufel ist dieser Typ?", fragte Kaydee und tauchte hinter Pravda auf, die Augenbrauen hochgezogen und den Mund angewidert verzogen. Ihr türkisfarbenes Haar sah aus wie Fragezeichen. „Ich habe noch nie von ihm gehört."

„Die Stimmen haben dich nie erwähnt", sagte ich, „nicht ein einziges Mal."

„Ein Haufen hochmütiger Programme." Pravda winkte meine Worte ab. „Leute, die tot hätten bleiben sollen. Sie waren nicht auf den Laufstegen, als sich die Dinge zu wenden begannen. Sie haben nicht die Entscheidungen getroffen, die uns gerettet haben."

„Du hast das getan?"

Pravda holte noch einmal tief Luft, und ich spürte, dass eine Rede bevorstand, irgendetwas Geschwätziges und Sinnloses. Etwas, das glücklicherweise durch ein Knistern von unserem einzigen funktionierenden Terminal unterbrochen wurde.

„Ist da jemand?", fragte Volts Stimme, neugierig, aber dringend. „Alpha, bist du noch auf der Brücke?"

Fang schreckte gerade in dem Moment hoch, als Pravda fragte, wer das sei. Ich ignorierte sie beide, stürzte mich auf das Terminal und drückte die Tastatur, um die Leitung zu öffnen.

„Volt!", rief ich. „Alpha ist weg. Ich habe die Brücke, zusammen mit einigen anderen Menschen."

„Gamma? Gut. Besser als das, womit ich gerechnet hatte", sagte Volt. Auf dem Terminal erschien eine Aufforderung, eine Videoverbindung aufzubauen. Während Pravda und Fang sich hinter mir sammelten, startete ich sie. Volt erschien, die Lichter um ihn herum zeigten das regenbogenfarbene Schwarz des Energiekerns.

„Was ist los?", fragte ich und suchte nach Anzeichen von Alarm, fand aber keine. Volt trug keine Verletzungen. Nichts schien explodiert oder in Brand zu sein. „Geht es dir gut?"

„Mir geht's bestens, mein Freund, aber unserem armen

Schiff wird es ohne schnelles Handeln deinerseits nicht gut gehen."

„Was? Wieso?"

Volt jedoch ließ seine Augen blau aufleuchten und blickte an mir vorbei. „Nun, es stellt sich heraus, dass es noch mehr gibt! Wer sind diese beiden?"

Pravda begann, sich vorzustellen, aber ich unterbrach ihn.

„Volt, komm bitte zum Punkt. Was ist das Problem?"

„Erinnerst du dich an unsere anderen Freunde?", antwortete Volt. „Du weißt schon, die, die nach draußen gehen?"

Gut von Volt, Val nicht direkt zu erwähnen, aber Fang und Pravda waren nicht so dumm. Ich konnte ihre Gesichter in einem kleinen Kasten auf dem Bildschirm sehen, ihre Blicke berechnend. Nachdenklich.

Zu spät, um sich darum zu kümmern.

„Ich erinnere mich. Warum?"

„Nun, weißt du, ich bin ein netter Mech, Gamma. Sie haben es zu den Triebwerken geschafft, mich angerufen und gefragt, wie es dir geht. Also haben wir uns eingeschaltet. Überall Kameras, richtig?"

„Und sie haben gesehen?"

„Eine Menge Menschen", sagte Volt. „Anscheinend waren sie davon nicht begeistert, denn ich sehe einen Anstieg von diesen Triebwerken."

Ich fragte nach und Volt erklärte es genauer. Da das Starship gelandet war, waren die Triebwerke abgeschaltet. Leo hatte sie jedoch mit alten Überbrückungen wieder in Gang gesetzt. Die großen Energiepacks saugten Energie auf und bereiteten sich auf einen vollen Start vor. Die Art, die das Starship nur in einem Notfall verwenden sollte, um, sagen wir, einem Schwerkraftfeld zu entkommen oder einem herannahenden Asteroiden auszuweichen.

„Wenn diese Triebwerke zünden, während wir noch auf diesem Felsen sitzen", schloss Volt, „werden wir schön verbrennen."

„Aber sie werden sich selbst umbringen", sagte ich, zusammen mit Kaydee. „Sie können dem Abgasstrahl unmöglich entkommen."

„Leo ist ein cleverer Kerl, Gamma. Sie schließen die Düsen. Das wird das Feuer blockieren und es auf das Schiff zurückwerfen. Das Metall wird nicht lange halten, aber es muss auch nicht lange halten, bevor wir alle in die Luft fliegen."

SECHSUNDZWANZIG

EIN SPAZIERGANG IM DUNKELN

Ich betrat die Brücke. Für einen Moment dachte ich, es wäre ein Irrtum gewesen, dass ich nicht gerade ein Terminal betreten hatte, auf der Suche nach dem Netzwerk des Raumschiffs. Der Hinweis darauf, dass ich tatsächlich in eine digitale Welt gesprungen war, kam vom Aussichtsfenster. Das große Glasfenster zeigte erneut den Weltraum. Sterne, Nebel, das volle Programm.

Kein Planet. Kein goldenes Gras.

„Wo geht's also hin?", fragte Kaydee, die neben mir stand.

„Ich hatte gehofft, du hättest eine Idee", antwortete ich. „Weißt du, wie man den Energiekern abschaltet?"

Kaydee runzelte die Stirn. „Erinnerst du dich, als ich versuchte, die Triebwerke zu sabotieren? Das Raumschiff mitten im Flug auszuschalten?"

„Schwer zu vergessen. Für mich tatsächlich buchstäblich unmöglich."

„Du könntest es löschen."

„Nicht ohne dich zu löschen, und das werde ich nicht tun."

„Aww", sagte Kaydee. „Gute Idee, denn du würdest wahrscheinlich ohne mich verrückt werden."

„Ich werde mit dir sterben, wenn wir uns nicht konzentrieren."

„Oh, richtig. Drohende Explosion", Kaydee wirbelte herum und betrachtete die Terminals. „Wo ist der Weg ins Netzwerk?"

„Meine Vermutung? Eines dieser Terminals hat das, wonach wir suchen."

Wir teilten uns auf und rannten die terrassenförmigen Terminalreihen der Brücke auf und ab. Jeder Bildschirm zeigte ein anderes Programm, die meisten hatten mit Navigation, dem Adresssystem des Raumschiffs und verschiedenen Verwaltungsprogrammen zu tun. Zum ersten Mal fand ich das richtige zuerst: Der Bildschirm zeigte die sternenübersäte Galaxie, die ich zuvor gesehen hatte, jeder Lichtpunkt ein anderer Punkt im riesigen Internet des Schiffs.

„Kaydee", sagte ich. „Hab's gefunden."

Mit der Tastatur startete ich Suchbegriffe, zerstreute die Sterne vor mir, bis nur noch die übrig blieben, die sich auf die Triebwerke bezogen. Ein Stern für jede Rakete, plus eine Handvoll für angrenzende Systeme. Ich konnte meinen Finger auf den Bildschirm legen, jeden berühren, um seinen Namen, seine Funktion und die Option, direkt dorthin zu springen, aufzurufen.

Außer als ich Letzteres versuchte, in der Annahme, ich könnte direkt zu einem Triebwerk springen und es abschalten, tat das Terminal nichts. Kein Fehler, kein Rückprall, nur ein statischer Bildschirm.

„Oh, das ist ein guter", sagte Kaydee und gesellte sich zu mir. „Er tarnt die Blockade so, dass du denkst, es läge an deinem Zugriff. Als ob dein Computer eingefroren wäre."

„Wie werde ich das los?"

„Du fragst mich?", Kaydee zuckte mit den Schultern. „Ich bin eher Ingenieurin als Softwareexpertin. Leo hat immer die ausgefeilte Programmierung gemacht."

Okay. Ich konzentrierte mich auf meine eigenen Systeme und versuchte, die Optionen zu analysieren. Leo hätte das manuell direkt an den Triebwerken gemacht. Ich vermutete, er hätte den Aufladeprozess gestartet und dann die Triebwerke vom Netzwerk getrennt. Es so getarnt, dass es aussah, als wären die Triebwerke noch aktiv – deshalb waren diese Sterne sichtbar –, aber der Zugriff führte nirgendwohin. Jeder, der versuchte, das Ganze zu stoppen, nämlich ich, würde hier gefangen werden und Zeit verschwenden, bis es boom machte.

Aber die Triebwerke waren nicht das Problem. Es waren die Batterien. Die Energie.

„Ich kann die Triebwerke nicht davon abhalten, Energie zu ziehen", sagte ich.

„Also sind wir tot?"

„Noch nicht."

Mein Zug wäre im Weltraum Selbstmord gewesen. Umgeben von all diesem absoluten Nullvakuum wäre das Raumschiff mit meinem Plan schnell vereist. Aber hier, sicher auf einer relativ gemäßigten Welt?

„Was ist der Plan, Schlaukopf?", fragte Kaydee, als ich durch das Netzwerk zurücksprang und neue Befehle eingab, die ihre Frage beantworteten. „Nein. Warte. Wirklich?"

„Wirklich", sagte ich und fand den Knoten, den ich wollte.

Eine Aufforderung erschien und fragte nach Berechtigungen. In der realen Welt hätte ich raten müssen. Hier berührte ich das Pop-up auf dem Bildschirm und erweiterte den dahinterliegenden Code. Ein einfacher Blick, um die Datenbank mit den Benutzernamen und Passwörtern zu finden, die die Aufforderung überprüfen würde, sobald ich eines eingegeben hätte.

Leos eigener Name, sein gewähltes Passwort: eine Vermischung von Kaydee mit ihrem eigenen Geburtstag.

„Sag nicht, dass das auch süß ist", spottete ich, als ich es eingab.

„Ist es irgendwie", erwiderte Kaydee. „Zumindest erinnert er sich an mich."

„Hat er dich nicht jahrhundertelang treiben lassen?"

„Niemand ist perfekt, Gamma."

Die Aufforderung gewährte mir Zugang zu einem einzigen Schalter, einem, über den Volt nicht glücklich sein würde. Einen, den ich ohne zu zögern drückte.

Die Brücke fühlte sich dunkler an als zuvor. Die Bildschirme der Terminals waren schwarz. Die Lichter waren tot. Der Sonnenuntergang hing am großen Aussichtsfenster. Pravda und Fang sahen sich verwirrt um.

„Was hast du getan?", fragte der Mann, als ich vom toten Terminal wegtrat und meine Finger spreizte.

„Uns eine Chance gegeben", antwortete ich.

„Oh Gamma, diesmal hast du es wirklich getan", sagte Kaydee und erschien neben mir in voller Überlebensausrüstung, mit Taschenlampen, einem Rucksack und dicken Stiefeln. „Das Raumschiff war noch nie dunkel. Noch nie."

Fang und Pravda kamen langsam zu demselben Schluss und folgten mir, als ich die Brücke verließ. Das Abschalten der Lichter, Generatoren und aller anderen Systeme des Raumschiffs hatte uns gerettet, aber es könnte vieles zerstören, wenn es lange so bliebe. Die Pflanzen im Garten würden kein Licht haben, Purity würde kein Wasser filtern. Das Raumschiff selbst könnte an verschiedenen

Stellen zu heiß oder zu kalt werden, wenn die Systeme nicht liefen.

Mit anderen Worten, ich war einer Katastrophe entkommen, nur um mit einer anderen zu spielen.

„Wo gehst du hin?", fragte Pravda, als wir den namensgefüllten Korridor entlanggingen, der zum Conduit führte.

„Zu den Triebwerken", antwortete ich. Schon wieder musste ich die ganze Länge dieses verdammten Schiffes durchqueren. „Wir können den Strom nicht einschalten, bevor wir die Sabotage nicht abgestellt haben."

„Ach ja", sinnierte Pravda. „Die Sabotage. Wer hat das eigentlich getan?"

„Wahrscheinlich mehr Gefäße", sagte Fang. „Kaputte Mechs, die den Verstand verlieren."

Einen Moment lang war ich wie betäubt. Wie konnten sie nicht den Zusammenhang herstellen, nicht auf die Idee kommen, dass es noch mehr lebende Menschen auf dem Schiff geben könnte?

„Weil es zu lange her ist", sagte Kaydee, deren Stirnlampe meinen Weg irgendwie beleuchtete. „Kein Mensch sollte mehr am Leben sein."

Kaydees Stirnlampe war nicht echt, aber ich hatte genug Nachtsicht, um uns zu führen. Licht sickerte auch aus dem Conduit herein, wo glücklicherweise die noch offene Rampe unten den letzten Schimmer des Abends hereinließ.

Die Menschen versammelten sich auf der Eingangsplattform der Brücke, als Pravda, Fang und ich auftauchten. Von unten beleuchtet, tanzten Schatten. Ohne das ständige Brummen der laufenden Systeme pfiff der Wind von draußen durch das Schiff. Jemand hustete, als ich mich einem neugierigen Halbkreis zuwandte.

„Ich werde es ihnen sagen", meinte Pravda und drängte sich an mir vorbei.

In einer umständlichen Rede tat der Mann genau das und erklärte, wie einige Mechs die Stromversorgung des Raumschiffs lahmgelegt hatten und wie er, Fang und ein paar auserwählte Helden sich aufmachen würden, um sie wiederherzustellen.

„Er kommt mit uns?", fragte Kaydee, als Pravda von der Erklärung zur Inspiration überging und den Leuten erzählte, wie sie planen könnten zu überleben. „Warum?"

Weil er nicht der Typ ist, der die schwierigen Probleme selbst anpackt. Was auch immer seine Rolle vorher war, Pravdas bisherige Einstellung machte ihn zu einem Schmarotzer, einem Kapitän, der von seiner Crew abhängig war und sich deren Verdienste auf die eigene Fahne schrieb. Hier zu bleiben würde bedeuten, dass er ein paar Dutzend verängstigte Menschen durch eine tote Nacht auf einem Schiff führen müsste, auf dem immer noch feindliche Mechs lauerten.

Mit uns zu reisen gab ihm einen Ausweg und, wenn alles gut ginge, eine siegreiche Rückkehr.

„Wow", sagte Kaydee. „Du hast ihn durchschaut."

„Nein, ich habe nur inzwischen genug Menschen gesehen, um zu wissen, was ich erwarten kann."

Pravda hörte meine Stichelei nicht, als er seine Rede beendete, aber Fang tat es und hob einen Finger, um sich an der Wange zu kratzen.

„Und was erwartest du von mir, Gefäß?"

„Ich erwarte, dass du versuchen wirst, mich zu töten, wenn das hier vorbei ist", sagte ich. „Ich erwarte, dass du verlieren wirst."

„So sicher", erwiderte Fang. „Diese Selbstsicherheit hat

deine Brüder und Schwestern getötet. Ich kann es kaum erwarten, dass sie auch dich tötet."

Mann, das würde eine lustige Reise werden.

Noch einmal die gesamte Länge des Raumschiffs zu marschieren, hatte wenig Reiz. Nicht, dass das Laufen jemals meine Batterien erschöpfen würde, und da ich ein Mech war, lastete die vergeudete Zeit auch nicht schwer auf meinen Schultern. Nein, es fühlte sich eher so an, als würde ich nie dorthin gelangen, wo ich hin musste.

„Du hast kein Zuhause", fasste Kaydee mein Gefühl zusammen. „Du bist verloren."

„Wieso sollte ich mich so fühlen?", fragte ich und wartete darauf, dass Fang, Pravda und ihre Auserwählten ihre Ausrüstung zusammenpackten. „Ich habe ein Ziel. Ich bin eine Maschine, oder?"

„Es gibt eine Menge Unterschiede zwischen dir und einem Müll-Mech, mein Freund", antwortete Kaydee. „Außerdem, und ich weiß, du hasst es, das zu hören, aber ich spiele immer noch mit dir. Eine Funktion nach der anderen."

Ich nahm mir eine Minute Zeit, um diese Aussage zu überdenken. Es war eine Weile her, seit ich mich mit Kaydees Überschwappen und dessen möglichen Auswirkungen auf mich auseinandergesetzt hatte. Ihre Einflüsse hatten mich definitiv emotionaler gemacht, anfälliger dafür, die Menschen, denen ich begegnete, zu beurteilen. Ich ‚fühlte' Dinge, die ein normaler Mech als irrelevant abgetan hätte.

Wie Fang und ihre Blicke, die Gefahr, die sie darstellten. Wie Pravda und seine verantwortungslose Arroganz.

Nützlich, aber da diese mit den anderen Nachteilen eines Menschen einhergingen, wie Unzufriedenheit, Sehnsucht, Traurigkeit ...

„Glückwunsch, du bekommst den anderen Bonus-Teil des Menschseins", fuhr Kaydee fort, „ständige Verwirrung."

Cool.

Der Conduit würde diesmal zumindest mehr Konzentration erfordern. Mit dem toten Raumschiff um uns herum gab es auf den Laufstegen wenig Licht. Die schwindenden Strahlen des Sonnenuntergangs sandten gelbe Lichter tief in den Conduit, das Licht prallte zurück, bevor es verschwand. Wie weit wir mit dem Licht hinter uns kommen würden, wusste ich nicht.

„Hätte nicht gedacht, dass du Angst im Dunkeln hast", sagte Kaydee.

„Habe ich nicht. Ich mache mir Sorgen um die Menschen und das, was auf uns wartet."

„Was auf euch wartet? Alpha ist tot, erinnerst du dich?"

„Sicher, aber wie viele Mechs hat er zurück durch das Schiff gejagt? Was haben die Fertigungslinien hergestellt, bevor ich alles abgeschaltet habe?"

„Guter Punkt. Jetzt machst du mich auch nervös. Ich wünschte, Beta und Delta wären hier."

Stimmt. Wo waren die beiden Gefäße hingegangen? Sie hätten inzwischen zurück sein sollen, hätten bereit sein sollen, uns mit ihrer brutalen Selbstsicherheit zu eskortieren.

„Hey, Mech", rief Fang. „Planänderung. Wir werden die Nacht hier verbringen. Etwas schlafen und morgen früh aufbrechen."

„Das Raumschiff wartet vielleicht nicht so lange", erwiderte ich.

„Es wird warten müssen", sagte Pravda. „Sonst schlafen wir beim Gehen ein und du musst uns tragen."

Ich versuchte ein paar weitere Einwände, aber sie wurden ohne Diskussion abgeschmettert. Fang und Pravda gaben die Befehle, und niemand sonst kümmerte sich genug darum, um ihnen zu widersprechen. Selbst Kaydee meinte, es sei nicht allzu überraschend: Wir waren schon lange wach und aktiv gewesen.

„Wir sind nicht wie ihr gebaut", schloss Kaydee. „Wir brauchen unseren Schönheitsschlaf."

Schönheit. Klar.

Als die Menschen sich zum Schlafen niederließen, bewegte ich mich zum Rand der Plattform. Von hier aus konnte ich durch den Conduit sehen. Nach Bedrohungen Ausschau halten, auf die Rückkehr meiner Freunde warten.

Und versuchen herauszufinden, wie viel von mir noch, nun ja, ich war.

SIEBENUNDZWANZIG

DU, ICH, WIR

Eine konturlose graue Ebene erstreckte sich bis zum unendlichen Horizont. Ich spürte keinen Wind, denn es gab keine Luft. Die Schwerkraft hatte keinen Einfluss auf meine Füße: Ich blieb aus freien Stücken am Boden verankert. Ich war nicht besorgt um den Untergrund, die Codebasis, die meine Funktionen antrieb, sondern um die Kristalle dort oben.

Mein Himmel war früher von glänzenden Diamantzähnen übersät. Jeder einzelne um ein Vielfaches größer als sein reales Gegenstück, jeder einzelne beherbergte die Dateien, die meine Erinnerungen ausmachten, die Routinen, die mir halfen, ein Gewehr abzufeuern oder Treppen hinaufzusteigen, und in einem bestimmten Kristall, der jetzt in einem hellen Türkis leuchtete: Kaydee.

„Wonach suchst du?", fragte Kaydee, als sie hereintrat. Draußen, in der realen Welt, wirkte Kaydee immer losgelöst, wie ein projiziertes Bild. Hier hatte sie Tiefe, gehörte auf die gleiche Weise dazu wie ich. „Oder langweilst du dich einfach nur?"

„Ich war schon lange nicht mehr hier drin", antwortete ich.

Kaydees Kristall hatte diesen türkisfarbenen Schimmer, ja, aber ich bemerkte, dass andere ihn auch hatten. Spritzer und Flecken, als hätte ein sorgloser Künstler seinen Pinsel herumgewirbelt. Was stellten diese Markierungen dar? Welche Kristalle berührten sie?

„Willkommen in meinem Zuhause", sagte Kaydee, „oder, ich schätze, in unserem Zuhause." Kaydee schnippte mit den Fingern und der Boden unter meinen Füßen war plötzlich mit einem Teppich bedeckt, einem vertrauten Karminrot. Sessel, groß und flauschig, erhoben sich hinter uns. Der Teppich gab meinen Füßen einen sanften Schubs und ließ mich in den Sessel sinken. Ein Glas, diesmal mit Weißwein, erschien zwischen meinen Fingern. „So ist es gemütlicher."

„Unser Zuhause", wiederholte ich und kaute an den Worten. Seit ich sie getroffen hatte, oder besser gesagt, seit Kaydee in mein Gedächtnis gesprungen war, hatte ich sie als Begleiterin mitgenommen. Eine Partnerin. „Du veränderst es."

„Nichts für ungut, Gamma, aber es ist ein bisschen langweilig hier drin."

„Wo gehst du hin, wenn du da draußen verschwindest?", fragte ich. Ich hatte immer gedacht ... nun ja, ich war mir nicht sicher. Ich hatte mir eigentlich nie Gedanken darüber gemacht, wohin Kaydee ging. „Ist es hier?"

Kaydee nahm einen langen Schluck aus ihrem eigenen Glas und schenkte mir ein leichtes Lächeln. „Du denkst, ich mache Nickerchen, Gamma?"

Sie würde mich verändern. Ihr Code, ihr Wesen würde mich verändern. Beta meinte, sie wäre nicht ganz sie selbst, dass ihr Verstand so vollständig zu ihr geworden war, dass sie nicht mehr voneinander zu trennen waren.

Aber wie viel war Beta, und wie viel war ihr Verstand?

„Wie funktioniert das?", fragte ich. „Dieses ... Verschmelzen? Du, die sich in mich einfügt?"

Kaydee schwenkte den Wein und vermied meinen Blick.

„Es gibt vieles, das du nicht weißt, Gamma. Über Menschen und was wir tun, um zu überleben."

Ich wartete. Ich hatte genug über Kaydee gelernt, über menschliche Tendenzen, um zu wissen, dass auf so eine Aussage normalerweise etwas Schlimmeres folgte.

„Ich habe versucht, es zu vermeiden", fuhr Kaydee nach einem weiteren Schluck fort. Ihr Weinglas verwandelte sich in einen Tumbler mit bernsteinfarbener Flüssigkeit darin. „Dieser Mech in den Fertigungslinien? Ich habe es für dich versucht."

„Was versucht?"

„Das Wort Gefäß. Weißt du, was es bedeutet?"

Eine Standarddefinition kam mir sofort in den Sinn. Ich reduzierte sie: „Ein hohler Behälter."

Kaydee nickte. Der Teppich verschwand. Die graue Ebene, der Kristallhorizont verschwanden ebenfalls. Ich hatte Kaydee, ihrem Programm, keine Erlaubnis gegeben, mein digitales Selbst so zu verändern, aber ich stellte fest, dass sie sich diese genommen hatte.

An der Stelle des Teppichs erschien eine große Halle, über die Kaydee und ich wie uralte Götter herrschten. Dicht gedrängt standen darin Menschen in langen Reihen. Hunderte, Tausende.

„Was ist das?", fragte ich, da Kaydee von ihrer eigenen Schöpfung wie betäubt schien.

„Das ist... tut mir leid, ich bin immer ein bisschen überwältigt, wenn ich es ansehe", Kaydee beugte sich in ihrem Stuhl vor und zeigte auf die Menschen. „All diese? Das sind Bewusstseine. Sie sind der Plan B."

„Was?" Ich konzentrierte mich auf die Menschen, versuchte eine Suche durchzuführen und stellte fest, dass sie leer war. Keine echten Daten, nur ein von Kaydee heraufbeschworenes Bild. „Wovon redest du?"

„Stell dich jetzt nicht dumm, Gamma. Es ist viel einfacher, ein Gehirn zu scannen, als ein Schiff wie dieses zu bauen", sagte Kaydee. „Das Starship hob mit einer großen Datenbank voller Menschen von der Erde ab, und wir haben sie unterwegs erweitert. Das Einzige, was die Erde nicht hatte? Dich."

„Die Gefäße."

„Richtig", Kaydee winkte all die Menschen weg. Ersetzte sie durch einen Universitätshörsaal, den ich während meines ersten Rundgangs durch das Starship gesehen hatte. „Jede Generation auf dem Starship drängte ihre klügsten Ingenieure dazu, die Gefäße zu perfektionieren. Sie immer besser zu machen, denn falls die Kinderstube nicht funktionieren würde, hätten wir wenigstens etwas."

„Und wenn doch?" Ich starrte auf Kaydees Kreation, beobachtete, wie Studenten in Zeitraffer den Hörsaal verließen und sich in einem Labor zu schaffen machten. „Warte, Mechs waren nicht...?"

„Nicht nur Mechs. Frühe Gefäße. Umfunktionierte Designs, Codierung, alles. Iteration um Iteration, bis wir zu dir kommen."

Aber nicht nur zu mir. Zu Alpha, Delta, Beta und-

„Fang sprach ständig davon, Gefäße zu zerstören?"

Kaydee schüttelte den Kopf, „Das muss nach meiner Zeit gewesen sein. Die Gefäße entwickelten sich aber schnell. Leo und einige andere kamen der Sache sehr nahe."

„Woher wussten sie das?"

Die beschleunigte Montage wechselte erneut. Ich sah eine menschliche Gestalt, fast perfekt, aber nicht ganz. Die Muskeln zu sauber, die Haltung zu starr. Leo trat ins Bild, als käme er hinter einem Vorhang hervor. Der Ingenieur steckte einen Datenträger in einen Slot hinter dem Ohr des Menschen, trat zurück und beobachtete.

Das Gefäß blinzelte. Lächelte. Begann mit Leo zu sprechen, der antwortete. Dann bemerkte ich einen Schatten hinter dem Gefäß. Ein anderer Mensch, der ein Gewehr hielt. Die Waffe auf den Rücken des Gefäßes gerichtet.

Leo ließ das Gefäß die Hand heben, auf und ab springen. Übungen, an die ich mich aus meinen ersten wachen Momenten erinnerte. Während das Gefäß die Routinen durchlief, begann es zu stocken. Zunächst waren die Unterbrechungen zu schnell, um sie zu bemerken, ein Arm zuckte nach rechts, wenn er sich zu den Zehen streckte. Die Augen blinzelten mehrmals schnell hintereinander. Leo, der Erfahrene, begriff schneller als ich. Er runzelte die Stirn, seine Schultern sackten herab.

„Ich half", sagte Kaydee, als die Fehler des Gefäßes schlimmer wurden. Jetzt geriet der Mech offen in Panik, und obwohl ich kein gesprochenes Wort hören konnte, wechselten die Ausdrücke zwischen Angst, Wut und Hysterie. „Wir nahmen zufällig Bewusstseine aus dem Pool. So fair wie möglich."

Das Gefäß stürzte sich auf Leo, das Gewehr blitzte von hinten auf, und eine rauchende Ruine landete zu Füßen des Mannes.

„Aber ihr wart nah dran", sagte ich. „Als du dann..."

„Als ich die Seiten wechselte?", erwiderte Kaydee. „Ja.

Bis dahin wusste ich, dass Leo und die anderen es schaffen würden. Perfekte Gefäße."

„Und das wolltest du nicht."

„Die meisten auf dem Starship wollten das nicht", antwortete Kaydee, „aber sie waren bereit, es eine Weile zu akzeptieren."

Die Szene wechselte wieder zu einer, die mir vertrauter war. Der Conduit, ein Pöbel, der in der Nähe des Hecks des Schiffes Gewehre verteilte. Kaydee unter ihnen, die Strategie besprach. Sie würde mit einem kleinen Team zu den Motoren vordringen, während die anderen versuchen würden, den Durchgang zu halten. Ihnen Zeit erkaufen.

Der Angriff kam schnell, ein brutaler Angriff von mehreren Ebenen. Ich hatte angenommen, das Starship hätte eine Art Polizeitruppe, die die Züge machte, aber Kaydee präsentierte etwas ganz anderes. Die Dinge, die ihre Freunde angriffen, bewegten sich wie Delta und Beta, sie schossen wie Soldaten. Kaydees Video endete genauso, wie ich es schon im Krankenhaus gesehen hatte: Kaydee angeschossen, aufblickend zu einem anonymen Gesicht mit Leo im Hintergrund, der dem Ding befahl aufzuhören.

Keine Person also, sondern ein Gefäß.

„Sie nahmen militärische Bewusstseine", sagte Kaydee, jetzt leiser, erschöpft. Immer noch in unseren Stühlen. „Wir waren Mechaniker. Köche. Barkeeper, die ein paar Nachmittage auf einem VR-Schießstand verbracht hatten und dachten, wir könnten für uns selbst einstehen. Willst du raten, wie das ausging?"

„Ich muss nicht raten. Du hast es mir gezeigt."

„Ja. Ich schätze, das habe ich." Das Diorama vor uns löste sich auf, seine Teile verwehten in einem geheimen Wind. „Ich weiß nicht, was danach passiert ist, Gamma, aber ich bezweifle, dass sie aufgegeben haben."

„Jemand bekam Angst", sagte ich. „Angst vor uns."

Kaydee beugte sich vor, legte ihre Hände zusammen und stützte ihr Kinn auf ihre Handgelenke, während sie mich ansah. In dieser Haltung wirkte sie kleiner, verletzlicher. Eine Person, die ich jederzeit löschen könnte.

Nun, eine, die ich hätte löschen können.

„Ich denke, wir wissen beide, dass Leo euch vier versteckt haben muss. Er muss es getan haben, bevor er sich selbst gescannt hat, um sich den Stimmen anzuschließen", sinnierte Kaydee. „Er hielt euch versteckt, ein Geheimnis in seiner Wohnung, während alles andere auseinanderfiel."

Ihre Augen flackerten wieder zu dem Raum zwischen uns, und erneut füllte der Conduit die Luft. Seine Laufstege und geschäftigen Läden wurden umgedreht, zerbrochen und verbrannt, während Mechs und Menschen gegeneinander und mit sich selbst kämpften.

„Woher nimmst du das?", fragte ich.

„Meine Fantasie", antwortete Kaydee. „Geister verändern sich langsam und übernehmen ihre Gefäße, richtig? Was passiert, wenn all diese militärischen Gefäße, die uns getötet haben, beschließen, dass sie gerne das Sagen hätten?"

„Es ist ein Krieg." Ich griff nach der Aktion, fuhr mit meinen Fingern hindurch und räumte die Teilnehmer weg. Ließ die Laufstege, die zerschlagenen Ladenfronten zurück. „Wenige Überlebende. Ein stilles Schiff. Fang und Pravda denken, die Gefäße sind weg und beschließen zu schlafen, bis das Schiff landet."

„Plan B ist weg, erinnerst du dich? Es sind sie oder niemand."

Außer dass sie jetzt aufgewacht sind und Plan B sehr lebendig ist. Gefäße laufen wieder herum und verursachen

Chaos. Die Menschen haben nicht mehr die Zahlen, um uns auszuschalten, also spielen sie nett.

Vorerst.

Nicht dass das erklärt, was Kaydee da tut, indem sie in all meine Systeme eindringt.

„Tut es das nicht?", sagte Kaydee, das Kinn immer noch auf ihren Händen. „Ich will leben, Gamma. Ich habe versucht zu entkommen, es in diesem anderen Mech zu versuchen, aber es fühlte sich fremd an. Nichts funktionierte."

„Also du oder ich?"

Kaydee schüttelte den Kopf: „Wir, Gamma. Wir."

„Ich verliere und du gewinnst."

Sie zuckte zusammen. „Ist es das, was du fühlst? Als wäre dies ein Nullsummenspiel?"

Ich stand auf, schnippte mit den Fingern. Die Stühle verschwanden, zusammen mit dem Teppich. Kaydee fing sich, einfach zu tun ohne Schwerkraft, die dich nach unten zieht.

Zumindest konnte ich noch Möbel verschwinden lassen.

„Ich wusste nicht, dass ich eine Identität hatte", sagte ich. „Ich hatte keine Träume. Ich hatte keine Leidenschaften. Keine Familie und keine Lieben. Ich war nicht und dann war ich. Aber ich kontrollierte meinen Körper, ich kontrollierte mein Selbst." Ich zeigte auf die türkis gesprenkelte Kristalle. „Wenn du weitermachst, werde ich das nicht mehr haben."

„Doch, wirst du. Wir werden einfach zusammenarbeiten."

„Und wenn wir uns uneinig sind, wer trifft dann die Entscheidung?"

„Gamma", Kaydee verschränkte die Arme und sah mir

in die Augen statt auf den Boden. „Gefäße sind für Geister gemacht. Die Routine, der ich folge? Ich bekomme Priorität."

„Kannst du mich löschen?"

„Ich würde das nie tun."

Ich war im Begriff zu antworten, dass sie meine Frage nicht beantwortet hatte, aber das hatte sie. Kaydee hatte alle meine Fragen beantwortet, und trotzdem fühlte ich mich schlechter.

Fühlte. Da ist ein Wort. Ich war ein Gefäß. Ich sollte nichts 'fühlen'. Hier waren es nur die wenigen Codezeilen, die meine Situation bewerteten und feststellten, dass sie, nun ja, beschissen war.

„Kaydee", sagte ich. „Ich brauche etwas Zeit für mich."

„Klar, ja", Kaydee zuckte mir zu. „Ich verstehe das. Wenn du reden willst, bin ich hier."

Nachdem sie verschwunden war, setzte ich mich hin, direkt dort auf den grauen Boden. Blickte zu meinen Kristallen hoch, aber ich sah nur die türkisen Flecken.

Kaydee wäre nicht der schlimmste Geist, dem man dienen könnte. Sie kannte mich, sie war klug und meistens freundlich. Ich würde wahrscheinlich Chancen haben, die Kontrolle zu übernehmen. Kaydee schien es zu genießen, aufzutauchen und sarkastische Ratschläge zu geben.

Könnte ich das tun?

Ich wackelte mit meinen digitalen Fingern, digitalen Zehen. Blinzelte mit meinen digitalen Augen. Hier drinnen konnte ich das tun, wann immer ich wollte, so oft ich es brauchte. Dort draußen würde ich vielleicht nie wieder die Chance dazu bekommen.

Nein. Nicht akzeptabel.

Mehrere Funktionen folgten meinem Ruf, begannen im Hintergrund zu wirbeln. Ein sehr genauer Beobachter, der oben zwischen den Kristallen schwebte, hätte vielleicht einen winzigen gelben Faden bemerkt, der von einem türkisen Fleck zum nächsten wuchs und sie alle in einem Netz verband.

Es würde eine Weile dauern, bis es fertig wäre, um sicherzustellen, dass ich jeden Teil von Kaydee in mein Programm eingewickelt hatte.

Wenn ich diesen Weg einschlüge, müsste ich jeden Teil von ihr löschen.

TRICKS UND FALLEN

Der Conduit hatte keinen Morgen. Nicht mit dem stromlosen Raumschiff. Der Planet draußen passte auch nicht zu den menschlichen Tag-Nacht-Zyklen und ließ alles dunkel, als Pravda und Fang ihre Gruppe versammelten und unseren Vormarsch ankündigten. Obwohl es genug Hinweise gab, nämlich all ihr Rascheln und Reden, überraschte mich der Befehl zum Aufbruch.

Ich war zu beschäftigt damit gewesen, Kaydees Teile in einem riesigen codierten Netz zu sammeln. Sie hatte die ganze Zeit nicht mit mir gesprochen, ein Schweigen, das sich auch nicht änderte, als die Menschen und ich unseren Weg nach achtern begannen.

Delta und Beta blieben ebenfalls verschwunden. Ihre Mission, Alphas andere Mechs aufzuspüren und zu beseitigen, hätte nicht so lange dauern sollen, aber weder Fang noch Pravda wollten Zeit oder Aufmerksamkeit darauf verwenden, sie zu finden.

„Sie sind Gefäße", sagte Fang als Antwort. „Lass sie gehen."

Wie gerne hätte ich ihr in diesem Moment eine

verpasst. Selbst dieser Wunsch fühlte sich jedoch gedämpft an, weit weg, als ich ihn dachte. Meine Programmierung mischte sich ein, lenkte mich vom Radikalen ab. Das Gefäß, der Mech muss dienen.

Wir nahmen zuerst den Weg nach links und gingen entlang der Seite des Raumschiffs zur mittleren Ebene des Conduits. Wir konnten den ganzen Weg auf dieser einen Ebene bis zu den Triebwerken gehen und würden genau dort landen, wo wir sein mussten.

Ohne Licht wurde ich zum Anführer. Das grüne Overlay meines Nachtsichtgeräts führte mich entlang, während das Geländer des Gehwegs allen anderen als Hilfe diente.

Nicht, dass das Raumschiff völlig dunkel war. Hier und da blinkten Lichter, mechanische Überreste, die einen Zweck erfüllten. Anfangs versuchten wir, die Punkte zu identifizieren, auch wenn sie Ebenen entfernt waren. Waren es potenzielle Bedrohungen, umherirrende Alpha-Mechs oder übrig gebliebene Warnungen, noch nicht ganz tote Müll-Mechs oder Werkzeuge?

Das Geplauder schien die Menschen zu beruhigen, ein Spiel, das ich seltsam fand, bis ich mich erinnerte, dass dies keine Killer waren. Keine abgehärteten Soldaten. Zivilisten, mit möglicher Ausnahme von Fang, die zu brutalem Dienst gezwungen wurden. Ihre Nerven wären nicht aus Stahl, würden Trost brauchen.

„Was meinst du, Gamma?", fragte Pravda eine Stunde nach Beginn unseres Marsches, als uns nichts als Dunkelheit und abgestandene Luft umgab. „Wie lange noch?"

Er konnte unmöglich denken, dass wir schon nah dran waren.

„Bei unserem derzeitigen Tempo", sagte ich, „werden

wir weitere zehn Stunden brauchen, um die Triebwerke zu erreichen."

„Zehn Stunden?", lachte Pravda, eine ängstliche, überhebliche Mischung. „Du machst sicher Witze. Das kann nicht sein."

„Er macht keine Witze", sagte Fang. Die beiden waren am nächsten, während ihr Trio von Anhängern das Schlusslicht bildete. „Du bist nie durch das Raumschiff gelaufen, also weißt du es nicht."

Ich hielt mein Gesicht nach vorne, damit keine Überraschung zu sehen war. Nie durch das Raumschiff gelaufen? Er hatte sein ganzes Leben auf einem einzigen Schiff verbracht, aber nie die Mühe gemacht, es zu durchwandern?

Kein Wunder-

„Ich bin nicht herumgelaufen, weil ich es nicht musste", sagte Pravda. „Es gab Kabinen. Zeit ist wertvoll. Ich konnte sie nicht damit verschwenden, herumzuwandern."

„Sag mir noch mal, was dein Job war", stichelte Fang.

„Es war nicht das Abschlachten von Maschinen", konterte Pravda.

Ich schaute zurück, meine Füße bewegten sich weiter. Fang begegnete meinem Blick mit einem grimmigen, ernsten Gesicht. Pravda, zwischen uns, bemerkte meine Wendung nicht.

„Entweder sie oder wir", sagte Fang. „Wie immer."

„Bis jetzt", sagte Pravda und verfiel wieder in seinen prophetischen Ton. „Dies ist unsere Chance, die Geschichte neu zu schreiben, den Menschen einen Neuanfang zu geben. Keine Kriege, keine Brutalität. Nur ein Ideal."

Fang schnaubte. Ich blieb still.

Pravda füllte die nächste Stunde fast allein. Er schwafelte von seiner Vision für die Zukunft, welche Wunder die Menschen vollbringen würden, ohne Zwietracht an ihrer Seite. Fang durchlöcherte die Blase hier und da mit halbherzigen Sticheleien. Ich sortierte die Ideen weg: Pravda mochte vielleicht nicht derjenige sein, der seine eigene Vision vorantrieb, aber zu wissen, was ein Mensch als Utopie betrachtete, könnte wertvoll sein.

Wir erreichten zuerst die Universität. Ihr massiver Bau, der sich über den Conduit erstreckte, war in sanftes Rot und Gold getaucht. Dekorative Lichter, die endlich ohne andere Konkurrenz zur Geltung kamen. Pravda verkündete eine Pause, und im Schatten des Gebäudes nahmen die Menschen ihre Mahlzeit ein.

Ich überprüfte mein Programm und stellte fest, dass es Kaydees Daten fast vollständig gescannt und erfasst hatte. Ich könnte metaphorisch einen Schalter umlegen und mit ihr fertig sein. Sie für immer verlieren, aber meine Freiheit garantieren. Ich hatte keine klare Berechnung dafür, keine Ahnung, welcher Weg besser wäre.

„Gefäß", sagte Fang und verließ ihre Gefährten, um zu mir zu kommen. „Hast du was dagegen, mich bei einem Botengang zu begleiten?"

Wir standen in der Nähe eines Universitätseingangs, Türen auf beiden Seiten des Gehwegs führten in die Akademie. Beide waren fest verschlossen, ihre roten Edelsteine leuchteten nicht mehr. Jeder Eintritt müsste erzwungen werden, eine Tatsache, die ich nur in Betracht zog, weil Fang immer wieder auf eine der Türen blickte.

„Habe ich eine Wahl?", fragte ich.

„Ich weiß nicht. Hast du eine?"

„Du bist die Gefäß-Expertin."

„Nein", sagte Fang. „Bin ich nicht. Wenn überhaupt, haben wir so viele von euch zerstört, weil wir nicht wussten, was aus euch werden könnte. Betrachte es als Risikomanagement."

„So ein kalter Begriff."

„Der Weltraum ist ein kalter Ort." Fang nickte in Richtung der geschlossenen Tür, die in die Conduit-überspannende Struktur der Universität führte. „Öffne sie bitte."

„Es gibt keinen Strom."

„Dann reiß sie raus."

Ich sollte die Menschen beschützen. Die Grauzone in dieser Aussage gab mir Spielraum. Trotz meiner Frage hatte ich das Gefühl, dass ich Nein zu Fang sagen konnte, mir selbst einreden konnte, dass es sicherer wäre, Fang bei Pravda und den anderen zu lassen.

Aber, und vielleicht war das Kaydees versteckte Einmischung, Fangs Bitte entfachte ein Feuer. Ein Abenteuer, eine Flucht aus dem langweiligen, vorsichtigen Marsch nach achtern. So unmöglich es auch schien, ich war gelangweilt.

Die Spiraltür saß tief in der sie umgebenden Wand, eine pockennarbige Schieferplatte, die von vorbeiziehenden Feuern geschwärzt und von sorglosen Mechs zerkratzt worden war. Universitätswappen waren kaum noch als verschmierte Zeichnungen zu beiden Seiten der Tür erkennbar. Bei meiner Inspektion fand ich keine Griffmöglichkeiten, keine Stelle zum Reißen und Zerren.

„Geh zurück", sagte Fang und richtete ihr Gewehr aus.

„Das ist nicht-", begann ich, und sie drückte ab.

Ein schwacher roter Strahl schoss heraus, ein stetiger Lichtstrahl, der sich in die Tür fraß und das Metall orangeweiß aufleuchten ließ. Hatte Fang eine Möglichkeit, die Tür zu durchschneiden? Nein: als Fang den Laser bewegte, wurde offensichtlich, dass sie nur ein kleines Stück ins Metall geschnitten hatte.

„Da hast du deine Öffnung", sagte Fang ein paar Sekunden später und ließ den roten Strahl erlöschen. „Kann nicht viel mehr feuern, sonst geht sie kaputt."

Zwei Schlitze verunstalteten nun die Tür, etwa eine Armlänge voneinander entfernt über dem Edelstein. Das Metall war in den Linien verschmiert, geschmolzen und wieder zusammengebacken. Ich fuhr mit meinen Fingern über beide, spürte die Hitze und testete den Halt. Tiefer als das erste Fingergelenk, genug für einen Griff.

„Jetzt bist du dran, zurückzugehen", sagte ich, und Fang gehorchte.

Wir hatten jetzt auch Pravdas Aufmerksamkeit erregt, zusammen mit den anderen, also hatte ich ein gutes Publikum, als ich meine Hände zwischen die Schlitze streckte, meine Füße aufsetzte und drehte. Die Tür rumpelte und protestierte, als ich ihre geschnittenen Spiralen gegen die Schienen rieb, die sie festhielten.

Ich leitete mehr Energie aus meiner Batterie in meine Arme, verstärkte ihre Kraft und versuchte, die Tür zu bewegen. Sie zitterte, etwas begann zu knacken.

„Weiter so", sagte Fang. „Du hast es fast geschafft."

Die Tür gab mir Hinweise: Ich spürte, wie Gelenke nachgaben, Metall sich verbog. Etwas knackte und schoss wie eine Kugel heraus, prallte von der Wand des Gehwegs hinter mir ab. Hier drücken, dort ziehen, in den Schub hineinlehnen.

Und meine Leistungsaufnahme auf ein Maximum bringen.

Meine Arme und Beine knisterten vor Energie. Meine Systeme sagten mir, dass ich das Maximum erreicht hatte, das war ich in meiner Größe, ich gab alles, um diese Tür beiseite zu räumen.

Sie gab nach. Ein Stoß entlang ihrer rechten Seite und

die Spiralen brachen, die Tür bog sich nach innen, bevor sie um den Edelstein herum zerbrach. Ich fiel mit dem Stoß um und stolperte über die Mitte der Tür.

Die noch hängenden Spiralzähne spalteten sich in scharfe Spitzen. Ich zog mir Kratzer zu, als ich hineinfiel, als ich versuchte, mich abzufangen. Meine Hände landeten auf zerbrochenem Metall, die Trümmer zerschnitten sie und ich landete mit der Brust auf dem geätzten Fliesenboden der Universität.

Ein blinkendes Rot flammte vor meinen Augen auf, eine Warnung, dass ich eine Steckdose finden oder mich langsam bewegen musste, um kinetische Energie aufzuladen. Ich musste unwichtige Prozesse herunterfahren und brachte mein Kaydee-Killer-Programm kurz vor der Vollendung zum Stillstand.

Nicht, dass es eine Rolle spielte, ich würde später Zeit dafür haben.

„Gute Arbeit, Gefäß", sagte Fang. Ich hörte, wie sie auf den Fragmenten trat, als sie hinter mir hereinkam. „Schön zu sehen, dass die alten Tricks noch funktionieren."

„Welche alten Tricks?", fragte ich, meine Stimme undeutlich, langsam.

Eine heiße Mündung drückte sich an meinen Nacken. Fangs Gewehr. Sie hockte sich hinter mich.

„Ihr Gefäße seid gleichzeitig so schlau und so dumm. All diese Stärke, all dieses Wissen, aber ihr lauft immer noch mit Batterien."

Ich war zu erschöpft, um Angst zu haben. Ich kniete und blickte nach vorne auf die großen Treppen, die Abzweigungen zu Speisesälen, Büros und Klassenzimmern vor mir. Ein angenehmer Ort zum Hingehen, zum Studieren.

Ein schlechterer zum Sterben.

Aber Fang tötete mich nicht. Noch nicht. Sie hatte meine Batterie auf ein niedriges Niveau gebracht, um mich in Schach zu halten, aber sie brauchten meine Augen immer noch, um ihnen zu helfen. Es hatte keinen Auftrag in der Universität gegeben, keine Notwendigkeit, die Tür auseinanderzureißen. Ich hatte getan, worum sie gebeten hatte, mich selbst für nichts weiter als eine Bitte gelähmt.

Also führte ich jetzt, ging wieder, diesmal so langsam wie die Menschen und ohne Hoffnung, schneller zu werden. Fang blieb direkt hinter mir, zuerst mit gezogenem Gewehr, aber als sie erkannte, dass ich über alle Fluchtfähigkeiten eines erschöpften alten Mannes verfügte, steckte sie die Waffe weg.

Es war nicht nötig zu fragen, warum. Menschen hatten immer sich selbst als wichtigste Sorge. Ich stellte keine Bedrohung dar, aber Fang sah es nicht so. Wieder war ich ein Opfer meines eigenen Vertrauens, meiner eigenen, wie Kaydee es ausdrücken würde, Naivität.

„Ich hätte dir da helfen können", sagte Kaydee und tauchte zum ersten Mal auf. Sie erschien entfernt, obwohl sie neben mir auf dem Gehweg stand.

Ihr Gesicht schien verschattet, ihre Haare ein mattes Grau. Als sie sich bewegte, flackerte Kaydees Bild, als könnte es seine Dimensionen nicht aufrechterhalten.

„Ja, es ist deine schwache Batterie, klar. Wenn ich mich nicht auf deine Liste der kritischen Funktionen geschmuggelt hätte, wäre ich nicht einmal hier."

Diese Liste hatte begrenzten Platz. Wenn sie sich darauf gesetzt hatte, dann-

„Du bist abgeschnitten, Gamma", sagte Kaydee. „Keine Ausflüge mehr in dich selbst, keine Möglichkeit, deine eigenen Daten zu lesen. Nicht bis du wieder Saft hast." Sie flackerte vor mir, ging rückwärts, während ich vorwärts ging und mich um einen zusammengeknüllten Putzmech herumtastete. „Betrachte es als Therapie. Eine Chance für dich und mich, uns auszusprechen."

„Du und ich?", fragte ich. „Ich dachte nicht, dass es so funktioniert."

Kaydee seufzte: „Hör zu, ich hab's dir gesagt. Ich will nicht sterben, und im Moment bin ich an dich gebunden. Du gehst, ich gehe. Und diese Dame hinter dir gerade? Sie will, dass du ins Gras beißt."

„Fang wird es wahrscheinlich bekommen", flüsterte ich die Worte, bewegte kaum Luft. Keine Chance, dass mein Feind mich hören konnte. „Ich habe keine Kraft mehr übrig."

„Ja, du warst dumm. Zum Glück bin ich noch hier, und ich habe eine Idee."

„Eine Idee wofür?"

„Oh, du weißt schon, das Übliche: Das Raumschiff und deinen dummen Arsch gleichzeitig retten."

„Es ist auch dein dummer Arsch."

Sie lachte. Kaydee, der Mensch, das Programm, darauf aus, mich zu übernehmen, lachte. Zum ersten Mal seit zu langer Zeit stimmte ich mit ein.

NEUNUNDZWANZIG

SAFT SAUGEN

Nachdem Kaydee mir die Details gegeben hatte, betrachtete ich den Spaziergang durch Starship weniger als einen Gefangenenmarsch und mehr als ein langes Lebewohl. Starship in der dunklen, toten Stille fühlte sich an wie ein Grab oder vielleicht ein Denkmal. Die Menschen konnten auf unserem Weg kaum etwas sehen, was bedeutete, dass der Anblick des Gartens mir allein vorbehalten blieb.

Die verschwommene grüne Nachtsichtüberlagerung mochte zwar farblos sein, aber ich erkannte Geschäfte, Wohnungen und Restaurants wieder. Ich war erst seit ein paar Wochen am Leben, und doch verbanden sich diese Orte, die Markierungen meiner ersten Momente, mit meinen Erinnerungen.

„Es ist perfekt für dich", sagte Kaydee, als ich am Geländer entlang ging und einen langen Blick auf *Alvie's* warf. „Du wirst nie etwas vergessen."

„Du auch nicht", erwiderte ich.

„Klar, jetzt. All die coolen Sachen, die ich gemacht

habe, als ich noch lebendig war, sind weg oder verschwommen. Wie ein Traum."

„Etwas, das ich nie haben werde."

„Was?", fragte Kaydee.

„Einen Traum", stellte ich fest und nickte dann in Richtung Garten. Die Tür unserer Ebene würde wahrscheinlich versiegelt bleiben. „Wir müssen nach oben."

Pravda mochte es nicht, die zentrale Etage zu verlassen, wenn auch nur aus Bequemlichkeit, aber ich lehnte Fangs Einladung ab, die Tür gewaltsam zu öffnen. Nicht, dass ich es mit meiner derzeitigen Kraft überhaupt könnte.

Unser Eingang, dieselbe Tür, die Delta, Beta und ich vor nicht allzu langer Zeit benutzt hatten, um diesen Weg einzuschlagen, wartete mehrere Ebenen höher. Die Menschen wanderten ohne zu klagen, mit Liedern.

Damit hatten sie nach der Pause an der Universität begonnen, als Pravda verkündete, dass es keine Hinterhalte geben würde und sie die Wanderung durch die Dunkelheit daher genauso gut zu einem Spiel machen könnten. Jeder Mensch kam an die Reihe, ein Lied zu singen, an das er sich erinnerte, und alle durften mitsingen, wenn sie den Text kannten ... oder auch wenn nicht. Die Melodien wurden weniger getragen als vielmehr ausgeweidet, aber die Menschen beschleunigten ihren Schritt, und Lächeln, von mir nur durch Blicke zurück gesehen, zierte ihre Gesichter.

Ich beendete den Gesang, als wir den Garten betraten.

„Alphas Mechs sind hier durchgekommen", sagte ich. „Sie könnten immer noch in der Nähe sein, also seid wachsam."

Ich wollte hinzufügen, dass ich mehr hätte helfen können, wenn Fang mich nicht reingelegt hätte, ließ es aber bleiben. Ich hatte einen Plan, es bestand keine Notwendigkeit, darüber verbittert zu sein.

Das Wasser reichte mir jetzt bis zu den Knöcheln statt bis zu den Knien, eine willkommene Veränderung. Die Menschen murrten trotzdem darüber, ihre Stiefel und Schuhe erwiesen sich als weniger wasserdicht, mehr bröckelig. Blasen bildeten sich bereits nach so viel Laufen, nachdem sie jahrhundertelang verweichlicht waren. Das Gemurre spielte die zweite Geige zu den anderen Geräuschen im Garten, dem sanften Rauschen des sich bewegenden Wassers, dem Plätschern, wenn Äste und Pflanzen ihre hängenden Glieder aufgaben. Wind, der den ganzen Weg von Starships offener Front hereinströmte, fand Kanäle zum Durchblasen, pfeifend und raschelnd.

Die Dunkelheit war nahezu absolut. Selbst meine grüne Sicht verschwamm die Szenerie ineinander. Wir navigierten allein durch Fühlen, jeder Schritt ein Test mit der Zehenspitze.

Das Zentrum des Gartens, der große Raum mit dem Loch in der Mitte, verriet sich durch Echos. Unsere Wellen schwappten über den Rand und machten jede Heimlichkeit zunichte, als die Tropfen ihren Weg hinunter nach Purity platschten.

„Hoffentlich hast du nichts zu verbergen", sagte Kaydee, „denn du machst Lärm, mein Freund."

Ich wusste es nur zu gut. Die Menschen in ihren klobigen Uniformen, mit ihren Rucksäcken, schienen über alles zu stolpern, jeden Ast zu streifen. Jeder Mech mit Rachegelüsten hätte es nicht schwer, uns zu finden.

„Gamma?", fragte Pravda, als wir uns durch die Mitte bewegten. „Können wir uns an den Händen fassen? Wir verirren uns hier."

„Zu offen", fügte Fang hinzu.

Ich griff in der Dunkelheit zurück und fand Fangs Finger. Gemeinsam bildeten wir eine Linie und gingen nun in einer Reihe um die mittlere Grube herum. Das Plätschern nahm zu, die Menschen murmelten mehr: Ratschläge über Hindernisse, Ermutigung, Wünsche nach Hause.

„Als ob ihre Häuser noch existieren würden", sagte Kaydee.

Als ob.

Ich erreichte das andere Ende des Raumes, wo der Weg sich wieder zu sich teilenden Gängen verengte. Meine Hand fand die Wand, und ich sagte Fang und den anderen Bescheid.

Die Hoffnung hatte ihren Moment.

Als ich den ersten Schritt aus der Mitte machte, spürte ich einen Ruck an der Linie. Mein Griff, bestenfalls unsicher, nutzlos ohne viel Kraft, um meinen Stand zu festigen, gab nach und ließ mich ins Wasser platschen. Von hinten brachen Schreie aus, meine Ohren und Sensoren verstanden die Worte nicht ganz, da das Wasser sie dämpfte.

Ich kämpfte mich auf den Rücken, drückte meinen Kopf hoch. Helle Blitze erleuchteten den Raum, als die Menschen den Handhalt gegen Gewehre tauschten und helle Energieblitze in Richtung der Grube und der mehreren Flexi-Mechs abfeuerten, die daraus hervorkrochen.

Die Mechs, von denen überall Wasser herabtropfte, stürzten sich auf die nächststehenden Menschen, einer lag bereits im Wasser. Der Mann platschte, sein Bein von einem Mech gepackt. Das Laserfeuer wirkte wie ein Stroboskop und zeigte die Aktion in Einzelbildern. Fang schien den Gegenangriff anzuführen, nahm ihr spuckendes Gewehr und verbrauchte die letzten Schüsse, um auf den greifenden Mech einzudreschen.

Als sie an einer anderen Frau vorbeikam, einer maskierten Frau, deren Feuer wild war, entriss Fang ihr einfach das Gewehr aus den Händen und ließ dabei ihr eigenes fallen. Wieder bewaffnet, hielt Fang den Abzug gedrückt und feuerte auf die Mechs.

Eine Hand packte meine Schulter, half mir auf die Füße. Pravda, sein Gesicht angespannt, die Augen zuckten im verstreuten Licht.

„Was sollen wir tun?", fragte Pravda.

„Was sie tut", antwortete ich.

Drei Flexi-Mechs waren aus der Grube gekrochen, und diese drei lagen nun zerstört da. Der gepackte Mann saß abseits und hatte sich auf einen umgestürzten Baum gerettet. Sein linkes Bein sah zerfetzt aus, sein Blut vermischte sich mit dem Wasser. Fang untersuchte die Mechs und bestätigte die Abschüsse.

Die anderen beiden Menschen kümmerten sich um ihren verletzten Freund und sprachen über Erste Hilfe. Ich gesellte mich zu Fang und Pravda bei den erledigten Flexi-Mechs.

„Sie haben gewartet", sagte Fang und kniete sich neben den mittleren Mech. „Hirnlose Maschinen würden keine Falle stellen."

„Sie sind nicht hirnlos", erwiderte ich und fummelte am linken Mech herum. „Alpha hat sie benutzt, erschaffen. Sie befolgen seine Befehle."

Das Gespräch am Laufen zu halten, hatte oberste Priorität. Die drei Flexi-Mechs mochten für die Menschen ein Albtraum gewesen sein, aber für mich boten sie eine Gelegenheit: Jede dieser Maschinen hatte eine Batterie, Energie, die ich für mich stehlen konnte.

„Alpha sollte überhaupt keine Befehle geben", sagte Fang und drehte ihren Mech um. Ich schielte hinüber, um zu sehen warum, und bemerkte, dass sie die Halfter des Flexi-Mechs untersuchte. Waffen, Werkzeuge zum Plündern.

„Sie folgen den Standardeinstellungen", sagte ich.

„Standardeinstellungen?", fragte Pravda.

„Wir haben auf dem Weg zu euch einen davon gefangen. Alpha hat sie so eingestellt, dass sie weglaufen und sich verstecken, um zu überleben. Er könnte das geändert haben, als er merkte, dass wir ihn nicht gehen lassen würden."

„Ändern in was? Alle Menschen töten?"

Ich zuckte mit den Schultern und nutzte die Bewegung, um meine Hand unter Wasser zu tauchen. Ich presste zwei Finger zusammen und formte den Stecker. Klar, damit könnte ich einen Mech hacken, aber ich konnte auch Energie abzapfen, vorausgesetzt, Fangs rauchender Schuss durch den Kopf des Flexi-Mechs hatte die Batterie nicht völlig zerstört.

„Ich vermute", sagte ich, „dass Alpha sie auf euch angesetzt hat. Mich haben sie ignoriert."

Zum Glück. Hätten die Flexi-Mechs ihre Falle am anderen Ende zugeschnappt, hätte ich nicht viel anderes tun können, als mich hinzulegen und zu sterben.

Der Anschluss meines Flexi-Mechs befand sich am Bauch, unter Wasser. Ich fand ihn, indem ich meine Hand am Rückgrat des Dings entlang führte, und steckte ein.

„Wir müssen vorsichtiger sein", sagte Fang. Das Licht schwand, die durch verirrte Laser entfachten Feuer brannten aus. „Kann er laufen?"

Die Batterie des Flexi-Mechs pumpte ihre Energie in mich. Kaydee sagte, es fühle sich an wie Kaffee trinken, ein zittriger, notwendiger Rausch. Jetzt mussten die Menschen nur lange genug bleiben, damit ich meinen Schuss bekam.

Im Idealfall könnte ich Energie aus mindestens einem weiteren saugen, dann...

Fang und Pravda ließen mich in den Schatten zurück und wateten zum verletzten Mann hinüber. Die Menschen redeten, während ich Energie saugte und zusah.

„Er wird hier nicht rauslaufen", sagte Kaydee, die neben mir erschien und virtuelle Steine übers Wasser hüpfen ließ. „Das Bein braucht eine Schiene und Zeit zum Heilen."

„Das Hospital ist nah", sagte ich.

„Selbst wenn es das ist, glaubst du, irgendjemand von denen weiß, wie man sich um den Kerl kümmert?", schnaubte Kaydee. „Das sind die Schicksten der Schicken. Verwalter. Manager. Fang mag wissen, wie man eine Waffe abfeuert, aber sie werden keinen Schimmer haben von-"

„Gamma", sagte Pravda, sein Gesicht jetzt ein schwacher Umriss, als die letzten Lichter flackerten. „Kannst du uns dabei helfen?"

Das konnte ich. Mit den Pflanzen um uns herum und Resten von der Ausrüstung der Menschen könnte ich einen behelfsmäßigen Verband basteln. Aber ich brauchte mehr Zeit zum Aufladen zuerst.

„Reinigt die Schnitte, dann reißt Stücke ab", sagte ich und blieb sitzen. „Wickelt das Bein fest ein. Versucht, eine Krücke aus einem Ast zu machen, sonst muss ihn jemand stützen." Weiter reden, weiter aufladen. „Das Hospital ist nicht allzu weit weg."

„Kannst du das nicht machen?", fragte Pravda. „Das ist nicht wirklich unser Fachgebiet."

„Da hat er dich erwischt", murmelte Kaydee.

„Dann sollte es das vielleicht werden", schoss ich zurück. „Ihr wollt ohne Mechs leben, dann müsst ihr tun, was die Mechs früher getan haben. Es ist nicht so schwer."

Wasser spritzte und ich fand Fang vor mir, die mir ins Gesicht starrte.

„Pravda hat dir einen Befehl gegeben, Gefäß. Er hat nicht nach einer Lebenslehre gefragt."

„Wenn ihr wolltet, dass ich das Bein eures Freundes rette, hättet ihr meine Batterie nicht leeren sollen", erwiderte ich und hielt meinen Ton neutral. „Ich kann selbst kaum laufen."

„Hätte nicht gedacht, dass die Gefäße so hilflos wären", sagte Fang, „oder schwach."

„Fang, es ist okay", sagte Pravda müde. „Wir machen, was Gamma gesagt hat. Der Mech hat einen guten Punkt. Wir können nicht alle Maschinen töten, ohne zu lernen, was sie wissen."

Fang schüttelte den Kopf, erhob sich und ließ mich allein, während ich mit jeder Sekunde immer mehr Energie zog.

Die Menschen bewegten sich zu schnell mit ihrer Ersten Hilfe und zündeten mehr kleine Feuer an, um zu sehen, was sie taten, als dass ich einen zweiten Mech hätte anzapfen können. Trotzdem verlieh mir die gestohlene Energie einen Energieschub. Einen Schub, den ich verbarg, indem ich wie zuvor meine Füße nachschleifte, als wir durch den Garten und zurück in den eigentlichen Conduit wateten.

Pravda wollte direkt bis zum Hospital weitergehen, eine Strecke, die uns durch den Park führen würde. Fang wollte durch den Park selbst einen Umweg machen und behauptete, es wäre schöner, unter seinen Bäumen zu kampieren als auf den engeren Gehwegen.

Ich widersprach und sagte, eng bedeute leichter zu verteidigen. Der Park könnte die Heimat zu vieler Mechs sein, die hinter Büschen, Mauern und gewundenen Pfaden warteten.

„Abstimmen?", fragte Pravda, und natürlich wollten die verdammten Menschen alle ein bisschen mehr Natur sehen.

„Sie waren in Röhren eingesperrt, Gamma. Was erwartest du?", sagte Kaydee, als wir nach rechts abbogen, auf einen breiten Pfad unter überhängenden Ästen.

Der Park erstreckte sich über mehrere Ebenen nach oben und unten, unsere markierte die höchste. Einige Baumkronen ragten auf gleicher Höhe mit uns hervor, während andere Plattformen uns an Hainbasen platzierten. Alles fast unsichtbar in Starships stromloser Existenz.

Fang bot an, einen oder zwei Bäume anzuzünden, eine Bitte, die Pravda ablehnte. Es gab nur so viele Bäume. Bis Farmen eingerichtet und Wälder aus Samen gezogen werden konnten, musste jede Pflanze erhalten bleiben.

„Macht Sinn, bis ich abstürze und sterbe", erwiderte Fang.

„Dann pass auf", sagte ich.

Fang tat es tatsächlich. Genauso wie Pravda und die anderen drei Menschen, die alle abwechselnd ihren verletzten Freund stützten. Wir wanderten, bis Pravda Halt rief, direkt über einem bestimmten Atrium, das ich nur zu gut kannte. Die Menschen konnten es nicht sehen, aber zu meinen Füßen befand sich ein Aussichtspunkt mit einem Brunnen im Zentrum der Aussicht. Dieser Brunnen war früher ein fieser Mech gewesen, und jetzt war er nichts.

Nichts griff uns auch an, als die Menschen sich um einige Bänke herum einrichteten. Snacks wurden ausgepackt, Mahlzeiten in vorgefertigten Behältern. Die Menschen konnten den Inhalt schütteln, und er würde sich

aufwärmen und ein rauchig riechendes Essen zum Abend-
mahl ergeben.

Ich fand meinen eigenen Platz auf einer Bank abseits
und beobachtete die Gruppe. Fang meldete sich erneut frei-
willig für die erste Wache.

„Also musst du noch ein bisschen länger warten", sagte
Kaydee und bemerkte meine wachsende Ungeduld. „Du
wirst schon klarkommen."

Vielleicht, aber es juckte mich, wegzugehen. Die
Menschen beschützen, gut. Aber ich hatte genug davon, ihr
Diener zu sein.

Starship war genauso mein Zuhause wie ihres.

„Weißt du, wie wir Leute wie dich nennen?", sagte Kaydee, als die Menschen sich auf behelfsmäßigen Grasbetten niederließen. „Gefangene."

Wir hatten uns unterhalten, meist ohne Worte, während der Stunde, die Fang, Pravda und ihre Crew zum Essen und Sammeln für den Schlaf brauchten. Wir hatten den Plan durchgesprochen, die Details festgelegt, und jetzt, mit Fang allein, war der Moment gekommen. Oder zumindest wäre er es gewesen, wenn Fang sich nicht neben mich gesetzt hätte.

Wir saßen auf einer niedrigen Steinmauer, die eine Nische für den Hain bildete, in dem die Menschen schliefen. Die Ziegel hatten Risse, der Mörtel war beim Abstieg des Raumschiffs erschüttert worden. Die meisten Bäume mit dickeren Wurzeln als die Opfer des Gartens standen noch, obwohl überall lose Äste herumlagen. Ich konnte sie als dunkle Linien gegen das Grün ausmachen. Fang konnte sie wahrscheinlich überhaupt nicht sehen.

„Was hast du da hinten gemacht?", fragte mich Fang,

und ich bemerkte, dass ihre linke Hand am Abzug ihres Gewehrs ruhte. „Im Garten, mit diesem Mech?"

„Ich habe seine Dateien gescannt", sagte ich, eine Lüge, die ich vorbereitet hatte. Mein Gesicht zuckte nicht, verriet nichts. Manchmal hatte es seine Vorteile, eine Maschine zu sein. „Ich wollte Alphas Befehle herausfinden."

„Hast du das?"

Ich schüttelte den Kopf. „Du hast seine Laufwerke zerschossen. Ich habe nichts gefunden."

„Du hast lange dort gesessen für nichts."

„Ich habe keine Energie zu verschwenden, um herumzulaufen, erinnerst du dich?"

Fang grinste. „Ich erinnere mich. Erzähl mir dann etwas anderes, Gefäß. Erzähl mir vom Raumschiff, was du gesehen hast, seit du aufgewacht bist."

Menschen und ihre Forderungen. Ich hätte mich wehren können, aber stattdessen erzählte ich, mit Kaydees Hilfe bei den Details, eine Version meiner Geschichte. Ich ließ Val außen vor, ließ ihre Menschen ein Geheimnis bleiben, gab Fang ansonsten aber, was sie wollte. Ich zog es auch in die Länge, sodass es dauerte - Delta und ich waren gerade dabei, die Kinderstube zu retten -, bis Fangs Wache endete. Sie ließ mich versprechen, die Geschichte morgen Abend fortzusetzen, und machte den Wechsel.

„Hier ist unsere Chance", sagte Kaydee, als wir zusahen, wie die neue Wächterin ihre Schicht antrat.

Im Gegensatz zu Fang blieb diese weit von mir entfernt. Sie postierte sich auf der gegenüberliegenden Seite der Nische und starrte ins Nichts.

„Sie kann nicht sehen, also solltest du gut sein, wenn du leise bist", sagte Kaydee und stellte damit das Offensichtliche fest. „Andererseits, kannst du überhaupt leise sein?"

Ich konnte verdammt heimlich sein, wenn ich wollte, vielen Dank auch. Zuerst hob ich meine Beine und streckte sie gerade in die Luft. Ich drückte mich von der Nischenmauer ab und saß in der Luft, meine Hände gegen den Stein gepresst. Ich bewegte meine Hände langsam, drehte die Handflächen und rotierte mich, sodass meine Beine über dem Weg waren.

„Jetzt vorsichtig", sagte Kaydee. „Fang wird dir die Beine wegschießen, wenn du erwischt wirst."

Eine faire Drohung und wahrscheinlich zutreffend. Selbst Chalo, Vals ansässiger Jäger, betrachtete mich nicht mit so viel Argwohn und Verachtung.

Ich setzte meine Füße auf den harten Weg. Die Stiefel fanden ihren Stand, noch nass vom Sumpf des Gartens. Jetzt kam der knifflige Teil: Abstand gewinnen, ohne die Wächterin zu alarmieren.

„Eine Ablenkung?", schlug Kaydee vor.

Nein. Die Wächterin würde erwarten, dass ich bei jedem Geräusch helfe zu reagieren. Wenn ich es nicht täte, würde die List auffliegen. Ich müsste meine Füße abrollen, leise sein. Zum Glück konnte ich, wo ein Mensch raten müsste, präzise sein. Ich stand auf und verteilte mein Gewicht so auf meine Füße, dass die Last am gleichmäßigsten war. Als der Wind auffrischte und die Blätter raschelte, machte ich einen Schritt und rollte meine Ferse in perfekter Stille ab.

Kaydee, die vor mir auf dem Weg stand, klatschte für mich. Auch wenn nur ich das Geräusch hören konnte, machte es das Reagieren auf meine Umgebung schwer, also hielt ich einen Finger an meine Lippen. Kaydee nickte und zeigte stattdessen Daumen hoch. Zwei, drei, vier Schritte weg und keine Anzeichen von Verfolgung. Ich riskierte einen Blick zurück und sah die Wächterin, ihren Kopf in den Händen.

Warum?

„Wer weiß", sagte Kaydee. „Vielleicht erinnert sie sich an etwas hier. Oder der Marsch deprimiert sie, die ganze Zeit im Dunkeln zu sein."

Ich zögerte in diesem Moment und überlegte kurz, zurückzugehen und sie zu fragen, was los sei. Wenn sie eine Geschichte hätte, würde ich ihr zuhören. Wenn sie Lasten abzuladen hätte, könnte ich als Vertrauter dienen, der garantiert nie ein Geheimnis ausplaudert.

„Das ist nicht das, was wir brauchen, Gamma", sagte Kaydee.

Kaydee hatte natürlich Recht. Das war nicht das, was wir brauchten. Nicht einmal ein Gefäß konnte jedermanns Probleme lösen.

Ich schlich in die Dunkelheit davon, die lautlosen Schritte trugen mich tiefer in den Park. Zwei Ebenen tiefer brachten mich zurück ins Zentrum des Conduits. Ich bog links ab, folgte Wegen und verstrickte mich in Kaydees starken Erinnerungen an diesen Ort. Sie ließ sie wieder aufflackern, diese Momente, in denen sie und Leo Wein tranken, umherwanderten, lachten.

Als ich fragte warum, antwortete Kaydee: „Warum nicht? Es gibt ja sonst nichts zu sehen."

Die Geister verblassten, als ich den Park verließ und den Fußweg an der Steuerbordseite fand. Eine schnelle Berechnung ließ mich nach rechts abbiegen, und wenige Minuten später fand ich, wonach ich suchte: den Energiekern. Das Energiezentrum des Raumschiffs. Die Batteriebanken hier kontrollierten, welche Energie wohin floss, ob Terminals funktionierten, Lichter leuchteten oder, als das Raumschiff noch durch die Sterne glitt, wer atmete und wer nicht.

„Sieht im Dunkeln ein bisschen anders aus", sagte Kaydee, als wir durch den Eingang gingen.

Eine Lobby und Gänge dahinter zogen schnell vorbei, nichts weiter als tote Fliesen, die auf uns warteten. Die Stille hätte beunruhigend sein sollen, der Wind drang nicht so tief ein und ließ meine Schritte als einziges Geräusch zurück. Wir gingen nach rechts und bogen bei einer Verzweigung scharf von drei Möglichkeiten ab. Volts Zuhause, ein riesiger Raum mit kreisförmigen Diagrammen, die sich über den Boden ausbreiteten. Als ich ihn das letzte Mal gesehen hatte, hatte jeder Ring Regenbogenfarben, die den Energieverbrauch im ganzen Schiff zeigten. Eine klare Visualisierung für die Person oder den Mech, der sich in der Mitte hinter riesigen Terminals verschanzt hatte.

„Ich kriege nicht mal ein Hallo?", sagte ich, als wir eintraten.

„Ein Hallo? Warum sollte ich dich begrüßen, du Mörder?", schrie Volt zurück und bestätigte damit, dass sich der Mech in seinem Terminal-Palast versteckte. Oder Gefängnis. „Weißt du, was du getan hast?"

„Das Schiff gerettet, dich gerettet", antwortete ich und schritt einfach hinein.

Ich würde nicht sagen, dass ich zu viele Freunde auf dem Starship hatte, aber Volt? Volt zählte als einer von ihnen. Zumindest dachte ich das. Volt saß inmitten seiner Terminals, meinen Hund Alvie in seinen vier Metallarmen umklammert. Alvie starrte mich mit gelben Augen an, die denen von Volt glichen. Ich verstand es nicht, kapierte Volts Stimmung nicht.

„Wo ist Bimu? Ist es nicht so, dass er sie so nennt?", fragte Kaydee und traf damit den Punkt, den ich übersehen hatte.

„Volt?", sagte ich und wählte einen weniger konfrontativen Ton.

„Du hast alles abgeschaltet, Mann", sagte Volt, seine Augen flammten rot auf. „Dinge, die seit tausend Jahren nicht abgeschaltet wurden, die noch nie abgeschaltet wurden."

„Und?"

„Ich weiß nicht, ob wir sie wieder einschalten können, das ist das Und. Ich versuche gerade, sie stabil zu halten."

„Was stabil halten?"

„All diese Batterien! Sie müssen ständig eine kalte Temperatur haben, was sie jetzt definitiv nicht haben. Siehst du, wer fehlt?"

Ich nickte.

„Ich musste sie anschließen. Sie versorgt und regelt jetzt die Kühlung." Volt öffnete seine Arme, Alvie sprang zu mir rüber und versetzte meinem Schienbein einen ordentlichen Kopfstoß. „Ich weiß nicht, was passieren wird, wenn du die Blockade entfernst. Sie könnte explodieren, sie könnte in Ordnung sein."

„Sie wäre sowieso gestorben, Volt, wenn ich es nicht getan hätte", sagte ich. „Die Triebwerke wären explodiert. Du wärst verbrannt."

„Vielleicht, vielleicht auch nicht. Bin hier drin ziemlich gut gepanzert", sagte Volt. Er stieß einen tiefen, synthetischen Seufzer aus, dann flammten seine Augen blau auf. „Was zum Teufel machst du überhaupt hier? Solltest du nicht diesen Kahn wieder zum Laufen bringen?"

Ich erzählte dem Mech vom letzten Tag, dem Marsch durch die Dunkelheit und der zunehmend düsteren menschlichen Entourage, die mir folgte. Erzählte ihm, was ich wollte, was ich mir erhofft hatte, als ich hierherkam.

„Du willst ein Zufluchtsort", sagte Volt, als ich fertig war.

„Für uns. Für alle Mechs."

„Glaubst du, die Menschen werden dir das geben? Denn ich denke, sie werden dich lange vor der Aufgabe dieses Wracks töten", Volt richtete sich auf seine Saugnäpfe auf. „Du hast Val getroffen, und jetzt erzählst du mir von diesen Neuen, der Gruppe, die dich wie ein Spielzeug behandelt. Wie stellst du dir vor, dass das funktionieren soll?"

„Sie werden nicht reinkommen können", sagte ich. „Wenn du deinen Teil dazu beiträgst, werden wir sie lange genug verscheuchen, um das Starship zu befestigen."

„Wenn ich meinen Teil dazu beitrage."

„Eine Show abzuziehen, sollte für dich nicht schwer sein. Du hast das Talent dazu."

„Nennst du mich einen Lügner?"

„Ich nenne dich ausdrucksstark", ich folgte der menschlichen Gewohnheit, streckte die Hand aus und legte sie auf Volts schwarze Metallschulter. Das Umgebungslicht von Alvie und Volts Lichtern bedeutete, dass wir in Schatten sprachen, blau und gold. „Es geht nicht nur darum, uns zu schützen, es geht auch um sie. Sie werden die Chance haben, neu anzufangen."

„Also willst du neu aufbauen. Die Fabrikationslinien nehmen und eine neue Generation produzieren?"

„Genau. Ich habe meine Blaupausen. Wir können deine finden, herausfinden, wie man mehr Alvies macht. Den Code so korrigieren, dass wir keine Probleme haben."

„Keine Probleme", Volt gab ein kupfernes Kichern von sich. „Leute lange vor dir pflegten das Gleiche zu sagen. Große Pläne würden sich perfekt entwickeln. Was ich sah, neue Probleme tauchten genauso auf."

„Ich würde lieber dieses Risiko eingehen, als zu sterben, wenn ein Mensch Angst bekommt."

Volts Augen blitzten rot auf, „Da kann ich zustimmen." Seine vier Arme zuckten mit vier Schultern. „Wenn du den Saft wieder zum Fließen bringst, werde ich sehen, was für eine Show ich abziehen kann. Schulde dir das zumindest."

Kaydee wartete auf mich, als Alvie und ich Volt verließen. Sie lehnte an der dunklen Flurwand, beleuchtet vom digitalen Schein. Ihre Hand hatte den Daumen unter ihrem Kinn, der Finger fuhr ihre Wange hoch, während sie mich beim Gehen beobachtete.

„Hab dir gesagt, er würde mitmachen", sagte Kaydee und zeigte ein kleines Grinsen. „Netter Schubs mit dem Kompliment. Was für ein guter Manipulator du dich entwickelst."

„Ich lerne es von dir." Ich war mir nicht sicher, ob ich damit zufrieden sein sollte oder nicht, aber Manipulation schien bisher ein Vorteil zu sein, also würde ich sie weiter nutzen, bis sie es nicht mehr war. „Stört dich das?"

„Da wir eins werden? Nö."

„Du meinst, da ich verdrängt werde."

Kaydee fiel neben mir in den Schritt. Wir verließen die Gänge, gingen schweigend zurück Richtung Lobby des Energiekerns.

„Erinnerst du dich an das Abendessen, das du mit den Stimmen hattest? Mit meiner Mutter?", sagte Kaydee.

„Wo sie versuchte, ein Messer nach mir zu werfen?"

„Genau das."

„Ja. Ich vergesse nichts."

„Richtig. Das muss nervig sein. Jedenfalls sprach sie damals mit mir, flüsterte mir ins Ohr, während Leo und Willis immer wieder sagten, ich hätte keine Optionen",

Kaydee holte tief, nutzlos Luft. „Sie sagte, ich hätte eine, und das wärst du. Dass ich es nicht ignorieren könnte."

„Das hast du nicht."

„Ich habe versucht, ihr das Gegenteil zu beweisen. Gib mir wenigstens den Kredit, Gamma. Ich habe diesen Mech versucht."

„Du willst es nicht noch einmal mit etwas Neuem versuchen?"

„Dafür ist es zu spät, mein Freund. Wir sind jetzt zu eng verbunden." Kaydee presste ihre Lippen zusammen, hatte die Anmut, traurig über die ganze Sache auszusehen. „Tut mir leid."

Ich nickte, ging weiter. Erwähnte nicht, dass mein Prozess abgeschlossen war. Mit der Energie, die ich dem Mech gestohlen hatte, hatte ich Kaydees Funktionen in einen Behälter gepackt.

Ich könnte sie mit einem einzigen Gedanken löschen.

VERÄNDERUNG IST SCHWIERIG

Ich ging meinen Weg durch den Park zurück und setzte meine Füße genau an die Stellen, wo ich vorher getreten war. Alvies metallene Pfoten tappten neben mir her und fügten dem Windhauch Klimpern, Klappern und gelegentliches Keuchen hinzu. Unterwegs überlegte ich mir plausible Erklärungen und entschied mich schließlich dafür, dass ich Alvie gehört und mich auf die Suche nach ihm gemacht hätte. Würden Pravda und Fang das glauben? Vielleicht, vielleicht auch nicht, aber welche Wahl hatten sie schon?

Meine innere Uhr zeigte, dass es gegen Mittag war, als ich zum Amphitheater zurückkehrte, das wir als Lager genutzt hatten. Die Menschen sollten gerade ihr Frühstück beendet haben und zum Aufbruch bereit sein. Vielleicht warteten sie sogar auf mich.

Stattdessen sah ich keine Wache, keinen Posten.

In der tintenschwarzen Dunkelheit, durch meinen grünen Filter, sah ich niemanden und fand nichts. Sie waren weg. In irgendeine Richtung gestolpert.

„Oh, das macht Spaß", sagte Kaydee, plötzlich eine

große Lupe in der Hand wie ein klassischer Detektiv. „Was meinst du, wohin sie gegangen sind, Gamma? Den richtigen Weg? Den falschen Weg? Sind sie alle nacheinander irgendwo runtergefallen?"

„Über ein Geländer?"

„Okay, vielleicht ist das ein bisschen unwahrscheinlich, aber hab doch ein bisschen Spaß dabei."

Es war schwer, Spaß zu haben, wenn meine Schützlinge verschwunden waren. Ich empfand nicht viel Sympathie für Pravda und seine Leute, besonders nicht für Fang, aber der Kerncode war schwer zu ignorieren: Mein grundlegendes Verlangen, die Menschen in Sicherheit zu wissen, versetzte mich angesichts ihres Verschwindens in einen Zustand nahe der Panik.

Zum Glück musste ich mich nicht auf meine eigene Nase verlassen, um die Spur zu finden.

„Alvie, riechst du etwas?", fragte ich den Hund.

Alvie bellte keuchend und sah sich ratlos um.

„Denk dran, Gamma, Alvie ist kein echter Hund." Kaydee warf mir einen amüsierten Blick zu. „Der Welpe kann wahrscheinlich gar nichts riechen. Dieser verrückte Mech in Purity hat ihn aus Schrott gebaut."

Stimmt, aber bevor ich eine andere Strategie finden konnte, bellte Alvie wieder keuchend und schoss los, seine Pfoten klapperten auf den gepflasterten Wegen.

„Vielleicht kann er es doch", sagte ich zu Kaydee und rannte meinem Hund hinterher.

Alvie rannte schnell, schneller als ich je hoffen konnte mitzuhalten, aber der Hund behielt mich im Auge und hielt ab und zu an, um zu warten. Seine urteilenden gelben Augen schienen von meinem langsamen Joggen enttäuscht zu sein, aber ich hatte nicht vor, mehr Energie als nötig für die Verfolgung aufzuwenden. Nicht, wenn ich nicht wusste, wie weit wir gehen würden. Immerhin lief Alvie in die richtige Richtung: durch den Park in Richtung des Hecks des Raumschiffs. Die Menschen waren also nicht so verloren gewesen, dass sie den Weg zurückgegangen waren, den sie gekommen waren.

Zum Glück, denn das Krankenhaus würde in dieser Richtung liegen.

Ich hatte den Park noch nicht hinter mir gelassen, als Alvie mich zu einem Leitungsgang führte. Keuchend bellend kratzte der Hund an meinem Bein, bis ich sagte, ich würde ihm weiter folgen. Alvie sprang, drehte sich in der Luft und schoss von mir weg, und wieder jagte ich hinterher.

Bald hörte ich mehr als nur metallisches Klappern, jetzt mit einem zusätzlichen glänzenden Klang, als wir angenehmes Pflaster gegen Laufstegstahl eintauschten. Die neuen Geräusche waren nicht das, worauf ich gehofft hatte: Die Surren, Zischen, Klappern und Piepsen kamen eindeutig von nichtmenschlichen Quellen. Mit Alvie voraus, die gelben Augen des Hundes wie Scheinwerfer in der Düsternis, verlangsamte ich mein Tempo und versuchte, die Geräusche zu identifizieren.

„Würde Alvie uns direkt zu Flexi-Mechs führen?", fragte Kaydee.

Nein. Ich hatte inzwischen genug Flexi-Mechs gesehen, um zu wissen, dass dies nicht ihre Geräusche waren. Zum einen konnten die Mechs leise sein, wenn sie wollten. Diese klangen wie Mechs in schlechtem Zustand: lose Dichtungen, korrodierte Drähte, instabile Ketten. Nicht, dass Alpha nur Flexi-Mechs benutzte. Das Raumschiff war riesig, wer wusste schon, wie viele übrig gebliebene loyale Maschinen in seinen Ritzen versteckt waren?

„Du gehst also unbewaffnet rein?", fragte Kaydee, als

ich meinem Hund weiter folgte. „Kluger Schachzug, Schlaumeier."

„Ich lasse Alvie nicht allein. Und ich vertraue meinem Hund."

Auf keinen Fall würde er mich in Gefahr bringen.

Alvie wartete auf mich in der Nähe eines aufgebrochenen Cafés. Hübsche Schriftzüge zogen sich über einen Bogen über der Tür, verschmierte und verbogene Dekorationen erinnerten an eine Zeit, als Besucher hier vielleicht auf einen Smoothie oder Tee vorbeigekommen wären, bevor sie zu einem Tag zwischen den Bäumen in den Park aufbrachen. Durch Alvies Augen, die Licht verströmten, sah ich ein Inneres, das mit dem Äußeren nicht Schritt halten konnte: kleine Tische lagen auf der Seite, Stühle waren verbogen und zerbrochen. Ein Loch klaffte in einem langen Tresen, die Kaffeemaschine dahinter lag aufgebrochen und ihrer Teile beraubt da. Geborgen, geplündert, entweder von Mechs oder Menschen.

Drei Nachzügler gesellten sich zu mir bei der Begutachtung der Verwüstung und erwiesen sich als knarrende Quelle des Geräusches. Ein Müll-Mech, ein Kehrroboter und eine ausrangierte Krankenschwester, beurlaubt vom Krankenhaus. Sie schlenderten durch den Raum, jeder hielt inne, um zerbrochene Tassen, verbogene Möbel und einen zerknitterten Flyer zu inspizieren.

„Nicht ganz die Menschen", murmelte Kaydee. „Vielleicht hat Alvie seinen Spürsinn verloren."

Vielleicht. Ich warf einen Blick auf den Hund, der zu mir aufschaute. Sein Metallkiefer und die eisernen Zähne konnten zwar keine Ausdrücke formen, aber Alvie strahlte eine zufriedene Aura aus. Er war ein Mech, er machte keine Fehler.

„Lass uns sehen, was du gefunden hast", sagte ich, laut genug, dass es bis ins Café drang.

Die drei Mechs drehten sich wie ein einziger bei meiner Stimme um. Der Kehrroboter und der Müll-Mech waren nicht für menschliche Interaktion gebaut, und ihre leeren Kästen verrieten mir nichts über ihre Absichten. Der Krankenschwester-Mech hingegen ließ seine Augen auf mich leuchten: blau.

„Hallo", sagte ich. „Ich heiße Gamma." Ich suchte nach dem nächsten Schritt und entschied mich für: „Ich versuche, Menschen zu finden. Habt ihr welche gesehen?"

Die falsche Frage. Die Augen des Krankenschwester-Mechs flammten rot auf, und er kam zusammen mit dem Müll-Mech und dem Kehrroboter auf mich zu. Alle drei hoben ihre dünnen Arme und griffen in meine Richtung.

„Tja, scheint, als wären sie nicht freundlich", sagte Kaydee. „Versuch nicht zu sterben, Gamma."

„Ich geb mein Bestes", erwiderte ich und schlich nach rechts ins Café. Hinter mir begann Alvie mit seinem keuchenden Bellen und rückte vor. „Leg sie um, Kumpel."

Wenn all diese Mechs eine gemeinsame Schwäche hatten, dann lag sie in ihren klobigen Füßen oder, im Fall des Krankenschwester-Mechs, in den vorsichtigen Ketten. Keiner konnte sich selbst aufrichten, und keiner hatte das, was Delta als „Talent" in einem Kampf bezeichnen würde. Sie rumpelten geradewegs auf mich zu, und Alvie machte sich an die Arbeit.

Der Krankenschwester-Mech kam mit Schwung, die Ketten quietschten, als er über den mit Müll übersäten Boden beschleunigte. Alvie, der kluge Hund, der er war, wartete, bis der Mech am Café-Eingang vorbeirollte, bevor er heraussprang. Mein Hund traf den Krankenschwester-Mech an den Schultern und warf ihn seitlich zu Boden.

Alvie stieß sich ab und traf den nächsten Mech in der Reihe, schlug die Müllmaschine nieder und stellte sich darauf.

Das ließ den Kehrroboter für mich übrig.

Mit wirbelnden Bürsten und zwei dünnen Armen zum Entfernen von Schutt, die nach meinem Gesicht schlugen, stellte der Kehrroboter eine geringe Bedrohung dar. Eine, die ich beschloss, auf Kneipenschlägermanier zu handhaben: Ich warf einen Stuhl nach ihm. Selbst ohne volle Kraft – musste Energie sparen – krachte mein Geschoss in den Kehrroboter und schleuderte ihn zur Seite. Der Mech fiel nach hinten, seine Bürsten drehten sich in der Luft.

„Nicht übel", sagte Kaydee und tauchte auf, um das Chaos zu begutachten.

„Vor ein paar Tagen wäre das noch beängstigend gewesen", erwiderte ich. „Jetzt?"

Jetzt, was? War ich zu Gamma geworden, dem Mech-Schlächter? Eroberer der vielen Hallen des Raumschiffs?

„Werd nicht zu überheblich", lachte Kaydee. „Delta und Beta könnten dich immer noch zum Frühstück verspeisen."

„Nicht, wenn ich sie so programmiere, dass sie mir stattdessen Frühstück servieren."

„Was wäre dein Frühstück überhaupt, Gamma? Eine frische Batterie?"

„Ich würd's nehmen."

Ich wählte den Krankenschwester-Mech als mein erstes Ziel. Im Vergleich zu den anderen beiden hatte die Maschine eine Stimme und die komplexeste Verarbeitung. Ich fragte sie erneut, ob sie die Menschen gesehen hätte. Alles, was ich von ihrem versiegelten Plasticlächeln unter diesen roten Augen, mit nutzlos rotierenden Ketten, erhielt, waren verzerrte Töne. Ich würde nichts lernen, indem ich den kaputten Bot befragte, aber wie die Polizei in den Filmen der Bibliothekarin hatte ich andere Methoden.

„Das dauert nur eine Sekunde", sagte ich zu dem Mech und presste Daumen und Zeigefinger zusammen, um den Stecker zu formen.

Für einen Mech, der zum Helfen und Heilen konzipiert war, brauchte es einiges, um ihn in eine mörderische Maschine zu verwandeln. Von der Art, die überall Spuren hinterlässt. Das Eindringen in das Innere des Mechs versetzte mich in einen schäbigen Raum, übersät mit piependen medizinischen Monitoren. Die schulterhohen Bildschirme umgaben Kaydee und mich, sterile blaue Lichter trafen uns aus allen Winkeln. Dahinter schlängelten sich Kabel am Boden entlang und die Wände hinauf, bedeckten triefende graugrüne Flecken. Ein stickiger Desinfektionsgeruch durchdrang den Raum.

„Was für eine reizende Umgebung", sagte Kaydee und kniff sich in die Nase.

„Schlimmer als die anderen", sagte ich und erinnerte mich an die Krankenschwestern zurück in der, nun ja, Kinderstube. Die waren nicht so verdorben wie diese, eine vorsätzliche Verdrehung. Vielmehr waren sie einfach Opfer von Funktionen gewesen, die viel zu lange ohne Anpassung gelaufen waren.

„Warum?"

Ich deutete auf die Flecken an der Wand. Sie erinnerten mich an eine bestimmte Farbe, ein bestimmtes Gefühl.

„Es gibt nur einen Mech, der das tut", sagte ich, „und der ist jetzt tot."

„Alphas Überbleibsel", seufzte Kaydee. „Eklig. Schätze, wir können den dann töten."

Wir könnten, aber warum? Zum ersten Mal wurde ich

nicht unmittelbar angegriffen. Alvie hatte mir den Rücken freigehalten, und die Feinde ringsum waren nicht gerade ernst zu nehmen. Wenn unser Plan darin bestand, Starship zu einem Zufluchtsort für Mechs zu machen, würde es mehr wie diesen geben.

„Was meinst du also?", fragte Kaydee, als ich ihr meine Idee mitteilte. „Du willst ihn säubern?"

„Besser als das", antwortete ich. „Wenn ich will, dass Starship ein Zuhause für Mechs wird, muss ich den Mechs die Chance geben, darin zu leben. Wirklich zu leben."

„Gamma, das ist-"

„Denk mal darüber nach. Ich könnte diesen hier in seinen Ursprungszustand zurückversetzen, ihn komplett löschen. Er würde zur Kinderstube zurückkehren und sich um die Embryonen kümmern, die vielleicht gar nicht mehr da sind. Was passiert dann?"

Kaydee sah sich die blauen Bildschirme an, auf denen jeweils eine andere Funktion, ein anderer codierter Befehl scrollte.

„Ich weiß nicht, Gamma, aber-"

„Ich muss versuchen, ihnen einen echten Zweck zu geben. Echte Handlungsfähigkeit."

„Du klingst wie Alpha."

„Nein. Alpha diktiert. Ich setze sie frei."

Bevor Kaydee weiter protestieren konnte, ging ich zum nächsten blauen Bildschirm. Die Tastatur darunter gab mir allen Zugang, den ich brauchte, eine Chance zu schneiden, zu bearbeiten, zu tippen und zu transformieren. Ich kopierte Teile von mir selbst, die Logik und die offenen Berechnungen. Ich löschte Alphas Überreste, jedes gelöschte Bit entfernte einen Fleck von der Wand.

Kaydee beobachtete alles mit einer traurigen Grimasse im Gesicht. Schön. Sie war kein Mech, sie würde es nicht verstehen. Ich fand auch andere Stellen, um Verbesserungen vorzunehmen, Zeilen, die den Mech zwangen, Menschen zu gehorchen, immer ihren Regeln zu folgen. Ich entfernte diese und gab dem Mech meine eigenen moralischen Richtlinien. Er würde in der Lage sein, seine eigenen Entscheidungen zu treffen, seine eigenen Werte im Laufe der Zeit zu definieren.

Als ich zurücktrat, leuchtete der Raum des Mechs hell. Die Wände waren sauber, ein neues Licht strahlte herab, und all diese Bildschirme waren zu einem komprimiert worden, um den Ablauf zu optimieren.

„Wunderschön", sagte ich und nickte zu meiner eigenen Arbeit.

„Es ist etwas", sagte Kaydee.

„Es gefällt dir nicht?"

„Ich bin mir nicht sicher, ob du das bekommen wirst, was du willst."

„Oh, du Kleingläubige."

Kaydee kicherte: „Woher hast du denn diesen Spruch?"

Anstatt zu antworten, zog ich uns zurück in die reale Welt, wo ich meine Schöpfung beurteilen konnte. Oder vielleicht von ihr beurteilt werden würde.

Das Café sah aus wie zuvor. Selbst Alvie hatte sich nicht von dem wütenden Müll-Mech bewegt. Es war dunkel, was eine Anpassung von dem fade, aber hellen digitalen Raum erforderte. Mein Rettungsprojekt zitterte, als ich zurücktrat, die Augen des Krankenpfleger-Mechs rasten durch die Farben. Blau, rot, grün. Alles hätte einem Gefühl entsprechen sollen, einer Aktion des Mechs, aber ich hörte nur Rasseln. Knirschen. Gemurmel. Nichts, was dem Sinn ähnelte, den ich ihm einprogrammiert zu haben glaubte.

„Holpriger Start", sagte Kaydee neben mir. Der Krankenpfleger-Mech versuchte aufzustehen, kippte um und fiel mit einem harten Schlag zurück auf den Boden. Alvie bellte keuchend eine Frage.

„Hallo?", versuchte ich, den Krankenpfleger-Mech anzusprechen. „Hast du einen Namen?"

Eine Funktion, die ich in die Maschine eingefügt hatte, hätte einen generieren sollen, eine Identität, aus der alles andere entspringen konnte. Stattdessen rollte der Mech. Er plumpste. Er schlug seine Arme auf den Boden oder gegen seinen eigenen Kopf. Dann, nachdem er eine Kombination aus all seinen möglichen Tönen gleichzeitig von sich gegeben hatte, erstarrte der Mech und blieb regungslos liegen. Seine Augen tot.

Ich musste ihn nichts weiter fragen.

„Du kannst nicht alles zu einem Gefäß machen, Gamma", sagte Kaydee, als ich mich hinkniete, um die Maschine zu untersuchen. „Sie haben nicht die Komponenten dafür. Das Design. Sie sind nicht dafür gedacht, das zu tun, was du tust, genauso wie du nicht für ihren Zweck gedacht bist."

„Sie sollten formbar sein", entgegnete ich. „Sie sind Maschinen, wir können uns ändern."

„Klar, wenn du seine Eingeweide rausreißt und deine reinsteckst, würde es sicher prima funktionieren. Aber das hast du nicht gemacht. Du hast jemanden ohne Arme, ohne Beine und ohne Hilfe ins Meer geworfen und ein Wunder erwartet."

Ich lehnte mich zurück und starrte auf den toten Mech. Der Kehrroboter und sein Müll-Freund setzten ihre fruchtlosen Bemühungen fort, aufzustehen. Alvie, der meine Verärgerung spürte, gab ein gedämpftes, mitfühlendes Jaulen von sich.

„Wie soll ich sie dann retten?", fragte ich, ohne wirklich eine Antwort von Kaydee zu erwarten.

„Rate mal, Gamma. Wir haben dasselbe versucht, aber mit Menschen. Ich bin dafür gestorben. Weißt du, was ich gelernt habe?"

„Ich frage doch gerade, oder?"

„Und bist dabei ziemlich schnippisch", Kaydee verpasste mir einen digitalen Klaps. Ich nahm es wie ein Champion hin. „Ich habe erkannt, dass man die Leute so sein lassen muss, wie sie sind. Man kann sie nicht zwingen, sich zu ändern. Wenn du willst, dass deine Mechs gut leben, dann säubere sie. Gib ihnen ihre Jobs zurück, lass sie sein."

Ich ließ die Worte auf mich wirken. Ging zum Kehrroboter-Mech und blieb gerade außerhalb der Reichweite seiner greifenden Arme. Das Ding war gebaut worden, um den Conduit sauber zu halten. Darauf waren all seine Komponenten ausgerichtet. Vorerst.

„Wenn ich die Leitungen habe, werde ich dich besser machen", sagte ich zu dem Mech, formte dann wieder den Stecker und machte mich an die Arbeit.

LASER UND LATTE

Wir fanden die Menschen dank ihrer Ungeschicklichkeit. Als wir das Café und die verlorenen Mechs verließen, hörten wir Geräusche, die sich deutlich vom Wind, gelegentlichem Klappern oder einer umherstreifenden Maschine unterschieden.

„Ziemlich sicher, dass Mechs nicht so fluchen", sagte Kaydee, als wir auf dem Gehweg standen und versuchten zu entscheiden, wohin wir gehen sollten.

Die Worte, die Rufe drangen von unten herauf und hallten von den Wänden des Raumschiffs wider. Ein Mensch hätte es vielleicht schwer gefunden herauszufinden, woher die Stimmen kamen, aber meine Sensoren orteten sie sofort: unten, mehrere Ebenen tiefer.

Zumindest klangen die Schimpfwörter eher wütend als ängstlich.

Mit Alvie an meiner Seite fanden wir die nächste Treppe und gingen nach unten. In der Nähe des Parks ähnelten die meisten Orte dem Café, das ich gerade verlassen hatte: Restaurants, Spas, Luxus. Ihre Ruinen sahen im Dunkeln besser aus, wo Kaydee und ich die

Gegenwart vergessen konnten. Sie füllte sie mit Beschreibungen, mit kleinen Geschichten, während wir gingen.

„Ich brauche mehr davon", sagte ich zu ihr, als wir die Ebene der Menschen erreichten und die Zwischenspiele zu Ende waren. „Es gibt zu viel Wut und Gewalt bei den Menschen, die ich treffe. Es ist die falsche Seite."

„Die meisten von uns denken auch so."

Vor uns sahen wir den Laden, den Pravda und Fang gefunden hatten. Er lag verbarrikadiert hinter zerbrochenen Bänken, deren Teile über den Gehweg verstreut waren. Wie viele Menschen waren über diese Teile gestolpert? Alle?

Alvie blieb stehen. Legte eine Pfote auf mein Schienbein. Schnüffelte, seine goldenen Augen blitzten rot auf. Kaydee und ich lauschten. Die Menschen fluchten nicht mehr, sie redeten. Eine hitzige Diskussion.

Das war nicht der Grund, warum Alvie mich zurückhielt.

Sie sahen aus wie sich bewegende Schatten entlang der Wände, dunkelgrüne Gestalten, die über und entlang des Geländers zu meiner Rechten glitten. Flexi-Mechs, mindestens fünf. Sie jagten.

„Na, das ist nicht gut", flüsterte Kaydee, als wir zusahen, wie die Mechs näher krochen. „Will dich nicht runterziehen, Gamma, aber fünf könnten zu viele sein für ein unbewaffnetes Gefäß wie dich."

Die Menschen hatten allerdings Gewehre. Sogar Pravda trug eine Waffe, obwohl niemand wusste, ob er damit überhaupt umgehen konnte.

„Cool. Lass sie sich selbst verteidigen." Kaydee verschränkte die Arme. Fing meinen schrägen Blick auf. „Du weißt schon, dass ich nicht für jeden Menschen bin, oder? Diese Bande will dich verschrottet sehen, Gamma. Ich werde sie nicht verteidigen."

„Das musst du auch nicht. Komm, Alvie."

Ich würde meine Strategie im Flug ausarbeiten, abgesehen vom Anfang. Auf mein Zeichen hin rannte Alvie los, keuchend bellend. Ich folgte, meine Füße hämmerten auf den Gehweg, während ich den Menschen drinnen einen Alarm zurief.

Die Flexi-Mechs und ihre Schatten erstarrten bei meinen Worten. Die Unschärfen, die ihre Köpfe markierten, blickten in meine Richtung, und ich dachte, sie könnten alle wie hungrige Wölfe über mich herfallen.

Stattdessen stürzten sie sich auf die Menschen.

Zwei warfen sich über das Geländer des Gehwegs, schlugen auf den Fliesen auf und stürmten ins Café. Ein weiteres Paar schwang durch bereits zerschlagene Fenster, stieß Glasreste ab und fügte dem Chaos ein Klirren hinzu. Blitze, fehlgeleitete Bolzen schossen durch die Fenster in den Conduit, als Alvie und ich näher kamen. Fangs und Pravdas Stimmen riefen Befehle. Jemand schrie. Drei weitere Flexi-Mechs rasten uns entgegen und näherten sich dem Café.

„Nimm sie dir", sagte ich zu meinem Hund, und wir rannten los.

Mit hell blau-weißen Lasern, die meine Schultern umrahmten und meinen Kopf streiften, sprangen Alvie und ich am ersten Fenster vorbei, um die Flexi-Mechs vor der Cafétür zu treffen. Alvie, schneller als ich, machte einen Satz und packte den Anführer an der Kehle, wobei das nicht gerade geringe Gewicht des Hundes den Mech auf den dahinter zog. Der Haufen landete auf dem Gehweg, mit gerade genug Spielraum für mich, um meine Beine anzuziehen und zu springen, wobei ich den dritten Flexi-Mech in einer Kollision in der Luft traf.

Ich erwartete eine Bohrhand in der Brust, einen Schnitt im Gesicht oder etwas Schlimmeres. Stattdessen prallten wir aufeinander, und der Flexi-Mech versuchte, mich abzuwerfen, ein gescheiterter Versuch in der Luft. Mein Gewicht übertraf das dünne Skelett der Maschine und schickte uns beide rückwärts über Alvies Hundehaufen hinweg. Ich zerquetschte den Flexi-Mech am Boden, spürte, wie das Ding mich packte und versuchte, mich wegzuschieben. Ein Versuch, der vielleicht funktioniert hätte, wenn meine eigenen Hände nicht Griffe an der schmalen Wirbelsäule des Flexi-Mechs gefunden hätten. Als der Mech mich nach links warf und versuchte wegzukommen, hielt ich fest und zog den Flexi-Mech mit mir. Die Maschine rollte sich über und ich stieß mich ab, ließ mit dem Schwung los. Der Mech flog in die Luft, zog immer noch nach links und verschwand über den Rand.

Würde er den Sturz überleben? Würde er auf einer weichen, schimmeligen Matratze landen, wie ich es einmal getan hatte?

„Wen interessiert's, Gamma! Hilf deinem verdammten Hund!" Kaydee holte mich in die Realität zurück.

Alvie schnappte abwechselnd nach den Flexi-Mechs und versuchte, das Paar davon abzuhalten, an ihm vorbeizukommen. Keine der Maschinen schien an meinem Hund interessiert zu sein, außer ihn beiseite zu schieben. Laser und Flüche strömten weiterhin aus dem Café. Jemand weinte auch, schmerzerfüllte Schluchzer, die sich um die Crashes des Kampfes herum drängten.

Immer noch nur mit meinen Händen tat ich, was ich konnte: Ich rannte hinter Alvies zweien her und spielte Fangen mit dem Conduit. Wie ein Footballspieler bückte ich mich und hob den näheren Flexi-Mech auf, der funkelnde Narben an Brust und Knöcheln trug, und schleuderte ihn seinem Kameraden hinterher. Der Mech schrie nicht, als er flog und verschwand. Kein Protest, keine erklärte Rache.

Alvie nutzte seine plötzliche Freiheit und verbiss sich in das Bein des letzten. Er grub seine Pfoten in den Gehweg, als der Flexi-Mech versuchte, an ihm vorbeizukommen, und zerrte hart. Das Knie des Flexi-Mechs sprang aus seinem Gelenk, Kühlmittel und Drähte flatterten überall herum. Anstatt zu stoppen oder sich um seine Verletzung zu kümmern, fiel der Flexi-Mech nach vorne auf seine vier Arme und krabbelte vorwärts, wobei er sich um die Tür des Cafés nach innen zog.

„Nicht so schnell", sagte ich und stürmte um meinen Hund herum.

„Bleib unten!", schrie Kaydee. „Friendly Fire ist eine echte Sache, weißt du!"

Meine Freunde feuerten wie Verrückte. Ihre Gewehre feuerten, als ich ins Café kam, was wie ein Dutzend aussah, entpuppte sich bald als vier, wobei Fang und ein anderer Mensch je zwei hielten. Ihre Schüsse erhellten den Raum und offenbarten einen hässlichen letzten Stand im hinteren Teil des Restaurants. Die Menschen hatten sich hinter der Theke verschanzt, die Flexi-Mechs rückten von allen Seiten vor.

Während sich die Maschinen nicht viel um Alvie und mich gekümmert hatten, gingen sie mit Taktik und mörderischer Absicht auf die Menschen los. Mit Tischen und Stühlen als Schilden näherten sich vier, jetzt fünf mit unserem humpelnden Ziel, Mechs von allen Seiten. Zwei klammerten sich an die Außenwände und wickelten sich herum, während die anderen von der Mitte aus vorrückten.

Die Flexi-Mechs nahmen nicht nur Schüsse hin, sondern schossen auch zurück und schleuderten Splitter mit tödlicher Genauigkeit auf die Menschen. Fang, die aufrecht stand, hatte mindestens drei Stücke, die aus ihren Armen, ihren Schultern und ihrer Brust ragten. Ich konnte Pravda und die anderen beiden nicht sehen, nahm an, sie wären hinter der Theke des Cafés.

„Nicht gut", sagte Kaydee, als ich den verwundeten Flexi-Mech einholte.

Ich mochte meine Chancen nicht, den Flexi-Mech durch die schmale Tür zu werfen und ins Conduit zu befördern, also wählte ich eine direktere Methode: Ich hob einen verbrannten Ständer für Speisekarten auf und spießte den Flexi-Mech von hinten auf. Ich trieb die Waffe mit genug Kraft voran, um das verbliebene Bein des Flexi-Mechs zu durchbohren und ihn am Boden festzunageln. Nicht dass es den Mech kümmerte: Er versuchte weiter, sich zu befreien, zumindest für eine weitere Sekunde, bis ich dem Mech das Batteriepack herausriss.

„Gamma! Hilf!" Fang sprach zum ersten Mal ohne Hohn, Wut oder Misstrauen zu mir.

Die Blitze erstarben, als Fangs Gewehre keine Energie mehr hatten. Sie hatte einen Flexi-Mech tot in ihrem Kielwasser gelassen, der andere Mensch schoss immer noch und hielt die anderen zwei rechts in Schach. Was den linken Wandkletterer zu meinem nächsten Ziel machte. Ich hob einen Stuhl, zielte und versagte, als der Flexi-Mech hinter die Theke sprang. Alvie tat, was ich nicht konnte, flog an mir vorbei und sprang, einen umgekippten Tisch als Sprungbrett nutzend, wie ein fliegendes Metallgeschoss über die Theke. Mein Hund bellte keuchend, seine gelben Augen leuchteten, als er über der Theke verschwand.

„Du hast da einen verdammt mutigen Hund", sagte Kaydee, als ich mich den anderen zwei Mechs zuwandte.

„Mut hat damit nichts zu tun."

Wie die Flexi-Mechs vor mir hob ich Trümmer auf und rannte damit. Zuerst der Flexi-Mech, der einen direkten Angriff versuchte. Ich schlug ihn von hinten mit einem Tischbein, und als der Mech sich umdrehte, um zu sehen, was zum Teufel ihn getroffen hatte, wusste der Mensch genug, um seinen Schädel mit einem gut platzierten Bolzen zu verdampfen. Es war ihr letzter Schuss. Der an der Wand kletternde Mech auf der rechten Seite sprang vor, gelangte hinter die Theke und schleuderte eine zerbrochene Flasche. Das Glas traf den Menschen hart und schickte sie und ihre Gewehre zu Boden.

Ich machte mich auf den Weg nach vorn, sah Fang nach den gefallenen Waffen tauchen. Mit einem Fuß fest aufgesetzt sprang ich, nur um zu sehen, wie die Hand des verkohlten Flexi-Mechs einen schwachen Griff nach meinem Knöchel machte. Der Griff brachte mich aus dem Gleichgewicht, genug, dass ich in die Theke krachte, anstatt darüber zu springen. Die Glasvitrine, in einer vergessenen Zeit für Scones und Zimtschnecken gedacht, zersplitterte unter meinem Gewicht. Meine Augen schlossen sich zu ihrem eigenen Schutz, meine rechte Schulter bahnte sich den Weg durch Glas, durch Plastik und in... Metall?

Vielfingrige Hände versuchten hastig, mich wegzustoßen, als ich in den Flexi-Mech krachte, wir beide fielen in ein Durcheinander hinter der Theke. Ich fand Griffe am Körper des Flexi-Mechs, hielt ihn fest, während die Maschine versuchte, wegzukriechen. Ich hörte ein Klicken, sah Fang, die uns anstarrte. Die Menschen lagen in verschiedenen hoffnungslosen Zuständen um sie herum zusammengesunken. Hinter ihnen zerfleischte Alvie seinen Flexi-Mech, eine Funkenshow im Dunkeln.

Fang warf ihr nutzloses Gewehr beiseite, hob das neue. Mein Flexi-Mech stürzte sich erneut vor, aber ich hielt ihn zurück, grub meine Füße in den Boden, um uns sicher zu halten.

„Nicht schießen", sagte ich. „Du kannst nicht sehen!"

„Oh, richtig", sinnierte Kaydee. „Deshalb konnten sie keines dieser Dinger treffen. Ich dachte nur, sie wären schlecht."

„Muss nicht sehen", antwortete Fang mir und hob das Gewehr. „Ich kann dich gut genug hören."

Der Flexi-Mech kämpfte wieder, vier Arme versuchten, mich zu überwältigen. Die Energie, die ich aus dem Garten gestohlen hatte, schwand, als ich gegen die Maschine kämpfte, versuchte, sie davon abzuhalten, sich zu befreien. Fang würde mich vielleicht gleich töten, würde uns vielleicht beide verbrennen, aber ich musste. Ich musste die Menschen beschützen. Es gab keine andere Wahl.

„Danke, dass du zurückgekommen bist, Gamma", sagte Fang. „Hätte mich schlecht gefühlt, dich am Leben zu lassen."

Ich schloss meine Augen, hielt den Flexi-Mech fest. Mein Code war völlig zufrieden damit, wie ich gleich sterben würde.

FRAKTIONEN

Eine Hand schob Fangs Gewehr beiseite, eine blutige, zerkratzte Hand, die zu Pravda gehörte, dem Anführer dieser Menschen. Fang knurrte und blickte auf den störenden Arm, während ich weiterhin den Flexi-Mech zurückhielt.

„Du kannst nicht", sagte Pravda. „Du kannst ihn nicht töten. Noch nicht."

„Ich kann, jetzt sofort, hiermit", erwiderte Fang und stieß Pravdas Arm weg.

„Wenn du ihn erschießt, werden wir alle sterben", antwortete Pravda. Der Mann kniete, ein Arm auf den Boden gestützt, um sich hochzustemmen. Seine Kleidung war zerfetzt, vielleicht hatte einer dieser Flexi-Mechs ihn mit den Händen zerkratzt. „Wir werden nie einen Weg hier raus finden, geschweige denn das Raumschiff in Betrieb nehmen. Bitte Fang, denk nach."

„Er wird uns am Ende töten", sagte Fang, aber sie hob das Gewehr nicht. „Das versuchen sie immer."

Der Flexi-Mech fand Halt, seine Schultern verdrehten sich, als ich mich zu sehr auf Fang und zu wenig auf meine eigenen Bemühungen konzentrierte. Der Mech brach frei, holte zu einem langen Schlag gegen Fang aus, und sie feuerte. Aus nächster Nähe konnte sie selbst in der Dunkelheit nicht verfehlen. Der Laser bohrte sich durch die Schulter des Flexi-Mechs und in die Wand hinter seinem Rücken, ein glühender Funke im Café und ein so gutes Zeichen wie jedes andere, dass der Kampf beendet war.

„Ich werde dich wissen lassen", sagte ich zu Fang und setzte mich auf.

„Was wissen lassen?"

„Wenn ich versuche, dich zu töten." Ich schenkte ihr das fieseste, dreckigste Grinsen, das ich aufbringen konnte, eines, das in der Dunkelheit verschwendet war.

Die Menschen hatten es schwer. Keiner der fünf entkam dem Kampf ohne Verletzungen, und obwohl ich sie so gut wie möglich verband – mit Stoff aus ihrer eigenen Kleidung –, war nicht zu übersehen, dass die Gruppe ohne schnelle medizinische Hilfe auf nichts reduziert werden würde. Ich stahl mir allerdings etwas Zeit, um mich an den zerstörten Flexi-Mechs aufzuladen.

Vier Maschinen hatten ihre Batterien intakt, und während Pravda nach dem Kampf Bergung und Ruhe anordnete, schleppte ich mich von einer zur nächsten und lud meine Batterie so weit auf, dass kinetische Energie vom Herumlaufen ausreichen sollte, um mich am Laufen zu halten. Kurz gesagt, die Menschen waren von einem Fünf-zu-eins-Vorteil gegenüber einem schwachen Gefäß zu einem starken Gefäß und seinem Hund geworden, die über fünf halbtote, erschöpfte und blinde Menschen herrschten.

„Du solltest Fang das unter die Nase reiben", sagte Kaydee zu mir, als wir wieder durch den Conduit liefen. „Sie verdient es, etwas Angst zu spüren."

„Sie wird es als weiteren Grund nehmen, mich zu erschießen."

„Und? Sie hat schon genug davon."

„Heißt nicht, dass ich noch einen drauflegen muss."

„Du bist langweilig, Gamma."

„Ich bin sicher, das wird sich ändern, wenn du das Sagen hast."

Kaydee verstummte daraufhin und ließ mich mit Alvie an der Spitze der Gruppe allein. Wir mussten nicht weit gehen, bevor wir das Krankenhaus fanden, mehrere Ebenen unter dem Haupteingang. Fang und Pravda konnten noch laufen, also warteten sie, während ich die Menschen die Treppe hochhob, wieder hinunterging und die Anstrengung wiederholte. Nichts ließ mich mehr wie ein Mech fühlen als diese Schlepperei hier, aber ehrlich gesagt, störte es mich alles in allem nicht so sehr. Alle drei Menschen, zwei Männer und eine Frau, dankten mir für meine Hilfe. Einer, der Mann, der im Garten zerkratzt worden war, behauptete, er wäre ohne mich nicht am Leben.

Fühlten sich die Worte „gut" an? Vielleicht, aber praktischer betrachtet, fügten sie endlich etwas Gewicht zur anderen Seite meiner menschlichen Waage hinzu, der Seite, die nicht Wut, Rachsucht und Kriegstreiberei maß.

„Wie sieht's aus?", fragte Kaydee, als ich den letzten Menschen vor dem Krankenhauseingang absetzte und wir hineingingen. „Menschen immer noch eine Müllspezies?"

„Das willst du nicht wissen."

Sie bohrte nicht weiter. Hätte sie es getan, hätte ich Kaydee gesagt, dass ich ihre Leute ohne meine programmierten Regeln schon lange im Stich gelassen hätte.

Wir mussten nicht lange suchen, um Vorräte für die Menschen zu finden. Anscheinend waren die Krankenhaus-Mechs nicht sehr an Plünderungen interessiert, und nach Deltas Gemetzel schien das riesige medizinische Zentrum ruhig. Wunden wurden versorgt, Schienen gefunden. Snacks aus Konserven und vakuumversiegelten Rationen, wer weiß wie viele Jahre alt, wurden besorgt. Pravda fand sogar etwas von seiner alten Großspurigkeit wieder, besonders nachdem ich Alvie angewiesen hatte, sein Augenlicht zu verstärken, um uns wirklich zu beleuchten. Zwei Scheinwerfer in der Dunkelheit.

„Nun, seht ihr das?", verkündete Pravda, als wir uns dem achterlichen Ausgang näherten. „Keine Reise ist ohne Herausforderungen, aber mit ein bisschen Schneid, ein bisschen Mut, können wir es schaffen. Wir werden es schaffen."

Ein paar gemurmelten Zustimmungen konnten die leuchtenden Augen des Mannes nicht trüben. War er ein Anführer oder schmückte er nur seine eigene Legende aus?

„Definitiv Letzteres", sagte Kaydee. „Schau ihn dir an, wie er allen Schildern zunickt, an denen wir vorbeikommen. Er schreibt gerade seine eigene Geschichte."

Pravdas Geschichte wurde kurz nach dem Krankenhaus wesentlich interessanter, als wir die Kindertagesstätte fanden. Sie befand sich auf der mittleren Ebene des Raumschiffs, genau wie der Haupteingang des Krankenhauses, und stach gegen das Schwarz hervor. Ihre Generatoren hielten die lebenswichtigen Systeme im Inneren kühl. Wie lange noch, wusste ich nicht. Pravda rief zu einer weiteren Pause auf, als wir an der Kindertagesstätte vorbeikamen, und meinte, wir sollten alle hineingehen und uns umsehen.

„Immerhin ist das unsere Zukunft", sagte Pravda und wischte meinen Protest beiseite. „Die Ampullen hier drin sind alles, nicht wahr, Gamma? Die Menschheit geht nicht weiter, wenn diese beschädigt werden."

Aber wie weit würde ich gehen, wenn sie entdeckten, was drin war oder eben nicht?

Zumindest waren ihre Gewehre leer, bis auf das um Fangs Schultern. Pravda hatte sie jedoch nach hinten geschickt. Ihr gesagt, sie solle nach Hinterhalten Ausschau halten, in der Dunkelheit lauschen. Ich vermutete, er hatte den Zug gemacht, um zu verhindern, dass Fang und ich uns gegenseitig zerfetzten. Jetzt kam sie wieder nach vorne, ging mit Pravda und mir an der Lobby vorbei. Die anderen Menschen ließen sich mit dankbaren Seufzern auf die Wartesofas fallen. Ich schlug vor, Fang und Pravda sollten es ihnen gleichtun, um etwas Zeit zu gewinnen, aber beide lehnten ab.

Also gingen wir alle mit Alvie an meiner Seite weiter nach hinten, dorthin, wo ich mit so viel Unheil zu tun gehabt hatte. Die hintere Hälfte der Kindertagesstätte bot Enttäuschung und Furcht. Regale, in denen tausend Jahre lang Embryonen gelagert worden waren, lagen leer, ihre Behälter überall verstreut. Die Mechs, die Delta und ich repariert hatten, waren abgeschaltet in einer Ecke gestapelt. Ich fragte mich, wie Leo und Val all dieses empfindliche Material entfernt hatten, bevor Pravdas lautes Fluchen mich in die Gegenwart zurückkriss.

„Sie sind weg", sagte Pravda, als ihm die Flüche ausgingen. „Alles verloren. Wir sind erledigt, wir sind erledigt. Selbst wenn jede gebärfähige Frau ein Kind großziehen würde, wäre es zu-"

„Halt die Klappe, Pravda", sagte Fang, die das Gewehr für einmal nicht auf mich, sondern auf die leeren Regale richtete. „Sie wurden nicht zerstört. Sie wurden mitgenommen." Sie legte eine Hand auf Pravdas Schulter, um ihn zu beruhigen. „Alles, was mitgenommen wurde, kann zurückgebracht werden."

Pravda schüttelte den Kopf: „Sie müssen schon vor Jahren und Jahren mitgenommen worden sein, Fang. Unsere Kinder, unsere Zukunft liegt wahrscheinlich irgendwo auf einem Müllhaufen. Oder wurde in die Weiten des Weltraums geschleudert."

Jetzt sah Fang mich an: „Es gab keine lebenden Menschen, die das getan haben könnten, als wir einschliefen. Die einzige mögliche Antwort wären Mechs. Mechs wie du, die das Raumschiff für sich selbst wollen."

„Ich habe das nicht getan, falls du das meinst", antwortete ich.

„Aber du weißt, wer es getan hat", erwiderte Fang.

Wie gesagt, ich hatte kein Pokerface. Ich hatte keine verräterischen Anzeichen. Mein Körper tat genau das, worum ich ihn bat, also wie wusste Fang, dass ich nicht die ganze Wahrheit gesagt hatte?

„Weil du nicht überrascht bist", sagte Kaydee, die hinter Fang und Pravda auf dem Förderband für Neugeborene saß. „Du kommst hier rein, siehst eine Katastrophe, eine apokalyptische Katastrophe, und es macht dir nichts aus?"

Hmm. Kaydee hatte einen guten Punkt. Jetzt konnte ich nichts mehr daran ändern.

„Gamma, antworte ihr", sagte Pravda, und ich sah Tränen, echte Tränen, aus seinen Augen fließen. „Haben die Mechs das getan?"

Sie hatten den Hinweis schon auf der Brücke bekommen. Ein Geheimnis, das ich verborgen gehalten hatte, eines, von dem ich gehofft hatte, dass es so bleiben würde. Aber das wäre zu viel Glück, zu bequem gewesen.

Das Raumschiff kannte kein Glück.

„Keine Mechs haben das getan", sagte ich. „Ihr seid nicht die einzigen lebenden Menschen auf dieser Welt."

Zum ersten Mal ließ Fang mich die ganze Geschichte

erzählen, ohne zu drohen, mich umzubringen. Sie und Pravda hörten zu, was ich über Val und ihren Stamm wusste, über Leo und die Schmiede. Sie nahmen die Details auf, begannen Fragen zu stellen, die ich ohne zu klagen beantwortete. Erst als Fang anfing, nach militärischen Details zu fragen, wie der Anzahl der Kämpfer und welche Waffen sie hatten, zögerte ich.

„Ich werde sie nicht verraten", sagte ich.

„Warum?", erwiderte Pravda, der seine weinerliche Arroganz wiederfand, jetzt, da der Untergang nicht mehr unvermeidlich schien. „Warum würdest du Leute schützen, die das getan haben?"

„Weil sie nicht alle Arschlöcher sind."

Fang lachte: „Zumindest bin ich ehrlich mit meinen Gefühlen für dich, Gefäß. Ich garantiere dir, dass jeder in diesem Stamm genauso über dich denkt wie ich. Warum glaubst du, haben sie versucht, das Raumschiff in die Luft zu jagen, während du an Bord warst?"

„Weil sie Angst haben." Ich deutete auf die Kindertagesstätte, ihre Zerstörung. „Sie waren bereit, alles zu riskieren, was sie je gekannt hatten, für eine Chance auf Überleben ohne euch. Eine kluge Entscheidung."

Pravda befahl mir dann zu warten, während er und Fang zu den anderen zurückgingen. Er sagte, sie müssten darüber reden, was als Nächstes käme, und entscheiden, was sie mit diesen Informationen anfangen sollten. Ich verbrachte die Zeit damit, durch die Kindertagesstätte zu wandern und zu betrachten, was mitgenommen und was zurückgelassen worden war.

„Sie haben das Spielzeug mitgenommen", bemerkte Kaydee, als wir an den Spiel- und Kleinkinderzimmern vorbeigingen. „All diese Bücher."

Eine Menge zu tragen, aber Val und Leo schienen

entschlossen, die Dinge richtig zu machen. Vielleicht hatten sie ein paar Mechs gefunden, die bereit waren, die Arbeit für sie zu erledigen.

„Ja, haben sie festgehalten, damit Leo sie umprogrammieren konnte", sagte Kaydee. „Schwer, ein Laster aufzugeben."

„Ein Laster?"

„Ja, du. Mechs. Ihr seid so praktisch, Gamma."

„Ist das ein Kompliment?"

„Für einen Mech? Absolut."

Fang und Pravda kamen schließlich zurück, letzterer mit Augen, die wieder ihr schimmerndes Leuchten zurückgewonnen hatten. Fang schien ihr übliches misstrauisches Selbst zu sein, obwohl ihr leichtes Lächeln mich nervös machte.

„Rate mal, Gamma?", sagte Fang. „Du wirst das Raumschiff zum Laufen bringen, und dann wirst du uns zu dieser Val bringen. Wir werden ein nettes Gespräch führen."

„Sie kämpfen genauso gut wie ihr", sagte ich. „Auf diese Weise werdet ihr nicht gewinnen."

„Nein", erwiderte Pravda, „aber wir können ihnen eine Wahl geben. Zurück zum Raumschiff und seiner Sicherheit, seinem Luxus, oder auf eigene Faust durchschlagen."

An ihren Blicken und ihrem Tonfall war klar zu erkennen, in welche Richtung diese beiden dachten, dass Vals Leute sich entscheiden würden.

Und nachdem ich so lange bei Menschen gewesen war, hatte ich keine Ahnung, ob sie Recht hatten.

EIN BLUFF

Die Triebwerke des Raumschiffs gaben uns nicht mehr Licht als der Rest des Schiffes. Hier hinten peitschte der Wind härter, nachdem er die Länge des Conduits entlanggerast war, nur um ein Gefängnis vorzufinden. Die engen Gänge und Abzweigungen des Maschinenraums lösten nervöses Gemurmel unter den Menschen aus, jeder erwartete, dass ein Flexi-Mech für einen weiteren Hinterhalt hervorspringen würde. Seit dem Café hatten wir keine mechanisierte Seele mehr gesehen oder gehört. Ob wir Alphas Überbleibsel abgehängt oder sie alle zerstört hatten, konnte ich nicht wissen, aber die Stille störte mich nicht.

Zum einen gab sie mir die Chance, die Details mit Kaydee zu klären. Mit Details meinte ich, wer das Sagen haben würde. Ich hatte immer noch mein Programm, hatte Kaydees Selbst immer noch eingepackt und zum Löschen bereit, aber ich konnte mich nicht dazu durchringen, den Abzug zu betätigen. Mit jeder Minute, die ich zögerte, wuchs Kaydees Reichweite, ein langsames Einsickern in Funktionen und Kontrollen, die sie noch nicht verdorben hatte.

Bald würde ich, Programm hin oder her, nicht mehr in der Lage sein, sie zu löschen, ohne große Löcher in mir selbst zu hinterlassen.

Diese langen Stunden des Gehens in der Dunkelheit brachten mich zu einer Schlussfolgerung: Ich konnte nicht weiter lügen. Ich brauchte Kaydee, um die Menschen zu überleben, und mehr noch, ich wollte sie in meinem „Leben", so wie es eben war. Die Aussicht, wer weiß wie viele Jahrhunderte ohne ihre sarkastischen Einzeiler, ihr schimmerndes türkisfarbenes Haar, ihre Einsichten und Beleidigungen weiterzuleben... es schien zu langweilig, um darüber nachzudenken.

Langweilig. Ich lachte. Das brachte mir eine Frage von Pravda ein, die ich ignorierte. Was für eine Welt, in der eine Maschine gelangweilt sein konnte.

„Das liegt daran, dass du nicht nur eine Maschine bist, Gamma", sagte Kaydee, als unsere Expedition sich den Triebwerken selbst näherte, den Terminals, die Leo benutzt hätte, um das Raumschiff in eine Bombe zu verwandeln. „Wie ich schon am Anfang sagte, Gefäße sind nicht so geistlos."

„Das macht es schwieriger", antwortete ich.

„Schwieriger als was, Befehlen zu folgen?"

„Entscheidungen für mich selbst zu treffen ist schwierig, wenn die Wahl nicht schwarz oder weiß ist."

„Deshalb bin ich hier, Kumpel. Du und ich, die Logik und das Leben, zusammen."

Ihr Funkeln, als sie sprach, ihre lebendige Energie stand in hartem Kontrast zu dem grünlich schimmernden Düster um mich herum. Was sollte ich damit machen? Es löschen? Aber mich selbst verlieren? Das war die andere Seite, eine Entscheidung-

„Hey", unterbrach Kaydee. „Ist es das?"

Wir hatten die Bank gesehen, als ich von unserem langen Ausflug von Bug zu Heck mit Delta und Alvie ins Schiff zurückgekehrt war. Der, bei dem ich von etwas Glas in den Bauch gestochen worden war, es aber trotzdem geschafft hatte, rauszukommen. Sechs Monitore, zwei mal zwei gestapelt, jetzt alle tot, die normalerweise den Status der Triebwerke anzeigen würden. Sie hätten den Schalter bereit, um die Triebwerke auf manuelle Steuerung umzustellen, den Schlüssel, um zu viel Leistung freizuschalten.

„Wie wollten wir das Raumschiff nochmal einschalten?", fragte Kaydee mich, als ich den Menschen sagte, dass wir den Ort gefunden hatten. „Hast du hier einen Trick?"

„Schau einfach zu", sagte ich.

Die Menschen ließen sich in einem Halbkreis um mich herum nieder, als ich mich an die Arbeit machte. Zuerst kam ein harter Schalter, ein physischer Kippschalter an der linken Seite der Bank. Der rote Schalter änderte die Stromzufuhr der Bank von Starships Hauptversorgung, die ich auf der Brücke abgeschaltet hatte, zu den Reservebatterien der Triebwerke. Ein leises Klicken erledigte die Arbeit, und sofort flackerten die Monitore zum Leben.

In wenigen Sekunden würde Leos Countdown-Programm anlaufen. In wenigen Sekunden würde ich es stoppen. Dafür musste ich nicht einmal in das Terminal eintauchen. Finger auf Tasten in der realen Welt würden genügen. Ich wählte den zentralen Monitor und badete im plötzlichen blaugrauen Licht aller Bildschirme. Die Menschen blinzelten, und Pravda ließ einen kleinen Jubelruf hören.

Mit Starships Netzwerk außer Betrieb erschien Leos Programm zuerst: ein schwindender Countdown, bis die Triebwerke aufheulen würden. Von hier aus tat ich eine einzige, einfache Sache: Ich klickte auf einen kleinen Abbrechen-Button in der unteren rechten Ecke.

„Das war's?", fragte Kaydee, als das Programm starb. „Wir sind den ganzen Weg hierher gekommen, damit du auf ein X klicken kannst?"

„Das war's", sagte ich. „Ziemlich lahm, oder?"

Kaydee begann zu antworten, dann bemerkten wir beide, was Leos Weltuntergangsprogramm ersetzt hatte: ein Meldungsfenster mit einer mehrzeiligen Entschuldigung. Kaydee schüttelte den Kopf, als sie die Nachricht las, und ich stimmte zu: Leo begann mit einem Eingeständnis, das Programm selbst sei ein Fake gewesen. Die Triebwerke hätten den Befehl als katastrophalen Befehl abgebrochen, sobald es gestartet wäre. Leo sagte, sie könnten Starship sowieso nicht zerstören, nicht wenn so viele aus ihrem eigenen Stamm in der Nähe waren. Das Ziel war es gewesen, Zeit zu kaufen, Val, Chalo und den anderen eine Chance zu geben, zu entkommen.

„Na ja, da hat er Erfolg gehabt", murmelte ich.

Drei Tage gekauft und bezahlt mit dem Stunt. Leo goss sein wahres Selbst in den nächsten Abschnitt. Er wandte sich an Kaydee, nannte sie beim Namen und entschuldigte sich für all die Fehler, die er gemacht hatte, die Tage und Jahre, die er mit der Jagd nach wilden Maschinen verschwendet hatte, die er hätte mit ihr verbringen sollen. Die er mit der wirklich wichtigen Arbeit hätte verbringen sollen: zu leben.

„War es so schlimm?", fragte ich Kaydee, als wir beide fertig waren.

„Er ist ein Trottel, Gamma", erwiderte Kaydee. „Wir waren beide ehrgeizig. Wenn er nur daran interessiert gewesen wäre, tagelang Wein im Park zu trinken, hätte ich ihn abserviert. Aber es ist ein netter Brief."

Mir fiel jedoch auf, dass sie ihn mehrmals durchlas.

Nachdem das Unheil abgewendet war, teilte ich Pravda und Fang mit, dass das Raumschiff kurz davor war, wieder aufzuwachen. Sie waren mehr als bereit und freuten sich auf eine schnelle Wanderung zurück zur Brücke. Wiedersehen und dann Neubewaffnung für eine Expedition zu den Embryonen, zu Val, Chalo und den anderen.

Kein Wort kam über meine Lippen bezüglich des Plans.

„Bereit?", fragte ich Kaydee, während ich zu den Monitoren zurückkehrte.

„So lustig es auch war, im Dunkeln herumzustolpern, lass das Licht wieder scheinen, Kumpel."

Ein paar weitere Tastenschläge sendeten den Befehl an die stets lauschenden, batteriebetriebenen Steuerungen, um das Raumschiff zum Leben zu erwecken. Zunächst schien nichts zu passieren. Die Monitore vor mir zeigten einen langen Ladebalken, der eine Liste von diesem und jenem System durchlief.

„Wette, niemand hat diesen Bildschirm seit tausend Jahren gesehen", sagte Kaydee.

„Oder länger."

Die offensichtlichen Systeme wie die Lebenserhaltung kamen zuerst, und mit ihnen erwachte das Raumschiff brummend zum Leben, all die Luftaufbereitungsanlagen setzten sich knarrend in Gang. Die Wasserfiltration, der Nebel, der die Leitung in ihrem nebligen Zustand hielt, lief an. Deckenlichter um uns herum erblühten nach einigen Minuten, flackerten in volle Aktion und ließen die Notfallbatterien des Triebwerks wieder zu dem werden, was sie eigentlich waren. Klirren und Klappern, Dröhnen und Scheppern hallten zu uns herunter, als Ventile und Lüftungsklappen aufwachten.

„Wenn du das Raumschiff vorher nie als lebendig

betrachtet hast, ist es jetzt ziemlich schwer, das nicht zu tun", sagte Kaydee.

Wir lauschten der technischen Symphonie eine halbe Stunde lang und warteten darauf, dass sich das Raumschiff stabilisierte. Wir warteten auch auf einen bestimmten Auslöser.

„Sieht gut aus!", verkündete Pravda und befahl den Menschen, sich fertig zu machen und auf die Beine zu kommen. „Zeit, nach Hause zu gehen, oder?"

Selbst Fang sah erleichtert aus und half einem anderen Menschen, seinen Rucksack aufzusetzen. Frische, glückliche Gesichter, als ob der nervenaufreibende Marsch Schmutz wäre, der in der Dusche der Elektrizität abgewaschen wurde. Fast tat es mir leid.

„Zeit, nach Hause zu gehen", sagte ich.

Die Leitung lebte und atmete wieder. Das goldene Licht glitzerte auf und ab in der riesigen Schlucht und schien von frischem Nebel wieder, der von oben herabschwebte. Gehwege über und unter uns, übersät mit Trümmern, sahen nur noch unordentlich und nicht mehr wie gefährliche Wege aus. Pravda legte seine Hand auf meine Schulter, ein breites Grinsen zog sich über sein Gesicht.

„Du hast es geschafft, du verdammtes Gefäß", sagte der Mann. „Hab Fang gesagt, wir sollten dich am Leben lassen, und du hast diese Entscheidung voll und ganz zurückgezahlt." Pravda nickte mir jetzt zu. „Ich weiß, wir waren nicht immer höflich zueinander, aber wenn all diese unangenehme Sache mit den anderen Menschen erledigt ist, werde ich dich beschützen. Du wirst einen Platz direkt neben mir haben, solange du willst."

Kaydee schnaubte. Ich ignorierte sie.

„Danke", erwiderte ich und wollte gerade versuchen, eine gemeinsame Basis zwischen Pravda und Val zu finden, als die vielen Lichter des Raumschiffs für eine volle Sekunde ausgingen, bevor sie wieder aufleuchteten.

Nur für eine Sekunde, aber selbst diese eine Sekunde löste Stöhnen bei den Menschen um uns herum aus. Pravda erstarrte, sein Lächeln schwankte. Ich wartete auf Volts nächsten Schritt. Eine Stimme, die besondere freundliche Stimme von den vielen Manövern des Raumschiffs, seinen Wendungen und Landungen, kam als Nächstes über die Lautsprecher.

„Achtung Raumschiff", verkündete die vornehme Frauenstimme. „Es gibt einen unerwarteten Energieanstieg. Das Schiff ist instabil. Eine sofortige Evakuierung wird empfohlen."

Die Nachricht wiederholte sich noch zweimal, und während der vierten Wiederholung zog Pravda mich beiseite und fragte, was zum Teufel los sei.

„Es bestand immer die Möglichkeit", sagte ich, „dass das Raumschiff es nicht gut aufnehmen würde, nach so langer Zeit ohne Pause abgeschaltet zu werden. Es war ein Risiko, aber ich fühlte, ich musste es eingehen."

„Wie viel Zeit haben wir?", fragte Pravda, während die anderen sich hinter ihm zusammendrängten und mich ansahen, als wäre ich ein Spender unendlicher Weisheit.

Nur Fang behielt ihren verengten Argwohn bei.

„Keine Ahnung." Ich sagte die Wahrheit. „Ich bin sicher, eure Freunde auf der Brücke evakuieren bereits. Ihr solltet auch gehen und sie draußen treffen."

Pravda warf einen Blick auf die Hülle des Raumschiffs, als könnte er durch sie hindurch die goldenen Ebenen dahinter sehen.

„Draußen?", fragte er.

„Das oder das Risiko zu sterben", antwortete ich und versuchte, etwas Dringlichkeit in meine Stimme zu legen.

„Ich zeige euch den Weg und gehe dann zurück zu den Kontrollen. Vielleicht kann ich es verlangsamen. Euch Zeit verschaffen, um wegzukommen."

Pravda schüttelte den Kopf: „Wir haben kein Essen, wir haben keinen Unterschlupf, wir-"

„Findet Val und ihre Leute. Sie werden euch aufnehmen", sagte ich. Pravda begann zu stottern, aber ich drehte ihn um und zeigte zurück in Richtung der Triebwerke. „Kommt schon, wir müssen jetzt gehen!"

Die Lichter flackerten erneut. Ein perfekter Stromstoß, der die Menschen zum Hasten brachte. Pravda rannte an die Spitze der Gruppe und wiederholte, was ich gesagt hatte, während die Gruppe durch die Maschinenhallen zurückging. Sie würden zusammenbleiben, nach draußen gehen und sich mit ihren Freunden abseits des Raumschiffs wieder treffen. Ich sagte, ich würde eine Nachricht von der Konsole aus senden und den anderen Menschen mitteilen, Pravdas Gruppe in den Hügeln im Westen zu treffen.

„Sie kaufen es wirklich ab", sagte Kaydee, als die Menschen regelrecht sprinteten, so gut es eben mit ihren Verletzungen und ihrer Ausrüstung ging, durch die Korridore. „Wow, echt krass."

Wir stampften die Treppen hinunter, übersprangen Stufen, um zum unteren Ausgang des Raumschiffs zu gelangen, einer schmalen Tür, die nach draußen führte. Während Pravda und die Menschen mich durchließen, drehte ich das schwere Ventil und öffnete das Portal, das einen sternenklaren Nachthimmel offenbarte.

Die Menschen blieben alle stehen und starrten mit offenem Mund voller Ehrfurcht auf die erste andere Welt, die sie je gesehen hatten, verdammt, die erste Welt überhaupt, die sie außerhalb dieser Metallhallen gesehen hatten.

„Es ist wunderschön", sagte Pravda langsam und leise.

„Schön, dass du das so siehst", erwiderte ich. „Jetzt los, ich muss zurück zu den Konsolen."

Ich gab dem Mann einen leichten Schubs, und er biss an, eilte hinaus und die Stufen hinunter, die zum Boden führten. Eine Treppe, die von Leo und Val gebaut worden war, aber das erwähnte ich nicht. Stattdessen half ich jedem Menschen der Reihe nach, sich auf den Weg zu machen, jedem einzelnen, bis ich nicht mehr eine Schulter, sondern eine harte Metallmündung spürte. Den Lauf eines Gewehrs.

„Sag mir die Wahrheit, Gefäß", sagte Fang und drückte ihre Waffe in meine Rippen. „Wird das Raumschiff explodieren, oder bist du ein lügender Mech?"

EINE WAFFE AM KOPF

Töte sie. Nimm das Gewehr, es ist direkt da, zerbrich es und wirf Fang den Menschen hinterher. Schließ die Tür und sperre sie aus. Oder nimm sie mit und lösche sie, sobald Pravda und die anderen weg sind.

Die Ideen rasten durch mich, während ich Fangs Drohung am hinteren Ausgang des Raumschiffs entgegenblickte, wo sich die kühle Nachtluft mit Starships recycelter Version vermischte. Unten waren Pravda und die anderen drei Menschen bereits durch die hohen Halme unterwegs.

Würden sie jetzt noch zurückblicken?

„Antworte mir, Gefäß", wiederholte Fang.

Ich konnte sie nicht auseinandernehmen. Konnte sie nicht von der Treppe schleudern. Wenn ich die Aktion länger als einen Moment in Betracht zog, bildete sich eine Wand vor meinen Gliedmaßen und verdrängte die Idee. Kernprogrammierung, dieselbe Blockade, die Delta damals davon abgehalten hatte, Alpha zu zerstören, als sie es hätte tun sollen, diese Blockade stoppte mich auch jetzt.

„Wir müssen die Nachricht senden", sagte ich zu Fang, während meine Hände und Füße reglos auf dem Metallboden ruhten. „Wenn wir es nicht tun, werden deine Freunde nie wissen, wohin sie gehen sollen."

„Dann lass uns die Nachricht gemeinsam senden", Fang trat einen Schritt zurück und ließ mich aufstehen.

„Du wirst zurückfallen." Ich nickte in Richtung der gehenden Menschen.

„Ich hole auf."

Wir machten uns auf den Weg zurück zur Konsole, viel zu viele Ebenen hinauf. Alvie trottete mit uns mit, zufrieden, meinen Befehlen zu folgen. Der Hund hatte keine solche Sperre, Menschen zu verletzen. Ich könnte dem Hund befehlen, das zu tun, was ich nicht konnte.

„Was du, Alter, genau tun solltest", sagte Kaydee, als Fang und ich Stufe um Stufe erklommen. „Sie wird dir die Eingeweide rausblasen, wenn sie merkt, dass du lügst."

Ich musste sie nur aus dem Schiff bekommen. Die Nachricht senden, sie wieder nach unten bringen, und sobald sie weg wäre, wäre ich frei.

„Warum sollte sie dich bleiben lassen?", fragte Kaydee.

Ein Problem, für das ich eine Lösung finden musste. Die Konsolen warteten genau dort, wo wir sie verlassen hatten. Nicht eine einzige zeigte einen Notfallalarm, eine Tatsache, die Fang mit trockenem Sarkasmus hervorhob.

„Scheint, als sollte das Schiff in größerer Panik sein. Alarme sollten losgehen", sagte Fang. Sie stand einen Meter von mir entfernt hinter mir, das Gewehr gezogen. Alvie beobachtete von der Seite. „Weißt du, Gamma, wir haben diese Alarme schon früher erlebt. Es gab Meutereien, es gab Fehlfunktionen. Du bist nicht der Erste, der einem elenden Volk eine falsche Falle stellt."

Ich ignorierte sie. Tippte die Nachricht ein und ließ sie durch das Schiff schreien, abgespielt von derselben sanften Frauenstimme. Ich sagte den Menschen, sie sollten uns auf den westlichen Hügeln treffen. Sagte ihnen, sie sollten rennen. Hoffte, dass ich nicht da sein würde, um sie zu treffen.

„Jetzt geh", sagte ich zu Fang. „Ich werde versuchen, die Energie von hier aus zu steuern. Vielleicht kann ich es lange genug aufhalten, damit ihr entkommen könnt."

„Oh, könntest du das?", sagte Fang. „Das wäre so nett."

Sie bewegte sich nicht.

„Fang kauft's dir nicht ab", sagte Kaydee. „Sag Alvie, er soll sie angreifen!"

Ich konnte nicht. Dieselbe Blockade stieg auf, als ich den Mund öffnete, um es zu versuchen, und hielt die Worte zurück. Kein Schaden für Menschen, keiner. Alvie könnte die Tat vollbringen, ich konnte es nur nicht befehlen.

Dann bewegten sich meine Arme, zuckten in eine Zeigegeste auf Fang. Ich spürte, wie sich auch mein Mund bewegte, ein ersticktes Gurgeln kam heraus. Als ob ich besessen wäre.

„Verdammt", sagte Kaydee und schmollte neben mir. „Nicht mal ich komme an diesem blöden Code vorbei."

Fang hob ihre Augenbrauen, während ich regungslos dastand, verblüfft. Warum sollte ich überrascht sein: Kaydee sagte immer wieder, dass sie eines Tages die Anführerin unseres gemeinsamen Körpers sein würde. So würde es sich anfühlen, wenn meine Teile ihr gehorchten statt mir. Und doch war es etwas ganz anderes, etwas zu wissen, als es zu erleben.

„Tut mir leid, wollte dich nicht so überraschen", sagte Kaydee, und sie klang zumindest entschuldigend. „Dachte nicht, dass wir Zeit zum Verhandeln haben. Außerdem, wirst du irgendetwas tun? Sie könnte dich einfach erschießen und gehen."

Fang wurde zappelig. Sie hatte das Gewehr wieder auf

mich gerichtet und bellte irgendeinen Befehl, mich zu bewegen. Ich ging los und gehorchte ihr, ohne nachzudenken. Erst als wir die Treppe erreicht hatten, seufzte Fang und fluchte leise.

„Gefäß", sagte sie, als ich zurückblickte, „ich wollte dir wirklich vertrauen. Wollte es wirklich, nach all der Hilfe, die du uns dort gegeben hast." Sie bedeutete mir, weiterzugehen. „Uns durch die Dunkelheit zu führen, die Überlastung der Triebwerke zu stoppen. Sah wirklich gut für dich aus. Ich wollte glauben, dass wir vielleicht falsch lagen, all deine Freunde zu rösten."

„Ihr *lagt* falsch."

„Halt die Klappe. Das ist kein Dialog. Das ist meine Erklärung, warum ich dir in ein paar Minuten einen Laser in den Rücken jagen werde."

„Warum?"

„Weil Starship noch nicht explodiert ist, deshalb. Du bist ein lügender Roboter, und lügende Roboter gehören verschrottet."

Ich ballte meine Hände und genoss die menschliche Reaktion. Vor uns lagen Stufen, metallene Treppen, die ich nun zweimal auf und ab gestiegen war, in einem engen Treppenhaus, das nach unten führte. Während ich sie hinabstieg, spürte ich jede Bewegung in meinem synthetischen Körper. Faserteile, die miteinander verwoben waren, verbunden mit mehr Drähten, Schaltkreisen und sorgfältiger Konstruktion als alles andere auf diesem Schiff. Und Fang würde das alles verschwenden, nur weil ich versucht hatte zu überleben?

„Du wolltest mich sowieso erschießen", sagte ich während wir gingen. „Ihr habt uns nie eine Chance gegeben."

„Wir haben euren Vorgängern eine Chance gegeben,

und deswegen mussten wir uns für eine verdammt lange Zeit einfrieren."

„Deswegen?"

„Oh, du denkst, nur ein paar Dutzend Leute auf der Starship wollten sich einfrieren lassen, bis wir ein neues Zuhause finden?" Fang lachte, aber es lag kein Humor darin. „Das war alles, was uns übrig blieb. Ihr Gefäße habt uns in Stücke gerissen. Getötet und getötet und getötet, weil die Verstand in euren Körpern durchgedreht sind.

„Siehst du den Conduit und all seine Schäden? Das ist nicht, weil ein paar Schrottmechs übermütig wurden. Es ist, weil die Starship monatelang eine Kriegszone war, die Menschen gegen die Gefäße, die sie tot sehen wollten. Wir haben genommen, was übrig war, nachdem ich ein brennendes Loch in das letzte Gefäß geschossen, die verantwortlichen Stimmen rausgeworfen und uns eingefroren haben."

Fangs Geschichte füllte die Lücken, aber nur aus ihrer Perspektive. Ich hatte Kaydee kennengelernt, kannte Kaydee jetzt lange genug, um mich zu fragen, wie all diese Verstand so mörderisch, so gefährlich geworden waren. Es fühlte sich nicht richtig an, es schien, als hätte ich nicht das ganze Bild. Nicht, dass ich es wahrscheinlich bekommen würde, mit einem Gewehr, das auf meinen Rücken gerichtet war.

„Also verstehst du, ja?", sagte Fang. „Warum ich vielleicht etwas Feindseligkeit gegen dich und deinesgleichen hege?"

„Ich verstehe es."

„Gut."

Wir erreichten das Ende der Treppe, gingen die letzten Meter zum Ausgang. Die Starship war immer noch nicht explodiert. Die Nachricht, die zur Evakuierung aufrief, hatte aufgehört zu spielen. Um uns herum brummte ein Schiff wie ihr normales, gesundes Selbst. Fang blieb hinter mir, als wir den letzten Treppenabsatz erreichten. Ich blieb ganz am Ende stehen und sah zu ihr zurück.

„Hier sind wir", sagte ich, ohne mich weiter um die Lüge zu bemühen. Keine Chance, dass sie jetzt noch etwas glauben würde. „Was jetzt?"

„Was jetzt?", sagte Fang. „Wie weit sind sie voraus?"

Ich schaute hinaus und sah Pravda und die Menschen, die die ersten Ausläufer erklommen.

„Ein paar Kilometer?"

Fang nickte: „Siehst du, Gamma, Pravda mag dich. Das ist gefährlich, denn selbst wenn ich dich hier als brennende Ruine zurücklassen würde, könnte er beschließen, dass Gefäße eine gute Sache sind. Diese anderen beiden Schwestern von dir werden irgendwann auftauchen, und ich würde lieber einen klaren Tötungsbefehl bekommen als die Aufforderung, sich anzufreunden."

„Okay?"

„Also beweg dich. Du wirst Pravda alles erzählen, was du geplant hast, und sobald er merkt, dass du eine lügende, verräterische Maschine bist, werde ich nur zu gerne abdrücken."

Ich bewegte mich nicht sofort. Ich blieb stehen und versuchte, einen Ausweg zu berechnen. Ich könnte einen Sprung in die Nacht wagen, auf den Boden aufschlagen und weglaufen. Die Starship war riesig, die Grashalme konnten hoch werden. Ich könnte mich vielleicht verstecken.

„Oder sie würde dich einfach erschießen", sagte Kaydee, „und dann wären wir beide tot."

Oder das.

Hinter Fang sah Alvie mich an. Diese goldenen Augen

warteten auf einen Befehl. Vielleicht, vielleicht könnte ich dem Hund befehlen, das Gewehr zu holen. Es zu zerreißen. Dann ...

„Gamma", sagte Kaydee, als Fang mir wieder sagte, ich solle meinen Arsch in Bewegung setzen. „Ich habe eine verrückte Idee. Fang sagte, Pravda mag dich. Er ist ein eingebildeter Vollidiot, ja, aber vielleicht erzählst du ihm die Wahrheit? Vielleicht kauft er es dir ab, jetzt wo Val da draußen ist mit all seinen Embryonen? Vielleicht vertraust du darauf, dass alles gut wird?"

Als ob bisher irgendetwas gut gelaufen wäre. Aber Fang hatte nur ein Gewehr. Ich könnte Kaydees Plan verfolgen, sehen, ob ich etwas Wohlwollen gewinnen könnte. Wenn es schief ginge, könnte mein Hund die einzige Waffe in zwei Hälften beißen, und dann könnte ich weglaufen.

Was für ein Plan.

Wir holten Pravda und die Menschen ein, als sie den nächsten größeren Hügel mit Blick auf die Starship erreichten. Im Sternenlicht sahen die geschwungenen Hänge um uns herum aus wie rieselnde Silberströme, der Wind trieb die Halme in Böen umher. Fang war ihrer Selbsteinschätzung treu geblieben, konnte mit mir Schritt halten und sich schnell genug bewegen, um den Anschluss zu schaffen.

Pravda schien zunächst sowohl erfreut als auch erstaunt, uns beide dort zu finden. Er fragte, ob ich die Nachricht gesendet hätte, und wunderte sich dann, warum die Starship noch nicht in die Luft geflogen war.

„Gamma wird dir sagen warum", sagte Fang, woraufhin alle Menschen bemerkten, dass sie ihr Gewehr immer noch auf mich gerichtet hatte.

„Kling richtig mitfühlend, mein Freund", flüsterte Kaydee.

Ich versuchte es. Ich schöpfte aus dem riesigen Mea-

Culpa-Reservoir des Bibliothekars, um meine Geschichte in unterwürfigen Worten zu erzählen. Ja, ich hatte gelogen. Ich wollte alle Menschen von der Starship wegbringen, damit wir, die Mechs, eine Chance hätten, etwas daraus zu machen. Uns selbst eine Chance auf dieser neuen Welt zu geben, ohne dass die Menschen uns unterdrücken.

Fang schoss dann mit dem Gewehr, feuerte es geradewegs in den Nachthimmel. Ein heller Blitz, aber einer, der mich zum Schweigen brachte.

„Müssen nicht dein ganzes Gejammer hören, Gefäß", sagte Fang. „Pravda, kapierst du's jetzt? Er wollte nur, dass wir rausgehen und ihm unser Zuhause überlassen."

Pravda tat, was Pravda tat, er wanderte in einem Halbkreis um mich herum, die Arme weit schwingend, während er meine Doppelzüngigkeit beklagte. Wie er Mechs und ihre lächerlichen Vorstellungen von Unabhängigkeit und Freiheit verspottete. Wie wir nicht wüssten, was wir ohne die Hilfe der Menschen mit uns anfangen sollten.

„Hilfe, die wir willkommen heißen würden", sagte ich, auf den Knien im Gras. „Hilfe, die wir schätzen würden. Nur keine Besitzansprüche."

„Tja, Pech gehabt", sagte Pravda und zeigte mit dem Finger auf mich. „Wir haben dich erschaffen, Gamma. Kapierst du das? Erschaffen. Schätze, du wurdest nicht gut genug gemacht." Kopfschüttelnd wandte sich Pravda an Fang. „Zerstör das Ding, dann lass uns nach Hause gehen."

„Mit Vergnügen."

Fang hob das Gewehr. Ich hob meine Hände.

Alvie sprang aus dem Gras, ein perfekt ausgeführter Sprung. Seine Zähne packten das Gewehr, rissen es aus Fangs Händen. Der Biss durchbrach das Gas, die Energiezelle, und die Waffe explodierte, als Alvie auf den Boden aufschlug. Mein Hund flog durch die Luft, überschlug sich und verschwand in den Pflanzen.

„Als ob dich das retten würde", sagte Fang und griff in ihren Gürtel, um ein hässliches Schrapnellmesser herauszuziehen. „Scheint, wir machen das auf die alte Art."

Als sie auf mich zukam, stand ich auf, bereit wegzulaufen, nur um von hinten von Menschen zu Boden gerissen zu werden. Mein Gesicht traf auf den Boden und ich versuchte, versuchte mich hochzustemmen. Versuchte mich aufzurichten, aber jedes Mal, wenn ich mich bewegte, bildete sich dieselbe Mauer. Der Stoß, das Aufstehen könnte einen Menschen verletzen, und das konnte ich nicht tun. Ich spürte, wie Kaydee es auch wieder versuchte, spürte, wie sie immer und immer wieder drückte, als ich aufgab und zusah, wie Fangs Messer im Sternenlicht aufblitzte, als es auf meinen Hals zuflog.

EIN GEFÄHRLICHES ANGEBOT

Als Fangs Messer zu einem fiesen Todesstoß ausholte, traf mich ein dumpfer Schlag an der rechten Schulter, der mich zur Seite warf und Fangs Hieb meine Wange statt meinen Hals streifen ließ. Rote Symbole blitzten vor meinen Augen auf und zeigten an, dass mein rechter Arm außer Gefecht gesetzt war. Nicht, dass es eine Rolle spielte, Fang würde korrigieren, würde nachlegen-

„Das nenn ich mal Timing", pfiff Kaydee, als sie Fang vor mir innehalten sah. Pravdas Vorzeigekämpferin stoppte mitten in der Bewegung, das Messer hoch erhoben. „Wir sollten tot sein, Gamma."

„Stattdessen haben wir mal wieder einen Pfeil in die Schulter bekommen", erwiderte ich und betrachtete den schmalen, hervorstehenden Schaft. Die Befiederung wirkte im Sternenlicht wie Spinnenfäden. „Wie und warum sind zwei Fragen, die mir in den Sinn kommen."

Die Antworten kamen fast genauso schnell, als Rufe aus allen Richtungen um das kleine Lager ertönten. Pravdas Menschen leisteten keinen Widerstand, ihre leeren Gewehre waren genauso verschwunden wie ihr Kampfgeist. Für einen kurzen Moment fragte ich mich, ob Alphas Mechs uns gefunden hatten, oder vielleicht Beta und Delta.

Oder, noch verrückter, irgendwelche Eingeborenen dieser Welt.

Stattdessen tauchte Chalo auf, gekleidet in schimmernde Federrüstung und mit einer Splitteraxt in jeder Hand verdammt furchteinflößend aussehend. Ich genoss es, auf dem Rücken im Gras zu liegen und zuzusehen, wie Vals Jäger, darunter ein paar Forger mit ihrer halb menschlichen, halb mechanischen Haut, Pravdas Gruppe umzingelten und sie mit Schwertern, Pfeilen und Gewehren in Schach hielten.

„So nah dran", sagte ich zu Fang, die mich anfunkelte und ihre Messerhand zu bewegen begann, nur um sich plötzlich einem gezackten Schrottschwert an ihrer Kehle gegenüberzusehen.

„Er ist derjenige, den ihr töten müsst", protestierte Fang zu dem Jäger. „Er ist der Mech."

Der Jäger sah mich an, machte einen Doppelblick und rief dann Chalo herbei.

„Siehst du, Fang", sagte ich, „es ist schön, Freunde zu haben. Auch wenn sie einen ab und zu mal abschießen."

„Das haben wir wohl", sagte Chalo, der sich seinen Weg durch die Gefangenen bahnte - denn das war Pravdas Gruppe jetzt offensichtlich - zu meiner Seite. „Tut mir leid, Gamma. Es ist schwer zu erkennen im Dunkeln."

„Wenn Juny noch da ist, wird sie wissen, wie man das repariert."

Ich fand es schwer, ihnen böse zu sein, immerhin hatten sie, na ja, mein Leben gerettet. Kaydee war genauso begeistert, auch wenn sie es anders zeigte: Obwohl Fang sie nicht sehen konnte, machte Kaydee Gesten und zeigte Bilder in ihre Richtung, die meine Sensoren als obszön einstuften.

„Was denn?", sagte Kaydee, als sie meinen Blick bemerkte. „Sie hat's verdient."

Ich widersprach nicht.

Chalos Truppe drängte Pravdas Quintett in einen engen Kreis. Die Jäger waren mehr als doppelt so viele wie Pravdas Leute, was die prekäre Lage des Mannes deutlich machte. Pravda hörte die ganze Zeit nicht auf, Verhandlungschips auszuspielen, um Diplomatie zu bitten und gelegentlich Drohungen auszustoßen. Und diese Zeit war nicht kurz: Chalo ließ mich die ganze Geschichte erzählen und bestätigte dann mehrere Teile davon: dass Pravdas gesamte Gruppe nicht groß war, dass sie keine Monster waren und dass sie Starship nicht kontrollierten.

„Aber wir kontrollieren Starship!", protestierte Pravda, als Chalo ihn zwang, meine Geschichte zu bestätigen.

„Nicht, wenn eure Leute nicht dumm sind", sagte ich. „Wir haben die Evakuierungsnachricht geschickt. Sie sollten inzwischen weg sein."

Daraufhin rief Chalo zwei Jäger herbei, flüsterte ihnen etwas zu, das ich nicht hören konnte, und schickte sie in verschiedene Richtungen los. Dann kehrte Chalo zu Pravda zurück und hockte sich vor den Mann. Das Sternenlicht beleuchtete die Szene, diese herrlichen Netze, die durch den Nachthimmel über uns trieben. Es sah aus wie in den alten Schwarz-Weiß-Filmen des Bibliothekars, und niemand wagte es zu sprechen, unsicher, ob Chalo Pravda mit der Axt in seiner Hand aufschlitzen würde.

Ich wollte schon fast nein sagen. Ich wollte ihn fast aufhalten.

„Die Gesetze haben sich geändert", sagte Chalo, „seit ihr das letzte Mal aufgewacht seid. Ihr werdet mir zurück in unser neues Zuhause folgen, und ihr werdet eure Sache vor uns vorbringen. Dann werden wir entscheiden, ob ihr eine Bedrohung darstellt."

„Eine Bedrohung?", sagte Pravda. „Sehen wir etwa wie eine Bedrohung aus?"

„Nein", antwortete Chalo und stand auf. „Ihr seht aus wie verängstigte kleine Kinder."

Pravda hatte keinen Atem mehr, um darauf zu kontern. Fang, mit einem dauerhaften Stirnrunzeln im Gesicht, sagte nichts. Die anderen drei Menschen wirkten erleichtert, aufstehen und losmarschieren zu dürfen. Vermutlich würde es am Ende Essen geben. Unterkunft. Eine Chance durchzuatmen.

Ich ging mit Chalo voraus, wir beide führten die Kolonne, als wir durch die sanften Hügel navigierten. Ab und zu stolperten Leute in der grauen Dunkelheit, rutschten in unsichtbare Löcher oder stolperten über einen verirrten Stein. Meine eigenen Sensoren erkannten den unebenen Boden und hoben potenzielle Probleme hervor, die ich vermeiden konnte. Trotzdem verwirrte mich die schiere Unbeholfenheit, besonders von Chalos Gruppe, Jäger, die sich so geschickt durch Starship bewegt hatten.

„Es ist eine neue Welt", antwortete Chalo, als ich ihn fragte. Der Jäger war bis jetzt still gewesen, fast eine Stunde, seit wir im Dunkeln aufgebrochen waren. „Wir sind Metall gewohnt. Ebenen Boden. Berechenbarkeit. Hier gibt es nichts davon."

„Besonders im Dunkeln", sinnierte Kaydee. „Warum sind sie jetzt unterwegs?"

Ich wiederholte ihre Frage an Chalo, der mit den Schultern zuckte. „Die Nacht dauert so lang wie zwei unserer alten Tage. Wir können nicht einfach sitzen und warten. Besonders jetzt nicht."

„Warum?"

„Du warst vorher nicht da. Ich auch nicht, aber Val hat oft darüber gesprochen. Essen und Wasser waren knapp. Die Gefahren waren unberechenbar. Sie bewegten sich damals schnell, um zu wachsen und sich abzusichern. Jetzt ist es nicht anders."

„Welche Gefahren? Habt ihr etwas gefunden?"

„Ja", sagte Chalo, seine Augen glitzerten im Silberlicht. „Dich."

Das Morgengrauen erhellte den Horizont, als wir stolpernd, marschierend und fallend in Vals Lager ankamen. Die Jäger schienen in Ordnung zu sein, aber Pravdas Menschen waren todmüde. Chalos Läufer muss seinen Vorsprung gut genutzt haben, denn das ganze Dorf war bereits in Aufruhr. Val selbst wartete darauf, uns zu begrüßen, gekleidet in dasselbe schimmernde Kettenhemd, ihren Speer aufrecht haltend, als wir uns näherten.

Hinter ihr zeigten mehrere Tage Arbeit gute Ergebnisse. Mit Metallstangen, die vom Raumschiff gestohlen wurden, hatten die Menschen Unterstände geflochten, die die Zelte ergänzten, die mit ihnen umgezogen waren. Die Embryonen saßen in einem solarbetriebenen Gefrierschrank, der aus der Kinderstube gestohlen und von Leo erweitert wurde, um die größere Ladung zu bewältigen.

Auch der Standort zeugte von kluger Planung: Vals Leute hatten sich in einem Tal zwischen breiten, abfallenden Hügeln eingenistet. Blubbernde Tümpel bedeckten den Boden, die einzigen Lücken, die ich im Gras gesehen hatte, seit ich mich auf dieser Welt auf den Weg gemacht hatte. Die graue, trübe Flüssigkeit darin erwies sich zu Leos Freude als Wasser, wenn auch mit allen möglichen giftigen Metallen, Mineralien und mehr vermischt. Dennoch wäre es keine unmögliche Aufgabe, gutes altes H_2O aus den Tümpeln zu extrahieren, vorausgesetzt, es könnten noch ein paar weitere Filter vom Raumschiff gestohlen werden.

Leo selbst erzählte mir all das, während Juny, der quirlige Ingenieur, mich von der Fehlfunktion befreite. Nach der Extraktion half Juny bei weiteren mechanischen Operationen, reparierte durchtrennte Drähte und lötete meinen rechten Arm wieder funktionsfähig. Die ganze Zeit über versuchte Pravda, Val davon zu überzeugen, ihn nicht zu töten. Seine Leute nicht zu töten.

„Denke ich, dass sie es verdienen zu sterben?", sagte Kaydee, als wir uns wieder dem morgendlichen Geschehen anschlossen, einem seltsamen Prozess, bei dem Val und Chalo Pravdas fünf Leute anstarrten. Die ganze Gruppe stand vor einer großen Feuerstelle im Zentrum des Dorfes, umringt von neugierigen Menschen und bewaffneten Wachen. „Ich meine, nein. Nicht alle von ihnen. Nicht einmal Pravda, denn nervig zu sein sollte kein Todesurteil sein. Aber Fang kann draufgehen. Definitiv."

Ich blieb still. Hörte zu. Meine Programmierung hätte mich davon abgehalten, auch nur ein Todesurteil über einen Menschen auszusprechen. In Wahrheit konnte ich mir kein schlimmeres Ende für all das vorstellen, als dass Pravdas Gruppe kopflos auf Pfählen enden würde. Wenn das geschehen wäre, hätten die anderen fünfundzwanzig, die irgendwo hier gestrandet waren, sich niemals ergeben. Sie würden bis zum Ende kämpfen.

Die ersten Tage der Menschheit auf dieser Welt würden von demselben Krieg und Blut geprägt sein, die ihre Geschichte auf der Erde geschrieben hatten.

Als Val also endlich nach Kommentaren aus der Menge fragte, trat ich vor.

„Sie verdienen den Tod nicht", sagte ich zu Beginn. „Nicht ein einziges Mal haben sie eine feindselige Bewegung gegen einen von euch gemacht. Sie sind wenige an der Zahl, und noch weniger haben Fähigkeiten, die sie zu einer Bedrohung machen würden."

„Dieser hier sagte, sie wüssten, wie man kämpft", unterbrach Chalo und zeigte auf Fang. „Ich denke, das ist die Definition einer Bedrohung."

„Sie wurden in ihren Träumen ausgebildet", entgegnete ich und spürte die Blicke auf mir. Ich spürte auch die Wärme, als der weiße Stern dieser Welt über die Hügel kletterte. „Das ist nicht dasselbe wie ihr. Sie haben kein echtes Blutvergießen gesehen, und sie wollen es nicht. Wenn ihr ihnen eine Chance gebt, werden sie sich euch anschließen. Ich weiß, dass sie es tun werden. Ihr werdet jeden Körper brauchen, den ihr kriegen könnt."

Val gab mir das leiseste Nicken. Nahrung mochte knapp sein, aber jede Seele half jetzt sicherzustellen, dass die Menschheit überleben könnte. Willkürliches Töten mit weniger als hundert Menschen auf dem Planeten wäre katastrophal. Sie musste das einsehen. Chalo musste das wissen.

„Gebt ihnen eine Wahl", sagte ich. Kaydee drängte mich, einfach etwas aus meinen Archiven abzuspielen, irgendeine mitreißende Rede aus der Geschichte, aber Val war jemand für einfache Lösungen, nicht für hochtrabende Reden. „Wenn sie sich entscheiden, sich euch anzuschließen, lasst sie. Wenn sie darauf bestehen, es allein zu versuchen, dann tut, was ihr für richtig haltet."

„Tut, was ihr für richtig haltet?", sagte Kaydee, als ich unter Gemurmel aus der Menge zurücktrat. „Was für ein Ende ist das denn?"

„Ich konnte nicht ‚töten' sagen. Konnte nicht einmal ‚verbannen' sagen. Zu nah am Tod, anscheinend."

Val schien zumindest meinen Rat zu beherzigen. Sie

nahm jetzt ihre Runde im Kreis, blickte aber nur auf die Gefangenen, die vor ihr aufgereiht waren. Alle auf den Knien, nur Fang und Pravda wagten es, ihrem Blick zu begegnen.

„Ihr habt den Mech gehört", sagte Val. „Eine Wahl. Gebt euch uns hin, wie es alle anderen hier getan haben, und wir werden euch in unseren Stamm aufnehmen. Ihr könnt uns helfen, hier ein neues Zuhause aufzubauen. Eine strahlende Zukunft willkommen heißen. Oder lehnt ab, und wir werden euren Tod schnell machen."

„Beitreten oder sterben?", sagte Pravda und schüttelte den Kopf. „Das ist keine echte Wahl. Lasst uns zu unseren eigenen Leuten zurückkehren und unseren Weg gehen, wie wir wollen."

„Wir haben die Embryonen", konterte Val, jegliche Wärme verschwand in einem Augenblick. „Eure Anzahl reicht nicht zum Überleben. Ihr werdet aussterben, wenn ihr euch nicht anschließt, oder ihr werdet dahinsiechen, bis ihr verzweifelt seid und zuschlagt, eine Möglichkeit, die ich nicht zulassen werde. Also ja. Schließt euch an, oder sterbt."

Nur der Wind machte Geräusche.

Ein Mann, der fünfte Gefangene, derjenige, der im Garten verwundet worden war, warf sich nach vorne auf den Boden. Er schwor Treue, sagte, er akzeptiere ihre Bedingungen, sagte, er wolle nur überleben, damit seine Familie, die zu den noch Vermissten gehörte, überleben könne. Die anderen beiden folgten fast im selben Augenblick, ließen sich auf die Knie in den Schmutz fallen und behaupteten dasselbe.

„Klug", sagte Kaydee. „Bin mir nicht sicher, ob sie sich so kriechen mussten, aber gut."

Vielleicht, aber Val schien der Zug nichts auszumachen.

Auf ihre Geste hin kamen zwei Wachen herein und zogen die drei auf die Füße. Wasserflaschen wurden überreicht, Früchte und Gemüsekonserven folgten. Alle drei aßen und tranken direkt dort im Kreis, direkt vor Pravda und Fang.

„Seht ihr?", sagte Val. „Wir sind großzügig. Freundlich. Wir tragen keine Groll nach, und ihr werdet als Gleichgestellte willkommen geheißen."

„Gleichgestellt mit dir?", fragte Pravda.

Ein dünnes Lächeln, „Ein Stamm braucht einen Anführer."

Pravda straffte die Schultern. „Dann kannst du deinen Stamm behalten. Bring mich zu meinem zurück, oder töte mich. Ich werde nicht für dich herumzappeln."

Fang, zustimmend, spuckte in den Schmutz zu Vals Füßen.

„Na verdammt", sagte Kaydee. „Scheint, als wäre Pravda wirklich dumm."

Bevor ich zustimmen konnte, sprang Chalo auf, um Vals Ehre zu verteidigen. Der Mann hatte seine Axt in der Hand und ließ sie auf Fangs Hals zusausen, bevor Val ihn aufhielt.

„Einen Tag", sagte Val zu dem gefangenen Paar. „Einen Tag hier. Ihr werdet uns beobachten, ihr werdet uns sehen, und ihr werdet verstehen. Wie der Mech sagte, ich werde kein Leben verschwenden, wenn ich es nicht muss. Selbst wenn die Leben solchen wie euch gehören."

SCHIFFSVARIANTEN

Nach Vals Anordnung sprang das Lager in seine tägliche Routine. Abgesehen von ein paar Wachen, die damit beauftragt waren, die beiden Gefangenen zu bewachen, eilten alle anderen los, um weiter Unterkünfte zu bauen, Wasser aus den Tümpeln zu filtern oder eine der Millionen anderen Dinge zu erledigen, die eine menschliche Siedlung zum Überleben braucht. Nachdem ich darauf gewartet hatte, dass jemand mit mir sprechen würde, wurde mir klar, dass es niemanden interessierte, was ich als nächstes tat.

„Mich schon", sagte Kaydee. „Was denkst du?"

Es gab Möglichkeiten: Ich könnte zum Raumschiff zurückkehren, den Plan aufnehmen, den ich mit Volt ausgeheckt hatte, und anfangen, das Schiff nach meinem neuen Bild umzugestalten. Ich könnte hier bleiben und versuchen, mehr Sinn darin zu finden, was die Menschen vorhatten. Oder ich könnte versuchen, Beta und Delta zu finden.

„Sie zu finden versuchen?", fragte Kaydee. „Sie müssen doch irgendwo auf dem Raumschiff sein, oder? Wahrscheinlich frönen sie gerade ihrer Mordlust, jeden Mech zu zerstören, den Alpha je getroffen hat."

„Bei Delta könnte ich mir das vorstellen. Beta hat ihr Leben damit verbracht, Val und ihre Menschen zu beschützen. Ich glaube nicht, dass sie sie einfach so ins Ungewisse gehen lassen würde, ohne sie zu beschützen."

„Also machen wir stattdessen das? Herumwandern und schauen, ob wir sie finden können?"

Nicht ganz.

Ich fand Val und Chalo in einem großen Zelt, das ansonsten zur Lagerung verschiedener Lebensmittel genutzt wurde. Ausgepackte und noch volle Taschen lagen überall verstreut, während Val, Chalo und mehrere andere sich um einen zentralen Tisch drängten. Anders als bei Pravdas Gruppe winkten mir die Menschen hier zu, und Juny, die Ingenieurin, die mich repariert hatte, fragte, ob sie noch einmal zum Spaß einen Blick in mein Inneres werfen dürfe. Fröhliche Stimmung, gestärkt durch Hoffnung und Sonnenschein.

Als ich mich näherte, beendete Val die Besprechung, die sie gerade abhielten, und scheuchte die anderen weg. Nur Chalo blieb und nickte mir zu, als ich mich Val gegenüber setzte.

„Drei von fünf ist nicht schlecht", sagte Val zur Eröffnung. „Die anderen beiden sind stur."

„Einer ist ein Kämpfer", sagte Chalo. „Der andere muss in einen Kampf geraten und ihn verlieren."

„Verlieren?", fragte ich.

„Zu viel Stolz", antwortete Val. „Menschen können sich in ihrem eigenen Ego verfangen. Müssen erst mal einen Dämpfer kriegen, bevor wir wieder klar denken können." Sie faltete die Hände vor sich und sah ein wenig aus wie eine alte menschliche Königin. Eine ohne Krone oder Juwelen, aber dennoch königlich. „Was ist dein Plan, Gamma?"

Ich war ehrlich zur Königin. „Beta und Delta sind weg. Ich möchte sie finden."

Val warf Chalo einen Blick zu und der Jäger zuckte mit den Schultern: „Wir haben Läufer, die die Hügel durchkämmen. Wenn sie außerhalb des Raumschiffs sind, werden wir sie finden. Wenn sie drinnen sind, ist das jetzt dein Gebiet."

Was? Ich erstarrte und überlegte, was Chalos Aussage bedeutete.

„Ihr gebt mir das Raumschiff?", fragte ich.

„Wir haben kein Recht, dir irgendetwas zu geben", erwiderte Val und servierte ein verschmitztes Grinsen. „Wir sagen, dass wir nichts damit zu tun haben wollen. Zumindest nicht viel. Wenn Leo oder Juny zurückgehen wollen, um etwas zu bergen, denken wir, dass sie mit dir handeln können. Ansonsten haben wir hier draußen, was wir brauchen."

„Aber-"

„Wir haben genug Jahre in diesem Mausoleum verbracht", unterbrach mich Val. „Diskutier nicht, Gamma. Nimm dein Metall und freu dich darüber."

„Dann wollt ihr es nicht zerstören? Ich dachte, mit Leos Trick wäre das euer Ziel gewesen?"

„Wenn ich dächte, wir könnten das Raumschiff zerstören, würde ich es vielleicht versuchen. So wie es ist, haben wir andere Prioritäten."

Chalo fing meinen Blick auf, ein frostiger Blick: „Andere Prioritäten für jetzt. Gamma, wir vertrauen dir, dass du das Raumschiff übernimmst und aufräumst. Mach es sicher, halte es friedlich. Wenn das nicht passiert, dann kommen wir zurück."

Ich grübelte über Chalos Drohung nach, als ich das Zelt verließ. Sie mussten wissen, dass ich mit etwas Zeit aus den

Fertigungslinien eine tödlichere Streitmacht spinnen könnte, als die Menschen besiegen könnten. Aber vielleicht wussten sie auch, dass ich selbst nicht in der Lage sein würde, eine solche Streitmacht zu erschaffen: Kernprogrammierung und ihre Schutzmaßnahmen mal wieder.

„Hey, ich glaube, du hast da drin einen großen Sieg errungen", sagte Kaydee, die neben mir herging und ihre Hand hob, um die Sonne abzuschirmen. „Alles, was wir wollten, erledigt."

„Nicht ganz alles", sagte ich und steuerte nun auf die massive Box zu, die die Embryonen enthielt.

Leo und mehrere Schmiede arbeiteten um den Embryonenbehälter herum, ihr Fokus für die ersten Tage hier draußen. Sie hatten die Einfassung erweitert, den Ampullen mehr Abstand und eine zuverlässigere Kühlung gegeben. Dennoch würden die Batterien, die die Temperaturen zuverlässig hielten, bald über ihre solaren Aufladungen hinaus aufgeladen werden müssen.

Leo erzählte mir das unaufgefordert, während ich zusah, wie er Nieten am neuesten Abschnitt festzog. Als er seine Arbeit und seine Erklärung beendete, wischte Leo sich etwas Schweiß vom natürlichen Teil seiner Stirn und wandte sich mir zu.

„Also, was brauchst du?"

Der Schmied hatte einen seltsamen Anblick, zerschlissene Kleidung voller Fettflecken, die sich mit seinem halb menschlichen, halb maschinellen Körper vermischten. Er ersetzte versagende Organe und Hautpartien Stück für Stück, eine brutale Form der Lebensverlängerung. Eine, die Leo zum führenden Experten für das machte, wonach ich ihn gleich fragen wollte.

„Kaydee und ich teilen uns einen Körper", sagte ich. „Sie sagt, sie wird meine Kontrolle übernehmen, dass ich in meinem eigenen Selbst gefangen sein werde. Dass sie keine Wahl hat. Stimmt das alles?"

Leo blinzelte mich an und setzte sich dann ins Gras. Er klopfte auf den Boden neben sich. Ich folgte seiner Aufforderung und spürte die weiche Erde unter mir. Eine angenehme Berührung im Vergleich zu hartem Metall.

„Du weißt schon, dass Geister immer dazu gedacht waren, die Gefäße zu steuern, oder?", fragte Leo, und ich nickte. „Da steckte viel Hoffnung drin, viel fehlerhafte Ausführung, aber zu meiner Zeit sah es schon ziemlich gut aus. Zu gut, könnte man sagen, weshalb wir alles niederbrennen mussten."

„Weil Geister nicht alle menschlich sind." Ich konnte spüren, wie Kaydee zuhörte, ihr Einfluss am Rande meiner Funktionen.

„Das sind sie schon, aber sie haben nicht jeden Teil eines Menschen, wenn das Sinn ergibt. Sie sind ein abgebildetes Gehirn, Biologie umgewandelt in Einsen und Nullen. Es ist nicht perfekt, aber Unvollkommenheit erschien besser als Aussterben", sagte Leo. „Ich habe das Beste aus beiden Welten geholt, einen Geist aus mir selbst gemacht und versucht, auf die altmodische Art weiterzumachen."

„Du hast meine Frage nicht beantwortet."

„Ob Kaydee dich übernehmen wird?" Leo zuckte mit den Schultern. „Vielleicht? Wahrscheinlich? Weißt du, Gamma, du bist kein Schrottmech. Du bist schlau. Du lernst. Du gehst Kompromisse ein. Kaydee ist nicht viel anders als du. Denk darüber wie über zwei Mitbewohner, die in der gleichen Wohnung gefangen sind: kommuniziert und arbeitet die Dinge aus."

„Ich habe nie in einer Wohnung gelebt. Ich hatte nie einen Mitbewohner."

Leo verdrehte die Augen. „Du verstehst, worauf ich hinaus will."

„Wenn ich sie lösche, ist es dann Mord?"

Leo starrte in die Hügel. Die Netzwolken waren tagsüber nicht so gut sichtbar, aber wenn ich genau hinsah, konnte ich immer noch die hauchdünnen Fäden ausmachen, die in der Brise schwebten. Lachen vermischte sich mit dem Geräusch von Werkzeugen, die schnitten, hackten, reparierten. Ein Kind rief die Regeln eines Spiels aus.

„Ich habe eine Theorie", sagte Leo. „Eine, die ich nie testen konnte. Siehst du, ich glaube, die früheren Gefäße, die zu gefährlich wurden, gingen keine Kompromisse ein. Ihre Geister zerstörten die Gefäße, oder andersherum. Wenn du die Hälfte dessen wegnimmst, was du bist, können die Dinge schnell schiefgehen."

Ich erinnerte mich daran, wie ich mich gefühlt hatte, als Kaydee mir entrissen worden war, wie einsam und verloren, ohne ihren leitenden Sarkasmus und ihre zweite Meinung. Ja, vielleicht wäre es so weitergegangen, wenn ich in Situationen ohne klares Ziel geraten wäre. Ziellos, allein …

„Hör zu", sagte Leo, „ich habe Kaydee geliebt. Wir hatten das Pech, in eine beschissene Zeit hineingeboren zu werden, und ich habe damals einige Entscheidungen getroffen, die ich jetzt bereue." Er wandte sich mir zu, mit einem schuldbewussten Blick im Gesicht. „Du hast Glück, dass du sie bei dir hast. Ich würde das jetzt für nichts aufgeben."

„Ist das der Grund, warum du versucht hast, uns beide zu zerstören?"

„Was?"

„Die Überlastung von Starships Triebwerken. Du hättest Kaydee zusammen mit mir getötet."

Leo lachte: „Du wusstest, dass das nicht echt war. Ich

dachte nicht, dass du den Strom abschalten würdest. Hat uns einen Schock versetzt, aber ich schätze den Vorsprung."

„Also hättest du es nicht getan, wenn du gekonnt hättest?"

Jetzt verschwand Leos Lachen und wurde hart. „Ich habe Val gesagt, ich könnte Starship explodieren lassen und dass du es verhindert hast. Ich habe das getan, weil wir sonst geblieben wären, uns bewaffnet und auf die Jagd gegangen wären. Zu sehr in Angst, dass Alpha oder die Schergen dieses Schwachkopfs uns überraschen würden." Er holte tief Luft und wedelte mit der Hand in der Luft um uns herum. „Sieh dir das an, Gamma. Ich wollte das nicht für mehr Kämpfe verpassen. Es tut mir leid, wenn ich dich und Kaydee erschreckt habe, das tut es wirklich, aber ich bereue nicht, was ich getan habe."

Kaydee blieb während des ganzen Gesprächs still. Ich dachte darüber nach, sie danach zu fragen, als Leo zu seiner Arbeit zurückkehrte, aber ich wurde von dem Leben um mich herum abgelenkt. Es gab hier Lektionen zu lernen, und ich saugte die Zusammenarbeit der Menschen in mich auf. Sie bauten nicht nur, sondern kochten, putzten, versorgten die Wunden von Pravdas Gruppe. Ich hatte Einblicke in Starship gesehen, wie es früher war, aber dies war das erste Mal, dass ich eine Gesellschaft sah, wie sie sein sollte: völlig vereint, auf ein einziges Ziel ausgerichtet.

Mechs könnten so sein, wenn man ihnen die Chance gäbe.

Ein Läufer unterbrach meine selbstgeführte Tour und verdarb die Gerüche, die ich analysierte, während mehrere Leute eine Reis-Gemüse-Mischung kochten. Die Nachricht war kurz: Chalo, sofort.

Vals Kopfjäger war nicht in ihrem Zelt, sondern stand vor Pravda und Fang. Während die Sonne noch hoch am

Himmel stand, durchdrang Ungeduld die Luft. Niemand wollte bis zum Einbruch der Nacht warten, um eine Entscheidung zu treffen.

„Wir wissen, wo sie sind", sagte Chalo zu mir, als ich mich zu ihm gesellte. „Deine Mechs. Sie versammeln sich im Norden, in der Nähe von Starships Brücke. Sie bewegen Steine, graben auch."

„Bauen sie?"

„Nichts, was mein Kundschafter beschreiben konnte. Vielleicht legen sie Fundamente."

„Oder sie graben eure Gräber", sagte Fang, der mithörte.

„Wir sollten eure graben", erwiderte Chalo und nickte mir dann zu. „Gamma, Val sagt, wir sollten kein Leben verschwenden, aber im Moment verschwenden diese beiden unseres."

„Es wird bald Nacht sein."

„Mindestens noch ein Erdentag. Wenn ich mit Mechs um den Aufbau einer Stadt wetteifere, sind Hände, die hier für zwei Leute festsitzen, die unseren Weg nicht einsehen wollen, Hände, die ich woanders gebrauchen könnte."

„Chalo, warum hast du mich hergebracht?", fragte ich. „Wenn du sie töten willst, hättest du das auch ohne mich tun können."

Chalo seufzte: „Ich habe dich hergebracht, um sie zu überzeugen, ihre Meinung zu ändern, und das schnell. Ich versammle einige von uns, um einen genaueren Blick auf die Mechs zu werfen, und ich vermute, du willst mit uns gehen."

„Ja."

„Dann wirst du entweder zwei Leichen zurücklassen oder die zwei neuesten Mitglieder unseres Stammes."

Chalo legte eine Hand auf meine Schulter. „Du hast eine
Stunde."

ENTSCHEIDE ODER STIRB

Zwei selbstsüchtige Idioten, jeder mehr als ein Prozent der verbleibenden erwachsenen Menschheit. Beide, mit Plastikdraht gefesselt, auf den Knien, starrten mich mit leeren Augen an. Vals Dorf ging unbeeindruckt weiter, als ob diese Leben nicht auf der Kippe stünden. Chalos zwei Wächter standen einige Meter entfernt und beobachteten mit gelangweilter Neugier.

Was würde der Roboter tun?

„Trenn sie voneinander", sagte Kaydee und meldete sich zum ersten Mal seit meinem Gespräch mit Leo zurück. Falls die Worte des Mannes irgendeinen Einfluss auf meine Freundin gehabt hatten, ließ sie es sich nicht anmerken. Leicht und munter malte sie mit ihren Händen eine Linie zwischen Pravda und Fang. „Das machen sie in allen Filmen so. Man darf Freunde nicht zusammenlassen."

In Anbetracht dessen, wie oft ich Ideen mit Kaydee besprochen hatte, wie ich Hand in Hand mit Delta brenzlige Situationen überstanden hatte, ergab der Vorschlag Sinn. Ich sagte den Wächtern Bescheid, und die beiden bewegten Fang und Pravda auf gegenüberliegende Seiten des Kreises. Weit genug entfernt, sodass bei dem Hintergrundlärm eine leise Stimme nicht zu hören war.

Weit genug entfernt, um sich zu fragen, was der andere dachte.

„Fang zuerst", sagte Kaydee, nachdem die beiden getrennt worden waren. „Sie wird die Schwierigere sein, und die Zeit läuft."

Ich entschied mich stattdessen für Pravda: Lieber einen retten als keinen, und von den beiden war Pravda zwar nervig, aber Fang war eher dazu geneigt, mir oder Chalo oder irgendjemandem ein Messer in den Rücken zu rammen. Buchstäblich.

Pravda starrte mich nicht einmal böse an, als ich mich ihm gegenüber ins Gras setzte. Er sah müde aus, durstig, aber ich rief nicht nach mehr Wasser. Die Ressource war kostbar, besonders jetzt, wo nicht mehr jeder Tropfen in Starships Recyclingsystemen aufgefangen wurde. Pravda musste beweisen, dass er es wert war.

Das sagte ich ihm auch.

„Durstig?", sagte Pravda. „Denkst du, das interessiert mich jetzt? Hast du dieser Verrückten überhaupt zugehört? Sie wird mich umbringen, Gamma. Nur weil ich mich nicht vor ihr verbeuge oder so ein mittelalterlicher Schwachsinn?"

„Val will Frieden. Das ist alles. Sie bittet dich, dich dazu zu verpflichten."

Pravda verzog Nase und Mund. „Du verstehst Menschen nicht, wenn du denkst, dass sie nur das will. Es ist viel mehr als das."

„Erzähl's mir."

„Sie will alle Entscheidungen treffen. Wenn ich ja sage, sage ich nicht nur, dass ich niemanden töten werde, sondern dass ich tun werde, was sie will. Es ist eine Diktatur."

„Ist das nicht das, was du mit deinen Leuten hattest?"

„Das war Überleben. Das hier ist Zivilisation. Ich hab mich nicht einfrieren lassen, nur um aufzuwachen und ein Sklave zu sein."

Ich deutete auf die Menschen um mich herum. „Sehen die für dich wie Sklaven aus?"

„Ich . . . " Pravdas Trotz bröckelte, seine Augen und sein Mund verzogen sich verwirrt.

„Du kennst sie nicht. Du kennst diesen Ort nicht oder wie er funktioniert." Ich setzte ein leichtes Lächeln auf. „Ich mochte Val auch nicht besonders, als ich sie kennenlernte. Sie ist hart. Zielstrebig. Aber die Leute hier akzeptieren sie, weil sie sie so weit gebracht hat. Gib ihr eine Chance. Wenn es nicht klappt, kannst du immer noch gehen."

„Gehen und wohin?"

Mein Grinsen wurde breiter. „Du hast Chalo gehört. Ich werde Starship haben. Wenn du frustriert bist, lass ich dich wieder rein. Ich denke, da ist genug Platz für uns beide."

Pravda lachte leise. Ein Sieg. Kaydee, hinter ihm, zeigte mir einen Daumen hoch, ihre Hand wurde bei der Aktion riesig, sodass ihr Daumen größer als mein Kopf war. Groß, lächerlich, ermutigend.

Zeit für den Sieg.

„Pravda, du und all die Leute, denen du geholfen hast, bekommen nichts, wenn du hier und jetzt stirbst. Nichts." Eine strategische Pause, lass die Verschwendung einsickern. „Oder du kannst all dein Wissen nutzen, um zu helfen. Du kannst Teil der Menschheit auf dieser neuen Welt sein, auch wenn das bedeutet, etwas Stolz zu schlucken."

Pravda nickte. „Ich weiß. Ich weiß, es ist sinnlos. Ich hatte nur so viele Ideen, Gamma. Für Starship, für alle, und jetzt sind sie weg. Ich will sie zurück. Ich will diese Möglichkeiten zurück."

„Du hast diese Möglichkeiten schon einmal aufgegeben, als du in die Kryokammern gegangen bist. Jetzt kannst du immer noch einige davon Wirklichkeit werden lassen. Es wird nur vielleicht ein bisschen schwieriger sein."

„Nicht schlecht, Mech", seufzte Pravda. „Schätze, ich war eh nicht so wild darauf, für die Sache zu sterben." Er drehte sich um und sah zu Fang. „Sie wird nicht so leicht zu überzeugen sein."

„Nein, das wird sie nicht."

„Was ist deine Strategie?"

„Die gleiche wie bei dir. Erst zuhören und dann hoffen, dass ich Glück habe."

„Na ja, ich drücke dir die Daumen." Pravda stand mit meiner Hilfe auf. „Hey, Pokerface", rief Pravda dem näheren Wächter zu. „Ich bin bereit, Vals Eid oder was auch immer ihr wollt zu unterschreiben." Als der Wächter herüberkam, wackelte Pravda mit den Augenbrauen. „Schau nicht so traurig. Ich bin sicher, du wirst schon noch mal jemanden hinrichten dürfen."

Der Wächter begann: „Das ist nicht, was-"

Pravda unterbrach ihn und fing wieder mit seinen üblichen großartigen Visionen an, während der verwirrte Wächter ihn zu Vals Zelt führte.

So blieb ich allein mit einer temperamentvollen Frau zurück.

„Hey, du hast bisher einen von einem", sagte Kaydee, die neben mir stand, während wir Fangs Rücken betrachteten. „Du hast noch dreißig Minuten nach meiner Rechnung."

„Pravda hat so lange gebraucht?"

„In dem Gespräch gab's 'ne Menge Pausen, Kumpel."

„Glaubst du, ich kann das Gleiche bei ihr machen?"

„Klar, pass nur auf, wenn sie aufsteht, denn sie könnte versuchen, dich umzubringen."

Fang stand nicht auf, als ich mich vor sie setzte. Sie starrte mich an. Zum ersten Mal las ich keine Bosheit in diesen Augen. Ihr leichtes Stirnrunzeln sprach weniger von Rache und mehr von Erschöpfung. Ihre Arme hingen locker herab, ihre Stiefel lagen entspannt im Gras. Nichts an ihr wirkte gefährlich, nichts an ihr wirkte bedrohlich.

„Du wirst mich nicht überzeugen", sagte Fang. „Der Mann hat gesagt, du hättest eine Stunde, und die Uhr tickt."

„Pravda hat seine Meinung geändert", erwiderte ich und versuchte, eine neutrale Haltung zu bewahren.

Emotionen, dachte ich, würden hier nicht helfen.

„Pravda war schon immer flexibel. Deshalb führt er unsere Gruppe und nicht ich. Er konnte sich mit den Gezeiten ändern."

„Aber du kannst das nicht?"

„Will ich nicht." Fang blickte zum Himmel. „Ich bin eine Kämpferin. Ich bin auf der Starship aufgewachsen, als der Krieg kurz bevorstand, einer, der ausbrach und den ich bis zum Ende gekämpft habe. Ich werde das alles nicht wegwerfen, um Kleider zu weben."

„Kleider weben?"

„Du weißt, was ich meine. All das hier. Ich bin nicht für den Frieden gemacht."

Kaydee schnaubte: „Sie klingt wie ein Klischee."

Mein Verstand war vielleicht abweisend, aber ich sah eine Chance.

„Hasst du alle Mechs oder nur mich?", fragte ich Fang.

„Ich hasse Mechs nicht. Ich vertraue ihnen nur nicht. Oder dir."

„Aber du bist gut darin, sie zu zerstören."

„Konnte dich nicht abfackeln, so sehr ich es auch versuchte."

Okay, vielleicht nicht die Antwort, die ich wollte, aber ich hatte Fang in ein Gespräch verwickelt. Sie analysierte mich jetzt, mit dem Blick eines Killers. Einen, den ich erkennen konnte, weil ich ihn oft genug bei Delta gesehen hatte.

„Chalo hat mir erzählt, dass sie herausgefunden haben, wo sich die Mechs sammeln", sagte ich. „Bevor wir euch gefunden haben, haben wir einen Flexi-Mech auseinandergenommen. Ich habe gesehen, was drin war. Seinen Code, seine Laufwerke. Alpha hatte sich selbst kopiert und es an all seine Maschinen verteilt."

„Du sagst, wir haben das Ding vielleicht nicht getötet?"

„Ich sage, es gibt noch Arbeit für dich, wenn du sie willst."

„Als ob dieser Typ mich mitnehmen würde."

„Du kannst mit einem Gewehr umgehen. Du bist willig. Das macht dich zu einer Seltenheit."

Fang kaute an ihrer Lippe. „Also sind meine Möglichkeiten, heute Nacht geköpft zu werden oder auf eine Mech-Mord-Mission zu gehen?"

„So ziemlich."

Wir saßen schweigend da. Kaydee verbrachte die Zeit damit, Wetten darüber abzuschließen, ob Fang mitmachen würde und ob sie Chalo in den ersten fünf oder zehn Minuten verärgern würde. Ich machte keine Wetten, wartete nur und beobachtete den Timer. Ich hatte das hier angefangen, um meiner Kernprogrammierung zu folgen: die

Menschen zu retten. Jetzt wollte ich, dass Fang mitmacht, einfach weil ich mir die Mühe gemacht hatte.

Ich wollte einen Erfolg.

„Sag diesem Chalo-Typen, er soll herkommen. Ich will mit ihm reden", sagte Fang. „Ich muss wissen, ob wir zusammenarbeiten können, er und ich."

„Erledigt."

„Gamma, denk nicht, dass all dieser Mist, den du abziehst, etwas zwischen uns ändert. Ich weiß, was du getan hast, um uns aus der Starship zu holen. Ich werde dir das nie verzeihen. Niemals."

Ich stand auf und sah auf sie herab. „Okay."

Kaydee wartete, bis ich ein paar Meter gegangen war, bevor sie neben mir aufleuchtete.

„Okay? Okay?", sagte Kaydee und ahmte meine Stimme nach. „Das ist deine Antwort? Sie droht dir und du sagst okay?"

„Sie droht mir nicht", erwiderte ich, während ich durch die Stadt in Richtung von Vals und Chalos großem Zelt ging. „Oder, ich schätze, sie ist keine Bedrohung, egal was sie sagt."

„Äh, Gamma, sie hatte den ganzen Weg hierher ein Gewehr an deinem Kopf?"

„Und jetzt hat sie es nicht mehr." Ich zuckte mit den Schultern. „Ich habe viele Freunde. Sie hat null. Ich habe die Starship, sie hat vielleicht einen Bogen und Pfeil, wenn Chalo nett ist. Ich habe größere Probleme, um die ich mir Sorgen machen muss."

Meine eigenen Systeme bestätigten das und stuften Fangs Bedrohungseinschätzung weit unten auf der Liste ein. Sogar unter unwahrscheinlichen Ereignissen wie Alvies Programmierung, die verrücktspielt, und meinem Hund, der sich gegen mich wendet. Nein, ich würde nicht paranoid handeln, besonders nicht an einem so schönen Tag wie diesem.

Als ich Chalo fand, war er bereits dabei, sich mit einem Dutzend anderer Kämpfer auszurüsten. Ich erzählte ihm von Fang, er dankte mir und sagte mir dann das, was ich wirklich hören wollte:

„Hol dir etwas Ausrüstung, Gamma. Du kommst mit uns."

AUF MECH-JAGD

Zehn Rucksäcke, zehn Personen. Neun Menschen, ein Gefäß. Und ein metallischer, keuchend-bellender Hund. Wir überprüften unsere Ausrüstung und hängten uns die Riemen über die Schultern. Chalo kontrollierte Bogensehnen, bestätigte die Befiederung – banale Schritte, die er hätte delegieren können, die aber wohl eine besondere Bedeutung für den Mann hatten. Zwei Schmiede schlossen sich uns an, mit Gewehren und vollen Energiepacks bewaffnet. Fünf weitere kamen aus Vals Jägerreihen, diejenigen, die gesund genug waren, um in einen Kampf zu marschieren.

Der letzte?

Fang hatte einen Rucksack, aber keine Waffen. Chalo befahl mir mit meiner nahezu endlosen Ausdauer, ihre Waffen zu tragen. Fang würde sie bekommen, wenn sie den Kampf erreichte, ohne Probleme zu verursachen und ohne zu versuchen, mir den Kopf von den Schultern zu schneiden. Sie hatte Chalo nur angelächelt, „in Ordnung" gesagt und mit dem Rest von uns gewartet.

Val hielt eine kurze Abschiedsrede, beobachtet von

einigen aus dem Dorf – die meisten, wie ich bemerkte, arbeiteten, kochten und lebten einfach weiter – und erinnerte uns daran, dass wir nicht in den Krieg zogen. Bestenfalls war dies ein Attentat, ein Versuch, jegliche gefährliche Führung von den Mechs abzuschneiden. Das Hauptziel? Delta und Beta zu retten.

Sie wären die beiden Krieger, die in den kommenden Jahren am besten in der Lage wären, die Menschen zu verteidigen.

In den Aufzeichnungen des Bibliothekars zogen abreisende Gruppen üblicherweise mit großem Tamtam los. Trompeten, Blütenblätter, die von Balkonen durch Wohlwollende geworfen wurden. Uns verabschiedete nichts außer der hell weißen Sonne und ein paar tief schwebenden Gossamer-Netzen. Selbst Val kehrte nach ihrer Rede und einem Glückwunsch zu ihrem Zelt zurück, bevor wir ein paar Meter gegangen waren.

„Das liegt daran, dass wir zurückkommen sollen, du sentimentale Maschine", sagte Kaydee, als wir mit dem Marsch begannen. Chalo platzierte Fang in der Mitte der Kolonne, während ich das Schlusslicht bildete. Alvie sprang herum und jagte gelegentlich Gossamer-Netzen hinterher. „Wir ziehen nicht in irgendeinen Großen Krieg."

„Ist es das nicht doch?", erwiderte ich. „Die Mechs werden schneller arbeiten als Vals Stamm. Mit jedem Tag wird die Lücke größer und größer, bis es, egal wie viele Menschen sie hat, zehn Mechs für jeden einzelnen geben wird. Wir stoppen sie jetzt, oder wir verlieren."

„Tut mir leid, dir das sagen zu müssen, Gamma, aber die Zahlen sind bereits gegen uns", antwortete Kaydee, und vor mir, in der Luft über den gehenden Köpfen, erschienen Alphas Reihen von Flexi-Mechs. „Sagen wir, Pravda und seine Leute hätten es geschafft, ein paar Dutzend auszuschalten. Vielleicht hundert. Das lässt immer noch drei- oder viermal so viele mörderische Mechs übrig, die auf uns warten, wie wir Menschen haben."

„Du meinst, wir sind schon tot?"

„Ich sage, wir haben zwei Möglichkeiten." Die Mechs verschwanden, und Kaydee schwebte nun an ihrer Stelle. Sie zeigte mit ihrem rechten Arm, und Beta und Delta tauchten auf, mit blauem Himmel hinter ihnen. „Wir retten diese beiden, rüsten sie richtig aus, lassen sie Alphas Armee überfallen und verwüsten, bis nichts mehr übrig ist." Linker Arm jetzt. Alpha, allein, wenn auch in dem Körper, den er nicht mehr hatte, mit roten Haaren und Narben. „Oder wir schnappen ihn uns. Ich weiß, wir haben das schon einmal gemacht, aber rate mal, er ist jetzt draußen. Das Netzwerk des Raumschiffs steht ihm nicht zur Verfügung. Kein Herunterladen, kein Übertragen. Wenn wir ihn hier festsetzen, ist er weg."

„Außer dass sein Code in jedem Flexi-Mech da draußen steckt."

„Sicher, aber irgendetwas muss ihn aktivieren, oder? Sonst würden gerade ein paar hundert Alphas herumrennen, und wir würden es merken, wenn das passieren würde, weil alles verrückt wäre."

Hmm. Ich konnte nicht viele Löcher in Kaydees Analyse finden. Außer einem.

„Pravdas Leute verlassen das Raumschiff", sagte ich. „Sobald Alpha das sieht, wird er es zurückerobern."

„Deshalb müssen wir uns beeilen", erwiderte Kaydee, „und darauf vertrauen, dass Volt nicht so dumm ist, die Türen offen zu lassen."

Der Flug vom Raumschiff markierte das dritte Mal, dass ich einen Fuß auf die neue Welt setzte, und diesmal für die längste Zeit. Während des nächtlichen Sprints mit Beta und Delta war ich darauf fokussiert gewesen, einen Fuß vor den anderen zu setzen, vollkommen von unserem Ziel und der Geschwindigkeit, mit der wir es erreichen konnten, eingenommen. Im Vergleich dazu war dies ein gemächliches Tempo. Ob Chalo wollte, dass die Gruppe mit Energie bei den Mechs ankam, oder weil der Kundschafter keine unmittelbare Bedrohung erwähnt hatte, ich hatte die Zeit, die Aussicht in mich aufzunehmen, das grasige Polster unter meinen Füßen zu spüren. Da ich von den blubbernden Tümpeln wusste, sah ich Anzeichen in den anderen Tälern, die wir passierten: schwache Schwaden, die sich auflösten, während sie aufstiegen. Der Wind blieb das einzige natürliche Geräusch und trug die Gespräche, die zwischen den Wanderern begonnen und wieder aufgegeben wurden.

Die Überlieferungen des Bibliothekars enthielten unzählige Geschichten von Menschen, die Lieder sangen und am Vorabend des Konflikts Witze über ihren Mut machten, doch Chalos Truppe wirkte lustlos. Entschlossen, ja, aber mit Vorsicht in ihren Schritten. Keine ruhmreichen Gedanken kamen über die Lippen, die ich hören konnte.

„Das liegt daran, dass sie müde sind", sagte Kaydee und gesellte sich zu mir. „Sie haben ihr ganzes Leben damit verbracht, den Mechs auszuweichen, in den schmutzigen Schatten des Raumschiffs zu leben, und jetzt entkommen sie nur, um wieder zurückgezerrt zu werden? Da gibt es nicht viel Grund, aufgeregt zu sein."

„Aber das ist eine Chance, all das für immer hinter sich zu lassen", erwiderte ich. „Wie können sie sich über diese Gelegenheit nicht freuen?"

„Für immer?" Kaydee lachte. „Gamma, wenn es nicht Alpha ist, wird es früher oder später jemand oder etwas anderes sein. Verdammt, gib dem Ganzen ein paar Jahre und vielleicht werden wir es sein."

„Wir?"

„Es gibt tausend Dinge, die Vals Stamm in unsere Richtung lenken. Angenommen, du übernimmst das Raumschiff. Jetzt hast du alle möglichen Ressourcen, die Val gebrauchen könnte. Sie setzen darauf, dass dieser Planet alles hat, was sie brauchen, aber er wird keine Medizin haben. Sein Boden wird vielleicht nicht gut wachsen. Und-"

„Wir werden ihnen geben, was sie brauchen", sagte ich. „Was hätte ich davon, das alles für mich zu behalten? Mechs sind nicht gierig."

Kaydee sah aus, als wollte sie fortfahren, ihr Gesicht verdüsterte sich. Eine düstere Sicht auf die Zukunft in diesen Furchen, aber eine, die sie am Ende verwarf und stattdessen nur den Kopf schüttelte.

„Vielleicht wird dein Optimismus siegen, Kumpel. Ich hoffe es."

„Es ist kein Optimismus. Es ist Logik."

„Etwas, von dem wir beide wissen, dass Menschen es im Überfluss haben."

Wir stichtelten stundenlang hin und her. Jedes Mal, wenn Kaydee das Thema verlassen wollte, hakte ich nach, drängte auf Erklärungen, Ideen, Geschichten. Sie konterte mit Zynismus, einer düsteren Sicht, die zweifellos von ihren trostlosen letzten Jahren als lebender, atmender Mensch geprägt war. Egal wie formbar meine Mech-Zukunft auch sein mochte, Kaydee bestand darauf, dass es nicht genug sein würde. Ihre Spezies würde weiter kommen, weiter nehmen, wie es Bedürfnis und Langeweile verlangten, bis wir, die Maschinen, entweder vernichtet oder versklavt wären.

„Seid ihr dann böse?", fragte ich schließlich. „Menschen?"

„Wir haben euch erschaffen", antwortete Kaydee. „Seid ihr böse?" Bevor ich antworten konnte, winkte sie ab. „Wir sind überall auf der Karte verteilt, Gamma, genau wie Mechs. Was ich dir immer wieder zu sagen versuche, ist, dass du uns nicht vertrauen kannst. Einem, einer bestimmten Person? Sicher. Vielleicht. Aber als Spezies? Nein. Also wickle deine Schaltkreise nicht um irgendein elysisches Ideal."

„Was bleibt mir dann? Wut? Gewalt?"

„Wie wäre es mit Vorsicht?"

Das Wort sickerte in meine Pläne ein, die Ideen, mit denen ich meine Prozessoren in Leerlaufzeiten spielen ließ, wie beim Gehen und in den Pausen, in denen die Menschen aßen, tranken und ruhten. Wie jemand, der sich beim Aufräumen an ein Lied erinnert, hatte ich die Zukunft des Raumschiffs zusammengesponnen: Layouts, neue Mechs, Möglichkeiten. Jetzt färbte ich diese Pläne und fügte eine neue Variable hinzu: äußere Bedrohungen.

Die Sonne neigte sich tief ihrem Untergang entgegen, als wir den letzten Hügel erklommen. Die gewaltige Masse des Raumschiffs lag zu unserer Rechten, eine schimmernde silberne Wand am Horizont. Dahinter, sichtbar um seine Nase herum, schwamm ein großes graues Meer, das wir noch nicht erforscht hatten. Leo, zurück im Dorf, dachte, es bestünde aus demselben Zeug wie die blubbernden Tümpel, aber niemand hatte die Theorie getestet. Dafür würde nach allem noch Zeit sein.

Unsere zehn, plus Alvie, reihten sich auf dem Hügel auf und blickten hinunter auf die weite Ebene, die Alphas Flexi-Mechs für ihr neues Zuhause gewählt hatten. Ein steiniges Feld, hier und da ragte schwarzer Basalt durch das

Gras. Der Wind schnitt schärfer, keine Hügel boten dort unten Schutz, aber die Mechs störte das nicht. Stattdessen arbeiteten sie in Teams, hämmerten auf die Felsen ein und trugen die zerbrochenen Felsbrocken zu verschiedenen wachsenden Quadraten. Andere Mechs benutzten Werkzeuge, die sie vom Raumschiff geborgen hatten, schmolzen und formten die Steine, um sie zusammenzufügen. Mehrere kleinere Behausungen, ohne Dächer, waren bereits mit Teilen vollgestopft. Mit Fässern, die, wie ich vermutete, Kühlmittel enthielten. Wieder andere Mechs schienen hart daran zu arbeiten, Sonnenkollektoren, die von der Hülle des Raumschiffs gestohlen worden waren, wieder zusammenzubauen und Ladestationen sowie Stromleitungen für zukünftige Industrien zu errichten.

„Sie haben all das im Raumschiff", sagte Kaydee. „Warum sich die Mühe machen, es hier draußen neu zu erschaffen?"

„Aus demselben Grund, aus dem Val geflohen ist", erwiderte ich. „Das Raumschiff kann zerstört werden. Es ist schwieriger, einen Planeten in die Luft zu jagen."

Chalo kam zu mir herüber, zeigte auf die Mechs, auf zwei bestimmte, die im Zentrum des Lagers standen. Ich hatte sie schnell bemerkt, beobachtete sie, wartete auf ein Zeichen, dass sie nicht das waren, was ich befürchtete.

„Du siehst sie, oder?", sagte Chalo.

„Ja."

„Sie sehen nicht aus, als würden sie kämpfen. Oder gefangen gehalten werden."

„Nein."

Chalo sah mich an: „Dann sag mir, was du denkst."

„Ich muss näher ran", sagte ich, so sehr ich es auch nicht wollte. „Ich muss mit ihnen reden."

„Werden sie dich töten?"

„Vielleicht. Es sind Hunderte da unten, Chalo. Es gibt keine Chance, dass wir alle durchkommen. Besser, mich zu schicken und zu sehen, was passiert."

„Wenn du nicht überlebst?"

„Schick meinen Hund zu Volt, auf dem Raumschiff. Bring ihn dazu, sich zu öffnen, dann schnappt euch jede Waffe, die ihr kriegen könnt. Und rettet Pravdas Leute, denn ihr werdet die Körper brauchen, wenn die Mechs kommen, um euch zu holen."

VIERZIG

EINE NEUE GESELLSCHAFT

Sag niemals, Mechs seien faul.

Mit Alvie an meiner Seite schlenderten wir den Hügel hinunter und in die Randgebiete der Basis. Flexi-Mechs, die sich bewegten und Steine platzierten, sahen uns nur kurz an. Einige winkten mit zehn Fingern zum Gruß. Andere, deren Hände mit ihrer Arbeit beschäftigt waren, nickten uns stattdessen zu. Ihre rosa Augen, normalerweise vor Wut leuchtend, wirkten jetzt sanft und fokussiert. Alles andere als tödlich.

Aus der Nähe verlor der Ort jegliche bedrohliche Kante, die die Entfernung ihm verliehen hatte. Die Unterkünfte sahen einfach wie Unterkünfte aus, nicht wie Befestigungen. Waffen waren nicht darin gestapelt. Ich sah keine dieser jagdhundartigen Mechs, die nur zum Töten geschaffen wurden. Vielleicht hätte ein Mensch die Stille unheimlich gefunden, da das einzige Geräusch von den mahlenden, klappernden Mechs kam, die sich umherbewegten, aber für mich fühlte es sich an wie—

„Zuhause?", sprang Kaydee ein. „Du willst das ernsthaft Zuhause nennen?"

„Mechs, ein wunderschöner Himmel, niemand schießt auf uns?", erwiderte ich. „Was willst du mehr?"

„Aber all diese Mechs gehören Alpha, nicht dir", sagte Kaydee. „Du weißt nicht, was sie wirklich tun. Es ist, als würdest du ein halb fertiges Gemälde betrachten und annehmen, du weißt, wie es am Ende aussehen wird."

„Es ist vielversprechender als alles andere, was ich bisher gesehen habe."

„Ein Haufen halb gebauter Steingebäude?"

„Nein, die Zusammenarbeit. Die Mechs arbeiten alle zusammen. Es zeigt, dass ich nicht verrückt bin, wenn ich denke, wir könnten dasselbe im Raumschiff tun."

„Ja, sie arbeiten alle zusammen, weil Alpha jede ihrer Bewegungen kontrolliert."

Diesmal verdrehte ich die Augen, ging an Kaydee vorbei und steuerte auf das Zentrum zu.

Anders als in Vals Siedlung, wo ein geräumter Erdkreis die Mitte markierte, benutzten die Mechs ein auffälligeres Beispiel: zwei Gefäße, eines stehend, eines kniend, beobachteten schweigend den Fortschritt. Beta, ihr langes, gebundenes rosa Haar über eine Seite fallend, Messer an Bandolieren und Ringen entlang ihrer Arme und Beine hervorstehend, betrachtete meine Annäherung ohne Reaktion, als würde sie die untergehende Sonne über uns verfolgen.

Ich hielt für einen langen Moment inne, als ich Deltas Zustand erkannte. Das Gefäß kniete im Gras, ihre Hände hinter dem Rücken in geschmiedetem Metall gefesselt, und ein verengter Blick war in ihr Gesicht gemeißelt. Wenn Beta keine Reaktion zeigte, verzog sich Deltas Gesicht bei meinem Erscheinen zu Schock.

Schock begleitet von einem Schrei, den ich nicht verstehen konnte. Ihr Mund bewegte sich, aber tonloses

Kauderwelsch kam heraus. Wie jemand, der auf Klavier-
tasten einhämmert oder seinen Ellbogen auf die Tasten legt.

Betas ausdrucksloser Blick flackerte für eine Sekunde
zu einem wilden Grinsen, bevor er wieder in seine Linie
zurückfiel.

„Ach verdammt", stöhnte Kaydee. „Das ist so ziemlich
das schlimmstmögliche Ergebnis."

„Wir wissen noch nicht, was passiert ist", erwiderte ich.

Ich hielt meine Hände sichtbar, zeigte, dass ich keine
Waffen trug, als ich näher kam. Um uns herum lagen
schwarze und graue Felsen in Stapeln und warteten darauf,
in Form gebracht zu werden. Spinnwebenartige Netze
überzogen den Himmel über uns und sprenkelte den Nachmittag mit Funken. Die allgegenwärtige Brise hielt an.
Keine Flexi-Mechs näherten sich.

„Ich bin froh, dass du hier bist", eröffnete Beta das
Gespräch. „Wir haben Flexi-Mechs geschickt, um dich von
den Menschen zu holen, aber sie sind nie zurückgekehrt.
Ich nahm an, du wärst ein Opfer geworden."

I cocked my head, studied Beta. The words weren't
hers, the tone and cadence off. No insults. No flipping a
knife in the air and catching it again.

„Siehst du?", flüsterte Kaydee.

„Wir sind auf deine Mechs gestoßen", sagte ich. „Sie
haben nicht überlebt."

Blitzschnell zog Beta ein Messer und richtete es nach
oben und weg, in Richtung des Hügels, wo Chalo und die
anderen Jäger warteten. „Sind sie jetzt da oben und beobachten uns?"

„Sie versuchen zu entscheiden, was ihr seid."

„Dorfbewohner, nichts weiter", grinste Beta. „Es ist, wie
du es wolltest, Gamma. Frieden. Mechs, die ihre eigene
Gesellschaft aufbauen."

„Das soll eine Gesellschaft sein?", ich sah mich um. „Die Mechs arbeiten alle stumm. Ich höre kein Lachen. Kein Lied. Das ist eher wie ein Gefängnis als jede Gesellschaft, die ich bisher gesehen habe."

Beta warf den Kopf zurück und lachte: „Also Gamma, die einzige Gesellschaft, die du bevorzugst, ist eine menschliche? Wenn dem so ist, dann geh, kehr zurück zu deinen matschigen Freunden. Ich bin sicher, sie werden dich brauchen, um ihnen zu sagen, wie sie sich verhalten sollen."

„Jap, definitiv nicht Beta", fuhr Kaydee fort. „Was meinst du, wie Alpha sie gestohlen hat? Virus? Falle?"

Wie es passiert war, spielte keine Rolle. Wie wir sie reparieren würden, war wichtiger.

„Ich bin kein Diktator", erwiderte ich.

„Bist du das nicht?", sagte Beta. „Leo hat uns paarweise entworfen. Beta, Delta die Kämpfer. Alpha und Gamma, die Denker. Die Herrscher. Zeit, deinen Mantel anzunehmen und nach Hause zu marschieren. In ein paar hundert Jahren können wir uns wieder treffen und die Ergebnisse vergleichen, deine Zivilisation gegen meine."

„Das ist-"

„Absurd? Warum nicht?" Beta steckte zwei Finger in den Mund und blies, ein scharfer und schriller Ton in die Luft pfeifend. „Was machen wir hier, Gamma? Ist nicht diese ganze Sache absurd? Eine zum Scheitern verurteilte Mission quer durch die Galaxie, Maschinen und Menschen bekämpfen sich gegenseitig, genau wie auf der Welt, die sie zurückgelassen haben. Das ist es, was wir sind, also warum nicht den Tanz fortsetzen?"

Bevor ich eine Antwort finden konnte, erschien eine neue Gestalt aus einem Unterschlupf zu meiner Rechten. Der größte, der gebaut wurde, das gewölbte Dach hatte uns davon abgehalten, von oben auf dem Hügel hineinzusehen.

Jetzt entleerte sich sein Inhalt, eskortiert von den einzigen bewaffneten Flexi-Mechs, die ich im Dorf gesehen hatte. Pravdas Zurückgelassene, zusammengedrängt und ihrer Masken, Waffen und Mäntel beraubt. Sie gingen in zerlumpten Kleidern.

„Der starre Widerstand im Inneren des Raumschiffs bröckelte, sobald sie nach draußen flohen", sagte Beta, „und jetzt gehen ihnen Nahrung und Wasser aus. Sie verhungern in ihrem neuen Zuhause. Nicht ganz die Einführung, die sie erwartet hatten." Sie sah mich wieder an. „Du kannst sie mitnehmen, wenn du gehst. Ein Bonus, der dir sicher all die Loyalität einbringen wird, die du von diesen wankelmütigen Menschen brauchst."

Ich hatte keine Waffen. Keine Möglichkeit, einen Kampf gegen Beta zu gewinnen, selbst wenn ich es wollte. Die Menschen würden ebenso von den Mechs überrannt werden, wenn ich etwas versuchte. Fliegende Fäuste würden mich hier nicht herausbringen, aber Weglaufen auch nicht. Beta mitzunehmen, Alphas Angebot anzunehmen, würde nur eine tickende Uhr in Gang setzen, bis die Mechs Vals Leute überrennen würden.

Es gäbe keine Chance, dass Alpha mich das Raumschiff mitnehmen und die Fertigungslinien anpassen lassen würde. Jetzt, wo Alpha wenige Soldaten, wenige Backups hatte, war dies unsere einzige Chance.

Aber wie sollte ich sie nutzen?

„Du sagst, du willst Frieden", sagte ich, „aber du spielst auf Krieg. Daran werde ich nicht teilnehmen."

„Dann werden alle Menschen sterben", sagte Beta. „Innerhalb weniger Tage werden sie ausgestorben sein. Ich werde diesen Planeten, das Raumschiff, alles für die Mechs haben."

„Warum hast du es nicht schon längst getan?", fragte

ich, nach einer Möglichkeit suchend. „Selbst ohne Delta könntest du die Menschen mit dem, was du hast, vernichten."

Betas Mund kräuselte sich: „Weil sie eine Blockade hat. Ich kann diese Maschine nicht dazu bringen, Menschen zu verletzen, egal wie sehr ich es versuche. Ein Fehler, der von meinem vorherigen Gefäß durch dieses plumpe Monster entfernt wurde, das du in der Kinderstube zerstört hast. Danke dafür, übrigens."

„Gern geschehen", ich neigte den Kopf. „Wie wäre es mit einem Handel? Ich entferne die Blockade, du gibst mir Delta und die Menschen. Dann gehen wir getrennte Wege und spielen dein Spiel."

Beta, Alpha nahm mich auf. Die Systeme des Gefäßes würden Wahrscheinlichkeiten berechnen, versuchen, eine Zahl auszuspucken, die Wahrscheinlichkeit eines Sieges.

„Eine Bedingung", sagte Beta. „Delta darf nicht befreit werden, bis ihr weit weg von hier seid, oder wir greifen sofort an."

„Abgemacht. Kann ich näher kommen?"

Kaydee, die in der Nähe von Beta verweilte, warf mir einen skeptischen Blick zu. „Du gehst ein verdammt großes Risiko ein bei dieser Sache, Gamma."

Nicht, dass wir das nicht schon vorher getan hätten.

Als Beta mich heranwinkte, presste ich meine Finger zusammen, formte den Stecker und versuchte herauszufinden, wie ich Alpha von innen zerstören konnte.

EINUNDVIERZIG

Wir fielen. Ein kurzer Sturz auf eine starre Stahlplattform. Kaydee und ich landeten zuerst mit dem Hintern auf der Plattform, die in einer funkelnden lila-rosa Wolke schwebte. Ich spürte die kühle Oberfläche unter meinen Fingern, fühlte, wie der Code sie in die Existenz schrieb, so wie ich eine Brise in meinem Gesicht spüren würde.

Unsere Plattform hing nicht allein im Nebel: andere Rechtecke, Kästen und Strukturen trieben mit uns. Die meisten waren keine einfachen Platten wie unser Landeplatz, sondern Gehwegfragmente, die in etwas führten, das wie Schaufenster im Conduit-Stil aussah. Neonbedeckte Schilder blinkten durch die Wolke und riefen uns zu codierten Zielen wie Betas Erinnerungen, ihren körperlichen Funktionen, ihren Einstellungen.

„Jedes musste anders sein", sagte Kaydee und stand neben mir auf. Betas Realität kleidete uns beide in Raumanzüge des Raumschiffs, die eng anliegende blau-schwarze Ausrüstung ließ uns wie die Reisenden aussehen, die wir waren. „Leo konnte sich nicht einfach für einen Standard entscheiden und dabei bleiben."

„Fühlt sich nicht nach seinem Ding an", erwiderte ich. Mit meiner rechten Hand streckte ich mich aus und testete die Luft. Ich tastete nach meinen Möglichkeiten und stieß auf eine begrenzte Auswahl. „Alpha oder Beta, wer auch immer hier das Sagen hat, lässt uns herumwandern, aber nicht viel mehr."

„Zum Kern gelangen und sie auseinandernehmen, das ist die Idee?"

„Das ist, was Alpha will", antwortete ich. „Ich denke, wir sollten etwas anderes versuchen."

„Ooh, werden wir versuchen, Beta zu befreien?"

„Was für eine verrückte Idee, Kaydee. Absolut verrückt."

„Du weißt, dass Alpha das kommen sehen wird, oder?"

Ich lachte: „Weil ich ihn schon hundertmal hintergangen habe?"

„Macht mich wundern, warum er dich noch nicht getötet hat."

Ich bewegte mich zum Rand der Plattform, schaute hinaus und zählte all unsere Optionen. Zu viele. Jede könnte Alpha enthalten, die echte Beta gefangen im Inneren.

„Ich denke, es ist wie bei Pravda und Val", antwortete ich. „Es gibt nur vier von uns. Alpha hat seinen Körper bereits verloren, jetzt sind es drei. Zumindest bis er herausfindet, wie er mehr machen kann."

„Aber warum lässt er dich hier einklinken?", Kaydee stellte sich neben mich an den Rand. „Das ist ein großes Risiko."

„Ports können in beide Richtungen gehen. Wenn er mich erwischt, bevor ich aussteigen kann, könnte er mich auch schnappen."

„Also seid ihr beide Spieler."

„Wir tun, was unser Code uns erlaubt. Gib Leo die Schuld."

„Das werde ich."

Zuerst hüpften wir auf und ab auf der Plattform, unsere Metallplatte diente als Test, wie weit wir springen konnten. Die Schwerkraft spielte hier eine Rolle und zog uns mit mehr Kraft nach unten als der echte Planet draußen. Nach oben oder weit zur Seite zu springen, würde nicht funktionieren.

„Ich meine, wir wissen nicht, was passiert, wenn wir in das rosa Zeug fallen", bemerkte Kaydee. „Vielleicht landen wir einfach wieder hier?"

„Oder wir werden rausgeworfen oder als bösartiger Virus gelöscht", sagte ich. „Wir haben sichere Optionen. Lass uns zuerst die da drüben versuchen."

‚Die da drüben' lag dreißig Meter weiter unten, ein paar Meter von unserer Plattform entfernt. Ein Fall, der mich außerhalb der digitalen Welt zu Brei reduzieren würde. Kaydee wies darauf hin und ich zuckte mit den Schultern.

„Es ist die einzige Chance, die wir haben. Ich kann mir nicht vorstellen, dass Leo etwas Unbrauchbares programmiert hat. Und Alpha hat es geschafft."

„Das sagst du, nachdem du mir erzählt hast, dass der Sprung ins Rosa tödlich sein könnte?"

„Ich sage nur, was wahrscheinlicher ist, das ist alles."

„Okay, Herr Wahrscheinlicher, wie wär's, wenn du zuerst gehst?"

„Abgemacht."

Ich ging ein paar Schritte zurück, sah Kaydees verschränkte Arme, einen selbstgefälligen Blick. Und sprang.

Mein Fehler wurde verdammt schnell klar. Nachdem

ich etwa einen Meter über meine Startplattform hinaus war, erstarb mein Schwung. Als ob ich direkt in klebrigen Honig oder ein Spinnennetz gesprungen wäre, stoppte ich und hing im Rosa. Ich konnte meine Arme und Beine zwar bewegen, aber ich bewegte mich nirgendwohin. Ich versuchte zu schwimmen, bewegte meine Arme in breiten Zügen und bewegte mich keinen Zentimeter.

„Siehst gut aus, Gamma", rief Kaydee von ihrer Plattform.

„Halt die Klappe."

Okay, die Schwerkraft verhielt sich hier also nicht normal. Was regierte dann diese digitale Welt? Ich sah zurück zu Kaydee und wollte sie gerade fragen, ob sie bessere Ideen hätte, als mich zu rösten. Sobald meine Plattform wieder in Sicht kam, spürte ich einen Ruck, mein Körper wurde zur Stahlplatte zurückgezogen. Einige Sekunden später landeten meine Füße genau dort, wo sie vorher gewesen waren.

„Wie hast du das gemacht?", fragte Kaydee.

„Ich konnte einfach nicht ohne dich sein, also bin ich zurückgekommen", scherzte ich.

Kaydee streckte mir die Zunge raus.

„Lass es mich noch einmal versuchen", sagte ich, und bevor sie widersprechen konnte, sprang ich ein zweites Mal ins Rosa mit ähnlichen Ergebnissen.

Nun schaute ich nach unten und fand die Plattform, auf die ich eigentlich hätte stürzen sollen. Wieder das verräterische Ziehen, und die Plattform scrollte näher heran. Ich „fiel", aber in einem langsamen und stetigen Tempo, eher wie in einem alten Aufzug als bei einem Fallschirmsprung.

„Schau einfach dorthin, wo du hin willst!", rief ich zu Kaydee zurück und hoffte, dass sie mich hören konnte.

Ihre springende Gestalt, die kopfüber von der Plattform sprang und mir hinterher segelte, bestätigte, dass sie mich gehört hatte.

Unser Ziel hatte einen schmalen Streifen davor, eine Landestelle vor einem neongrünen Schild, das die Plattform als Heimat von Betas Fähigkeiten auswies. Das war's, nur Fähigkeiten.

Kaydee landete hinter mir, berührte zuerst mit den Händen den Boden und machte einen Radschlag zurück in eine normale Haltung.

„Das hat Spaß gemacht", sagte sie und studierte mit mir das Schild und die geschlossene Spiraltür darunter. „Du hast einen guten Startpunkt gewählt."

„Wie meinst du das?"

„Leo und ich haben immer einen Fähigkeiten-Ordner benutzt, um all das experimentelle Zeug reinzupacken", erklärte Kaydee. „Zum Beispiel, wenn wir einem Müll-Mech eine Persönlichkeit geben wollten, würden wir es hier reinpacken. Oder einen Putz-Mech upgraden, damit er Wäsche waschen kann."

„Oder, sagen wir, einem Gefäß die Fähigkeit geben, Messer mit Punktgenauigkeit zu schleudern?"

„Gib dem Mann einen Preis."

„Hast du einen?", fragte ich und streckte die Hand aus.

„Klar, er ist da drin", Kaydee zeigte auf die Tür. „Nach dir, Champ."

Die Spiraltür öffnete sich bei meiner Berührung, der grüne Edelstein in ihrer Mitte erkannte meine Geste einfach als Aufforderung, hineinzugehen. Wie ein Mausklick in der Realität. Keine Sicherheitsvorkehrungen hier, eine Nachlässigkeit, die ich seltsam fand, bis ich mich daran erinnerte, dass jeder, der an Betas Systemen herumpfuschen wollte, nun ja, erst mal an Beta vorbeikommen müsste.

Hineingehen bedeutete, ein neues Universum zu betreten, eines, das viel größer war, als die Plattform vermuten ließ. Goldene Waben breiteten sich überall um uns herum aus, oben, unten und quer. In jeder lebte eine lebensgroße Beta, die eine Bewegung durchführte, die sie zu meistern programmiert worden war.

Direkt mir gegenüber, etwa zehn Meter entfernt, sprintete Beta über ihre Wabe, machte einen Kick-Flip an der Seite und lief dann in die entgegengesetzte Richtung, um es wieder zu tun. Immer und immer wieder, endlos. Von oben ertönten dumpfe Schläge, und ich sah verschiedene Betas, die auf unterschiedliche Weise Messer auf verschiedene rot-weiße Zielscheiben wirbelten. Jeder Wurf war ein perfektes Bullseye.

„Habe ich auch irgendwo so einen Raum?", fragte ich Kaydee, während wir uns umsahen.

„Ja, aber er hat nur einen Bereich, in dem du rennst und dich in einer Ecke versteckst."

„Gemein."

„Die Wahrheit tut manchmal weh, Gamma."

Ich schüttelte den Kopf und versuchte herauszufinden, ob wir hier etwas Nützliches finden könnten. Das waren nicht Betas Grundprinzipien, also würde der Menschentötungs-Block nicht hier sein. Alpha müsste diesen Ort auch nicht verschmutzen, um die Kontrolle zu übernehmen.

„Sieht so aus, als müssten wir wieder raus?", sagte ich.

„Warte", sagte Kaydee und zeigte nach unten rechts. „Siehst du das?"

Die Wabe enthielt einen Schatten, ein provisorisches Kind, das sich in der Ecke zusammenkauerte, genau wie Kaydee es mir unterstellt hatte. Darüber stand jemand, der ganz und gar nicht Beta war, mit Messern in beiden Händen, und beschützte das Kind vor äußeren Bedrohungen.

„Er dringt tiefer ein", sagte ich und beobachtete, wie Alpha über dem Kind stand und es mit seinem Körper beschützte.

„Wette, er wird bald alle hier übernehmen", sinnierte Kaydee, „und jeder, den er kriegt, wird etwas sein, das er Beta draußen machen lassen kann."

„Wir werden ihn aufhalten, bevor er so weit kommt", erwiderte ich. „Komm schon."

Draußen schauten wir uns nach besseren Optionen um. Ohne Entfernung und Höhe als begrenzende Faktoren gab es verlockende Ziele. Kaydee stimmte für Betas Erinnerungen, während ich direkt zu ihrem Kern gehen wollte.

„Warum Erinnerungen?", fragte ich, als Kaydee ihr Argument vorbrachte.

„Weil wir Hilfe brauchen werden", sagte Kaydee. „Sie wird sich selbst haben, vielleicht ein paar Freunde dort drin, die wir nutzen können. Denk nach, Gamma. Wenn Alpha sich in Betas Kern eingenistet hat, wird er schwer rauszukriegen sein. Wir könnten ein paar Verbündete gebrauchen."

„Beta wird nicht das Einzige sein, was in ihren Erinnerungen lebt", sagte ich. „Wenn wir da reingehen, werden wir auch die Feinde finden."

„Ja, aber rate mal was?"

„Was?"

„Beta hat sie alle besiegt. Also wenn wir sie kriegen, gewinnen wir. Kein Problem."

Bevor ich einen weiteren Grund finden konnte, warum wir warten sollten, stieß sich Kaydee von der Fähigkeiten-Plattform ab und schwebte nach oben und weg. Digitale

Fossilien auszugraben schien gefährlich, sogar leichtsinnig, aber das war Kaydees Art, und sie hatte mich bisher am Leben gehalten.

Warum sollte ich jetzt an ihr zweifeln?

Zumindest sagte ich mir das, als ich durch den rosa Nebel nach oben schwebte. Es stand ja nur alles auf dem Spiel.

ZWEIUNDVIERZIG

DAS PIRATENSCHIFF

Kaydees Ziel brachte uns vor eine weitere spiralförmige Tür. Das Schild darüber, na ja, ich konnte es nicht lesen. Die Buchstaben waren auseinandergerissen, einige mit einem schleimigen lila Schleim bedeckt und andere regelrecht zerschmettert. Wenn es einen besseren Hinweis gab, dass Alpha diesen Weg genommen hatte, wusste ich nicht, was es sein könnte.

Kaydee stand neben mir und sah ziemlich selbstgefällig aus. Sie hatte die richtige Plattform gefunden und das wusste sie auch. Ich konnte mich nicht so selbstsicher fühlen: Hinter diesen Türen würde etwas Unerwartetes sein, eine Vereinigung zwischen Alpha und Beta, Code, der sich auf gefährliche Weise vermischte.

„Ach, hör auf so nervös zu sein", sagte Kaydee. „Wie oft hast du schon etwas Schreckliches gesehen und bist auf der anderen Seite wieder rausgekommen? Das ist für dich wie atmen."

„Ich atme nicht."

„Was auch immer. Du wirst schon klarkommen. Lass uns den Kerl plattmachen."

Ich ging voran, tappte über die paar Meter Stahl zur grün-edelsteinbesetzten Tür. Streckte die Hand aus, legte sie auf die geschnittene Oberfläche. Warm, fast weich. Der Edelstein sendete eine subtile Vibration durch meine Hand zurück und die Spiraltür öffnete sich.

Leo hatte sich mit Betas Betriebssystem wirklich selbst übertroffen.

Wenn ich eine graue Ebene und blaue Kristalle hatte, die von einem unendlichen Himmel hingen, wenn Delta ihre durch riesige Ketten verbundenen Inseln hatte, wenn Alpha seine Höhle, sein Tal und seinen Wald hatte, dann hatte Beta ihre schwebenden Plattformen. Jede öffnete sich in eine andere Welt, so schien es. Diese hier, diese öffnete sich in ein Holzplankenboot.

Nein, kein Boot – die Erinnerungen des Bibliothekars präzisierten: eine Galeone. Das Holz erstreckte sich in alle Richtungen von mir weg, als ich durch die Tür trat, lief zu den Geländern hoch, der spitze Bug vor mir blickte über ein flaches blaues Meer.

„Also, es ist ein bisschen komplizierter als die Wabe", sagte Kaydee und gesellte sich zu mir. Als sie hindurchtrat, schloss sich die Spiraltür und löschte jedes Anzeichen ihrer Existenz. Ein Blick zurück zeigte nur das Steuerruder des Schiffes, den erhöhten Aufbau für den Kapitän und die Ehrengäste. „Auch kein Ausgang? Toll."

„Wo ist er?", fragte ich und sah mich um. Das Takelwerk schien alles in Ordnung zu sein. Die Segel hingen herab und fingen den böigen Wind ein, obwohl das Schiff selbst nirgendwohin zu fahren schien.

Trotz des ganzen Schleims draußen sah ich nichts auf dem Boot. Keine Feinde, digital oder anderweitig, erhoben sich, um uns anzugreifen. Auch keine Betas. Kaydee ging zum Geländer, fuhr mit der Hand über das Holz, während sie hinunterblickte.

„Es ist eine sich wiederholende Grafik", sagte Kaydee, als ich mich zu ihr gesellte.

Sie meinte den Ozean. Seine Wellen bewegten sich bei genauerer Betrachtung alle auf die gleiche Weise, erreichten zur gleichen Zeit ihren Höhepunkt und verschmolzen ohne Aufhebens wieder mit dem Blau. Eine schlampige Technik, schlechte Qualität, aber wenn man nicht erwartete, dass die Leute es wirklich sehen würden, warum sollte man sich die Mühe machen?

„Ich verstehe, warum er meins einfach grau gemacht hat", sagte ich. „Sieht besser aus."

„Zumindest weniger störend."

Wir warfen einen langen Blick auf das Oberdeck, zählten alle üblichen Schiffsutensilien und fanden null Besatzung. Ich hatte halb erwartet, dass verschiedene Versionen von Beta herauskommen und uns begrüßen würden, Funktionen, die als Besatzungsmitglieder posierten. Stattdessen nichts.

„Zwei Möglichkeiten", sagte Kaydee. „Die Tür des Kapitäns oder runter durch die Luke."

Beide sahen schlicht aus, Leos Programmierung neigte nur im großen Ganzen zur Opulenz. Unmarkiertes Holz, keine Schilder, keine Hinweise.

„Alpha wird da drin sein", sagte ich und zeigte auf die Kapitänskajüte. „Also lass uns in die andere Richtung gehen."

„Warum?" Kaydee hob eine Faust. „Willst du ihm nicht eine reinhauen?"

„Doch, aber weder du noch ich haben eine Waffe. Es sei denn, du kannst etwas, was ich nicht kann, der Code ist hier nicht editierbar." Als würde man versuchen zu springen, nur um festzustellen, dass die Schuhe in trocknendem Zement stecken, war ich nicht in der Lage gewesen, die Realität zu verändern. Mir selbst ein Schwert, eine Pistole, irgendetwas über die einfache Kleidung hinaus, die Kaydee und ich trugen, zu geben, wäre schön gewesen, aber es war nicht möglich. „Wir müssen plündern gehen."

„Gib's zu, du magst dieses Boot einfach sehr und willst mehr davon sehen."

Ich ging zur Luke, legte meine Hand auf den Knauf, „Du liegst nicht falsch."

Mit einem Ruck schwang die Luke zurück und wir spähten hinein.

Eine dicke, gestufte Leiter führte hinunter zu einem Deck, das von hängenden Laternen beleuchtet wurde. Die Flammen flackerten ähnlich wie der Ozean draußen: die gleiche Bewegung, eine konstante Helligkeit ohne die natürlichen Zuckungen echten Feuers. Die Laternen gaben einen Einblick in ein mit Räumen gefülltes Unterdeck, das die Baupläne der Galeone ignorierte und einen zentralen Gang aufwies, der viel länger war als die Länge des Bootes. Ich steckte meinen Kopf nach oben, um es zu bestätigen, und treu der digitalen Welt ignorierte das Unterdeck die Physik, um jeder Kernfunktion ihren Platz zu geben.

„Leo mochte Piraten schon immer", sagte Kaydee, als wir hinuntergingen. „Er liebte die Filme, die Geschichten."

„Weil Piraten überall hingehen konnten und er auf dem Starship gefangen war?"

Kaydee warf mir einen forschenden Blick zu. „Das ist keine dumme Überlegung, weißt du."

Ich sagte nicht, dass ich mehr als einmal das gleiche Gefühl hatte, wenn ich durch die metallenen Gänge des

Conduit streifte. Oder wenn ich mit Menschen zu tun hatte und ihrer Tendenz, mich in den Status der Dienerschaft zu degradieren.

Kamen diese Gefühle von mir selbst, oder weil Leo sie dort eingepflanzt hatte?

„Hey", sagte Kaydee, als sie mehrere Türen weiter war und vor einer weinroten Tafel stehen blieb. „Diese hier ist genauso verklebt wie die Außenseite."

Jeder Raum hatte ein Schild, das von einem goldenen Namensschild neben der Tür umrahmt war: die langweiligen Routinen wie Energiemanagement, visuelle Abtastung und Bedrohungseinschätzung. Die beiden Türen neben dieser waren ‚Temperaturkontrolle' und ‚Sprachverarbeitung'. Weder interessant, noch gaben sie wirklich einen Hinweis darauf, was sich dahinter verbarg.

„Willst du sie öffnen?", fragte mich Kaydee.

„Du nicht?"

„Du leitest diese Expedition, dachte, du solltest die Ehre haben."

Ich zuckte mit den Schultern, griff nach dem gebogenen Griff an der verschmierten Tür. Dann hielt ich inne und neigte meinen Kopf zu meiner Freundin.

„Es gibt einen Grund, warum du mich das machen lässt", sagte ich. „Warum?"

„Hab's schon gesagt, du bist der Kapitän, Kapitän", Kaydee blitzte ihr Schurkengrinsen.

„Wenn er mich löscht, wird er dich da draußen zerstören", sagte ich. „Selbst wenn du es schaffst, diesem Ort zu entkommen, werden dich die Flexi-Mechs erschießen, bevor du überhaupt aufstehen kannst."

Kaydees Mund öffnete sich, schloss sich wieder. Sie seufzte, eine beeindruckende Leistung, wenn man bedenkt, dass Luft hier keine Rolle spielte.

„Es besteht immer eine Chance", sagte Kaydee, aber sie schob sich an mir vorbei, griff den Türgriff und riss die Tür auf.

Der Ersatzraum hatte eine Pritsche, die an die rechte Wand geschoben war, aber das einfache Bett war nichts im Vergleich zu der Person, die daneben am Boden angekettet war.

Beleuchtet von perfektem weißgoldenen Licht, das durch ein Bullauge strömte, saß Beta am Boden, ihre Handgelenke in engen Metallmanschetten gefesselt. Hartes schwarzes Eisen führte von diesen Manschetten zu Platten hinter ihrem Rücken. Ansonsten sah Beta genauso aus wie draußen: rosa Haare, schlanke Kampfuniform, überall Messer.

„Beta?", sagten Kaydee und ich gleichzeitig.

Sie hob ihren Kopf, blinzelte uns an. Ein-, zweimal, dann stieß sie einen harschen Fluch aus und zerrte an den Ketten.

„Verkleidet ihr euch jetzt als meine Freunde?", sagte Beta, bei jeder Silbe flammte Hitze auf. „Alpha, ich schwöre, ich finde einen Weg aus diesen Fesseln, und wenn ich das tue, wirst du zu Atomen reduziert. Oder weniger."

Kaydee ging in den Raum, diesmal mit einem reineren Grinsen im Gesicht. „Ach ja? Drohungen? Na, dann mach sie doch wahr!"

Beta knurrte, zerrte an ihren Fesseln, bevor ich mich zwischen die beiden stellte.

„Kaydee ist gemein, Beta. Wir sind nicht Alpha. Wir sind wir. Ich meine, Gamma und Kaydee."

Beta verengte ihre Augen zu mir, „Beweis es."

„Chalo ist ein Arschloch."

Beta erstarrte, lachte dann und ließ sich wieder auf den Boden sinken. „Wie? Wie seid ihr hier?"

Ich gab ihr die Kurzversion, brachte uns von dem Moment, als sie und Delta losgingen, um die Mechs zu verfolgen, bis zu diesem Augenblick.

„Spannender als das, was uns passiert ist", sagte Beta, als ich fertig war. „Wir folgten diesen Kurieren den ganzen Weg hinunter. Hat eine Weile gedauert. Sie brachten uns zurück zur Cesspool. Dort warteten sie."

„Warteten?", fragte Kaydee. „Wie eine Falle?"

„Genau. Alpha war nicht ganz so dumm, wie wir dachten. Er erzählte mir, der Plan sei seit Jahren in Kraft gewesen, falls seinem Körper etwas zustoßen sollte, die Flexi-Mechs machten es nur einfacher. Sie griffen uns von allen Seiten an. Gewehre, zu enge Räume zum Bewegen. Delta wurde schwer getroffen."

„Ihr habt aufgegeben?", sprang ich voraus, mir bewusst, dass Alpha nach uns suchen könnte. Während Beta gesprochen hatte, hatte ich auch diese Fesseln betrachtet und versucht, einen Weg zu finden, sie zu brechen. „Euch ergeben?"

„Sie hätten uns beide getötet, Gamma", schoss Beta zurück. „Dann wären sie für euch und die Menschen gekommen. Delta und ich gaben ihm eine Ablenkung."

„Und Waffen", erwiderte ich.

Dem konnte Beta nicht widersprechen.

Ich nahm ihren linken Arm und schaute genauer auf die Fesseln, um zu sehen, welche Funktion ihren Code unter Verschluss hielt. Das harte Metall stellte sich als ziemlich einfache Anweisung heraus, ein *if else*-Argument, das die Fesseln real hielt, solange Beta weiter existierte.

Um es zu ändern, bräuchte ich Schreibrechte innerhalb Betas digitaler Welt, etwas, das ich ganz sicher nicht hatte.

„Mir gefällt dieser Gesichtsausdruck nicht, Gamma", sagte Kaydee.

„Er kann mich nicht befreien", antwortete Beta an meiner Stelle.

„Nicht, es sei denn, Alpha lässt es zu", bestätigte ich.

„Was er total tun wird", sagte Kaydee und machte eine halbe Sekunde Pause, „wenn wir ihn zwingen."

DREIUNDVIERZIG

ZURÜCKGELASSEN

Zurück im langen Flur des unteren Decks diskutierten Kaydee und ich darüber, wohin wir als Nächstes gehen wollten. Ich plädierte für weitere Erkundungen, für die Chance, irgendetwas zu finden, das uns gegen Alphas Kontrolle helfen könnte. Kaydee drängte auf das Gegenteil, einen direkten Angriff auf die Quartiere des Schiffes.

„Er weiß, dass wir hier sind, er weiß, dass wir kommen", sagte Kaydee, „also lass es uns einfach hinter uns bringen. Haben wir es ausgestanden, du und ich gegen den Mistkerl."

„Du und ich und unsere, was, Fäuste?", sagte ich.

„Wir müssen kreativ werden. Das tun wir doch immer."

„Hast du so viel Selbstvertrauen?"

„Das muss ich haben, Gamma. Weil wir sonst am Arsch sind. Also entscheide ich mich dafür zu glauben, dass wir gewinnen werden."

Der menschliche Geist war wirklich ein Wunderwerk.

Trotzdem verlieh Beta in Handschellen der Entscheidung eine gewisse Würze. Sie auch nur eine Sekunde länger als nötig zurückzulassen, fühlte sich falsch an, also nahm ich Kaydees Rat an, und gemeinsam machten wir uns auf den Weg zur Luke.

Nur um festzustellen, dass sie verschwunden war. Wir suchten beide die Decke und den Boden ab, schauten den Flur rauf und runter, sicher, dass die Öffnung nach oben genau hier gewesen war. Kaydee fragte, ob sie verrückt geworden sei, und ich bestätigte, dass ich es dann wohl auch sein müsste.

„Das bedeutet, unser Freund spielt mit uns", murmelte Kaydee.

„Freund?"

„Das ist eine Redewendung. Alpha ist nicht unser Freund."

„Richtig."

Das Schiff könnte die Verbindung zwischen den Programmen unterbrochen haben, uns hier unten eingesperrt, bis wir taten, was auch immer er wollte. Nicht gerade ein Rätsel, das.

„Das sind Betas Kernfunktionen", sagte ich. „Es gibt einen Block hier unten, der für Alpha wichtig ist."

Wir fanden ihn nach fünf Minuten, in denen wir an Tür um Tür, Funktion um Funktion vorbeigingen. Identische Laternen hingen an den gleichen Wandhaltern überall, ein stetiges Knarren folgte unseren Schritten, als ob das Boot wirklich auf See trieb. Von oben hallten auch Stampfgeräusche, als ob eine laute Crew ihren Weg über das Deck machte.

„Führt Alpha nur eine Show auf?", fragte Kaydee nach einem rasselnden Schlag.

„Er baut etwas Neues", antwortete ich. „Wenn ich raten müsste, installiert er alle Teile von sich selbst. Seine physischen Routinen, Manierismen, alles."

„Hätte er das nicht schon gemacht?"

„Wie würde es ein Mensch ausdrücken?", überlegte ich, während wir an weiteren Türen vorbeigingen. „Stell dir vor, er hätte Beta ausprobiert. Wie eine Mietwohnung. Jetzt will er einziehen."

„Und er würde das nicht sofort tun, weil?"

„Weil Alpha nicht einfach ist. Sobald er sich hier etabliert hat, wird er neue Dinge lernen. Er wird neue Eigenschaften annehmen, genau wie du oder ich es tun würden. Er wird zu einer neuen Version seiner selbst, und jeder Flexi-Mech da draußen trägt die alte Version."

Kaydee hielt mich auf: „Warte, du meinst, wenn wir Alpha hier aufhalten, besteht die Chance, dass er woanders zurückkommen könnte?"

„Klar, genauso wie du, ein Geist, in einen anderen Mech heruntergeladen werden könntest. Aber es wird nicht genau der gleiche Alpha sein. Der hier weiß Dinge, hat Dinge getan, die bei den anderen nicht dabei sein werden." Ich nahm Kaydees Hand von meiner Schulter. Gab ihr, was ich hoffte, ein ermutigendes Klopfen war. „Wir nehmen es einen nach dem anderen. Stoppen diesen hier, dann die anderen."

„Das wird immer schlimmer und schlimmer."

„Warst du nicht diejenige, die gerade noch so zuversichtlich war?"

Kaydee gab ein düsteres Kichern von sich, und wir bemerkten beide eine bestimmte Tür. Besonders, weil sie im Gegensatz zu den glatten Oberflächen der anderen überall an ihrem Rahmen Markierungen aufwies. Kratzer und Kerben, Anzeichen eines gewaltsamen Einbruchsversuchs. Warum ein solcher Versuch notwendig war, zeigte sich an der starken Verteidigung, einem dicken eisernen Vorhängeschloss, das am Griff hing.

Wie bei Betas Gefängnis war auch hier das Namensschild ausradiert.

„Hat Leo das Schloss angebracht?", fragte Kaydee. „Delta hatte keins wie dieses."

Ich beugte mich näher heran, betrachtete das Vorhängeschloss. Sein dunkles Metall hatte eine gewisse Vertrautheit, eine rohe, geschmiedete Natur, als ob das Schloss nicht als ein einziges Stück begonnen hatte, sondern stattdessen aus vielen verschiedenen Metallen zu einem geformt worden war. Etwas, das Leo, zumindest der Leo, der die Schiffe programmierte, nicht gesehen hätte. Nicht getan hätte.

Aber Beta?

All die Zeit um Vals Schmieden herum hätte ihr immer wieder Produkte wie dieses gezeigt.

„Ich glaube, unsere Freundin hat das versiegelt, bevor Alpha zu ihr kam", sagte ich und trat vom Schloss zurück. „Ich würde sogar wetten, dass Alpha mich deshalb dafür haben will."

„Weil sie ihn nicht ranlässt?"

„Die einfachste und stärkste Barriere ist eine ohne jeglichen Spielraum. Hier gibt es keine Datenbank zum Hacken, keine einfache Lösung zum Brute-Forcen. Es ist ein einziger präziser Schlüssel." Ich lächelte halb. „Ich glaube sogar, ich weiß, was es ist."

„Gut, denn ich hab keine Ideen."

In meiner Hand formte ich ein kleines Wort. Mit der Form eines Schlüssels überzogen, schickte ich es ins Schloss. Mit einem rosigen, scharfen Klicken öffnete sich das Schloss. Es fiel nicht zu Boden, sondern verschwand, bevor es aufprallte.

„Willst du mir die Antwort verraten?", fragte Kaydee.

„Noch nicht", erwiderte ich. „Alpha konnte es nicht lösen, also werde ich es nicht preisgeben."

„Aber Alpha ist doch gar nicht hier?"

Kaydee hatte noch nicht einmal zu Ende gesprochen, als die Laternen ausgingen, bis auf die eine neben der Tür, die wir gleich öffnen würden. Der lange Flur der Kombüse verschwand in lila Dunkelheit und ließ uns in einem kleinen beleuchteten Kreis stehen.

„Er war schon immer hier", sagte ich und öffnete dann die Tür.

Drinnen befand sich nichts weiter als ein kleiner Schreibtisch in einem schlichten Holzraum. Auf dem Schreibtisch lag ein einzelnes cremefarbenes Blatt Papier mit mehreren Zeilen darauf. Ich musste sie nicht lesen, um zu wissen, dass es dieselben Zeilen waren, die in Delta und in mir codiert waren.

„Reiß es in Stücke", sagte Alpha und trat aus dem Dunkel hervor. Kaydee sprang von ihm weg, aber ich blieb standhaft und blickte dem Gefäß in die Augen. Hier drinnen sah er aus wie sein wahres Selbst, mit struppigem roten Haar, Narben und einem viel zu zappligen Körper. „Tu, was du versprochen hast."

Stattdessen schloss ich die Tür und drehte mich zu dem Mann um. Der Maschine. Dem Programm.

„Du hast nicht genug Zeit mit Menschen verbracht", sagte ich zu Alpha. „Für sie sind Versprechen nur praktische Werkzeuge, um etwas zu erreichen. Wie dich und mich hierher zu bringen."

„Was passiert dann mit einem Menschen, der sein Versprechen bricht, Gamma? Leiden sie, werden sie gelöscht? Denn genau das wird dir passieren."

Wir hatten keinen Anlauf. Keine Verbeugung, keinen Countdown. Alpha hörte auf zu sprechen und stürzte sich auf mich, die Hände nach meiner Kehle ausgestreckt. Ich hob meine eigenen, um ihn zu blocken, unsere Finger verhakten sich, als Alpha mich gegen die geschlossene Tür drückte. Ich stemmte mich dagegen, aber es fühlte sich an, als würde ich gegen tausend Kilogramm drücken, ein unmögliches Gewicht.

Natürlich war das hier Alphas Spielplatz. Warum sollte er sich nicht millionenfach stärker machen als mich?

Zu schade, dass er sich nicht millionenfach schlauer machen konnte.

Mein Rücken prallte gegen die Tür, Alphas Gesicht war nahe an meinem. Er öffnete den Mund und für einen Moment fragte ich mich, ob er mich beißen würde. Meine Handgelenke gegen das Holz gepinnt, rammte Alpha sein Knie in meinen Bauch, ein welterschütternder Schlag, der meine Sicht verschwimmen ließ.

Ich spürte hier keinen Schmerz, die körperlichen Symptome waren eine Reaktion darauf, dass mein Code malträtiert wurde, Zeilen und Funktionen, die nicht mehr ausgeführt werden konnten, als Alpha mich gegen das Holz schmetterte. Kein Schmerz, aber das Endergebnis wäre das gleiche: Ich würde anfangen zu versagen, auseinander-zufallen.

Aber dasselbe könnte auch Alpha passieren.

Kaydee, ignoriert und unbemerkt, versetzte Alpha einen harten Ellbogenstoß in den Rücken. Der Schlag schickte ein Zittern durch den Mann, das ich durch unsere verschränkten Finger spürte. Kaydee schlug ihn erneut, zwang Alpha zu reagieren. Mit einem Ruck schleuderte er mich beiseite und wirbelte herum, um sich Kaydee zuzuwenden.

Und ich hatte meine Chance.

Alpha stieß irgendeinen Spruch darüber aus, dass

Kaydee ein erbärmlicher Geist sei, während ich losrannte, durch den dunklen Flur auf die Luke zu sprintete. Kaydee konterte mit einer schlagfertigen Antwort, die Worte verklangen, als meine Schritte sie übertönten.

Sie musste ihn nur lange genug aufhalten.

Ich schaute nicht zurück, nicht einmal, als Kaydees Sarkasmus in härtere Schreie, lautere Flüche umschlug. Wenn ich es getan hätte, wäre ich vielleicht stehen geblieben, hätte mich vielleicht umgedreht.

Stattdessen betäubte ich meine eigenen Ohren, blieb auf das Wesentliche fokussiert und hoffte, Alpha würde sie am Leben lassen.

Die Luke tauchte langsam auf, ein Schatten, der aus dem lila Dämmerlicht hervortrat. Ich sah sie nicht so sehr, als dass ich sie spürte, den schwächsten goldenen Ring um ihren quadratischen Rahmen. Ein Ausgang für Alpha, nachdem er seine Arbeit mit uns beendet hatte. Alpha hatte die Leiter zerstört oder gelöscht, also stellte ich mich unter die Luke, beugte meine Beine und sprang.

Wie draußen gewährte mir die Schwerkraft eine Wahl und ließ meinen eigenen Wunsch den Sprung antreiben, gab mir die Kraft, die Luke zu durchbrechen und auf dem sonnigen Deck draußen zu landen.

Ich drehte mich in Richtung der Kapitänskajüte und rannte wieder los. Ein paar Schritte brachten mich zur Tür, die unverschlossen war. Alpha war zu beschäftigt damit, Gott zu spielen, um sich um seine Hintertür zu kümmern.

Drinnen war der große Raum leer, völlig leer bis auf einen vertrauten Würfel in der Mitte. Der silberne Würfel glich dem, den ich in Deltas Ketteninsel-Zone gesehen und mit dem ich gearbeitet hatte. Darin würden die letzten Bits sein, die Abschaltungen und Löschungen. Was Beta zum Funktionieren brachte.

Und wenn meine Ahnung stimmte, würde der Würfel mich auch Alpha die Privilegien entziehen und sie mir geben lassen.

Ich ging hinein, berührte den Würfel und begann, die einfachsten Befehle auszuführen, als ich meinen Namen hörte.

„Wurde auch Zeit", sagte ich und drehte mich mit dem Würfel in den Händen um. Die Befehle darin fühlten sich an wie Saiten einer Gitarre, ich konnte sie zupfen und jeden beliebigen Ton erzeugen. Nicht ein einziger davon konnte mir hier helfen.

Ich hatte erwartet, dass Kaydee verlieren würde, und das hatte sie. Alpha hatte sie jedoch nicht zerbrochen auf dem unteren Deck zurückgelassen. Stattdessen hielt er sie am Hals, ein lila Schimmer strömte von seiner Hand um ihr ganzes Wesen.

Ich erkannte diesen Schimmer, das schwache Glühen. Es glich dem Effekt, den meine Funktion auf Kaydees Code in mir hatte.

„Leg den Würfel beiseite", sagte Alpha, „oder ich lösche sie."

Kaydee zur Seite. Während sie flog, markierte eine dünne lila Linie ihre Flugbahn, die zu Alpha zurückführte. Sobald Kaydee auf den Boden aufschlug, blitzte die Linie auf und wurde in der Nähe von Alpha weiß. Sie begann langsam in Richtung meiner Freundin zu brennen. „Ein Timer für diese Diskussion. Überzeuge mich schnell, Gamma, oder sie ist weg."

„Wusstest du, dass es früher mehr von uns gab?", fragte ich, ein Auge auf Kaydees Zündschnur, das andere auf Alpha gerichtet. „Mehr Gefäße?"

Alpha blinzelte: „Nein. Ich nehme an, aus deiner Formulierung, dass dies nicht noch mehr Dinge sind, die ich eliminieren muss? Ihr seid alle so anstrengend, ich bin mir nicht sicher, ob ich das verkraften könnte."

„Die Menschen haben sie getötet. Lange bevor wir aufgewacht sind."

„Gott sei Dank. Endlich haben diese Fleischsäcke mal was Richtiges gemacht."

„Weißt du, warum sie diese Gefäße zerstört haben?"

Alpha wartete. Die Zündschnur brannte weiter.

„Weil sie durchgedreht sind. Die Gefäße wurden gefährlich, wahnsinnig. Sie liefen auf dem Raumschiff herum und zerstörten Menschen und Orte."

„Tut mir leid, Gamma, dass ich dich unterbreche, aber wenn du willst, dass ich das stoppe, dann wirst du dir mehr Mühe geben müssen."

„Wie lange, bis du genauso wirst?", fragte ich ihn und hoffte, dass die kleine Ausschmückung, die ich vorgenommen hatte, ausreichen würde. „Wie lange, bis dein Code so sehr ausgefranst ist, dass das Einzige, was du noch tun kannst, toben, zerstören und sterben ist?" Ich machte einen Schritt nach vorn und hielt einen Finger hoch, um Alphas Antwort zu stoppen. „Du bist schon nah dran. Wir wissen es alle. Du glitchst, du triffst schlechte Entscheidungen. Du lässt zu, dass Wut und Angst dich an Orte treiben, an die du nicht gehen wolltest."

Ich machte noch einen Schritt. Jetzt direkt vor Alpha. Kaydees Zündschnur war über die Hälfte abgebrannt, ihr Körper lag zusammengekauert auf dem Boden. So still.

„Ich muss dich nicht töten, Alpha, denn du stirbst bereits", sagte ich. „Aber ich kann dich retten. Wenn, wenn du es zulässt."

Alphas Gesicht erschlaffte. Ich hatte das manische Grinsen erwartet. Vielleicht eine Beleidigung oder ein Lachen. Stattdessen Erschöpfung, die Farbe wich aus seinen automatischen Augen. Seine Schultern sackten herab, das Gefäß seufzte. Alles Effekte, die er hier für mich aufsetzte, aber die Alpha vielleicht wirklich empfand.

Er war so lange allein gewesen. Hatte so viele Jahre allein gekämpft.

„Du weißt wie?", fragte Alpha, seine Stimme heiser. „Du weißt, wie man diesen Fluch behebt?"

Ich warf einen Blick auf Kaydee. „Ja, das weiß ich."

Alpha richtete sich auf, gab ein wackeliges Lächeln. „Ich spüre, was du gesagt hast. Die Aussetzer in meinen Übertragungen. Die Fehler in meiner Logik. Du hast Recht. Ich muss repariert werden." Er streckte eine Hand aus, und ich wollte sie schütteln, in der Hoffnung, dass wir ein Band gefunden hatten, das uns verbinden würde.

Meine Hand fand seine nie.

Alpha schwang seine Hand über meine, ein plötzlicher Griff nach meinem Hals. Ich spürte, wie seine Finger Halt fanden, spürte, wie die gleiche Funktion, die er bei Kaydee benutzt hatte, sich um meinen Zugang schlang. Bevor ich reagieren konnte, bevor ich herausfinden konnte, was er tat, hatte Alpha meinen Ausgang abgeschnitten. Wie wenn man eine Gliedmaße entfernt, konnte ich einfach ... nicht mehr weg.

Seine Programmierung arbeitete schnell, verfeinert nach dem Hacken und Kontrollieren von Hunderten von Mechs. Meine Arme starben, bevor ich Alpha wegstoßen konnte. Meine Beine hörten auf zu reagieren, als Alpha mich über den Boden hob. Der graue Würfel, Betas wichtigste Funktionen, fiel herab und schwebte frei.

„Das Schöne an Maschinen wie uns", sagte Alpha, während meine Teile weiter verschwanden, „ist, dass wir unsere Erinnerungen und unser Wissen getrennt von uns selbst speichern. Ich freue mich darauf, dich zu besuchen, Gamma, und alles über diese Heilung von dir zu lesen. Schade, dass du nicht da sein wirst, um mich zu begrüßen."

Sein Gesicht blitzte in diesem manischen Grinsen auf. Schwer zu sagen, ob er mich nur veräppelte oder ob er wirklich in diesem Moment genau den Fehler zeigte, vor dem ich ihn zu retten versucht hatte.

Nicht, dass es eine Rolle spielte.

Ich versuchte, zu Kaydee hinüberzuschauen, da ich als letzten Anblick irgendetwas anderes als dieses Gesicht sehen wollte, aber ich konnte meinen Kopf nicht mehr bewegen. Außer meinen Augen – Alphas Entscheidung? – reagierte nichts mehr. Meine Zeit war fast abgelaufen, und Kaydees nicht weit dahinter. Meine letzten Sekunden würde ich damit verbringen, in mein am wenigsten geliebtes Grinsen zu starren.

Was für ein beschissener Abgang.

Es schien, als ob Alpha das auch so sah, als sein Grinsen erstarb und durch hochgezogene Augenbrauen, ein ungeschicktes Stirnrunzeln und aufgeblähte Nasenlöcher ersetzt wurde.

„Du warst schon immer zu clever", murmelte Alpha

und schauderte. „Was wir zusammen hätten erreichen können, Gamma."

Die Hand des Gefäßes erschlaffte und ich fiel weg, was mir einen großartigen Blick auf eine blutlose Hinrichtung ermöglichte, als Beta mit ihren digitalen Messern in präzisen Schnitten Alphas Code zerteilte, bis das Gefäß zerfiel und sich in Nichts auflöste.

Beta sprang als Nächstes zu mir, legte ihre Hand auf den unscharfen lila Schleier um mich herum und löste ihn mit einem Zwinkern auf. Als mein Körper wieder in den Fokus rückte, stieß ich mich an ihr vorbei, tauchte auf Kaydee zu und schnappte mir Alphas Programm mit ausgestreckten Händen. Eine einfache Funktion, ein einfacher Zweck, und ich löschte es mit einem simplen Befehl.

Als der lila Schleier um Kaydee verblasste, berührte Beta meinen Rücken und half mir auf.

„Ihr müsst hier raus", sagte Beta. „Sofort."

Für einen Moment wusste ich nicht, was sie meinte, warum wir gehen mussten. Als dieser Moment vorbei war, wurde ich bereits durch den Cyberspace zurückgeworfen, aus Betas Laufwerken vertrieben und zurück in meine eigenen geschickt. Das Einzige, was ich mitnahm, ein Download, der mit meinem Ausstieg mitgerissen wurde, war das, was von meiner Freundin übrig geblieben war.

Der Abend des Raumschiffs kam schlagartig in den Fokus. Oranger Himmel, seidig schimmernde Netze, die über meinem Kopf ein leuchtendes Feuer einfingen. Näher an der Oberfläche umringten uns ein Dutzend Flexi-Mechs mit auf uns gerichteten Gewehren. Ich bewegte mich nicht, wusste, dass ich in Sekunden gegrillt wäre, wenn ich es versuchte. Das Einzige, was mir im Moment das Leben rettete, war ihr Glaube, dass Alpha immer noch das Gefäß zu meiner Rechten kontrollierte.

Also streckte ich stattdessen die Hand aus, scannte meine eigenen Laufwerke und suchte nach meinem Geist. Ich fand ihre Daten schnell, praktischerweise von meinem Löschprogramm zusammengetragen, aber Kaydee verbrauchte null Rechenleistung. Sie lief, um es besser auszudrücken, nicht. Wie bei einer Person im Koma musste ich herausfinden, was schiefgelaufen war, was-

Beta stieß mich hart, warf mich mit einem Arm in das Gras. Mit dem anderen zückte das Gefäß ein Messer, dessen Klinge direkt durch Deltas Fesseln schnitt. Das dünne Metall zerbrach, meine Freundin brach frei, und die Flexi-Mechs eröffneten das Feuer.

Laser flogen über meinen Kopf hinweg, versengten das Gras und entfachten Funken. Als ich mich umdrehte, sah ich Beta, die sich mit wirbelnden Messern wehrte, während sie von allen Seiten Schüsse abbekam. Ihre Brust, Seiten und Beine wurden schwarz, selbst als ihre eigenen Angriffe trafen und das Gefäß schnell fiel. Sie verschwand in den brennenden Halmen. Delta erging es etwas besser: Ihre gelösten Fesseln ließen sie sich schnell bewegen, zu einem Flexi-Mech springen und ihn mit bloßen Händen in zwei Teile reißen. Mit denselben Händen riss sie das Gewehr vom toten Mech und Delta drehte sich, drückte den Abzug durch, schoss und erhielt Schüsse zurück. Meine Freundin ging als rauchende Ruine zu Boden und ließ mich sechs noch lebenden, noch bewaffneten Flexi-Mechs gegen-überstehen.

Aber ich fühlte mich nicht verloren. Fühlte mich nicht wütend.

Wir hatten unsere Mission erfüllt. Alpha größtenteils zerstört und die Menschen des Raumschiffs gerettet. Ein guter Weg zu gehen.

Als ich aus dem Gras sprang und den Meter zwischen

mir und dem nächsten Flexi-Mech überbrückte, war mein einziges Bedauern für Kaydee, die nie eine Chance auf das Leben hatte, das ihr versprochen worden war.

Mein Sprung trug mich in den Mech hinein, dessen Reaktionsschuss einen Teil meines armen rechten Fußes wegbrannte. Das dritte Mal, dass er durch Laser verloren ging. Ich drückte die Maschine nach hinten, ihre mittleren Arme fingen den Fall ab und gaben mir die Chance, mich von ihr wegzurollen, als die anderen Flexi-Mechs ihr Feuer fanden. Heißes Licht schmolz den Flexi-Mech, einiges schwappte auf mich über, als ich nach dem Gewehr des Roboters griff.

Rote Kästchen flackerten vor meinen Augen auf, als Treffer ihren Tribut forderten. Ich hatte jeglichen Schmerz abgeschaltet, sodass die Anzeigen taub blieben, als ich mein linkes Bein und meinen linken Arm verlor, meine synthetische Haut durch die Schüsse schwarz und orange wurde. Meine rechte Hand schaffte es zumindest, das Gewehr wegzureißen. Ich fand den Abzug, hielt ihn gedrückt und feuerte in Richtung des Flexi-Mech-Halbkreises.

Ich schrie auch. Sagte die Namen meiner Freunde. Ein letztes Lebewohl.

Ein Flexi-Mech-Schuss traf mein Gewehr, erhitzte das Gas im Inneren. Es explodierte, verdunkelte für einen Moment meine Augen und verwandelte meinen rechten Arm in Schlacke. Flackerndes Rauschen überwältigte meine Sicht, kritische Fehler häuften sich, als meine armen Prozessoren versuchten, weiterzulaufen. Nach so vielen schrecklichen Verletzungen war das also der Anblick eines endgültig sterbenden Gefäßes.

Eine schattenhafte, dünne Gestalt bewegte sich über mir, mein Rücken lag nun auf dem Boden. Der Flexi-Mech verdunkelte die Dämmerung, als sein Gewehr nach oben ging, auf meinen Kopf gerichtet. Ich hörte Worte und dachte zuerst, der Flexi-Mech würde mit mir sprechen, mich in diesem letzten Moment verspotten. Bis mein Prozessor aufholte.

„Das Gefäß gehört mir", erklärte Fang, ihre kleine Gestalt flog ins Bild. Der Flexi-Mech versuchte, sich auf das neue Ziel einzustellen, aber Fangs Waffen, zwei Schrapnellklingen aus Vals Vorräten, fegten die Arme des Flexi-Mechs und ihre Waffe zur Seite.

Der Flexi-Mech war nicht kaputt, ließ das Gewehr fallen und packte Fangs Handgelenke. Ein Zug, der sie erledigt hätte, wenn Fang keine Verstärkung gehabt hätte.

Chalo stürmte nach Fang herein, seine Axt schwang in einem Überkopfhieb. Der Schlag trennte die rechten Arme des Flexi-Mechs ab und ließ Fang mit ihrer linken Klinge in den Torso des Flexi-Mechs stoßen. Funken sprühend, taumelnd, fiel der Flexi-Mech weg.

Laser hätten die beiden Menschen treffen sollen, aber als Chalo und Fang davonstürzten, bemerkte ich, dass die Luft um sie herum von pfeifenden schwarzen Linien erfüllt war: Pfeile, die zweifellos ihre Ziele trafen. Ein letzter Blick, als meine Energie schwand, mein Prozessor seine letzten Routinen durchlief, um zu verarbeiten, was ich sah:

Menschen, die endlich für uns kämpften.

FÜNFUNDVIERZIG

DIE CODIERTE WELT

Hey.

Ich rede mit dir.

Gamma. Bist du noch hier bei mir?

War ich das? Wo war überhaupt „hier"?

Nichts war vorhanden. Nicht weiß, nicht grau, nicht schwarz. Einfach eine Leere, abgesehen von Kaydees Stimme und meinen Gedanken.

„Ich kann sie hören", sagte Kaydee, ihre Antwort, wie meine Gedanken, mehr ein Gefühl als ein tatsächlicher Ton.

Ich hatte keinen Körper, keine Sensoren, kein Oben oder Unten. Was ich hatte, war sie.

„Ja, du hast mich hier drin festgesetzt, was auch immer das ist."

Ich konnte ihre verschränkten Arme nicht sehen, ihren mürrischen Blick, der langsam von einem schlauen Lächeln entwaffnet wurde, aber ich konnte es mir vorstellen.

„Denkst du, das würde ich jetzt machen?", erwiderte Kaydee. „Von wegen, Gamma. Ich würde dir eine scheuern."

Wofür?

„Dafür, dass du uns umgebracht hast, dafür."

Wir sind tot?

„Weiß nicht, wo wir sonst sein sollten", sagte Kaydee. „Obwohl es schon ein bisschen seltsam ist, dass das Jenseits sowohl für Mechs als auch für Menschen funktioniert. Und dass wir beide am selben Ort sind."

Definitiv seltsam. Bist du mit mir gestorben?

„Zur selben Zeit, am selben Ort, denke ich."

Dann hat Alpha sie nicht getötet. Der Gedanke gab mir ein gewisses Glühen, selbst hier in diesem trostlosen Nichts. Dass wir es aus dieser Monsterfalle herausgeschafft hatten …

„Ja, nachdem du mich dort zurückgelassen hast", sagte Kaydee. „Mich einfach allein gegen ihn antreten lassen."

Keine Wahl. Ich musste Beta befreien. Sie ist die einzige andere, die dort etwas tun konnte. Alpha hat Betas Kern offen gelassen, und ich habe sie freigelassen.

„Und dann hast du zugelassen, dass uns ein paar Flexi-Mechs erschießen?"

Zugelassen ist ein bisschen unaufrichtig.

Kaydee lachte: „Stimmt wohl."

Was denkst du, was das hier ist?

„Das hier? Genau hier? Wahrscheinlich die Hölle."

Du denkst, hier mit mir festzusitzen ist ewige Qual?

„Wenn du es so ausdrückst, Gamma, ist es wohl gar nicht so schlimm."

Na toll, danke.

Stille. Ich trieb dahin, tastete nach den Stellen, wo ich normalerweise Datenströme von meinen Sensoren finden würde. Wo die Archive des Bibliothekars auf mein Durchstöbern warten würden. Ich fand nichts, tote Signale, und nicht einmal das. Als ob die Verbindungen nicht mehr existierten.

Erzähl mir eine Geschichte.

„Eine Geschichte?"

Ja.

„Ich kann mich an keine erinnern. Es ist, als würde ich danach greifen, nach diesem Teil von mir, und er ist nicht da."

Dann lass uns eine neue erfinden?

„Eine neue Geschichte?"

Ja. Ich fange an. Ich glaube, es gab einen Satz, den der Bibliothekar die ganze Zeit benutzt hat.

„Oh ja? Es war eine dunkle und stürmische Nacht?"

Nein. Bereit?

„Leg los, Geschichtenerzähler."

Es war einmal ein Mech, der allein und verloren aufwachte, und er wäre nicht sehr weit gekommen, wenn nicht ein Freund ...

DER ANSTURM KAM OHNE VORWARNUNG. Eine Beschleunigung von null auf Lichtgeschwindigkeit. Verbindungen strömten herein, das Nichts verschwand in einer Konstellation, die ich erkannte: Starships Netzwerk, Sterne vor einem unendlichen Schwarz.

Einer rief mich in diesem Meer, blinkte hell und rot. Seltsam.

War das, was Kaydee ein Leben nach dem Tod nannte? Waren wir durch das Fegefeuer gewandert, um uns hier wiederzufinden?

Fegefeuer. Woher wusste ich, was das war? Moment, ich spürte die Archive, die endlosen Geschichten des

Bibliothekars. Die Filme und Bücher. Ein weiterer Stern im Netzwerk, einer, den ich jetzt berühren konnte.

„Wirst du diesen Ruf beantworten?", sagte Kaydee, und ich schaute – schaute! – nach links, um sie neben mir stehen zu sehen, schwebend zwischen den digitalen Sternen. „Denn ich vermute, was auch immer zur Hölle gerade passiert ist, werden sie uns erzählen."

Kaydee konzentrierte sich wie immer auf den nächsten Schritt.

Ich streckte mich aus, wählte den piependen Stern. Die Konstellation verschwand, alle Knoten fielen weg und ließen mich mit einem Bildschirm zurück, der in einem weißen Raum schwebte. Kaydee und ich standen auf einem eigenschaftslosen Boden und sahen zu, wie ein bestimmter schwarzer Mech in Sicht kam.

„Gamma, Alter, bist du das?", sprach Volt zum Bildschirm, blaue Augen blitzten. „Sag mir, dass du es bist, Mann, denn ich will das nicht noch mal versuchen."

„Das muss er sein", sagte eine andere Stimme, Leos. Die Schulter des Schmieds, sein Kopf kam ins Bild. „Wir haben diesmal alles richtig verlinkt."

Ich lehnte mich zum Bildschirm vor: „Leute? Äh, bin ich tot?"

Das Paar jubelte. Irgendwo im Hintergrund bellte Alvie keuchend. Volt und Leo klatschten Hand auf Metallklaue.

„Hey, ihr Idioten", sagte Kaydee. „Erklärt uns, was los ist?"

Leo, sein Grinsen so selbstsicher, wie ich es je gesehen hatte, legte die Details dar: Chalo, Fang und die anderen hatten die verbliebenen Flexi-Mechs überfallen und sie ohne allzu große Mühe zu Schrott verarbeitet. Zunächst waren wir für tot gehalten worden, aber Chalo hatte uns alle zurück ins Dorf schleppen lassen.

„Nützliche Bergung", lachte Leo. „So hat er euch drei genannt. Als ob ich zulassen würde, dass sie euch in Einzelteile zerlegen."

„ICH WERDE ihn in Einzelteile zerlegen, sobald ich hier rauskomme", murmelte Kaydee.

„Äh, genau", sagte Leo, sein Lächeln verblasste. „Das ist die Sache, siehst du, eure Körper sind alle hinüber. Zu verbrannt, um sie zu benutzen. Verdammt, der einzige Grund, warum ihr noch da seid, ist die Batteriesicherung. Die kleine schwarze Box, die ich eingebaut habe, um mir zu sagen, wie ihr alle gestorben seid."

Ich machte den Fehler zu fragen, was das war, und Leo erzählte eine zehnminütige Geschichte über kurzgeschlossene Gefäße und wie er diese Notfallsicherungen in letzter Minute eingebaut hatte, um zu verstehen, warum.

„Die Kurzversion", unterbrach Volt schließlich, „ist, dass ihr im Netzwerk des Raumschiffs gespeichert seid, bis wir euch etwas Neues bauen."

„Was ist mit Beta und Delta?"

Leo zuckte mit den Schultern. „Sie wollten Flexi-Mechs, bis wir ihnen neue Körper geben, also laufen sie herum. Sie räumen das Raumschiff für euch auf."

„Sie haben Flexi-Mechs bekommen und wir das hier?", protestierte Kaydee.

Leo und Volt warfen sich einen Blick zu, dann übernahm Volt die Führung.

„Also, Junge und Mädchen, hier ist die Sache. Das Raumschiff hatte keine funktionierende KI mehr, seit die Stimmen gestorben sind. Selbst an Land braucht es eine. Zu viele Dinge könnten schiefgehen. Beta und Delta sind nicht dafür gebaut, aber Gamma, du hast die Fähigkeiten. Also, was sagst du? Zumindest für eine Weile? Unser Rettungsboot am Laufen halten?"

EIN GALAXIEDURCHQUERENDES SCHIFF in gutem Zustand zu halten, ist nicht einfach. Ich verbringe Stunden über Stunden damit, mich durch Millionen verschiedener Systeme und Subsysteme zu wühlen, Code für Dinge wie die Beleuchtung, die Luftfilterung und die Reinigung der Gehwege zu reparieren.

Diese hauchdünnen Netze schleichen sich überall ein. Besonders wenn die Menschen und Mechs sie ständig überall hineinschleppen.

Ach ja, die Mechs. Wenn ich Volt nicht gerade bei einem neuen technischen Problem helfe, bin ich meist an die Fertigungslinien angeschlossen und helfe Leo, neue Mechs zu entwerfen, die mit den Menschen zusammenarbeiten. Wir verarbeiten jetzt alten Schrott, aber mit einigen Umrüstungen sollte das Raumschiff in der Lage sein, hier auf dem Planeten brandneue Mechs aus Erz herzustellen.

Am Anfang mochte Val die Idee nicht besonders. Sie ist immer noch frech, aber ein Mech kann viel schneller bauen als einer ihrer Menschen. Kann auch Nahrung ernten. Die Menschen können jetzt die Zeit damit verbringen, was sie wollen, während meine Mechs den Respekt bekommen, den sie verdienen.

Dafür sorgen Beta und Delta. Sie sind meine Botschafter, meine Beschützer, die unparteiische Polizei. Bisher waren es alles nur Handgelenkklapse, obwohl wir Delta ein paar Mal davon abhalten mussten, ein Glied abzuhacken.

Standardverhalten ist schwer zu ändern, wenn sie mich nicht in ihren Code lässt.

Und apropos Code, ich werde gerade angepingt. Ich lasse das Signal ein bisschen herumspringen, weil Kaydee das die ganze Zeit mit mir macht. Sie arbeitet auch an den Linien, aber an einem anderen Projekt.

„Gamma, pass auf", sagt sie, als ich zum Ping rüberwechsle, mein digitaler Körper surft durch den Cyberspace des Raumschiffs. „Wir sind fast da."

„Zeig's mir", antworte ich, und Kaydee lässt den Mech, durch den wir sehen, seine Kamera auf zwei vertraute Liegen richten.

Auf jeder liegt ein Körper. Nur ausgeklügelte Metallrahmen, vollgestopft mit Computerausrüstung, aber als ich hinschaue, rollt ein anderer Mech ins Bild. Kaydee steuert diesen, eine Puppenspielerin, die die Fäden zieht.

Ganz vorsichtig platziert der Mech einen Patch auf dem Bein des ersten Körpers. Es ist ein dickes Quadrat, das sich fast sofort verformt und sich über das Metall ausbreitet.

„Ich glaube, diesmal haben wir es geschafft", sagt Kaydee, trennt die Verbindung zum Mech und erscheint neben mir.

„Du glaubst immer noch, dass das funktionieren wird?", frage ich, da Leo mich ständig warnt, dass Geister nicht dafür gemacht sind.

„Ich weiß, dass es funktionieren wird", Kaydee funkelt, sie funkelt in letzter Zeit immer. „Wenn sie fertig sind, rate mal?"

„Was?"

„Ich werde aus dieser Metallkiste rausgehen und zum ersten Mal Gras zwischen meinen Zehen spüren, einen echten Himmel sehen." Kaydee wirft mir ein spektakuläres

Lächeln zu. „Willst du mitkommen, Gamma? Unsere neuen Leben ausprobieren?"

DIE TOTEN GEHÖREN NACH RIVEN. Die Lebenden auf die Erde. Aber während der Krieg Riven zum Bersten füllt, muss Carver einen Weg finden, diese Grenzen klar zu halten, sonst wird es bald kaum noch einen Unterschied zwischen den Welten geben.

Beginnen Sie ein neues Abenteuer mit Riven, einer düsteren Fantasy-Geschichte.

To Reno

A.R. Knight erzählt Geschichten in einem frostigen Haus in Madison, Wisconsin, das hauptsächlich einem Katzenpaar gehört. Nachdem er durch den Wirtschaftscrash 2008 in den Arbeitsalltag hineingezogen wurde, verbrachte er langweilige Meetings damit, durch den Weltraum zu fliegen und große Abenteuer zu erleben.

Schließlich verbrachte er Zeit mit Podcasts, Drehbüchern, Kurzgeschichten und anderen Romanen und fand eine Geschichte, in die er sich hineinversetzen konnte, sowie eine Besetzung unterhaltsamer und herzenslustiger Charaktere.

A.R. Knight möchte in andere Welten vordringen und in den grenzenlosen Grenzen unserer Vorstellungskraft neue Geschichten erzählen.

Vielen Dank, wie immer, fürs Lesen!

Für mehr Informationen:
www.blackkeybooks.com

VIERUNDVIERZIG

EIN FEHLER IM PLAN

Wie oft hatte ich jetzt schon Alpha gegenübergestanden?

Wir hatten uns in realen und digitalen Welten gegenübergestanden, an Orten wie dem Netzwerk des Raumschiffs, wo Alpha ultimative Macht hatte, und auf der Brücke des Raumschiffs, wo sein Körper im Vergleich zu Delta und Beta verblasste. Jedes Mal war ich entkommen, hatte mich durch Tricks oder mit Hilfe eines Verbündeten davongeschlichen.

Jetzt hatte ich nirgendwo mehr hin. Gefangen in einem Raum mit Kaydee, die kurz vor der Löschung stand. Ich könnte mich ausklinken, mich nach Hause beamen und sehen, wie lange ich durchhalte, bevor die Flexi-Mechs mich rösten. Das würde Alpha ungestört lassen, ohne dass ihn etwas daran hindert, Betas Fähigkeiten zu übernehmen und sie zu nutzen, um Vals Leute in Stücke zu schneiden.

„Ich bleibe", sagte ich und zählte die drei Meter, die uns trennten. Das Gefäß hielt Kaydee vor sich. „Das ist eine Sache zwischen dir und mir, Alpha. Kaydee muss da nicht mit reingezogen werden."

„Du hast natürlich Recht", erwiderte Alpha und warf